Sahar Khalifa
Das Erbe

Sahar Khalifa

Das Erbe

Aus dem Arabischen von Regina Karachouli

Unionsverlag

Die Originalausgabe erschien 1997
unter dem Titel *Al-Mirath bei Dar al-Adab*, Beirut.
Deutsche autorisierte Erstausgabe

Die Übersetzung aus dem Arabischen wurde unterstützt
durch die Gesellschaft zur Förderung der Literatur
aus Afrika, Asien und Lateinamerika e.V. in Zusammenarbeit mit
der Kulturstiftung PRO HELVETIA.

Im Internet
Aktuelle Informationen
Dokumente, Materialien zu Büchern
www.unionsverlag.ch

© by Sahar Khalifa 1997
© by Unionsverlag Zürich 2002
Rieterstrasse 18, CH-8027 Zürich
Telefon 0041-1-281 14 00, Fax 0041-1-281 14 40
mail@unionsverlag.ch
Alle Rechte vorbehalten
Umschlaggestaltung: Heinz Unternährer, Zürich
Umschlagbild: Aldo Bachmayer, »Martellotower«
(Ausschnitt, 1993–97)
Druck und Bindung: Ebner Ulm
ISBN 3-293-00295-1

Meiner kleinen Enkelin Sahar al-Disi.
Möge sie das Erbe entdecken.
Sahar Khalifa

Erster Teil

Ohne Erbe

I

Ich kam ins Westjordanland auf der Suche nach ihm, auf der Suche nach ihnen, auf der Suche nach meinem Gesicht in der Fremde. Um zu erfahren, wie es weitergehen würde. Ich hatte einen Brief von einem Mann erhalten, der mir schrieb, er sei mein Onkel väterlicherseits und mein Vater befinde sich an einem Ort namens Wadi al-Raihan. Was immerhin bedeutete, dass er am Leben und gut aufgehoben war.

Wie groß ist der Unterschied, wie weit die Entfernung zwischen New York oder Washington und Wadi al-Raihan! In meiner Erinnerung war Wadi al-Raihan das genaue Gegenteil von New York. Ein kleiner, sauberer Ort, die Einwohner einfache Leute, die ihre Mitmenschen und die Natur liebten. Eben ganz im Gegensatz zu den New-Yorkern.

Als ich meinen Vater an jenem Abend davon reden hörte, rannte ich jubelnd die Treppenstufen hinauf: »Wir kehren in die Heimat zurück, wir kehren zurück, zurück!« Doch wir fuhren niemals zurück, weil mein Vater vor mir floh, besser gesagt, ich flüchtete vor ihm.

Die Geschichte begann, als mein Vater aus seinem Dorf anreiste, eine amerikanische Frau heiratete – meine Mutter selbstverständlich – und die Green Card erhielt. Dann kam es zur Scheidung, wie gewöhnlich, darauf folgten neue Ehefrauen und eine ganze Herde Kinder. Zunächst war mein Vater fliegender Händler gewesen, der seine Ware auf dem Rücken schleppte und die Wohnungen abklapperte. Er verkaufte Dinge aus aller Herren Ländern, als handele es sich um Reliquien aus heiligen Gefilden. Er füllte kleine Flaschen mit Wasser und Sand und pries sie an: »Heiliger Sand und heiliges Wasser vom heiligen Strom! Du kennst Jordan, Frau? Heiliges

Wasser und Taufe von Jesus Christus. Habt ihr Taufe? Wir haben viel, viel Taufe. Jeden Tag wir taufen. Ich von Jerusalem, und bringe Wasser von Jordan.«

Er sprach nur gebrochen Englisch, wusste sich jedoch mit orientalischer Gewandtheit zu helfen. Er breitete seine Artikel aus – glitzernde Gewänder, Haarnadeln und Zwirn – und redete auf eine amerikanische Hausfrau ein: »Schau, Lady, wie schön! Dieser Kaftan gearbeitet von Hand in Arabia, dort drüben. Du kennst Arabia? Wüste, Kamele und Datteln, Weihrauch und Moschus und Koran. Du kennst Mekka?«

Die amerikanische Hausfrau fand den Mann und seine Waren interessant und exotisch und rief voller Begeisterung: »Aber natürlich! Lassen Sie sehen, zeigen Sie her!«

»Langsam, langsam, Lady. Schau dies und dies und dies auch.«

Danach zog er, als sei es ihm eben zufällig in die Hände geraten, ein altes, vergilbtes Bild von König Husain I. hervor. »Siehst du, Lady? Das Bild von meinem Vater, war großer Emir. Ist tot. Beduinenstamm klaut sein Emirat, und ich noch kleiner Junge, nach Jerusalem geflohen, und dann Kairo, und dann Marrakesch, und von dort mit Schiff direkt nach Amerika. Siehst du, Lady? Ich bin armer Bettler, aber mein Vater war großer Emir.«

Die Frau reißt die Augen auf und starrt auf das Bild: ein edles Gesicht mit weißem Bart, ein großer Turban bedeckt das Haupt.

Darauf er, ein Mann mit gebrochenem Herzen: »Mein Vater war großer Emir, aber ich, o Jammer, nur armer Bettler.«

»Nein, nein, durchaus nicht!« Ihre Blicke wandern zwischen dem Mann und dem Bild hin und her. »Nein, nein, Sie sind kein Bettler.« Nachdenklich schaut sie ihm ins Gesicht:

schwarze Augen, pechschwarz schimmernder Schnurrbart. Überwältigt stammelt sie: »Sie sehen wie ein Emir aus. Ich wette, Sie sind ein Emir!«

Nun legt er los: »Und du auch eine Emira, eine Sultanin, Königin der Schönheit, beim allmächtigen Gott!«

Er kramt ein Stück Stoff hervor, bindet es um ihre Hüften und schwört, sich dreimal scheiden zu lassen – beim Propheten Muhammad, dem Herrn der Propheten und Gesandten! –, wenn sie nicht das leibhaftige Ebenbild Scheherezades in all ihrer Pracht und Herrlichkeit sei, ja das Juwel aller Araber und Muslime – die reine Wahrheit, beim allmächtigen Gott! Diese Prozedur wiederholt er ein ums andere Mal. Und jedes Mal sagt er: »Probieren wir noch mal dies, und dies noch mal, und dies.«

Auf diese Weise gelang es ihm, die Billigwaren aus Hongkong, hergestellt von Lumpenemiren seinesgleichen, als Reliquien aus heiligen Gefilden zu verkaufen. Nach wenigen Jahren konnte er in Brooklyn den Kramladen aufmachen, der alles enthielt, was man sich denken kann: Brot, Kämme und Haarklemmen, Nadeln und Zwirn, Gewürze, Ikonen und bunten Sand, Bilder mit Maria und ihrem kleinen Sohn, schwarze Oliven und getrocknete Muluchija, eingelegte Gurken und Damaszener Kaugummi, alte Gebetsketten und was einem sonst in den Sinn kommt.

Er war zweifellos erfolgreich, doch das Geheimnis lag nicht in seinem Englisch und seiner Zungenfertigkeit; es lag vielmehr in seinen Augen, seinem Schnurrbart und seiner außergewöhnlichen Fähigkeit, Geschichten und Fabeleien zu erfinden.

All das habe ich geerbt. Ich wurde eine angesehene Autorin in der Wissenschaft vom Menschen und den Zivilisationen, das heißt Anthropologin. Doch bevor ich werden konnte, was ich bin, musste ich mir erst einmal die Tricks meines Vaters aneignen. Alles begann an dem Tag, als ich zwei schmerzhafte Knöllchen in meiner Brust spürte. Die Frau meines Vaters schob die Sache auf eine unheilbare Erbkrankheit in unserer Familie. Doch die Symptome entwickelten und vergrößerten sich, und schon bald begann ich, heimlich durch die Schlüssellöcher und Fensterritzen zu lugen.

Als ich eines Tages auf dem Flachdach stand, um zwei Verliebte zu beobachten, die in der Dunkelheit miteinander schmusten, ertappte mich mein Vater in flagranti, sodass mir gar nichts anderes übrig blieb, als eine Geschichte zu erfinden. Ich behauptete, zu fasten und dort oben auf den Gebetsruf zu warten. Dann fragte ich unschuldig: »Wann ist denn das Fastenbrechen? Bilal lässt sich aber Zeit mit dem Ruf.«

Bilal war unser närrischer, törichter Nachbar, der sich ehrlich mühte, Amerika auf den Weg zum Islam zu führen, indem er fünfmal am Tag seine Stimme zum Gebetsruf erschallen ließ. Mein Vater schaute mich prüfend an, dann entschied er sich, mir zu glauben. Ich glaubte mir ja selber. Als sei ich vor Hunger den Tränen nahe, stieß ich mit erstickter Stimme hervor: »Ich bin hungrig, sehr hungrig!«

In der Nacht hörte ich, wie mein Vater seiner Frau Vorwürfe machte: »Du solltest dich schämen, das Mädchen kommt noch um vom vielen Fasten! Sieh nur, wie klein und schmächtig sie ist. Geht es denn an, dass sie jeden Tag fünfmal betet, im Ramadan fastet und auch noch die versäumten Tage nachholt?«

Die Frau meines Vaters warf sich im Bett herum, dass die Sprungfedern unter ihrem gewaltigen Gewicht krachten: »Willst du es nicht so haben?«

»Aber doch nicht die versäumten Tage vom Ramadan nachholen!«, erwiderte er empört.

Ärgerlich begehrte sie auf: »Fastet denn deine Tochter

überhaupt, mein Lieber? Die frisst doch wie die Heuschrecken. Vor dem Mittagessen futtert sie in einem Atemzug sieben Maiskolben. Ich wollte sie zurückhalten, aber es war aussichtslos. Lieber Gott, was ist sie störrisch, nicht zum Aushalten! Störrisch und verlogen und verrückt, niemals erzählt sie eine Geschichte wahrheitsgemäß. Gott bewahre uns vor diesem Mädchen! Ich fürchte, dass sie was anstellt wie Huda und vor allen Nachbarn Schande über uns bringt!«

Huda war die Tochter unserer Nachbarn vom selben Block und wie ich eine halbe Amerikanerin. Mit fünfzehn wurde sie schwanger, und wir sahen zu, als ihr Vater sie auf der Straße verfolgte – wie ein wütender Stier, in der Hand ein langes Messer. Mein Vater holte ihn ein und versuchte, ihn zu stoppen. Doch vergeblich. Erst mithilfe zweier Nachbarn gelang es, ihn daran zu hindern, dass er sie erstach.

»Abgeschlachtet gehörte sie«, wiederholte mein Vater bei jeder sich bietenden Gelegenheit vor mir. »Sie hat seinen Namen in den Schmutz gezogen und seine Ehre befleckt. Nun muss er vor den Leuten den Kopf einziehen. Ich an seiner Stelle hätte sie bis an die Pforten der Hölle verfolgt.«

Doch Huda konnte fliehen. Sie fand bei ihrer amerikanischen Großmutter Unterschlupf, und wir sahen sie nicht mehr in Brooklyn. Seit diesem Tag hörten wir nur noch Gerüchte über sie. Manche Leute sagten, sie habe das Neugeborene behalten, andere erzählten, sie habe es zur Adoption freigegeben, und wieder andere behaupteten, sie habe abgetrieben. Doch wie weit auch die Meinungen über Huda und ihr Baby auseinander gingen, in einem waren sich alle einig: Hudas Vater war kein richtiger Mann mehr.

Ich hörte meinen Vater im Schlafzimmer murmeln: »Gott behüte, Gott behüte! Sie wartet auf den Gebetsruf, sagt sie!

Und ich stehe daneben wie ein dummer Ziegenbock, fehlte nur noch der Strick.«

Am nächsten Morgen hörte ich meinen Vater die neueste Nachricht verkünden: »Ich furz auf Amerika und die Amerikaner! Schluss aus, ich kehre in die Heimat zurück!«

Er saß mit zwei Nachbarn vor dem Laden, sie rauchten Wasserpfeife. Ich stand in einem Winkel, um sie zu beobachten und zu belauschen. Sobald ich das Wort »Heimat« vernahm, vollführte ich einen Freudensprung und rannte, ja flog förmlich die Treppenstufen hinauf, in den ersten Stock. »Heimat«, das klang mir wie ein Lied in den Ohren, zauberhaft wie das Märchen von Aladin und der Wunderlampe oder vom Geist aus der Flasche. Wie eine von meines Vaters Geschichten, durchweht von Dunstschleiern, Weihrauch und Schmetterlingsflügeln.

Frohlockend stieß ich die Tür auf: »Wir kehren in die Heimat zurück, in die Heimat zurück!«

Die Frau meines Vaters näherte sich, in der Hand eine große Holzkelle, mit der sie drohend herumfuchtelte: »Wer lügt, gehört ins Feuer. Morgen kommst du in die Hölle, dort schmilzt du weg wie eine Kerze.«

Ich begann zu weinen, beharrte aber störrisch: »Wir kehren in die Heimat zurück, bei Gott dem Allmächtigen. Ich habe es mit eigenen Ohren gehört. Geh doch hin, und hör es selbst.«

Einige Augenblicke stand sie verwirrt, dann stürzte sie ans Fenster. Sie schaute hinunter und hörte meinen Vater sagen: »Worauf warten wir noch, Brüder? Haben wir dieses Amerika mitsamt seinen Scheußlichkeiten nicht satt bis obenhin? Wir alle haben Söhne und Töchter. Wollt ihr etwa, dass eure Töchter Schlampen werden wie die Weiber in Amerika? Oder wollt ihr, dass eure Töchter sauber und anständig bleiben und dass ihr sie ordentlich erzieht und ehrbar verheiratet?«

Die beiden Männer nickten unaufhörlich. Mein Vater steigerte sich immer mehr in Rage und schrie so laut, dass er bis ans andere Ende der Straße zu hören war. »Dort ist das wahre Leben, Brüder! Dort redest du arabisch, du isst arabisch und trinkst echten arabischen Kaffee. Brauchst du Hilfe, findest du tausend ausgestreckte Hände, die dir beistehen. Benötigst du Geld, nimmst du es von irgendeinem Freund. Nichts mit Banken, Wechseln und Kopfzerbrechen. Ist der Tag zu Ende, sitzt du stundenlang im Kaffeehaus, und zuletzt suchst du noch die Moschee oder die Männerrunde im Diwan auf. Die Leute dort sind wahrhafte Muslime. Sogar die Christen sind in Ordnung, sie kennen Gott genauso gut wie wir. Wir beten in der Moschee zu Gott, und sie beten zu ihm in der Kirche. Da ist kein großer Unterschied. Hier dagegen, du lieber Gott, was gibt es hier! Was ist hier eigentlich los, erklärt mir das mal!«

Einer der beiden Männer brummte: »Na, na!«

»Schon gut, schon gut«, rief mein Vater, »wir alle haben uns satt gegessen. Ich habe gegessen, du hast gegessen, und jeder von uns ist satt zum Erbrechen. Aber was ist mit den Amerikanern in Saudi-Arabien, mein Lieber, was wollen die dort? Etwa die Kaaba verteidigen? Sich im Jordan taufen lassen oder Gebete aufsagen? Sags mir, was treiben sie dort?«

Die Männer wiegten wortlos die Köpfe. Wutentbrannt brüllte mein Vater: »Was wackelt ihr mit dem Kopf wie Bilal! Sagt mir bloß, was die dort treiben!«

Einer der beiden platzte heraus: »Sie fressen uns das Essen weg und kacken uns hinterher auf den Bart. Punktum! Das ist alles, was sie dort machen. Und wir Araber sind die dummen Esel. Bei Gott, wir verdienen es nicht besser. Was sie dort treiben? Sie schänden uns unverhohlen, in aller Dreistigkeit.«

»Gott behüte!«, entgegnete der andere. »Sie schänden uns? Ich bin es, der sie schändet, egal ob weiß oder schwarz, alle schände ich!«

Mein Vater brüllte dazwischen: »Das ist ja gerade die Absicht! Du schändest ihre Töchter, und sie schänden deine Töchter. Stimmts oder etwa nicht?«

»Gott behüte!«

Der Erste antwortete: »Ich lasse nicht zu, dass jemand auch nur ein Haar auf dem Kopf meiner Töchter anfasst!«

»Okay, und Huda?«

Mein Vater fragte: »Wohin ist Huda eigentlich gegangen?«

Minutenlang saßen die drei mit gesenkten Köpfen, bis mein Vater das Thema beendete, indem er erklärte: »Ich will, dass meine Töchter als Araberinnen aufwachsen, sauber und rein wie eine Kerze. Sie sollen arabische Muslime nach Sitte und Gesetz heiraten und von Muslimen geschwängert werden und Kinder bekommen. Verflucht sei das ganze Amerika, ich kehre zurück!«

Doch mein Vater kehrte nicht zurück. Er eröffnete einen neuen Laden in New Jersey, kaufte eine neue Wohnung und heiratete eine neue Frau. Und dann verfolgte er mich auf der Straße, mit einem langen Messer in der Hand. Ich war gerade fünfzehn.

2

Bevor ich mir selber verloren ging, verlor ich meine Sprache und meine Identität samt Namen und Adresse. Mein Name war eigentlich Sainab Hamdan, aber mit der Zeit wurde daraus Sena. Mein Vater hieß Muhammad Hamdan, doch dann gab es für mich weder einen Muhammad noch die Hamdans. Der Geburtsort meines Vaters war Wadi al-Raihan, ich wurde in Brooklyn geboren. Sena war also ein Zwischending zwischen zwei Sprachen und zwei Einflüssen, das Produkt Brooklyns und des Westjordanlandes, der Großmutter und des Vaters, und am Ende weder Fleisch noch Fisch. Die Lieder meines Vaters, die Koranverse und der Lobpreis des Propheten hätten mich vor den Folgen solcher Ungewissheit bewahren sollen, aber es war klar, dass sie es nicht konnten, schon deshalb, weil ich weder den Sinn der Worte verstand noch die Schönheit der Melodien zu schätzen wusste. Die neue Frau meines Vaters gehörte zu denen, die Englisch für ein Zeichen des Fortschritts, der guten Erziehung und feinen Bildung hielten. Sie sprach ein miserables Kauderwelsch, und ihre Erziehung war auch nicht besser. An Stelle von P sagte sie immer B, und aus K wurde bei ihr G: »Abble bei, panana sblit. Barg your gar in the barging lot.«

Wir Kinder waren Gott sei Dank in der Lage, B und P zu unterscheiden, brachten aber trotzdem keinen ordentlichen Satz zu Stande. Unser Gerede war ein so merkwürdiges Mischmasch aus zwei Sprachen, dass unsere amerikanischen Gäste fragten, ob wir nicht zur Schule gehen wollten, um wenigstens einigermaßen Englisch zu lernen, während unsere Verwandten ihrem Unmut Luft machten, dass wir nicht den Klub besuchten, um uns ein anständiges Arabisch anzueignen. Doch mein Vater nahm allen den Wind aus den Segeln, indem er mich am Ende jeder Party aufforderte, unseren verehrten Gästen zu zeigen, wie perfekt ich Englisch konnte. Worauf ich auf einen Stuhl stieg, umgeben von Arrakflaschen und Appetithäppchen und umringt von Leuten, die mir applaudierten und zulachten. Ich begann mit »verb to be and verb to have«, ging darauf zu

»twinkle twinkle little star« und »row row row your boat«
über und beendete die Vorführung mit der amerikanischen
Nationalhymne. Die ganze Gesellschaft fiel mit solcher Laut-
stärke ein, dass sich unsere neuen Nachbarn gezwungen sahen,
die Polizei und später die Feuerwehr zu rufen. Die Szene
wiederholte sich, wenn ich meinen Auftritt inmitten unserer
versammelten arabischen Verwandten hatte. Ich beglückte sie
zunächst mit den Hilfsverben »kana und ihre Schwestern« und
den Konjunktionen »inna und ihre Schwestern«, ließ danach
den Lobpreis des Propheten, den Willkomm der Medinenser
»Der volle Mond erschien«, die Sure »al-Fatiha« und »Hela
hela« folgen und schloss die Darbietung mit einem andalusi-
schen Strophengesang, in den alle Anwesenden mit größter Begeisterung einstimmten. Als der Morgen dämmerte, suchten
uns wiederum die Polizisten heim und schleppten unsere Bekannten aus dem Gebäude.

Ich kann also nicht behaupten, dass meine Kindheit unglücklich gewesen sei. Ganz im Gegenteil, sie war reich an Ein-
drücken, Fröhlichkeit und gutem Essen. Abgesehen von den
Ehefrauen meines Vaters und davon, dass sich der Traum von
der Rückkehr in die Heimat nicht erfüllte, dass ich umsonst
hoffte, meine Mutter würde mich einmal aus Los Angeles anrufen, und dass ich niemals unbeobachtet mit meiner Großmutter zusammensitzen durfte – abgesehen davon flogen
meine Tage leicht wie der Wind dahin. Kurzum, ich freute mich
des Lebens bei meinem Vater, den ich von ganzem Herzen und
wie mein Augenlicht liebte.

Er war ein gütiger Mann, voller Erinnerungen, Scherze
und geistreicher Geschichten. Ich werde nie vergessen, wie er
uns an den kalten New-Yorker Winterabenden um den mächtigen Holzofen versammelte und die alten Schnurren erzählte,

während er Kastanien röstete, Arrak trank und ab und zu ein Häppchen dazu naschte. Er sagte immer, er sei ein Sohn dieser Welt. Er sei weit herumgekommen und habe alles gesehen und gehört, nichts könne ihn noch überraschen oder aufregen. Dabei brach er vor Rührung in Tränen aus, sobald nur der Name eines Freundes oder Verwandten in Damaskus oder Beirut erwähnt wurde.

Die traurigen Lieder liebte er besonders. Wenn er sie hörte, wiegte er sich zu den Melodien und bewegte flatternd beide Hände, als wolle er gleich auf und davon fliegen. Zuletzt übermannte ihn der Rausch. Sichtlich betrunken, schrie er bei jeder schönen Stelle hingerissen: »Gott! Gott!« Ich blieb sitzen, sah ihm schweigend zu und würgte an meinen Tränen.

Jene Tränen, jene Melodien, jene Geschichten bewahrten mich vor dem Gefühl absoluten Verworfenseins. Denn wenn ich an das Messer und an diesen Blick zurückdenke, erinnere ich mich auch an die Tränen der Sehnsucht, an Träume und Wünsche, die unerfüllt blieben. Bis jetzt klingen mir seine Worte im Ohr: »Ich bin ein Sohn dieser Welt, das ist wahr. Aber ich habe keines Menschen Ehre beschmutzt und niemandes Vertrauen missbraucht. Jede Frau, mit der ich intim wurde, stand mir rechtmäßig zu nach dem Gesetz Gottes und seines Propheten. Mein Lebtag habe ich mich niemals über die Meinung anderer hinweggesetzt, mein Leben lang nahm ich Rücksicht auf die Leute und auf das, was sie sagen. Hör zu, Sainab, die wichtigsten Dinge auf der Welt sind: ein guter Ruf und Furcht vor Gott und dem Jüngsten Tag! Kann der Mensch denn auf eines davon verzichten? Vergisst du Gott, wird er dich vergessen. Missachtest du Gottes Wort, verachtest du auch die Worte der Menschen. So ist das Leben, so ist die Welt. Das Leben ist eine Lehre, eine Warnung und ein Durchgang. Das

Leben ist eine Botschaft, die Botschaft von Liebe und Toleranz. Was ist das Leben, Sainab?«

Ich antwortete, und die Tränen rollten mir über die Wangen: »Das Leben ist eine Warnung, Papa.«

»Was noch?«

»Das Leben ist eine Prüfung, Papa.«

»Und weiter?«

»Das Leben ist ein Durchgang.«

»Ein Durchgang wohin? Zu wem?«

»Ein Durchgang ins jenseitige Leben zum Propheten und seinen Gefährten, zu den Gläubigen, den reinen Männern und Frauen.«

»Sehr gut, Töchterchen, wunderbar! Gott schütze dich vor der Welt! Möge er dir den Weg leicht machen und ihn mit guten Vorsätzen und Wohltaten pflastern! Komm, setz dich neben mich, hier hast du eine Kastanie. Gib auf die Häppchen acht, und pass auf, dass du den Arrak nicht umkippst. Was ist denn, Töchterchen? Was hast du?«

3

Großmutter Deborah war der erste Mensch, der mir einfiel, als ich merkte, dass ich schwanger war. Vielleicht, weil Huda zu ihrer Großmutter geflüchtet war, und ich machte es ihr nach. Vielleicht auch, weil Großmutter mir zu Weihnachten immer einen Obstkuchen und eine Karte mit Kerzen darauf schickte. Einmal hatte sie mir sogar einen Teddybären, so groß wie ein Baby, geschenkt. Es war das erste Mal, dass ich ein so großes Spielzeug bekam. Aber mein Vater konnte den Bären nicht leiden. Er sagte, das sei etwas für Jungen. Er nahm ihn mir weg und warf ihn fort. Jedenfalls behauptete er das, aber in Wahrheit tat er es nicht. Nach zehn oder mehr Jahren fand ich den Bären auf dem Zwischenboden unter alten Sachen, die meiner Mutter gehörten. Sobald ich nämlich begriffen hatte, dass ich schwanger war, kletterte ich auf den Zwischenboden und sprang wohl zehnmal hinunter. Müde geworden, hockte ich dann in der Dunkelheit zwischen altem Hausrat voller Schimmel und Schwamm. Niemand stand mir zur Seite, nur jener Teddy. Ich setzte ihn auf meinen Schoß und schluchzte in seinen Bauch hinein. Ich hatte Angst, dass mein Vater die Schwangerschaft entdecken und mich umbringen würde, wie er mir angedroht hatte. Nachher hat er es auch tatsächlich versucht. Aber ich flüchtete aus Brooklyn und schlüpfte bei meiner Großmutter in Washington unter. Dort führte ich ein ganz normales Leben, besser gesagt, überhaupt keins. Meine beiden Leben waren vollkommen verschieden. Zwischen Brooklyn und Washington, anders ausgedrückt, zwischen dem Leben mit der Großmutter und dem Leben mit dem Vater bestand wirklich ein Riesenunterschied. Mein Vater schlug zum Beispiel gern einmal über die Stränge, während Großmutter niemals beschwipst war und auch nie eine Geschichte erfand. Ihre Küche sah aus wie eine Apotheke, alles war blendend weiß, und die Lebensmittel wurden peinlich genau in Gläsern verwahrt. Jedes Körnchen und Krümelchen konnte man in den durchsichtigen Dosen erkennen. Auf jede Dose war ein weißes Etikett geklebt, das sie mit Ziffern und Buchstaben beschriftet hatte. Wenn es mehr als ein Glas gleichen Inhalts gab, schrieb sie: »Zucker 1«, »Zucker 2«, »Zucker 3«. Oder »Englischer Tee«, »Australischer Tee«, »Chinesischer Tee«. Kurzum, ihre Küche war ordentlicher als unser Gemischtwarenladen. Allerdings hatte auch mein Vater sein besonderes Ordnungsprinzip.

In wenigen Sekunden hätte er dir irgendeine gewünschte Ware aus diesem seltsamen Durcheinander herausfischen können: Knoblauch, der von der Decke baumelte, Dörrfisch, Wurst, Zwiebeln, sauer eingelegte Rüben, Auberginen, getrocknete Muluchija, Arrak »Cortas«, Tomatenmark und Blütenwasser. Zwischendurch stellte er dem Kunden Fragen, ohne eine Antwort zu erwarten: »Ein Kilo Mandeln und Nüsse? Ein Kilo schwarze Oliven? Drei Yard Schnur? Ein Kilo Kaffee mit Kardamom? Verschnauf mal ein bisschen! Die Welt ist doch kein Flugzeug, weshalb so eilig? Das Leben ist schließlich kein Wettrennen, oder bist du auch schon so weit, dass du durchgehst wie ein Pferd ohne Zügel? Nimms gelassen, genieße die Welt. Wozu die Rennerei? Wozu das Drängeln? Mit wem wetteiferst du? Kannst du etwa die Welt überholen? Oder den Tod? Lass es dir gesagt sein: Sieger bleibt in jedem Fall der Tod. Gott steh uns bei! Wie schnell er ist, wie nahe, näher als die Braue dem Auge! Also stelle alles Gott anheim, und nun setz dich endlich. Nimm eine Tasse Kaffee, rauche eine Wasserpfeife, und hör dir eine Geschichte an. Mach schon, entspann dich. Du gehst mir nicht so weg, bei Gott. Ich lass mich scheiden, wenn du jetzt gehst. Was hast du, Mann? Willst du meine Familie ruinieren und meinen Kindern eine Stiefmutter verpassen? Ich habe schon vier Frauen beisammen, während du noch ledig bist. Na, was meinst du? Lass mich dir eine vorschlagen. Ich wüsste da ein anständiges junges Mädchen, ganz nach deinem Geschmack. Sie ist erst vierzehn und hat die Green Card. Morgen bekämst du die Staatsbürgerschaft und könntest frei herumlaufen. Eine Taille hat sie, die tanzt besser als jede Sprungfeder. Und ein Paar grüne Augen, einfach hinreißend! Rundum proper, wie ein Entlein, und Apfelbäckchen hat sie auch. Blutjung und biegsam, die kannst du noch erziehen, wie du willst. Möchtest du das Mädchen sehen? Schön, bleib ein bisschen hier sitzen, gleich kommt sie aus der Schule. Na, tausendmal willkommen! Nur einen Moment, gleich habe ich deine Sachen beisammen.«

Aber aus dem Moment wurde eine Stunde, ohne dass man merkte, wie die Zeit verging. Es lag ja nicht an der langsamen Bedienung, denn er stellte dir die Waren, wie versprochen, im Handumdrehen zusammen. Der wahre Grund – wenn du die Wahrheit willst – waren all die Geschichten, dieses Erzählen und Plaudern über Antar und Abla, den schlauen Hasan, den dummen Bilal, über das Neueste aus der Nachbarschaft, Skandale, Politik, die Gold- und Silberpreise, Warenangebote, leer stehende Wohnungen, Autos, Fahrräder und so weiter. Hatte er nicht gesagt, er sei ein Sohn dieser Welt? Allerdings einer vollkommen anderen Welt als der meiner Großmutter.

Der Gegensatz zwischen meinem Vater und meiner Großmutter eskalierte, sobald ich schwanger war. Nachdem ich eine Woche bei ihr gewohnt hatte, suchte er uns auf. Wir backten gerade Plätzchen, da schaute Großmutter aus dem Fenster und sah ihn kommen. Sofort schob sie mich in die Vorratskammer. Als er in die Küche trat, versuchte sie, mit ihm ins Gespräch zu kommen. Doch er gab keine Antwort und ließ seine Augen wie ein Jagdhund überall umherschweifen. Er schien ganz alt geworden und sein Gesicht war dunkel angelaufen. Ich glaubte nicht, dass er mich wirklich umbringen wollte. Die Liebe zwischen uns war viel zu tief. Unvorstellbar, dass er eine solche Tat begehen könnte. Ich hatte die Hoffnung auf Versöhnung noch nicht aufgegeben, obwohl mich Großmutter immer wieder warnte: »Siehst du nicht, was mit Huda und den anderen passiert ist? Waren sie nicht auch kleine Mädchen wie du? Wurden sie nicht von ihrer Familie geliebt?«

Ich hielt die Luft an und beobachtete ihn durch die Tür-ritzen. Sein Gesicht war finster, die Augen traten hervor. Ich sah, dass er Großmutter zurückstieß. Sie versuchte zu telefonieren, er entriss ihr den Hörer und zog den Stecker heraus.

»Das nützt alles nichts, meine Liebe, misch dich ja nicht ein!«, schrie er mit Donnerstimme. »Schluss, aus! Sie ist so gut wie tot. Für ihr Vergehen muss sie büßen. Ich muss meine und ihre Schande mit Blut abwaschen!«

Großmutter versuchte, ihn zu überzeugen, dass ich nicht hier sei, doch er wollte nichts hören. Er rannte ins Wohnzimmer und schlug alles kurz und klein, was ihm im Wege stand, trat mit Füßen um sich und brüllte, was die Stimme hergab, bis er vor Wut völlig außer sich geriet. Bei so einem Anfall, den er nur sehr selten erlitt, verwandelte er sich in ein reißendes Tier ohne Verstand und Wahrnehmung. Dann war er nicht mehr mein Vater, wie ich ihn kannte, sondern irgendein wildfremder Mann.

Er stürmte wieder in die Küche, den Teddybären in der Hand. Erschrocken wich ich zurück. Dabei stieß ich einen Krug um, er fiel zu Boden und zerbrach. Im selben Augenblick lag ich zu seinen Füßen. Er schleifte mich, wie ich war, über und über mit Glassplittern, Marmelade und Blutflecken bedeckt, in die Küche. Er zerrte mich an den Haaren und schrie: »Du Hundetochter! Bei Gott, dein Blut werde ich trinken!«

Ich klammerte mich an seine Hosenbeine und flehte um Gnade. Er reagierte mit derben Schlägen in meinen Bauch und auf meinen Kopf. Dann packte er mich wieder am Haar, riss meinen Kopf zurück und fragte mit böse funkelnden Augen: »Wer ist der Hurensohn?« Er war betrunken und stank nach Arrak. Ich musste mich übergeben. Er schüttelte mich wie einen leeren Sack und schrie wieder: »Wer ist der Hurensohn? Wer hat mich mit Dreck besudelt?«

Ich brachte kein Wort heraus. Allmählich verlor ich das Bewusstsein. Trotzdem spürte ich seine Bewegungen und war sicher, dass mein Ende nahte. Ich kniff die Augen fest zu, presste seine Beine an meine Brust und wartete, dass ein Messer herabsauste. Doch plötzlich ertönte ein lautes Krachen, als ob eine Bombe explodierte. Die ganze Küche wankte, die Gläser schwangen hin und her wie Uhrenpendel. Ich merkte, dass sich seine Muskeln verkrampften, dann schlug er der Länge nach auf den Boden. Für einen Moment begegneten sich unsere Augen in einem Blick voller Erstaunen, Schmerz und Bestürzung. Ich hörte ein Geräusch und schaute zur Tür. Dort stand meine Großmutter mit einem Jagdgewehr in der Hand.

»Keine Bewegung!«, zischte sie. »Oder dein Kopf geht zu Bruch.« Ihr Gesicht war ruhig, ihre Augen bewegten sich nach rechts und links. »Weg mit dem Messer! Sofort!«

»Hundetochter …«, röchelte er.

Da gab sie noch einen Schuss ab. Er traf den Tisch neben ihm, er kippte um und fiel auf ihn.

»Sainab, her zu mir! Komm schnell zu mir!«

Aber ich blieb bestürzt hocken, ich konnte mich nicht bewegen. Sie wandte sich wieder an ihn: »Du kennst mich, Hadsch. Wirf das Messer weg.«

Er schleuderte das Messer mit der linken Hand fort. Die rechte, verwundete drückte er an seine Brust.

»Und du, Mädchen, komm hierher. Geh in mein Zimmer und ruf die Polizei. Los, mach schon!«

Ich stieg die Treppe hinauf, wagte jedoch nicht, die Polizei anzurufen. Ein Gefühl von Schuld, Schande, Angst, Mitleid und Verlorensein blockierte mein Denken und lähmte meine Hand. Auf dem Bettrand sitzend, blickte ich aus dem Fenster. Der Herbst ging zu Ende, die Blätter waren von den Bäumen abgefallen, nur ein paar hingen noch an den Zweigen. Verwirrt flüsterte ich: »Was habe ich getan? Was soll ich machen? Was soll jetzt werden?« Mir wurde schwarz vor Augen, ringsum war es still wie im Grab. In diesem Zustand verharrte ich, die Zeit schien mir stehen geblieben zu sein.

Als ich später hinunterging, hörte ich ihn schreien: »Du bist schuld! Ohne dich wäre sie nicht weggelaufen. Du hast meine Familie ruiniert und mein Herz gebrochen. Du bist keine richtige Frau, und auch kein Mann.«

Besonnen und geduldig redete sie ihm zu: »Beruhige dich, Hadsch. Lass mich deine Wunde säubern. Halt mal fest. Jetzt streng deinen Verstand an, reden wir vernünftig miteinander. Sainab bleibt hier. Geh du zu deinen Leuten, sag ihnen, dass du sie getötet hast und ein Mann bist. Keine Tricks! Dass du ja nicht vor Gericht ziehst oder dergleichen. Du kennst das Ergebnis, du hast es früher schon einmal versucht, probier es also nicht wieder. Vergiss Sainab, wie du ihre Mutter vergessen hast.«

»Ich habe nichts vergessen«, sagte er schluchzend, »mein Lebtag werde ich nicht darüber hinwegkommen.«

Auch ich konnte nicht vergessen. Jahrein, jahraus lebte ich bei meiner Großmutter. Ich vergaß meine Mutter und vergaß meinen Sohn. Aber niemals vergaß ich, wie er damals durch den Korridor getaumelt war, den Arm in einer Schlinge um seinen Hals, den Rücken gebeugt unter der Last einer vieltausendjährigen Schande. Ich rief ihm nach, so laut ich konnte: »Papa, vergib mir!«

Er wandte das Gesicht ab und wies mit der gesunden Hand gen Himmel. Schwerfällig tappte er durch die menschenleere Straße, den Kopf gesenkt, die Binde am Nacken verknotet, und seine Füße schlurften durch Stroh und Laub.

Von Gewissensqualen gepeinigt, rief ich wieder: »Vergib mir, Papa, vergib mir!«

Er winkte noch einmal. Dann verschwand er in der Straße – für immer.

4

Mein Leben bei Großmutter lief wie am Schnürchen, die Ereignisse überschlugen sich. An Einzelheiten kann ich mich gar nicht mehr erinnern. Nur zwei Geschehnisse blieben haften, sie beschäftigten mich Tag und Nacht. Das erste war, dass ich meinen Sohn im Adoptionszentrum abgab, und das zweite, dass ich meiner Mutter wieder begegnete. Dazwischen lernte ich von Großmutter, ein neues Leben zu beginnen. Anfangs bewegte ich mich äußerst vorsichtig, wie jemand, der versucht, zwischen den Regentropfen durchzuschlüpfen, ohne nass zu werden. Ständig belehrte sie mich: »Auf den Erfolg kommt es an. Wenn du scheiterst, erlangst du nur Mitleid, aber keine Achtung und Freundschaft. Wenn du deinen Sohn zurückhaben willst, dann geh und nimm ihn dir, falls du für ihn aufkommen kannst.«

Von da an wollte ich gewinnen. Ich siegte in jedem Wettkampf und stellte Rekorde auf. Zuerst glaubte ich, all das nur für meinen Sohn zu tun, nicht etwa für mich. Ich dachte, mein Erfolg würde mich stärken und befähigen, ihn zurückzuholen. Doch je erfolgreicher ich wurde, desto mehr wollte ich erreichen. Am Ende bestand der Erfolg darin, mich selber zu bestätigen, sodass ich schließlich jedes Gefühl für andere verlor.

Die anderen waren für mich nichts weiter als Konkurrenten, und ich besiegte sie alle. Liebe und Emotionen, Verwandtschaft und Freundschaft waren Zeitverschwendung. Es gab mich und Deborah, sonst niemanden. Sogar Deborah rückte in den Hintergrund und verblasste. Ich blieb allein und ging leeren Herzens meiner Wege. Ich hatte nur mich. Niemand gehörte zu mir, ich sah nichts als meinen eigenen Schatten. Meine Schritte verhallten hinter mir, und meine Fragen führten zu keiner Entscheidung. Es blieb auch keine Zeit, weder für Fragen und Antworten noch für Erinnerungen oder Gefühle. Ich hetzte weiter, immer weiter.

Nach und nach wurde ich eine vollkommen andere. Mir lag nichts mehr an Märchen und Wundergeschichten. Ich hatte keinen Spaß mehr, lachte nicht und genoss es nicht, mit anderen zu speisen. Ich lernte, im Gehen ein Sandwich hinunterzuschlingen. Ich lernte, Schweigen zu ertragen und die Tage ohne Freunde zu verbringen. Ich lernte, an Wochenenden stundenlang ohne Lieder und Musik herumzusitzen. Niemand wunderte sich darüber. Meine Großmutter hatte einen strengen Charakter, und meine Kommilitonen und alle anderen Leute waren genauso wie sie. Zugegeben, sie waren freundlich, aber jeder blieb für sich. Jeder drehte sich um seine eigene Achse. Ich lernte meine Lektion und hielt mich daran. Am Ende hatte ich mich selber in einen gläsernen Käfig gesperrt, die Menschen und Dinge blieben draußen.

Eigentlich war es angenehm, so zu leben. Wir sahen alle nett aus, und unsere Konversation war natürlich noch netter. Es gab weder Streit noch Tadel, weder Konflikte noch Antipathien. Wie denn auch, zwischen uns standen ja Glaswände! Kurz gesagt, wir berührten niemanden und wurden nicht berührt. Aber trotz all dieser Friedfertigkeit breitete sich in meinem Inneren, unter der unschuldigen Oberfläche etwas wie Kälte aus. Selbst am Ofen überrieselte mich ein Schauer, ich spürte ihn noch im Hochsommer. Sobald die Nacht hereinbrach und die Lichter ausgingen, verkroch ich mich in Großmutters Schaukelstuhl. Stundenlang saß ich im Dunkeln und sah zu, wie die Glut in Asche zerfiel. Großmutter kehrte spätnachts von irgendeinem Verein zurück, dann setzte sie sich zu mir und begann die Tageszeitungen durchzusehen. Gewöhnlich überließ ich ihr aus Höflichkeit den Schaukelstuhl. Doch wenn ich spürte, dass die Kälte um mich und in mir zu groß war, blieb ich sitzen und tat, als wäre ich gar nicht hier. Dann sah mich Großmutter mitleidig an und sagte: »Bestimmt hast du einen langen Tag hinter dir, du Ärmste. Stimmts?« Wenn ich keine Antwort gab, setzte sie hinzu: »Ach, die Ärmste, wie muss sie sich plagen!«

Sie blieb eine Stunde oder etwas länger sitzen. Bevor sie aufstand, um schlafen zu gehen, hörte ich sie sagen: »Lieber Gott! Was ist nur über Amerika und die Amerikaner gekommen! Was ist bloß über uns gekommen?«

Das »uns« schmerzte mich. Was bedeutete »uns«? Wer war das – »wir«? Wir, die Amerikaner? Ich bin keine Amerikanerin. »Was bist du dann?«, fragte sie mich eines Tages, als ich diese Gedanken aussprach. Ich antwortete nicht, dass ich Araberin sei, denn ich war es nicht. Aber wer war ich dann? Trotz der Nationalität meiner Mutter, der Geburtsurkunde und des Schulzeugnisses, trotz meiner Bücher, meiner Sprache, meiner Kleidung und meines ganzen Lebens war ich eigentlich keine Amerikanerin. Mein tiefstes Inneres war bevölkert von Visionen, Bildern und sehnsüchtigen Mawwalliedern, die mich wie ein Windhauch, wie Veilchenduft und längst verwehter Wohlgeruch umfächelten und mein Herz wie Honig hinschmelzen ließen. Gleich einem Schwarm Schmetterlinge erhob sich die Erinnerung. Bis zum Morgen schwebte sie durchs Zimmer und erfüllte das Dunkel mit dem Duft von Jasmin und Weihrauch, dem Aroma von Kaffee und Kardamom, von Mandeln, Zimt, Gewürzmischungen und Muskatnuss, von geröstetem Brot und Kastanien. Wie Segel glitten die Schmetterlinge dahin, wie winkende Hände, wie ein Schwarm Tauben. Aus weiter Ferne schlug ein Gesang an mein Ohr: »Erbarmen, o Nacht!« Und ich flehte voller Sehnsucht: »Verzeih mir, Papa, verzeih mir doch.« Die ganze Nacht konnte ich so verbringen, während ich zusah, wie die Glut zu Asche wurde.

In der Dunkelheit tastete ihre Hand nach meiner Schulter und rüttelte mich. »Es ist nur ein Traum, Sena«, flüsterte sie, »nur ein Traum.«

»Nein, nein, ich träume nicht.«

»Doch, Sena, es ist nur ein Traum.«

Ein Traum? Was war mit dem kleinen Mädchen und all den Gesängen und Liedern, dem Lachen und Scherzen, dem Essen und Trinken, den Appetithäppchen und dem Arrak? »Nur ein Traum, Sena, nur ein Traum.« Dann ging sie wieder schlafen.

Vielleicht war ich krank. Sie konsultierte einen Nervenarzt, der ihr sofort erklärte: »Ein Gefühl der Entfremdung, nichts weiter.« Sie nickte verständnisvoll und meinte: »Natürlich, das muss es sein. Eine kleine Mutter mit einem kleinen Kind.« Sie brachte mich zu ihm. Der Junge lächelte. Sobald ich jedoch näher trat, um ihn anzufassen, zuckte er zurück und weinte vor Angst.

»Fühlst du dich jetzt besser?«

»Gar nichts fühle ich.«

Großmutter war betroffen und sagte nichts mehr. Erst auf dem Heimweg begann sie auf mich einzureden: »Das ist nicht recht. Eine Mutter sollte doch etwas spüren.«

Sie fuhr fort, mich zu ermahnen, bis ich ihr Predigen satt bekam. Ich überlegte: Müssen wir etwas fühlen oder nicht? Und dieses kleine Kind? Fühlt es etwas oder nicht? Wenn ja, was fühlt es? Fühlt es Ärger? Liebe? Fremdheit oder Furcht? Spürt so ein kleines Kind schon Entfremdung? Weiß es von allein, wer seine Mutter ist, oder lernt es das erst? Ob es merkt, dass ich nichts fühle?

Großmutter war wirklich sehr geduldig. Sie lud meine Mutter ein, uns zu besuchen, und sie kam tatsächlich aus Los Angeles. Ich probte gerade im Saal, als sie zu mir hinter die Kulissen trat. Sie lachte und weinte und sagte wie zu ihrer Verteidigung: »Damals war ich noch zu jung.« Dann wischte sie sich die Tränen ab und setzte hinzu: »Ich war alldem nicht gewachsen, ich hielt es nicht aus. Ihre Gewohnheiten, ihr Essen, ihr Trinken, ihre ganze Art! Ihr Wesen war so fremd, ich ertrug es nicht.«

Ich erwiderte kein einziges Wort und schaute unverwandt in den Spiegel.

»Tadle mich nicht!«, sagte sie bittend.

»Weshalb sollte ich dich tadeln?«

»So liebst du mich?«

»Ich hasse dich nicht.«

»Und was ist mit Liebe?«

Sie erschien mir dumm, und ich verspürte Überdruss und Langeweile. Doch sie fuhr fort zu schwatzen, zu weinen und zu schluchzen, bis ich beinahe die Nerven verlor. Schließlich schrie ich: »Ich bitte dich, sag mir, wie ich dich lieben soll, wenn ich dich überhaupt nicht kenne!«

»Aber ihn liebst du wohl?«, entgegnete sie vorwurfsvoll.

Ich gab kein Wort, keinen Laut von mir.

»Obwohl er versucht hat, dich umzubringen!«

Ich verteidigte weder ihn noch mich.

»Umbringen wollte er dich!«

Ich blickte sie nicht an, schaute in den Spiegel.

»Ich tadele ihn nicht, ich tadele dich nicht«, sagte ich schließlich, »ich tadele niemanden. Ich wundere mich nur.«

»Sie wundert sich nur«, flüsterte sie verblüfft, »sie wundert sich!« Noch während sie zur Tür hinausging, wiederholte sie immerfort: »Sie wundert sich nur, sie wundert sich!« Als sie bei ihrem Auto angekommen war, winkte sie noch einmal. Ich winkte auch und sah ihr nach, bis sie verschwunden war.

5

Mein akademisches Leben war schlichtweg fade. Ohne Geschmack, ohne Empfindung. Als meine Mutter starb, erbte ich. Nun besaß ich zwei Appartements, eins in Washington, das andere in San Diego. Ich hatte zwei Autos und besuchte Partys auf Jachten, in Botschaften, an Swimming-Pools. Ich wurde Mitglied in drei Klubs, trainierte Aerobic und genoss Whirlpool, Massage und Sauna. Aber trotz all dieses Luxus hatte ich das Gefühl, dass ich etwas entbehrte. Deshalb fragte mich Großmutter auch immer: »Was fehlt dir denn? Hast du keinen Erfolg?«

O doch, ich war erfolgreich, und wie! Ich gewann den Preis für den besten Universitätsabschluss und stieg zur Leiterin der Sektion Anthropologie auf. Aber was dann? Wie sollte es weitergehen? Jetzt war ich in den Dreißigern, in zehn Jahren würde ich in den Vierzigern sein, dann in den Fünfzigern und Sechzigern, danach ginge ich in Pension und würde sterben. Was käme nach dem Tod? Und kurz vor dem Tod? Was bliebe mir, wenn ich erst einmal sechzig wäre? Wie würde ich dann sein? Sicher die genaue Kopie meiner Großmutter: Ich würde Marmelade einkochen, Plätzchen backen, Wohltätigkeitsvereinen beitreten und jeden Sonntag in der Kirche beten. Nein, das nicht. Bis jetzt war ich nicht zur Kirche gegangen und würde es nicht tun. Ich war keine Christin. Aber auch keine Muslimin. Großmutter mahnte mich immer wieder: »Du brauchst ein Bekenntnis, du brauchst einen Glauben.«

Was denn für einen Glauben?, fragte ich mich. Selbst als ich noch klein war und gar nicht genug lernen, einwenden und fragen konnte, war mir das Gerede von einer himmlischen Gerechtigkeit unerträglich. Vielmehr war ich vollkommen überzeugt, dass alles, was mir passierte, ein schlagender Beweis für den Tod der Gerechtigkeit sei. Wenn es überhaupt eine Gerechtigkeit gab, musste sie ja nicht unbedingt vom Himmel kommen. Außerdem betrat ich die Kirche höchstens zu einer Hochzeit oder Trauerfeier. Hörte ich sie dann ihre Choräle singen, rollte mir schon einmal eine Träne aus den Augen, aber die wischte ich gleich wieder ab. Meine Tränen durften nur fließen, wenn ich allein über mich und mein vergebliches Suchen nachgrübelte. Das Geheimnis meines Erfolgs bestand ja gerade darin, dass ich nicht weinte und zusammenbrach.

6

Mit der Zeit wuchs meine Entfremdung, bis ich der Einsamkeit überdrüssig war und mich ohne Wenn und Aber nach der Vergangenheit zurücksehnte. Dieses ganze Suchen nach Identität war ein zu dürftiger Ersatz. Schmerz und innere Zerrissenheit waren nur noch eine alte Wunde, die längst nicht mehr blutete.

Nur die Narbe tief drinnen erinnerte noch an vergangene Seelenqualen. Es gab keine Ausflüchte mehr. Am Ende musste ich mir eingestehen, dass ich weder Ruhe noch Frieden fände, bis ich umkehrte, zurück in die Vergangenheit, zu dem, was ich verloren hatte.

Meine Reise begann in New York. Zum ersten Mal seit meiner Flucht machte ich mich auf den Weg zu unserem Kramladen in Brooklyn. Dort sah alles ganz verändert aus, wie verwandelt. Unseren Laden gab es nicht mehr, an seiner Stelle erhob sich ein protziges, weißes Gebäude, beinahe ein Palast. Davor standen eine hohe Mauer, dichte Bäume und ein braun gebrannter arabischer Wächter, der mich fragte, was ich wünsche. Ich sagte, dass ich nach meinem Vater suchte. Unser Gemischtwarenladen habe sich hier, genau an der Stelle der Villa, befunden. »Wann soll das gewesen sein?«, fragte der Mann mit staunend aufgerissenen Augen. Er wohne seit Jahren in Brooklyn und kenne viele Ladeninhaber, aber von einem Händler namens Hadsch Muhammad habe er nie etwas gehört. Dann schlug er vor, ich möge seinen Vater aufsuchen und ihn fragen. Sein Vater sei ein betagter Mann, vielleicht erinnere er sich.

7

Ich bog in die Nebenstraße ein und versuchte, mir die Dinge und Ereignisse von einst zurückzurufen. Hier sind wir so oft gewesen, hierher kamen wir immer! Da, die Uferpromenade und die Kreuzung, die Bäume im Westend drüben hinter dem Fluss, die Musik der schwarzen Jugendlichen auf dem Platz, ein Mann, der zugedeckt mit seinem Mantel auf der Bank schlief. Alles war noch an Ort und Stelle, nur nicht der Vater, sein Geschäft, die Ladenzeile und die Nachbarn. Ich gelangte zu dem Haus und klopfte an die Tür. Eine Frau trat heraus. Sie erinnerte mich an die Frauen meines Vaters.

»Ja, meine Dame«, sagte sie freundlich. »Abu Falih ist da, er sitzt am Fenster.« Lächelnd wies sie hinein, ihre Goldreifen klirrten.

Er saß im Schaukelstuhl am Fenster, das nach Westen ging. Über seine Beine war eine gehäkelte Decke gebreitet, auf dem Kopf trug er eine arabische Baumwollkappe. Durch das Fenster hinter ihm waren, übereinander gestapelt wie Streichholzschachteln und Legosteine, die Wolkenkratzer zu sehen. Der Widerspruch zwischen Motiv und Hintergrund konnte nicht krasser sein: Greis mit uralten Gesichtszügen vor supermodernen Gebäuden und Hochhäusern.

»Er schläft und wacht auf, so geht das den ganzen Tag«, flüsterte die Frau. »Er vergisst sofort alles, aber weit zurückliegende Dinge weiß er noch. Er erinnert sich an den Feigenbaum und den Backofen, an Hadsch Muhammad und den Muchtar, nur mich vergisst er. Trinken Sie Kaffee oder eine Limonade? Aber ich bitte Sie, nein, Sie müssen etwas zu sich nehmen. Ach was, von wegen Umstände. Sind wir denn Amerikaner? Bei Gott, wenn wir anstatt fünfzig sogar hundertfünfzig Jahre in Amerika lebten, würden wir doch nicht so werden wie die. Ihr Vater hat hier gewohnt, sagen Sie? Nein wirklich, wie die Zeit vergeht. Das muss gewesen sein, bevor ich diesen alten Mann heiratete. Warten Sie, er wird gleich aufwachen. Um diese Zeit wird er immer munter, dann gibt er Ihnen Auskunft. Vielleicht besinnt er sich, vielleicht auch nicht. Sie müssen Geduld haben. Ich bringe Ihnen erst mal ein Glas Limonade, sonst werden Sie mir noch verdursten.«

Ich setzte mich auf das Sofa in der Ecke unter dem üblichen Konterfei des Hausherrn: Abu Falih in der Blüte seiner Jugend mit Fes und Tuch. Unten im Rahmen steckte das Farbfoto einer Gruppe Männer mit Hüten und Schnurrbärten. In dem dunklen Winkel, wo ich Platz genommen hatte, stand ein Tisch mit einer bestickten Decke, Plastikblumen und Fotos von Enkelkindern, zahlreich wie die Ameisen. Eine Braut, ein Absolvent, ein junger Bursche, ein Mann und eine Frau mittleren Alters, ein kleiner Junge, noch einer, ein kleines Mädchen, und wieder ein Junge, ein Buick, Modell aus den Zwanzigerjahren, davor ein Mann mit weißen Gamaschen und Tarbusch, einen Fuß auf der Erde, den anderen seitlich auf der Stoßstange. An der Wand gegenüber hing wie ein Gemälde ein Gebetsteppich mit dem Felsendom und einigen Koranversen.

Abu Falih erwachte. Er nippte an der Limonade, gähnte und beachtete meine Anwesenheit überhaupt nicht.

Die Frau klopfte ihm auf den Rücken. »He, Abu Falih! Die Dame kommt aus Washington. Gib ihr Auskunft. Kennst du einen, der früher mal einen Gemischtwarenladen in der Straße neben der Bäckerei hatte?«

»Was für eine Bäckerei?«, fragte er verwundert.

Sie zwinkerte mir zu und flüsterte: »Nichts zu machen. Aber es wird schon noch werden.« Sie klopfte ihm wieder auf den Rücken. »Erinnerst du dich nicht, Hadsch, weißt dus nicht mehr? Vielleicht ist er hier auf dem Foto mit euch abgebildet. Schauen Sie, meine Tochter, womöglich erkennen Sie ihn.«

Ich nahm das Foto. Der da könnte es sein, oder jener. Trotzdem, dieser war es nicht, und jener auch nicht. Alle sahen aus wie mein Vater, aber keiner war mein Vater.

»Ihr Arabisch ist sicher nicht ganz perfekt«, sagte die Frau. »Ihre Mutter ist wohl Araberin, oder nicht?«

»Sie ist schon lange tot«, antwortete ich mit stockender, unsicherer Stimme, »ich erinnere mich nicht an sie. Aber als ich klein war, sprach ich gut Arabisch. Vater erzählte uns immer Geschichten, eine nach der anderen, kleine und große. Stundenlang redete er von Jerusalem und dann wieder über eine Stadt, ich hab vergessen, wie sie hieß. Ich weiß es wirklich nicht mehr, es klang wie al-Ram oder al-Taira, vielleicht auch Abu Dis, ich weiß nicht mehr, immerfort brachte er neue Namen an. Vor allem Jerusalem, immer wieder Jerusalem, aber auch al-Dabagh, Bab al-Chalil und al-Musrara.«

»Ach, welch ein Land!«, murmelte der Mann seufzend. »Wohin sind diese schönen Tage entschwunden!«

Die Frau sah mir ins Gesicht, als wolle sie mir Mut machen. »Reden Sie weiter, lassen Sie ihn mehr hören.«

Ich durchstöberte meinen Kopf nach Erinnerungen, irgendeiner Geschichte, fand aber nichts als verschwommene Vorstellungen von einem Bild, das bei uns im Salon hing, und von Szenen, die hier und da in meinem Gedächtnis aufblitzten. Der Platz in der Aksa-Moschee, die Kuppel, steinerne Fliesen, Bögen und Säulen aus Silber, duftende Pflanzen und Wasser zur rituellen Waschung, das an heißen Tagen wie geschmolzenes Eis aus dem Wasserhahn sprudelt. Und mein Vater, der seine Kreise zieht wie ein Vogel. Er trägt seinen gewohnten Korb mit perlmuttverzierten Koranexemplaren, Kuhl-Gefäßen aus Messing in Gestalt eines Pfaus, Schminkstäbchen in Flügelform, Gebetsketten aus Bernstein, Muscheln und Karneol und geschnitzten Karawanen aus Ölbaumholz.

»Jerusalem, Jerusalem«, murmelte der Mann wieder, »was für eine Stadt! Wohin entschwanden diese schönen Tage!«

»Na, was ist, mein Alter?«, fragte die Frau scherzend.

»Wollen wir nicht nach Hause zurückkehren, dass wir Heil und Segen durch unsere Pilgerschaft erlangen und nach der langen Abwesenheit wieder zu uns finden?«

»Was bleibt da noch zu finden?«, brummelte er ratlos.

»Unsere Kinder sind in der Fremde groß geworden und haben uns verlassen. Nur ich und du, wir wohnen allein in diesem Haus. Wir haben niemanden mehr als den Ewigen.«

»Ja, Gott ist uns geblieben«, sagte die Frau ergriffen und sank in sich zusammen. Doch dann munterte sie ihn resolut auf: »Was solls, Abu Falih! Ich danke Gott. Wir haben getan, was wir tun mussten, und mehr als das. Aus unseren Kindern sind ordentliche Leute geworden. Was brauchen wir beide noch, außer der Gesundheit?«

Er wandte sich an mich: »Gesundheit ist das Wichtigste, meine Tochter. Was sollte sonst in diesem Land aus uns werden?« Er schaukelte mit dem Stuhl, seine Augen schweiften weit in die Ferne, und er lächelte still vor sich hin.

»Wenn bei uns daheim ein Pferd stürzte, setzten wir uns zu ihm. Sogar zu einem Esel haben wir uns gesellt. Wir unterhielten uns mit ihm und sangen ihm etwas vor, als gehöre er zur Familie oder zu den Nachbarn. Hier gibts weder Familie noch Nachbarn. Jeder ist für sich allein. Sie sagen, Ihr Vater hat hier gewohnt? Was hat er gearbeitet? Wie hieß er, aus welcher Familie stammte er, aus welcher Gegend?«

Wieder zermarterte ich meinen Kopf nach dem Namen der Stadt, doch ich fand ihn nicht. Er war verwischt durch viele andere Namen, die ich seit damals gehört hatte. Trotzdem, mein Vater war noch immer hier, die Imagination meines Vaters war hier, seine Traurigkeit ... und jener Blick.

»Ganz bestimmt hat er in Brooklyn gewohnt. Unser Haus war da, wo jetzt die Villa steht. Mein Vater unterhielt sich dauernd mit den Nachbarn über Amerika und die Amerikaner. Sie sagten, in der Heimat sei alles viel besser.«

Der Stuhl nickte, und der Kopf nickte mit. »Und ob es da besser ist!«

»Also erinnern Sie sich, Abu Falih?«

»Wer könnte das vergessen?«

»Schön, Abu Falih, erinnern Sie sich auch an ihn?«

»Welcher von ihnen war es?«

»Er hatte sich hier niedergelassen.«

»Wir alle haben uns niedergelassen.«

»Er hat hier gewohnt.«

»Wir alle haben hier gewohnt.«

»Aber genau an dem Platz, wo die Villa ist, und Ihr Sohn Falih.«

Die Frau schritt ein, ich tat ihr Leid. »Was ist denn, Abu Falih? Die Dame kommt extra aus Washington!«

»Und wenn sie aus Mexiko käme! Wie soll ich das wissen?« Sein Blick schweifte ab. Dann sah er uns wieder an. »Wenn sie den Namen wüsste, dann könnte es sein …«

»Er hieß Hadsch, weil er nach Mekka gepilgert war.«

»Wer ist nicht gepilgert?«

»Sein Name war Muhammad.«

»Da gabs fünfzig, die Muhammad hießen.«

»Er eröffnete einen Gemischtwarenladen.«

»Zweitausend Leute eröffneten Gemischtwarenläden.«

Ich rückte so nahe zu ihm, dass mein Kinn sein Knie berührte. Meine Stimme zitterte, als ich sagte: »Ist es möglich, Abu Falih, dass Sie sich nicht erinnern?«

Er betrachtete mich durch seine dicken Brillengläser. Seine Augen trudelten wie zwei kleine verlorene Fische in einem gläsernen Aquarium. Er musterte mich aufmerksam und nachdenklich, dann fragte er: »Wollen Sie wirklich, dass ich mich entsinne?«

»Sie müssen.«

Er vertiefte sich in seine Erinnerung. Dann blitzte in seinen Augen ein plötzliches Verstehen auf, und er lächelte boshaft. »Da gab es mal einen, der hatte eine Tochter. Sie geriet auf die schiefe Bahn und flüchtete. Von dem Tage an war er spurlos verschwunden.«

Mir war, als hätte er mir kaltes Wasser über den Kopf geschüttet. Trotzdem fragte ich: »Aha, und weiter?«

»Manche sagen, er sei zurück in die Heimat gefahren, andere meinen, er sei nach Kanada gegangen, und wieder andere behaupten, er sei verrückt geworden und gestorben.«

»Wie soll ich da herausfinden, was stimmt?«

»Das weiß nur Gott.«

»Aber ich, Abu Falih, wie kann ich es wissen?«

Er drehte das Gesicht zum Fenster, schaukelte wieder mit dem Stuhl und versank in das Reich seines Schweigens.

»Ich, Abu Falih, wie erfahre ich es?«

Ich hörte nichts als das Knarren des hölzernen Schaukelstuhls. Schließlich raffte ich mich auf und erhob mich. Ein letztes Mal blickte ich ihn an, in der Hoffnung, doch noch etwas zu erfahren, was mir weiterhelfen und einen Weg weisen könnte. Aber ich sah nur einen kraftlosen Greis, dessen Blick aus dem Fenster schweifte, über das Häusermeer bis an die Grenzen des Horizonts, hinauf zu einem düsteren Himmel ohne Grenzen, hinunter zum brausenden Highway mit all den Autos.

Als ich die Tür erreichte, rief er mich. Ich blieb stehen, wandte mich klopfenden Herzens um und spitzte erwartungsvoll die Ohren.

»He, meine Tochter! Sag mal, bist du nicht die Sainab?«

Ich starrte ihn an, er starrte mich an. Die beiden Fische spielten ganz unten im tiefen Wasser. Ich fühlte, wie Kälte in meine Glieder kroch, und stürzte Hals über Kopf hinaus.

8

Ich kehrte zurück zu Falih, dem Pförtner der Villa. Das Tor war verschlossen, so setzte ich mich auf eine Bank und wartete. Ich schaute zur Brücke, über das Meer, zum Hafen. Hier waren sie einst angekommen, hier landeten die Schiffe, die sie zu Tausenden beförderten und erbarmungslos an Land spuckten. Hier ließen sie sich nieder, und wenn sie fortzogen, fuhren sie wieder über das Meer, von diesem Hafen aus. Wo ist mein Vater? Ist er ausgewandert? Hat ihn das Leben auf neue Wanderschaft geschickt? Wenn ich ihn doch fände! Ich würde ihn fragen, wie es ihm geht, wie er sich fühlt. Wüsste ich, wo er lebt, wie er lebt, in welchem Land! Wüsste ich, wie es ihm ergangen ist all die Zeit! Verschonte die Hand des Vergessens sein Bild, oder hat sie seine Züge ausgelöscht und auch hier das Heim durch eine Villengarage oder ein Geschäft ersetzt?

»Na, haben Sie was herausgefunden?«, hörte ich Falih fragen.

Ich kam zu mir und sagte: »Nichts, keine Spur. Ich habe die Familie und den Vater verloren. Ich weiß nicht einmal, in welchem Land er ist! Was soll ich nur machen?«

Zweiter Teil

So ein Erbe

9

Dann erhielt ich diesen Brief. Ein Onkel schrieb mir: »Beeil dich, bevor es zu spät ist und dein Recht auf das Erbe verfällt.«

Ich verlor nicht viel Zeit mit Nachdenken. Ohne Zögern fasste ich meinen Entschluss. In diesem Moment war mir, als stünde ich an einem Fenster und ahnte hinter den Gardinen die Züge jenes lang ersehnten Landes, die Liebe einer Familie, die ich seit der Kindheit vermisste, das warme Gefühl der Zugehörigkeit, das ich vergeblich gesucht hatte. Kurzum, ich packte meine Sachen und reiste ab. Ich hatte unbegrenzten Urlaub genommen. Dem Dekan teilte ich mit, ich würde nicht nach Washington zurückkehren, bevor ich wüsste, wer meine Familie sei, und die abgerissene Verbindung wieder geknüpft hätte.

Ich nahm das erstbeste Flugzeug nach Lod, fuhr von dort nach Netanya, überquerte dann mit einem israelischen Taxi die grüne Grenze und gelangte schließlich zu den Ausläufern von Wadi al-Raihan. Am Stadtrand setzte mich der Chauffeur ab, nachdem er sich entschieden geweigert hatte, in die Nähe der besiedelten Straßen oder auch nur der Außenbezirke zu kommen. So ging ich, meinen Koffer schleppend, zu Fuß über einen verlassenen, schmalen Asphaltweg voller Löcher, Windungen und Unkraut. Als ich die erste bewohnte Straße erreichte, wurden Fenster geöffnet und gleich wieder geschlossen. Hände rafften die Gardinen und hielten sie einen Spaltbreit offen, sodass die verborgenen Augen meine Schritte und Bewegungen verfolgen konnten. Mir fiel eine beklemmende Leere und Stille auf. Weder Menschen noch Autos, weder Kinder noch Erwachsene waren zu sehen. Alles war ruhig, erstarrt, leblos. Nicht einmal die Hunde vor den Häusern kläfften, und die Katzen schlichen im grellen Sonnenschein langsam und apathisch ihres Wegs. Die Gerüche von Abfällen und Kehricht und der Duft der Chinarindenbäume bildeten ein seltsames Gemisch, das mich mit Traurigkeit, Melancholie und einer überwältigenden Zärtlichkeit erfüllte. Bilder der Vergangenheit und Erinnerungen an meine Kindheit in Brooklyn wurden wieder lebendig und verschlangen sich in meiner Fantasie zu einem Wirrwarr aus Geschehnissen, die wirklich passiert waren, und Vorfällen, die meine Einbildungskraft so anschaulich gewebt hatte, dass sie beinahe wahr sein konnten. Mein Blick schweifte die Straße entlang, an deren Seiten sich die Gebäude ohne System dicht aneinander drängten, und suchte nach dem Zauber des Landes, von dem ich so lange geträumt hatte. Doch ich fand nichts als Leere, Schweigen und dieses Häuserchaos. Plötzlich wurde die Stille durchbrochen. Knarrend sprang eine kaputte Brettertür auf, und die feindseligen Gesichter ungekämmter, angriffslustiger Kinder schauten heraus. Ihre Augen starrten mich schweigend, abweisend und unerschrocken an. Als ich schon am Ende der Straße angekommen war, rief mir ein Mädchen mit schriller Stimme nach: »Schalom, Frau!« Die anderen Kinder fielen ein: »Schalom, Schalom!« Da fühlte ich mich auf einmal traurig und fremd.

10

Vor einer blaugrau gestrichenen Eisentür blieb ich stehen. Hinter der Mauer ragten Akazienbäume empor. Kletterpflanzen rankten über die Kanten und bedeckten die Wände mit dunklem Grün und leuchtenden Blüten. Trotz der mittäglichen Sonne verströmte der Jasmin seinen frischen Duft, in den sich der Geruch von eben gewässerter Erde mischte.

Ich drückte auf die Klingel und wartete ein paar Minuten, bevor ich eine gedämpfte Stimme hörte, die freundlich sagte: »Einen Moment, gleich.« Die Tür wurde geöffnet, und ich erblickte das helle Gesicht einer kleinen Frau mit mutigen Augen, die mich gelassen anlächelte. Sie trug noch ein Nachthemd unter dem bunten Morgenmantel, ihr Haar war auf Lockenwickler gedreht. Halb hinter der Tür verborgen, lugte sie heraus. Ich sah, dass sie einen Schrubber und einen Gartenschlauch in der Hand hielt.

Sie befühlte ihre Haare, während sie mich musterte und entschuldigend und flüchtig anlächelte. Sobald sie mein Kauderwelsch hörte, blitzten ihre großen Augen in plötzlichem Verstehen auf. Sie beeilte sich, mich zu begrüßen, riss die Tür sperrangelweit auf und rief: »Sena, Sena!« Sie lehnte den Schrubber an die Wand, warf den Schlauch beiseite und reckte sich nach vorn, um mir den Reisekoffer aus der Hand zu nehmen. Obwohl ich es nicht wollte, bestand sie mit beharrlicher Freundlichkeit darauf, mir den Koffer hineinzutragen. Dann küsste sie mich überschwänglich, als ob sie mich seit Jahren kenne.

Die Fliesen am Eingang waren noch feucht vom Sprengen, die Kletterpflanzen und Blumen glänzten in den Beeten. Die Luft duftete nach Sauberkeit, Jasmin und vielen Blüten. Hinter einer Innenmauer, die den schmalen Eingang vom übrigen Teil des Hofs trennte, bemerkte ich ein Stück Garten mit Blumen aller Art, Bäumen, Bienenstöcken und umhersegelnden Schmetterlingen. Der krasse Unterschied zwischen Innen und Außen verblüffte mich. Den ganzen Weg hierher gab es nichts als Abfälle, schwarz und weiß beschmierte Wände, hier und da übertünchte Aufschriften an den Mauern, Straßen voller Schrott, Abwasser und Schmutz. Aber dahinter – dieses frische

Wasser, diese Blütenpracht und die allergrößte Reinlichkeit! Später sollte ich erfahren, dass dies das System der Stadt, besser gesagt des ganzen Landes war.

»Wie bist du durchgekommen, es ist doch Ausgangssperre?«, fragte sie aufgeregt, mich zwischendurch immer wieder willkommen heißend. »Haben sie dich nicht bemerkt? Hast du welche gesehen? Bist du zu Fuß gekommen? Seltsam, seltsam!«

Ich erzählte ihr von meinem Fußmarsch und wie gemein der Taxifahrer mich behandelt hatte. Sie lachte verständnisvoll und erklärte mir, der Fahrer habe sich vor Steinwürfen gefürchtet. Nur Israelis bekämen sie ab, setzte sie mir auseinander. Ich solle mich also hüten, die Leute zu verunsichern. Die Leute verunsichern? Wie das? War ich nicht dunkelhäutig wie alle Araber, hatte ich keine schwarzen Honigaugen?

Sie blieb vor mir stehen und musterte mich von oben bis unten. Dann huschte wieder das intelligente, entschuldigende Lächeln über ihr Gesicht, als sie sagte: »Ja, dunkelhäutig schon, und deine Augen sind auch wie schwarzer Honig. Aber deine Aufmachung ...«

Jetzt verstand ich auch, was das »Schalom« zu bedeuten hatte! Mir gingen die Augen auf, ich erkannte, wie ich auf die Leute wirkte.

Sie öffnete das Gästezimmer und ließ mich eintreten. Sofort spürte ich die stickige Luft, einen abgestandenen, drückenden Mief, den Geruch von altem Plunder, Tabak und lastender Zeit. Braune Möbelstücke drängten sich zusammen, türmten sich übereinander wie die Häuser draußen an den Straßen. In den Ecken standen Sträuße aus Plastikblumen, obwohl doch die Beete am Eingang und im Garten von frischen Blumen überquollen. An den Wänden hingen vergoldete Tafeln mit Koranversen und gestickte Bilder mit einer spanischen Tänzerin, einem kleinen Jungen und roten Rosen. Auf der anderen Seite des Zimmers gab es einen Speisetisch, ein Dutzend Stühle, einen verzierten Schreibtisch mit einem Spiegel quer zur Wand und einen Teewagen. Es war genau die gleiche Atmosphäre wie in Abu Falihs Wohnung in Brooklyn!

Wir setzten uns in den Garten, dicht an die Wand, wo wir vor der Sonne und den Bienen geschützt waren, und machten uns erst einmal miteinander bekannt. Sie sei die Tochter meines Onkels – nicht ganz direkte Linie übrigens –, heiße Nahla, sei unverheiratet und arbeitslos. Sie habe als Lehrerin in Kuwait gearbeitet. Dann sei sie, wie alle anderen, wegen des Golfkrieges ausgewiesen worden. Nun suche sie sich halt mit Sticken und Stricken, Spülen und Putzen irgendwie zu beschäftigen. Wie sie gehört habe, sei ich Dozentin an der Universität und Verfasserin von Büchern. Ob ich denn gar keine Scheu vor dem Schreiben hätte? Ob es mir nicht unheimlich sei, wenn die Leute läsen, was ich geschrieben hatte? Aber ich sei ja Amerikanerin und von Amerikanern erzogen, und die sähen das sicher anders. Was über meinen Onkel zu sagen wäre? Er sei Landwirt und besitze ein Gut, auf dem er Setzlinge ziehe und Bienen züchte. Den Honig verkaufe er in kleinen Gläsern mit dem Etikett »Nordhonig«. Mein Onkel sei noch bei guter Gesundheit, obwohl er an Diabetes und einer Allergie gegen Blütenpollen leide. Jeden Frühling bekomme er Spritzen und fahre ins Ausland, um sich behandeln zu lassen. Er habe auch schon einen Herzinfarkt hinter sich, aber das sei fünf Jahre her, das habe er selber längst vergessen. Er verreise auch mal zu seinen Söhnen. Drei seien im Ausland, einer in Deutschland, zwei in den Emiraten. Der erste Sohn sei Architekt, der zweite Chemieingenieur und der dritte Advokat bei einem ganz großen

Scheich. Der vierte Sohn produziere Toffees und Bonbons, er besitze eine Werkstatt in Nablus, wo er auch wohne. Er sei verheiratet und habe Kinder. Bloß mit dem fünften sei es eine richtige Tragödie. In Libanon habe ihn eine kleine Mine erwischt und seinen Fuß zerfetzt. Nach der Behandlung in Moskau und Amerika sei es ihm nur durch die Vermittlung eines Knessetabgeordneten gelungen, ins Westjordanland zurückzukehren.

Was mit dem Vater sei? Sie schaute in die Ferne, wieder zu mir, dann auf ihre Uhr und sagte unruhig: »Dein Onkel wird dir die Geschichte erzählen. Spätestens in einer Stunde ist er zurück.«

Und wirklich, nach einer Stunde kam mein Onkel, zusammen mit seiner Frau Schahira. Er war Anfang siebzig, sie Mitte fünfzig. Mein Onkel war groß, eine stattliche Erscheinung trotz seiner Beschwerden und seines Alters. Sein Haar war schütter, er hatte eine Brille und ein künstliches Gebiss, trug ein amerikanisches Hemd, bezahlt mit Einkünften vom Golf, und eine Schweizer Uhr. Er schnaufte beim Reden, als er mich warm und herzlich begrüßte. Die Hand, die er mir reichte, war hart wie Granit. Schahira, eine hellhäutige, mollige Frau mit grünen Augen, war nicht die Mutter seiner Kinder. Sie redete nur, wenn es sich nicht vermeiden ließ. Dabei schaute sie ihren Mann ehrerbietig an und sagte zu jedem seiner Worte »Amen« und »Gewiss! Sehr gern, Abu Dschabir! Möge es dir wohl ergehen!«. Unter dem Nussbaum sitzend, putzte sie Bamia und Bohnen, wickelte Weinblätterrouladen und füllte den Gefrierschrank mit lauter guten Sachen.

Ich hatte ihn sofort gern. Er war stark und großzügig, und er liebte die Menschen. Sein Blick war offen, er lachte schallend und klopfte einem Gast immerfort auf die Schulter, indem er wiederholte: »So ists recht! Willkommen, willkommen!

Fühl dich wie zu Hause, mein Lieber. Trinkst du Kaffee oder Melissentee? Bitte sehr, dorthin, unter den Nussbaum. Das Plätzchen ist mehr wert als die ganze Welt.«

Vom Nachmittag bis in die Nacht saß er dort mit Freunden zusammen, und beim Abschied geleitete er seine Besucher bis zur Haustür. Auch mich bat er unter den Nussbaum. »Nein sowas«, rief er, »du bist wirklich groß geworden. Ach, das Leben! Es stimmt schon, die Welt ist voller Wunder. Hast du etwas gegessen? Und getrunken? Hast du Gesicht und Hände gewaschen und dich richtig ausgeruht? Seit zwei Wochen wartet das Oberzimmer auf dich. Es ist ganz hübsch geworden, wir haben es frisch getüncht und auch ein kleines Bad und einen netten Sitzplatz auf der Dachterrasse eingerichtet. Da oben ists herrlich. Du siehst die Küste und die Lichter auf dem Meer. Wenn es nachts still wird, kannst du sogar die Dampfer tuten hören. Ach ja, meine Tochter, so ist unser Los. Wir verlieren die Heimat und den Nächsten. Jeden verschlägt es in ein anderes Wadi, wie man sagt, das ist unser Schicksal. Was ist, Nahla, hat sie schon dein Tatli probiert? Das Quitten-Tatli hat Nahla selber gemacht. Die besten Quitten, das beste Tatli und unsere beste Nahla. Und du, Sena? Heißt du eigentlich Sena oder Sainab? Sena ist hübscher und leichter auszusprechen. Also, Sena, nun erzähl mir mal die Geschichte von Anfang an.«

Bis Mitternacht saßen wir unter dem Nussbaum. Dort wurde gegessen und getrunken, dort verzehrten wir unser Abendbrot, bestehend aus Käse, Saatar und Öl, Oliven und Nahlas Tatli.

Ich erzählte ihm von der Universität und meiner Arbeit, auch von meiner Großmutter, und dass meine Mutter nach der Trennung von meinem Vater irgendwo in Kalifornien verschollen und unsere Verbindung völlig abgebrochen gewesen sei. »Großmutter ist tot, Mutter ist tot, und Vater wird sterben. Ich weiß gar nichts von meiner Familie, abgesehen von ein paar Erinnerungen. Endlich habe ich euch gefunden. Sag mir doch, wer ihr alle seid, Onkel!«

11

Am späten Nachmittag füllte sich der Hof mit Familienmitgliedern und Nachbarn. Bald war auch der letzte Stuhl in den Garten zum Nussbaum getragen. Unter all den Verwandten und Bekannten befand sich ein Cousin der Frau meines Onkels, der Gattin und Töchter mitgebracht hatte. Er war Makler. Günstige Umstände und die Besessenheit der Leute, die wie verrückt Grundstücke kauften, hatten ihn kürzlich reich gemacht. Seine Frau, eine verstädterte Bäuerin, präsentierte sich in aufgedonnerter Kleidung mit zwei Kilo Gold um den Hals. Jede seiner plumpen Töchter hatte sich eine Unze Gold, einen Anhänger in Gestalt des Korans und wer weiß was für Klunker umgehängt. Außerdem war eine Nachbarin, Umm Dschirjes, mit ihrer Tochter Violet, der Friseuse, gekommen. Dann gab es noch eine Kollegin und Freundin von Nahla, also eine ehemalige Lehrerin in Kuwait, die wie sie ausgewiesen worden war, mit einer Abfindung natürlich. Auch die Frau meines Cousins aus Nablus – der mit den Toffees und Bonbons – kam mit fünf Kindern nebst einer großen Tasche: »von wegen der Übernachtung«. Ganz zum Schluss erschienen der jüngste Sohn Masin – der mit der Mine – und sein Bruder, der Besitzer der fünf Kinder und der Bonbonfabrik.

Mein Onkel nahm Platz und lehnte den Rücken an den Stamm des Nussbaums. Vor ihm stand das Kohlebecken aus

Messing. Stolz und majestätisch saß er mit untergeschlagenen Beinen wie auf einem Thron, und neben ihm thronte die Wasserpfeife mit dem Tabak. An den Grundstücksmakler gewandt, sagte er: »Sena ist Amerikanerin, Abu Salim, genau wie ihre Mutter und Großmutter. Und zwar eine richtige Amerikanerin, das heißt ein starkes Weibsbild, die weiß, was sie will. Ein Vermögen hat sie – sagenhaft! Ein Haus in Washington und ein anderes in New York, dazu eine Jacht, einen Hubschrauber und vielleicht ein halbes Dutzend Autos!«

Verwundert riss ich die Augen auf. Ich besaß weder einen Hubschrauber noch eine Jacht noch ein halbes Dutzend Autos.

»Nein, so etwas!«, kommentierte der Makler gleichgültig.

»Gott sei gepriesen, sie kommt nach ihrem Vater!«, sagte mein Onkel, indem er langsam und hingegeben den Teig für die Knafe zerbröselte. »Ihr Vater war immer geschäftstüchtig, Abu Salim. Amerika lockte ihn von hier fort, als er noch jung war. Später hörten wir nur noch durch andere Leute von seinen Erfolgen. Bei jeder Zusammenkunft redeten wir hier von ihm. Es ist schon allerhand, wie sich einer, der mal mit dem Korb bei den Christen am Jaffator umhergezogen ist, am Ende gemausert hat. Das muss man sich mal vorstellen!«

Umm Dschirjes hob die Stimme, ohne den freundlichen Ton zu verändern: »Was ist mit den Christen, Abu Dschabir?«

Mein Onkel stutzte. Er fixierte sie, dann Violet über den Brillenrand und sagte schnell: »Ach nichts, nur Gutes und Segen. Es sind die allerbesten Menschen.«

Er wandte sich zu Nahla um. »Reich mir die Schmelzbutter.«

Umm Dschirjes brummelte noch immer vor sich hin. Ich beobachtete die Gesten und Mienen und versuchte zu verstehen. Umm Dschirjes war eine hellhäutige, mittelgroße Frau mit kurzem, getöntem Haar. Sie trug ein Sommerkleid mit halben Ärmeln und weißem Gürtel, dazu einen blendend weißen Kragen ohne jedes Stäubchen, alles aus Amerika. Ihr Aussehen war elegant, geschmackvoll und bis ins Kleinste bedacht. Neben den anderen Frauen erschien sie vornehm und gepflegt. Im Vergleich zur goldklirrenden, herausgeputzten Frau des Maklers und der Frau meines Onkels mit ihrer goldbestickten, glitzernden Dischdascha wirkte Umm Dschirjes wie eine Pariserin. Und genauso ihre Tochter, die Friseuse. Gegen Nahla und ihre Kollegin, die ehemalige Lehrerin in Kuwait, oder gar die plumpen Töchter des Maklers mit ihren schweren Klunkern strahlte Violet wie eine Königin. Doch bei aller Eleganz der beiden Frauen spürte ich eine Distanz ihnen gegenüber oder doch etwas Übertriebenes, eine unechte Freundlichkeit und übermäßige Sanftheit in der Wortwahl und Aussprache, die beinahe an Heuchelei grenzte. Ich hätte nicht sagen können, worin sie sich von den anderen unterschieden, aber ich fühlte, dass sie anders waren.

»Mein Vater zog bei den Christen umher?«, fragte ich wissbegierig und merkte sogleich, dass meine Aussprache alle belustigte.

Mein Onkel hörte auf zu kneten und antwortete zögernd: »Er arbeitete dort, hatte dort zu tun.«

Umm Dschirjes merkte lakonisch an: »Na, er war doch bei einem Souvenirgeschäft angestellt.«

Ich beobachtete, dass Violet die Hand ausstreckte und ihre Mutter anstieß, wie um sie von irgendetwas zurückzuhalten.

»Ihr sagt, mit dem Korb ist er umhergezogen?«, fragte ich gespannt.

»Dazu später«, sagte mein Onkel kurz und bündig und versuchte, das Thema zu wechseln. »Na ja, Abu Salim, es geht schon seltsam zu auf der Welt. Meinen Bruder trieb es hin und her, rastlos wanderte er durch die Welt, doch zuletzt kehrte er zurück, um auf dem Heimatboden zu sterben!« Er sah sich suchend um. »Wo ist der Käse? Holt den Käse.«

Der Makler erkundigte sich, ohne mich anzusehen, als sei ich überhaupt nicht anwesend: »Hat er noch andere Kinder als sie?«

»Eine ganze Herde – aber der Ärmste!«, erwiderte mein Onkel bedauernd. »Gepriesen sei, der da nimmt und gibt! Nur sie allein ist übrig geblieben. Reicht mir den Schaber.«

Alle schauten gebannt zu, als er den Teig von einem Blech aufs andere beförderte. Sie hörten sogar auf zu reden. Ich betrachtete die Knafe und die Gesichter ringsum, vor allem das meines Onkels. Ist mein Vater auch so braun gewesen? War er so groß? Hatte er die gleiche Statur? Ich konnte mich nicht mehr an Einzelheiten erinnern. Vaters Gesichtszüge waren verblasst. Nach und nach waren sie mir entrückt und entfallen, und schließlich verschwanden sie, wie er selbst verschwunden war.

»Was besitzt denn dein Bruder?«, fragte der Makler. »Hinterlässt er Eigentum?«

»Also er … Nun, er ist, weiß Gott, nicht gerade besitzlos«, murmelte mein Onkel, ganz beschäftigt mit dem Drehen der Knafe. »Ihm gehört ein Stück Boden an der Straße nach Nablus, das ist schon ein paar Tausender wert.«

Der Makler ließ von der Wasserpfeife ab und stieß interessiert den Rauch aus. »Hm, hm.«

»Außerdem besitzt er einen Hügel an der Straße nach Sindschil«, fuhr mein Onkel fort, »der bringt eine Million, vielleicht noch mehr.«

Der Makler nickte brummelnd mit dem Kopf. »Hm, hm.«

»Dann hat er noch zwei Donum an der Straße nach Jerusalem, gleich neben dem Flughafen. Mein Lieber, wenn irgendwann mal die Lösung kommt und der Flughafen aufgemacht wird, dann – Gott ist groß! – steigt der Preis wie ein Flugzeug, nämlich sehr, sehr hoch.«

Zum ersten Mal wandte sich der Makler zu mir um und starrte mich an, als hätte er soeben meinen Wert als Mensch entdeckt. »Ist ja allerhand! Das nenne ich wirklich eine Erbschaft!« Er musterte mich noch einige Augenblicke, als suche er herauszufinden, ob ich – zumal als weibliches Wesen – dieses ganze Erbe auch verdient hatte. Dann fiel ihm plötzlich etwas ein, und er fragte arglistig: »Und du, Abu Dschabir? Was springt für dich heraus?«

Mein Onkel hob den Kopf vom Blech und schaute ihn verblüfft an, als habe er etwas vollkommen Abwegiges vernommen. »Was soll denn für mich herausspringen?«

Der Makler schwang das Schlauchende der Wasserpfeife nach rechts und nach links, dann richtete er es auf den Onkel. »Aber ja, du kriegst was! Nach religiösem Recht, nach dem Gesetz!«

12

Das Zimmer war voller Menschen. Zuerst übersah ich den reglosen Körper auf dem Sterbebett. Außer den Söhnen meines Onkels waren eine hässliche Krankenschwester mit Damenbart und eine Frau, mit hochblonden Haaren wie eine Artistin, anwesend. Mein Cousin, der mit den fünf Kindern, kehrte der Blonden den Rücken. Masin, der mit der Mine, beugte sich über den Kranken und half die Glukose auszuwechseln. Die

Krankenschwester sah Masin ergeben zu, als habe er hier zu bestimmen und sie sei nur zu Gast. Die Blonde saß auf einem kleinen Hocker am Bett und hielt die Hand meines Vaters, an der keine Schläuche hingen.

Der mit den fünf Kindern reichte mir – wie gewöhnlich – nicht die Hand, um mich zu begrüßen. Er fürchtete, seine rituelle Reinheit zu verderben. Auch Masin gab mir keine Hand. Er war mit der Glukose beschäftigt. Und die unbekannte Blonde hatte keine Hand frei, weil sie die meines Vaters festhielt.

Mein Onkel begrüßte alle und nickte auch der Frau zu. Dann schob er mich ans Bett. Masin rückte beiseite und machte mir Platz, sodass ich den Vater sehen konnte. Doch was ich da vor mir sah, war ein menschliches Skelett mit großen Augen, nichts als Haut und Haare, beziehungsweise was an Haaren geblieben war. Seine Augen waren starr, ohne Bewegung, ohne Ausdruck, er zwinkerte nicht einmal. Ich beugte mich artig nieder, um ihn zu küssen, und merkte erschrocken, dass er atmen konnte. Sein Geruch, eine Mischung aus Kinderpuder, Desinfektionsmitteln und Jodtinktur, machte mich benommen und schwindlig.

Ich war verlegen und verwirrt. Meine Gefühle waren taub, meine Gedanken konfus. Ich wusste nicht, was ich sagen, wie ich mich verhalten, was ich tun sollte. So blieb ich einfach stehen und betrachtete ihn schweigend und teilnahmslos. Nichts im Gesicht des Vaters deutete an, dass er mich wahrnahm oder die Bedeutung meines Hierseins erfasste, und auch ich musterte ihn ohne Emotion und Regung. Schließlich trat ich beiseite, um mein inneres Gleichgewicht wieder zu finden und Atem zu schöpfen. Ich schaute mich um und vertiefte mich in die Gesichter der Anwesenden.

Mein Onkel zog mich an der Schulter zurück und ließ mich irgendwo niedersitzen. Dann nahm er neben dem Kranken Platz und begann sich mit den anderen zu unterhalten. Er erkundigte sich bei der Krankenschwester nach der Nahrungsaufnahme des Patienten, seiner Bekleidung, seinem Stuhlgang, dem täglichen Bad und den Medikamenten.

»Er muss unbedingt ins Krankenhaus«, sagte die Blonde. Sie sah sich um und wartete auf eine Reaktion. Aber keiner antwortete oder stimmte ihr zu.

Sekunden später klärte mich mein Onkel flüsternd auf: »Das ist seine Gattin, seine neue Frau.«

Seine neue Frau! Neugierig sah ich sie an. Sie war in meinem Alter oder etwas jünger, blond, hellhäutig und übertrieben geschminkt. Unglaublich, wie sie angemalt war!

Ich blickte wieder zu ihm, diesem Mann, diesem Kranken, diesem kraftlosen Greis. Er war gelähmt, völlig bewegungslos. Ein hilfloser, wirklich hilfloser alter Mann. So hatte ihn auch mein Onkel in seinem Brief beschrieben und hinzugesetzt: »Beeil dich, dass du das Erbe antrittst.« Das also war das Erbe!

Die Frau krächzte mit einer rauen Stimme, die gar nicht zu ihrer Bemalung, Liebenswürdigkeit und topmodischen Kleidung passte: »Heute hat der Hadsch gesprochen. Er rief mich. ›Mama!‹, sagte er, da erwiderte ich, ›Ja, hier bin ich!‹«

Der fünffache Vater schüttelte den Kopf, gab aber keinen Kommentar ab. Nur Masin fragte höflich: »Wirklich?« Mein Onkel beobachtete stumm den Kranken, und ich beobachtete sie alle, auch ihn.

Plötzlich brach es aus meinem Cousin, dem mit den fünf Kindern, heraus: »Es gibt keine Macht noch Stärke als bei Gott dem Erhabenen und Allmächtigen! Gott bewahre mich! Gott bewahre mich!«

Seine Stimme klang zornig, sie hatte einen gewissen Unterton. Es hörte sich jedoch nicht an, als murre er wirklich über das von Gott verhängte Los und Schicksal. Etwas anderes schien seinen Zorn zu erregen und ihn zu veranlassen, den Allmächtigen in dieser Art und Weise anzurufen. War ich der Grund? Oder diese Frau? Oder waren wir beide gemeint?

Die Frau beharrte auf ihrer Meinung: »Wenn wir ihn doch ins Makased-Krankenhaus transportieren würden! Dort wäre er viel besser aufgehoben.«

»Nein, meine Tochter«, sagte mein Onkel freundlich, aber bestimmt. »Er muss hier, bei seinen Angehörigen bleiben. Seine Tochter ist extra aus Amerika gekommen, um ihn zu sehen.«

Die Frau blickte mich mit vorwurfsvollen Augen an, als wolle sie mich tadeln, dass ich sie daran hinderte, diesen teuren Mann angemessen zu hegen und zu pflegen.

»Dieses Krankenhaus ist in unserer Nähe. Wenn etwas passierte, wären wir rasch dort«, vermittelte Masin mit wohl dosierter Höflichkeit.

Sie rutschte unruhig auf ihrem Hocker hin und her und sagte traurig und verdrossen: »Einen um den anderen Tag komme ich nun hierher, und jedes Mal dauert die Fahrt länger.«

Niemand erwiderte etwas. Sie wandte sich an mich und klagte mir ihr Leid: »Die Fahrt nach Jerusalem ist eine richtige Reise geworden.«

Ich starrte sie an und nickte nur. Meine Zunge war wie gelähmt.

»Du bist seine Tochter?«, fragte sie unbeholfen.

Wieder nickte ich und betrachtete sie, während sie mich fixierte. Sie gefiel mir nicht. Aber aus irgendeinem mir unverständlichen Grund hatte ich Mitleid mit ihr. Sie gehörte zu jenen Frauen, denen man mit Kälte und Geringschätzung begegnet. Vielleicht wusste sie es selbst und versuchte diesem Mangel mit kurzen Röcken, gefärbten Haaren und dicker Schminke abzuhelfen. Die Farben ihres Make-ups waren auf die Kleidung abgestimmt, das assoziierte Geschmack und ein gewisses Niveau. Sicherlich gehörte sie zu den besseren Schichten, doch sie besaß keine Bildung und schien nicht gerade mit Stärke und Intelligenz gesegnet zu sein. Was hätte ich anderes von meinem Vater erwarten können?

Genau in diesem Augenblick rückten mir seine Züge wieder näher. Sie wurden greifbar, spürbar. Ein Gemischtwarenhändler, ein cleverer Mann, der in der Fremde durch günstige Umstände und jahrelange Arbeit reich geworden war. Eine amerikanische Ehefrau, nämlich meine Mutter, danach eine andere und wieder eine, zuletzt diese hier. Ländereien, mit einem Schätzwert von zwei oder drei Millionen. Ich war hier, um meinen Anteil zu schnappen, sie war hier, um etwas für sich zu raffen, und mein Onkel bekam auch etwas ab, vielleicht, nach religiösem Recht und Gesetz.

Die Frau stand auf, zog ihr kurzes Kleid herunter und schüttelte ihre lange blonde Mähne. Mein Cousin rief wieder: »Gott bewahre mich, Gott bewahre mich!«

»Ich geh nur rasch in den Laden«, sagte die Frau. »Braucht jemand was?«

Keiner antwortete. Sie sah mich an, wieder tat sie mir Leid, und ich erwiderte: »Nein, danke.« Sie ging hinaus, niemand blickte ihr nach. Als sie die Tür von außen zugemacht hatte und ich hörte, dass sich ihre Absätze klappernd entfernten, flüsterte ich dem Onkel zu: »Ich versteh das nicht.«

»Ich auch nicht«, raunte er, aufmerksam meinen Vater betrachtend. »Wir haben ihn immer nur allein gesehen. Aber kaum fiel er um, hieß es auf einmal: seine Frau!«

Masin lächelte. »Brauchts da eine Erklärung? Sie will erben.«

»Zum Teufel mit ihr!«, grollte der andere Cousin.

Ich schaute von einem zum anderen, zuletzt blieb mein Blick an dem Gottesanrufer hängen. Eine hünenhafte Gestalt, niedrige Stirn, dicke Brillengläser, fettiges Haar. Speichel lief in seinem Mund zusammen, sickerte zwischen den Lippen hervor, stockte schaumig und blieb in den Winkeln hängen. Er war der Einzige unter den fünf Söhnen meines Onkels, der keine Ausbildung und kein Zeugnis hatte. Alle waren sie studiert und gebildet, hatten Titel und Ämter aufzuweisen. Er dagegen eignete sich nur fürs Handwerkliche. So hatte ihm mein Onkel eine Maschine zur Herstellung von Bonbons gekauft und einen Laden in Nablus gemietet, denn Nablus war eine große Stadt mit entsprechendem Markt. Die Maschine und den Laden nannten sie »Werkstatt des Glücks«, in der Hoffnung, dass er in Nablus mit Toffees sein Glück machen werde. Aber vielleicht verfolgte mein Onkel mit der Werkstatt über das Glück hinaus noch ein anderes Ziel. Es ging ihm wohl auch um die Vermarktung des Honigs. Trotz seiner ausgezeichneten Qualität wurde er nämlich kaum verkauft, weil der israelische Honig den Markt dominierte. Um den Absatz seines Honigs zu sichern, empfahl mein Onkel seinem handwerklich begabten Sohn, eine Bonbonsorte zu erfinden, die mit Honig gefüllt wäre. Trotzdem schlugen die Honigbonbons erst ein, als die Intifada ausbrach, weil nun die Leute verpflichtet waren, israelische Waren zu boykottieren. In dieser Zeit machte mein Cousin große Gewinne und beherrschte den Bonbonmarkt. Leider verlor er seine Kundschaft wieder, was allerdings nicht ihr anzulasten war. Zunächst streckte er nämlich die Füllung ein wenig und verwendete an Stelle von reinem Honig eine

Mischung aus Honig und Zucker. Mit der Zeit wurde der Honig immer weniger und der Zucker immer mehr. Die Bonbons wurden hart wie Stein. Da begann mein Cousin wieder herumzujammern, seine Gebete und rituellen Waschungen mehrten sich, das Handtuch hing alle Tage auf dem Balkon, und seine Frau litt infolge der fortgesetzten Schwangerschaften und Entzündungen an chronischer Albuminurie.

Mein Onkel fasste nach der Hand meines Vaters, streichelte sie und sprach ihn an, als könnte er hören, sehen und reagieren: »He, Muhammad, siehst du Sena? Da ist sie. Sena ist gekommen, um dich zu besuchen.«

Er wies mit der Hand auf mich, dann zog er mich am Arm in das Gesichtsfeld meines Vaters. Aber dessen Blick blieb leer, seine Augen waren teilnahmslos wie Fischaugen.

13

Als die Frau meines Vaters vom Laden zurückkam, saß ich allein bei ihm. Die anderen waren fortgegangen, um sich wegen der Fabrik zu beraten oder einiges für den Haushalt einzukaufen. Nur ich war geblieben und betrachtete ihn. Ich wollte die Wahrheit ergründen, wollte in meinem Unterbewusstsein die Fäden der Vergangenheit, Erinnerung und Sehnsucht des Herzens wieder aufnehmen. Doch in mir war nur ein Sammelsurium wirrer Bilder, ein Chaos von Gefühlen. Seit wir uns getrennt hatten, war er mir fern gewesen, und nun, da wir uns näherten, war jede menschliche Beziehung ausgeschlossen. Wie sollte ich eine Beziehung ohne Worte, ohne Blicke erfühlen? An den Augen erkennt und durchschaut man einen Menschen, sie sind der Spiegel seiner Persönlichkeit. Der hinge-

streckte Mann da vor mir war nicht mein Vater, er war nur ein
Leichnam. Ein winziges Lächeln, eine kleine Regung, ein Gefühl in seinen Augen – und ich könnte sagen: Ich bin angekommen. Aber dieser … dieser Tote mit den Glasaugen, das
war nur Vergangenheit ohne Leben, ein Nachhall von Vergan-
genem in der Gegenwart.

Als die Frau meines Vater eintrat und sah, wie ich ihn anstarrte, begann sie zu weinen. Sie glaubte wohl, dass ich vor
Erschütterung über den schrecklichen Schlag wie gelähmt
wäre. Sie nahm wieder ihren Platz neben ihm ein, ergriff seine
Hand, küsste und tätschelte sie und wärmte sein Gelenk, dort,
wo die Arterie und der Pulsschlag zu fühlen waren. Dann hob sie
den Blick und sah mich an. Ihre Schminke war verwischt, ihre
Haut erschien fahl und glanzlos. Plötzlich wirkte sie gealtert
und verfallen. Ich bedauerte sie, dann ihn, dann mich.

14

Den Mund voll Kaugummi, saßen wir auf dem Balkon, beobachteten die Leute und schauten hinunter auf die Stadt.
Wieder fiel mir auf, dass die Stadt aus der Ferne wunderschön
aussah. Aber aus der Nähe – welche Verwüstung! Dieser Horizont hatte etwas so Himmlisches, das Herz und Seele betörte.
Doch die Menschen waren dort unten, tief im Tal.

Sie reichte mir ein Stück Schokolade und meinte naiv: »Da
sind eine Menge Haselnüsse drin.«

Verblüfft, beinahe bewundernd, sah ich sie an. Ihre Art
faszinierte mich. Sie verlor sich nicht in Träumen, Interpreta-
tionen, Analysen und Grübeleien. Ohne viel Aufhebens lebte
sie, lebte einfach. Ohne große Worte, umso mehr Kaugummi

im Mund, ging sie durch die Welt, drückte sich eindeutig aus und nannte die Dinge beim Namen.

Sie öffnete ihre Handtasche, zog ein Kuvert mit Fotos heraus und sagte unbeschwert, als hätte sie nicht vor wenigen Minuten geweint: »Da, sieh sie dir an.«

Ich nahm ein Foto. Das war ja sie, mit dem Vater! Beide in gelöster Stimmung auf einer Silvesterfeier, umgeben von Lichtern und Dekoration, mit spitzen Kappen auf den Köpfen, und überall Papierschlangen, Arrakgläser, Appetithäppchen und Bier.

Ich verglich den Vater in Brooklyn mit dem Vater hier auf dem Krankenbett und dem auf dem Foto. Nur der in Brooklyn war mein richtiger Vater. Der sieche Greis auf dem Bett war nicht mehr als ein Leichnam. Und der Mann auf dem Foto war zwar lebendig, doch mein Vater war er nicht, er ähnelte ihm nur. Genauso war es mit dem Mann auf dem nächsten Foto. Elegant sah er aus, ein Geschäftsmann mit Brille, feinem Anzug und gefärbtem Haar. Das war bestimmt zwanzig Jahre her. Lachend hatte er den Arm um Fitna gelegt, das war ihr Name – Fitna. In der freien Hand hielt er ein Glas Arrak. Sie trank Bier und trug ein schulterfreies Kleid, das kaum die Brustwarzen bedeckte. An ihren Ohren baumelten gewaltige Gehänge, die Kappe war mit einer Weintraube drapiert. Hübsch sah sie aus, und glücklich, genauso wie er.

Lächelnd erinnerte sie sich: »Hier waren wir noch verlobt. Siehst du den Ring?«

Und ob ich ihn sah! Ein Diamantring mit einem Stein, größer als eine Haselnuss. Am Arm trug sie einen dazu passenden Reifen. Und er? Mit seiner Goldrandbrille und dem exzellent gefertigten Gebiss hatte er nichts mehr mit einem Gemischtwarenhändler gemein. Hier stand ein bedeutender Unterneh-

mer, ein Emigrant, der aus dem Westen in seine Heimat zurückgekehrt war.

»Was hat er eigentlich gearbeitet?«, fragte ich zerstreut.

Überrascht fuhr sie auf. In ihren Augen lag eine Frage, die
sie sich jedoch verkniff. Sie überspielte sie, indem sie ein neues
Foto hervorholte. »Grundbesitzer war er. Schau mal hier, hier,
meine Liebe, das ist in Jericho, im Landgut für Rosen und Erdbeeren. Siehst du die vielen Blumen? Fünf Donum Rosen und
Lilien und zehn Donum Erdbeeren und Apfelsinen.«

Mein Vater trug Hut und Sonnenbrille und war mit einem
T-Shirt, weißen Hosen und Turnschuhen bekleidet. Wirklich
und wahrhaftig wie ein verwestlichter Emigrant sah er aus, das
heißt wie ich. Beziehungsweise ich wie er! Sie ging aufgeputzt
wie zu einer Party, mit Goldgürtel, Ketten, Collier und goldenen Ohrgehängen. Der Rock spannte sich um ihre Oberschen-
kel, zwei Handbreit über den Knien. An seine Schulter gelehnt,
schmiegte sie sich in seinen Arm.

»Das ist in den Flitterwochen geknipst«, erklärte sie.
»Nach der Hochzeitsreise in die Schweiz sind wir nach Jericho
zurückgekehrt und haben uns bis zum Sommer da aufgehalten.
Im Sommer waren wir dann wieder in Wadi al-Dschaus.«

»Wadi al-Dschaus?«

»Ja, das liegt in Jerusalem. Dein Vater mit seinem amerikanischen Pass durfte dort bei mir wohnen. Kennst du Jerusalem nicht? Komm mich doch für ein paar Tage besuchen. Ich
lebe ganz allein. Ich habe niemanden als diesen Mann. Wenn
ihm was passiert, drehe ich durch.«

Sie reichte mir ein neues Foto. »Und das, meine Liebe, ist
im Nile Hilton. Warst du mal in Ägypten?«

Ich schüttelte den Kopf und starrte auf ihre und meines
Vaters Kleidung, das vornehme Ambiente und die Lüster.

»Das hier ist in Haifa«, sagte sie, indem sie mir das nächste Foto gab. »Siehst du? Nun schau mal, was die zu bieten haben! Gewiefte Leute sind das, weiß Gott, die sind clever! Dein Vater hat immer gesagt: ›Mit Beirut nehmen es nur die Haifaer auf.‹ Was Klamotten und Schick betrifft, sind sie einmalig. Beirut steht an erster Stelle, dann kommt Haifa. Sieh deinen Vater, sieh doch, wie er lacht, wie fröhlich er ist! Als ich ihn heiratete, war er fix und fertig, aber nach der Hochzeit ging es ihm immer besser. Er hat sogar überlegt, ob wir uns nicht Kinder anschaffen sollten.«

»In seinem Alter?«, rutschte es mir heraus.

Sie bewegte den Kopf und die Hand hin und her, als wolle sie mich zurechtweisen. »Warum denn nicht, was ist dabei? Noch viel Ältere zeugen Kinder. Bloß ich packs nicht, ich weiß nicht, was mit mir los ist. Ich habe mich schon behandeln lassen, nur leider hat es bisher nicht geklappt. Hoffentlich wird dein Vater gesund, damit ich ihn für alles Verpasste entschädige. Aber Sena, mal ganz ehrlich: Ich staune, dass dein Vater eine erwachsene Tochter hat. Sein Lebtag hat er nie ein Wort über dich verloren.«

Ich antwortete nicht und tat, als sei ich mit den Fotos beschäftigt: Vater in Jericho zwischen Blumen, Vater in Haifa beim Shopping, Vater in Jerusalem vor dem heiligen Bezirk, Vater trinkend, Vater essend, Vater dem Sänger Mulhim Barakat applaudierend, Vater tanzend.

Sie starrte mich abwesend an. Dann sagte sie nachdenklich: »Trotzdem, du bist bloß eine Tochter!« Sie wandte das Gesicht ab und murmelte vor sich hin: »Wäre nicht das Schicksal dagegen gewesen, hätte ich ihn entschädigt und euch einen Jungen geboren.«

Ich schaute sie an, um zu verstehen, was sie meinte. Sie

drehte sich zu mir um, senkte die Stimme und flüsterte: »Na, der Junge heimst doch das Erbe ein. Wenn aber kein Sohn da ist, erbt dein Onkel. Kapiert, was ich sage?«

15

Umm Dschirjes hatte mich zur Geburtstagsfeier bei Violet eingeladen und zugleich gebeten, Nahla nichts davon zu sagen. Ich nahm also an, dass ich allein eingeladen sei. Doch als ich eintraf, sah ich mitten im Grünen, zwischen Blumentöpfen und Kletterpflanzen, Masin auf der Veranda sitzen. Er wirkte gelöst und schien sich beinahe wie daheim zu fühlen.

Violet kam mit ihren Freundinnen zu uns heraus. Weitere Gäste waren ein Mann mit Glatze und ein gut aussehender Herr mit weißem Haar und stechenden Augen, der mich unverwandt anstarrte.

»Wie gehts dem Vater?«, erkundigte sich der Weißhaarige. »Hoffentlich gut?«

Er erzählte mir die Geschichte seiner Bekanntschaft mit ihm. Damals war mein Vater noch bei einem Souvenirgeschäft angestellt gewesen. Er habe ein Techtelmechtel mit einer Nonne gehabt. Die sei in ihn verschossen gewesen und habe seinetwegen sogar das Kloster verlassen. Schön wie der Mond sei sie gewesen, ätherisch geradezu, richtig himmlisch und mit Augen, so blau wie das Meer! Denn sie stammte aus einem Dorf in der Nähe von Jerusalem, wo die Römer und Kreuzritter nicht nur Altertümer hinterließen, sondern auch blaue Augen. Aber sie sei eine echte Kostbarkeit gewesen, das Wunderbarste, was al-Dibagha, al-Musrara und die Via Dolorosa je erblickt hätten.

»Wir bildeten Spalier, wenn sie vorüberschwebte. Wir beteten Rosenkränze, verbrannten Räucherwerk und stimmten Choräle an. Einige von uns wollten ihr sogar nacheifern und Priester werden.« Er hob das Glas zum Trinkspruch: »Auf Muhammad! Bei Gott, das war ein Kerl!«

Masin lachte. »Hörst du, dein Vater? Hörst du, was das für einer war? Schlägst du ihm vielleicht nach?«

Violet rief ihn. Er ging zu ihr, während ich mir wieder und wieder diese Frage stellte: Schlägst du ihm vielleicht nach? Was sollte ich darauf antworten? Früher war ich zu klein, um es zu wissen. Erst jetzt, nachdem ich längst erwachsen bin, gehe ich daran, die Einzelheiten über ihn zu sammeln wie Sandkörnchen.

Ich setzte mich in eine Ecke zwischen Farnkraut und Kletterpflanzen und schaute durch die Verglasung hinaus. Die Erde war rötlich wie Henna. Ein leichter Regenschauer besprühte sie mit feinen Tröpfchen unter der nachmittäglichen Sonne. Die Luft war erfüllt von Blütenduft und aromatischen Gerüchen nach Erde, Atlant und Pfefferminze. Im Salon stimmten alle gemeinsam einen Gesang mit monotonem Rhythmus und trauriger Melodie an. Ich blieb in meinem Winkel sitzen, nippte am Wein und füllte meine Augen mit dem Gold der Sonne.

Mein Kopf wurde leicht, mein Körper schwebte im wogenden Licht. Der Wein begann zu wirken, der Gesang und das ungewisse Licht taten ein Übriges. Plötzlich ertönten aus dem wirren Durcheinander und dem Lärmen der Leute die Saiten einer Gitarre und eine angenehme Stimme. Der Lärm legte sich, bis es ganz still wurde und nur noch die Gitarre und das girrende Singen einer Frau zu hören waren. Das war kein Lied mehr, eher ein Gebet, fast ein Bittgesang. Sie flehte den

Geliebten an, bat inständig um Mitleid, schwor Gelübde um Gelübde, dass ihre Liebe ewig währe, bis in den Tod. Sie bat ihn zu bleiben, der Schlaf fliehe sie, er meide ihre Lider und überlasse sie ihrem gepeinigten Herzen. Die Worte waren einfach und zärtlich. Sie erinnerten mich an eine alte Romanze, an die Fünfziger- und Sechzigerjahre, Frank Sinatra und Nat King Cole. Entschwundene Tage, verlorene Gefühle, die sich irgendwo fernab im Hafen zwischen Ankerplätzen und Varietés verkrochen haben. Fühllos blieben wir zurück und tasten uns stumpf durchs Leben. Hier dagegen sind die Menschen wie frisches Obst, an dem sich noch kein Spezialist vergriffen hat.

Wieder sang sie, von der Gitarre begleitet: »Dein bin ich für immer. Bleibe bei mir.« Die anderen verharrten regungslos, nur ab und zu war ein Seufzer zu hören. »Dein bin ich für immer. Bleibe bei mir.« Ich brach in Tränen aus, weinte hemmungslos. Ich hielt nichts zurück, fragte nicht nach dem Grund. Doch in diesem Moment erkannte ich, was mich tatsächlich hierher geführt hatte. Ich war gekommen, um zu neuem Leben zu erwachen und mein Herz klopfen zu hören. Hier würde ich meine Gefühle wieder finden und die Welt, die Menschen intensiv erleben. Hier ist der Gesang noch etwas anderes, die Worte sind etwas anderes. Hier lieben sie aus tiefster Seele und legen das Herz als Opfergabe auf den Altar ihrer Selbstverleugnung.

Ich stand da und nahm das Bild und diese weiche Stimme ganz in mich auf. All das war unendlich schön, eine märchenhafte Welt. Die Stimme durchflutete die Atmosphäre bis hinauf zu den Wolken und erhellte das Dunkel wie eine Lampe im Nebel. Sie erschütterte bis ins tiefste Innere hinein. Seufzer leidenschaftlicher Liebe brachen hervor, und die Augen wur-

den feucht. Plötzlich schrie mein Cousin unvermittelt aus
der tiefen, nebelverhangenen Dunkelheit: »O Gott! Beirut ist
verloren!«

16

Zu zweit schlenderten wir durch die Nacht. Die Geburtstagsfeier fiel in den Herbst, es war schon Ende Oktober. Dichter
Nebel lag über den Straßen und Feldern. Unser Haus war nicht
weit entfernt, aber mein Cousin, aufgewühlt von Trauer und
Schmerz der wieder aufgebrochenen Wunde, wollte noch ein
wenig mit mir spazieren gehen, um sich zu beruhigen. Schweigend folgte ich ihm und schaute ihn verstohlen an. Es war eine
finstere Nacht, die Straßenlaternen hüllten sich in dichten
Nebel. Ich konnte nur eine lange, breite Silhouette mit glattem
Haar und wohlgeformtem Kopf neben mir erkennen. Er sah
gut aus, er besaß eine Ausstrahlung wie ein Adliger oder Ritter.
Trotz seines Gebrechens infolge des Unfalls mit der Mine
wirkte er Respekt einflößend. Geschickt wusste er sein Hinken
zu verbergen, genauso wie seine inneren Wunden. Nur wenn er
trank und der Rausch den Verband herunterriss, lag die
Wunde bloß.

Während dieses Spaziergangs redete er irgendetwas daher,
oberflächlich, unkonzentriert. Nichts als Schaum, Sprudel und
Wasserblasen. In den Tiefen aber ruhte ein verborgenes Geheimnis, das nicht auftauchte. Nur manchmal gab der Schaum
den Blick auf die blutrote Wunde frei. Beirut war die erste
Wunde, vielleicht auch die letzte. Doch da unten ruhte noch
etwas, ferner und tiefer als die Verwundung des Landes. War es
verletzte Männlichkeit nach der verlorenen Schlacht? War es

ein wunder Punkt des Verstands, der sich in endlosen Strudeln verirrte? Mangel an Tiefgang oder Höhenflug? War es zu viel Intelligenz? Oder Unvermögen? Manipulation oder Kinderei? Alles Geheimnisse, begraben in der Tiefe des Ichs, die ich nicht verstand, aber dennoch eifrig sammelte, um zu begreifen, was einen Menschen ausmacht.

»Nach Beirut mit seinen hellen Lichtern folgte Wadi al-Raihan! Wadi al-Raihan? Dieses Gefängnis Wadi al-Raihan. Diese Verzweiflung, die Menschen, die Repression, das Leid, die Rückständigkeit – das soll Wadi al-Raihan sein? Meine Seele ist dort geblieben. Dorthin gehöre ich, wie konnte ich nur hierher geraten?«

»Wir sind aber hier, in Wadi al-Raihan«, sagte ich, um ihn wachzurütteln.

Betrunken lallte er: »Wie wir auch in Dschinsnaja und Tilal al-Ward waren.«

»Dschinsnaja?«

»Dschinsnaja, dort bei Maghduscha.«

»Libanon ist vorbei«, sagte ich, um ihn zu wecken.

»Und Salma ist vorbei«, murmelte er traurig.

Freundlich fragte ich: »Welche Salma?«

Abwesend, als spräche er zu sich selber, stammelte er: »Salma ist Beirut, Salma ist Gibran, Salma steht für Libanon und die Siebzigerjahre. Salmas Beirut ist vorbei, Libanon ist vorbei. Heute sind wir in den Neunzigern. Guevara kehrte zurück auf die Talsohle, um den Stein, den Sisyphos bis zur Erschöpfung schleppte, wieder aufzunehmen. Wir sind wieder hier, in Wadi al-Raihan. Auch du bist zurückgekehrt, genau wie ich. Morgen wirst du erkennen, so wie ich erkannt habe, dass unsere Träume gestohlen und verloren sind, dass siebzig etwas anderes als neunzig ist, und dass wir alt geworden sind.«

Ich bemerkte, dass er bei jedem Schritt durch das Schweigen der Nacht vor sich hin nickte. Ich begann seine Gefühle nachzuempfinden, seine Schmerzen und Ängste übertrugen sich auf mich. Ich verstummte, mochte nicht mehr weiterfragen und in alten Geschichten wühlen, um nicht hören zu müssen, was er antworten würde, um nicht erinnert zu werden, dass uns in diesem Tal, diesem Wadi al-Raihan, alles gestohlen war, dass wir alles verloren hatten, dass siebzig etwas anderes war als neunzig, und dass wir gealtert waren.

17

Mein Cousin ging in sein Zimmer. Ich blieb allein in der Nacht. Es war eine schwarze, stockdunkle Nacht, eine Nacht wie der Inbegriff ihrer selbst. Ich hörte, dass er gegen die Möbel stieß, dann auf sein Bett plumpste und still war. Ich schlenderte noch einmal ums Haus, um mich zu beruhigen und meine Herzschläge zur Ordnung zu rufen. Meine Gedanken lagen im Widerstreit zwischen Mitleid und Angst. Mitleid mit ihm, oder Angst vor ihm? Ich war mir nicht sicher. Meine Verwirrung sollte noch zunehmen, als ich bald darauf seine Geschichte aus einem anderen Mund, aus anderem Winkel vernahm. Purer Zufall, dass beide Aussagen in derselben Nacht, zu gleicher Zeit zusammentrafen. Er erzählte die Geschichte von Beirut und der Revolution, sie erzählte die Geschichte vom Daheim, von der Familie, von undankbaren Brüdern und Frauensorgen. Er sprach von Liebe, und sie vom Hunger nach einer liebevollen Berührung. Er redete vom Rais, und sie von den kleinen Kümmernissen einer Lehrerin, die in der Blüte ihrer Jahre aufgebrochen war und als alte Jungfer endete. Als alte Jungfer?

Was für ein plattes, schäbiges Wort für die tausendfältige Not einer unerfüllten Frau. Eine brachliegende Frau ist wie Ödland, Frau ohne Regen. Brachacker beflügelt weder das Denken noch die Inspiration.

Ich bemerkte noch Licht in ihrem Zimmer. Sie saß am Bettrand, auf der Decke lag ein Fotoalbum. Doch sie schaute nicht hinein, sondern starrte in den Spiegel. Regungslos wie ein Götzenbild hockte sie vor dem Schrank. Die Minuten vergingen, sie rührte sich nicht. Ich beobachtete sie von draußen, jedoch ohne besonderes Interesse. Seine Geschichte beherrschte mich noch und distanzierte mich vom häuslichen Milieu, von Nahla, sogar von mir selbst. Seine Welt zog mich in den Bannkreis Beiruts, der ausfahrenden Schiffe und des Hafens. Wir kannten sie vom Fernsehen. Sie trugen Gewehre, Holzknüppel und Oliven, Kufijas verhüllten ihre Köpfe. Wir sahen sie wieder nach dem schrecklichen Bombardement, unter einem mit Leuchtraketen und Bomben übersäten Himmel. So viel wurde geredet, so viel geschrieben, eine Konferenz nach der anderen wurde einberufen. Dann verfolgten wir am Bildschirm den Abzug der Schiffe und des Geleitzuges – wie im Film, wie im Kino, als wäre es nur gespielt.

Plötzlich sagte sie wie eine Verrückte in den Spiegel hinein: »Eine Schande! So eine Schande! So weit ist es gekommen?«

Ich beobachtete sie durch die Jalousie. Die hölzernen Lamellen waren halb geöffnet. Ich stand dahinter, ich und die Nacht.

Noch einmal wiederholte sie, als spräche sie zu mir oder zu jemandem, der ihr zuhörte: »So weit ist es gekommen?«

Es war, als ob sie mit irgendeinem Menschen redete oder telefonierte. Doch sie saß ganz allein dort auf der Bettkante, vollständig angezogen und in Straßenschuhen. Außer sich starrte sie in den Schrankspiegel und wiederholte wieder und wieder dieselben Sätze: »So eine Schande! So weit ist es gekommen!«

Ich streckte die Hand aus und klopfte an die Jalousie. Sie drehte sich nicht um, sagte nur mit starrem Blick, zum Spiegel gewandt: »So weit ist es gekommen?« Ich klopfte ein zweites Mal und flüsterte: »Nahla, Nahla, was ist mit dir, Nahla?« Wie in Zeitlupe wandte sie sich zu mir um, noch immer verstört, mit aufgerissenen, ausdruckslosen Augen.

»Nahla, Nahla, was hast du?«

Sie antwortete nicht. Ohne aufzuwachen, sah sie in den Spiegel. Ich rannte zur Haustür, dann durch den Gang, den Salon, zu ihrem Zimmer. Ich stieß die Tür auf, trat ein und stellte mich vor sie hin. »Was hast du? Was ist denn?«, fragte ich.

Sie gab keine Antwort, blieb bewegungslos sitzen. Ich packte sie an den Schultern und schüttelte sie, doch sie reagierte nicht, blickte mich nicht an. Die Augen zur Wand gerichtet, sagte sie wieder ausdruckslos: »So weit ist es gekommen?«

»Nahla, was ist dir? Nahla, Nahla!« Mein Gesicht dicht vor ihrem, fragte ich: »Was hast du, was hast du nur?«

Endlich hob sie den Blick und sagte in mein Gesicht hinein: »So weit ist es gekommen? Ihr lasst mich einfach sitzen?«

Wir hätten sie sitzen lassen? Hätten uns davongeschlichen? Wir? Wer – wir? Masin und ich?

Verbittert, als handle es sich um ein Vergehen oder Unglück, wiederholte sie: »Ihr lasst mich sitzen und geht ohne mich zur Feier?«

Im selben Augenblick rutschte ich auf den Fußboden. Ich war so verblüfft über ihren Vorwurf, dass ich mich einfach fallen ließ. Diese starke Frau mit ihrer angesehenen Position in der Familie, ihren Arbeitsjahren in Kuwait, in der Fremde, ihrem Einkommen und ihren Ausgaben, diese von Vater und Brüdern geachtete Frau grämte sich hier, mitten in der Nacht, als hätte sie ihre Lieben zu Grabe getragen! Und alles nur, weil sie nicht zu dieser Feier gegangen war, weil wir sie nicht mitgenommen hatten? Sie blickte mich direkt an, Argwohn lag in ihren Augen.

»Das war doch Violets Geburtstag?« Mit unterdrücktem Zorn, beinahe Hass, fuhr sie fort: »Violet hatte Geburtstag, und ihr habt es verheimlicht.«

Ich erwiderte nichts, senkte den Kopf. Ich erinnerte mich, dass mir Umm Dschirjes bei der Einladung eingeschärft hatte, Nahla nichts zu sagen. Dem hatte ich entnommen, dass Violet und Umm Dschirjes Nahla nicht bei der Feier haben wollten. Aber war es die Sache wert, deswegen in solche Trauer und Verzweiflung zu verfallen?

»Du hast ja nichts versäumt«, sagte ich entschuldigend und versuchte die Angelegenheit herunterzuspielen. »Die Feier war todlangweilig.«

Mich anstarrend, wiegte sie den Kopf nach rechts und links. »Brauchst gar nicht so daherzureden, darum gehts überhaupt nicht. Mir liegt nichts an der Feier, ich bin nicht scharf auf das Geburtstagsfest von Violet. Ich bin auch nicht angewiesen auf Umm Dschirjes mit ihren unsäglichen Geschichten von Dschirjes und Amerika und Santa Claus und Christmastree und dem ganzen Gequatsche über dies und das, nur damit sie zeigt, wie bedeutend und gebildet sie ist. Weder sie noch ihre Tochter sind gebildet. Ihre Tochter ist bloß eine Friseuse, nicht mehr. Weshalb also diese Arroganz, diese Angeberei? Eine Friseuse richtet ihren Geburtstag aus? Du lieber Gott!

Aber das soll wohl heißen: Wir sind gebildet, wir sind wie die Amerikaner und Ausländer. Kein Verstand, kein Geschmack! Bei Gott, von mir aus können sie tausendfünfhundert Geburtstage feiern! Trotzdem bleibt sie Umm Dschirjes Sarah, Sarah die Krankenschwester, die früher wie eine Dienerin war und im Hospital genächtigt hat. Worauf bildet die sich was ein? Sie hat mich nicht eingeladen? Na und? Als fehlte mir nichts auf der Welt zu meinem Glück, als dass mich die gnädige Sitt Violet und Umm Dschirjes einladen! Mit denen soll ich vor der Torte stehen, die Kerzen ausblasen und ›Happy Birthday!‹ singen! Happy Birthday, was? Habt ihr das wirklich gesungen, bei vollem Verstand? Und du, hast du etwa mitgesungen?«

Ich antwortete nicht, hörte nur verblüfft ihrem zeternden Wutausbruch zu. Was verbarg sich hinter diesem rasenden Zorn? Ging es um Violet? Um die Feier, oder um Masin? Da musste etwas tief drin sitzen, was ich noch nicht erkennen konnte.

»Sag mir ehrlich«, drang sie in mich, »hast du mit denen gesungen? Sag es, red schon!«

Unwillkürlich musste ich lächeln. Die Situation reizte mich trotz ihrer Tragik und der verborgenen Dimensionen zum Lachen.

Sie streckte die Hand aus und krallte sie mit heimlichem Hass in meine Schulter. »Grins nicht so! Tu ja nicht, als ob du nichts verstehst. Du verstehst sehr gut Arabisch. Du begreifst doch, was ich sage, und durchschaust die Geschichte.«

Mein Lächeln erstarb. Ich sah sie unschuldig an. »Was für eine Geschichte? Ich verstehe nicht.«

Sie starrte mich mit zweifelnden Blicken an. »O nein, du kapierst ganz genau. Du stellst dich nur dumm. Du siehst doch, dass Masin in sie und in ihren Anhang verschossen ist. Er geht hin, um sich voll laufen zu lassen, sich durchzufressen und wer weiß wie aufzuspielen. Dort fühlt er sich wie ein Sultan. Er lümmelt sich auf ihrer Couch, redet in Rätseln, lauscht den Liedern von Fairus und Umm Kulthum, die ihm etwas von Trümmern vorsingt. Was für Trümmer? Etwa die von Beirut? Weder Verstand noch Geschmack! Er geht keiner Beschäftigung und Arbeit nach, lungert nur herum und gebärdet sich wie eine Mischung aus Che Guevara und Leila und Madschnun, die unglücklich Liebenden. Dafür habe ich meine Jugend in der Fremde geopfert, um so behandelt zu werden! Dafür habe ich mein elendes Leben erduldet und meinen Schweiß in Kuwait vergossen? Alle, alle haben mich ausgepresst wie eine Zitrone. Dann sind sie ihrer Wege gegangen, sind in die Welt ausgeschwärmt und haben mir den Rücken zugekehrt. Sie haben geliebt und gehasst und Weiber erobert, so viele wie ihre Barthaare. Ingenieure sind sie geworden oder wer weiß was, während ich in Kuwait wie eine Milchkuh abgestellt war. Ich habe gelehrt und unterrichtet, indes sie sich herumtrieben und nicht nach mir fragten. Jeder hat eine Herde Kinder und eine Frau oder zwei. Bloß ich stehe hier herum wie eine dumme Ziege, betreue den halb toten Greis und verwöhne den übergeschnappten Guevara. Als Fidai gibt er sich, als Intellektueller, der sich die Sorgen der Menschen und des ganzen Weltalls aufbürdet. Dabei bekommt er nicht mal seine eigenen Probleme in den Griff! Statt Süßholz zu raspeln und herumzulungern, sollte er sich lieber Arbeit suchen, damit er wenigstens seine Ausgaben selber bezahlen kann. Ungedeckte Schecks ausstellen, darin ist er groß. Und ich darf sie dann einlösen. Mein Lebtag hab ich gezahlt und Amen gesagt. Macht nichts, dachte ich mir, morgen sind sie für mich da, wenn ich sie brauche. Aber Pustekuchen! Weder im Alter noch in der Jugend finde ich einen, der auch nur ein einziges Mal nach mir fragt. Gott verfluche mich und verfluche sie! Gott verderbe mich und sie mit! Ich habe mich aufgeopfert und abgeplagt, aber keiner ruft mich und sagt: ›Nahla, komm, ich lade dich ein.‹ Stell dir vor, stell dir das mal vor: Sogar Dschirjes, der ein Herumtreiber war und in Israel gekellnert hat, – der schickt seiner Mutter jedes Jahr, stell dir das vor, jedes Jahr zwei Tickets, damit sie ihn mit Violet besuchen kommt. Und wenn sie bei ihm ist, führt er sie aus und kutschiert sie von einer Stadt zur anderen, von einem Ort zum anderen. Mal nach Florida, mal nach New York, ins Disneyland und an Plätze, von denen ich noch nie etwas gehört habe. Und ich? Meine Brüder sind groß geworden von meiner Plackerei und meinem Schweiß in Kuwait, aber nicht einer von ihnen erinnert sich meiner, und sei es bei irgendeinem Ausflug. Zuerst haben sie mich gebraucht, da schickten sie mir Briefe und riefen mich an: ›Meine geliebte Schwester, teure Schwester, liebste Schwester, du bist die Beste von allen, du bist die Klügste, die Sitt unter allen, du bist doch unsere Nahla, die schönste Nahla, die hübscheste Nahla, ich beschwöre dich, ich stecke in der Klemme und brauche dringend zwei Piaster.‹ Schon gut, Bruder, hier hast du sie! Dem einen zwei Piaster und dem anderen zwei Piaster, Vater ist natürlich auch in Bedrängnis, es gab eine Missernte, und Mutter ist krank, sie musste operiert werden, der Einfaltspinsel möchte Unternehmer werden und gefüllte Bonbons herstellen, und Guevara will Revolutionär werden, die Uni hinschmeißen und Jeans anziehen. Da heißts: Gib her, aber schnell, alles in ein, zwei Jahren! Gott wird dir schon beistehen, Nahla! Ein Jahr geht herum, es folgen noch zwei, und so vergeht ein Jahr ums andere, bis das ganze Leben daraus geworden ist. Das Leben ist futsch, die Jahre sind verloren, und als ich schließlich aufwachte, stand ich da als alte

Frau – kein Mann, kein Zuhause. So weit ist es gekommen! Hörst du, was ich sage? Das ist das Ende deiner Cousine Nahla: eine vergessene Kuh auf der Weide, nachdem ihre Milch versiegt ist. Geh, und richt es diesem Guevara aus: Anstatt herumzuphilosophieren, über seine Probleme und die Sorgen fremder Leute zu jammern, soll er auch mal an meinen Kummer denken, nur ein einziges Mal soll er sich an Nahla erinnern. Hast du verstanden, was ich sage? Dann geh, und erklär es ihm.«

18

Ich wusste nicht mehr, was ich eigentlich sammeln, wonach ich in meinem Land hatte suchen wollen. In diesem Wust von Problemen und Sorgen verwirrten sich meine Fäden in tausenderlei Richtungen. Um meine Gedanken zu ordnen, um zu begreifen, was um mich herum geschah, musste ich erst einmal analysieren und aus meinem Instrumentarium geeignete Forschungs- und Untersuchungsmethoden auswählen. Das wichtigste Mittel, die Menschen zu verstehen, war ihre Sprache, denn es ging um ihre Aussagen, um das Erfassen von Informationen und Interviews. Da mein Arabisch gebrochen und mangelhaft war, kaufte ich mir Lehrbücher und Kassetten und begann, meine Sprache zu lernen. Natürlich fing ich mit Hocharabisch an, wechselte aber dann zur Alltagssprache über, um die Leute auf der Straße zu verstehen. Im Laufe der Zeit fand ich, dass dieser Dialekt nicht ausreiche, und schlug mich wieder mit der Hochsprache herum. Am Ende stand ich verwirrt zwischen Umgangssprache, Hochsprache und den Sorgen der Leute. Ich entdeckte eine tiefe Kluft, einerseits zwischen dem

Hocharabischen und den Sorgen der Menschen, andererseits zwischen der Alltagssprache und dem Weitblick der Menschen. Von den Sorgen der Leute wird man wohl nie in der Hochsprache lesen, denn sie ist die Sprache des Zensors, die Sprache der politischen und der Selbstzensur. Was der Schere des Zensors entkommt, stutzen die Scheren des eigenen Bewusstseins. Die Hochsprache ist eine Domäne der Zensur, die sie der Aufrichtigkeit beraubt. Doch auch die Umgangssprache lahmt, sie kennt weder Kommas noch Fragezeichen. So hatte ich Schwierigkeiten mit allem, was ich hörte, was ich sagte, was ich fühlte. Lag es an Amerika? Lag es an meinen Untersuchungsverfahren oder an der Redeweise der Leute? Lag es daran, dass ich, verloren zwischen zwei Sprachen, zwei Bewusstseinsebenen und zwei Zeiten, auch die Wärme und das Gefühl verloren hatte? Oder war es meine Vergangenheit, die mich verfolgte? Wie auch immer, als er mir die Todesnachricht überbrachte und traurig sagte: »Herzliches Beileid! Dein Vater ist eingeschlafen«, weinte ich kein bisschen, zeigte keine Regung. Er legte seine Hände auf meine Schultern und sah mich prüfend an, ob ich seine Worte erfasst hätte. Ich wandte das Gesicht ab, damit er nicht merkte, dass ich nur nachdachte. Es war nicht mehr als ein Nachdenken. Ich registrierte, selber überrascht: Gar nichts fühlte ich! War dieser Mann wirklich mein Vater?

Nahla trat ein. Sie blickte mich nicht an. Vielleicht war sie verlegen wegen jener Nacht oder sie wollte den Tod verdrängen. Sie umarmte und drückte mich und flüsterte schmerzlich bewegt: »So ist nun mal die Welt, so geht alles zu Ende.« Sie begann bitterlich zu weinen, während ich dachte: Es ist nicht nur wegen meines Vaters, nein. Sie beweint ihre zerbrochenen Träume, wie ich damals, in meiner Kindheit.

Aber dann kam Fitna herein und verkündete eine sensationelle Neuigkeit. Sie eröffnete uns, sie sei »in anderen Umständen«. Der Arzt in der Hadassah-Klinik habe ihr die frohe Botschaft mitgeteilt, dass ein Baby unterwegs sei. Alle standen noch um den Leichnam herum und reagierten unterschiedlich auf die neue Lage. Mein Cousin Said, der Fabrikbesitzer, rang krampfhaft die Hände und zischte wütend: »Zum Teufel mit ihr!« Ich dachte heiter: Hat sie es doch fertig gebracht, die durchtriebene Schlaubergerin? Ich lächelte ihr sogar heimlich zu, um ihr zu versichern, dass ich sie selbstverständlich nicht verraten würde.

Mein Onkel nahm die Nachricht ohne Diskussion auf, breitete vor dem Ratschluss Gottes beide Hände aus und sprach gerührt und liebevoll: »Gott sei gepriesen! Er bringt das Lebende aus dem Toten hervor!« Tieftraurig vollendete Masin: »Und das Tote aus dem Lebenden.«

Die Neuigkeit verbreitete sich wie eine Flutwelle. Die Trauerfeier schien in einem Bienenstock stattzufinden. Das Raunen der Leute hörte sich wie Fliegengesumm an: »Fitna ist in anderen Umständen, Fitna ist schwanger!« Dieser holte tief Luft, jene starrte fassungslos umher, und Nahla murmelte in dem Stimmengewirr: »Das hats noch nicht gegeben – geschwängert von Raffgier!« Die Frau meines Onkels wurde gelb wie Kurkuma. Ihr Cousin führte meinen Onkel in die Küche und redete zwischen Kaffeetöpfen, Tassen mit ungesüßtem Mokka und Kardamomkörnern auf ihn ein. Die Worte konnten wir nicht verstehen, aber das Geflüster schien sich länger hinzuziehen als die endlose Rezitation des Koranlesers.

Fitna ist in anderen Umständen, Fitna ist schwanger! Die Nachricht lief durch die Straßen, in die Wohnungen. Frauen beugten sich aus den Fenstern, Verkäufer standen mit der

Kundschaft in den Läden herum. Einer erzählte, der andere fragte, eine Frau stöhnte auf, und manch einer rief: »Nein, nicht möglich! Das ist doch ein Trick, damit sie das Erbe einheimst. Abu Dschabir ist der erste Erbe, er und seine Söhne. Die Tochter? Nichts mit Tochter, nichts mit Ehefrau! Seht sie euch doch an. Eine stammt von Amerikanern ab, und die andere ist eine Prostituierte ohne Zulassung. Gottes Zorn über sie, eine Schande ist das!«

Nach der Beerdigung und dem Leichenschmaus versammelte sich die Familie im Salon. Fitna setzte sich, den Rücken mit einem Kissen und einem Polster gestützt, auf das Sofa an der Stirnseite. Ohne Make-up sah sie fahl aus. Ihre gelben Haare sträubten sich vom Raufen wie ein Strohwisch. Die anderen saßen stumm. Nur das Klappern der Gebetsketten und heftiges Schnaufen waren zu hören, am lautesten von Said und meinem Onkel. Beim Onkel lag es natürlich an der Erschütterung und den vorgerückten Jahren, bei Said hingegen an der Körperfülle, verstopften Nasengängen und seinem geblähten Magen, den er bis zum Hals hinauf mit Mansaf voll gestopft hatte.

Nahla, vollkommen in Schwarz gehüllt, erkundigte sich: »In welchem Monat ist denn das Kleine? Möge es der böse Blick nicht treffen!«

Fitna beugte sich nach hinten, um ihre Schwangerschaft vorzuweisen. Ihr Bauch war flach wie eine Fliese. Doch sie machte sich nichts draus und ließ sich nicht entmutigen. »Gerade mal im ersten, vielleicht auch im zweiten Monat«, sagte sie vorsichtig.

Said schnaufte noch lauter, seine Gebetskette fiel zu Boden, aber er öffnete den Mund nicht.

Ungerührt setzte Nahla die Ermittlung fort: »Vielleicht

auch im zweiten? Mein Onkel lag doch zwei Monate fest im Bett. Er hatte eine Embolie und ist nicht mehr aufgewacht, seit sechzig Tagen nicht.«

»Achtundfünfzig«, sagte Fitna blinzelnd.

»Oha!« Unwillkürlich hatte Said dieses »Oha!« ausgestoßen. Seine Augen quollen hinter der Brille hervor, dass sie beinahe die Gläser berührten.

»Armer Muhammad!«, sagte mein Onkel freundlich und gütig. »Allmächtiger Gott! Alles ist Schicksal. Wäre es ihm doch beschieden gewesen, einen Sohn zu sehen. Sieben oder mehr Frauen hat er geheiratet, aber keiner seiner Nachkommen ist am Leben geblieben, außer dieser einen Tochter. Gebs Gott, meine Tochter, vielleicht schenkst du uns einen Jungen, der einmal seinen Namen trägt.«

»Der seinen Namen beerbt«, warf Said ein, indem er das Gesicht zum Fenster drehte.

Mein Onkel sah seinen Sohn scharf an. »Jawohl, der seinen Namen, sein Geld und sein Hab und Gut erbt«, sagte er. »Wir wollen nur, dass alles rechtens zugeht und Muhammad einen männlichen Nachkommen hat.«

Said schüttelte aufgebracht den Kopf und rief ärgerlich: »Muhammad, und einen männlichen Nachkommen!« Niemand erwiderte etwas darauf. Fitna zwinkerte, und ich beobachtete die anderen beklommen und ziemlich aufgeregt.

Nach einer Weile sagte Nahla in das allgemeine Schweigen hinein: »Also, ich möchte nur begreifen, Sitt Fitna, wieso wir von dieser Schwangerschaft erst erfahren, nachdem mein Onkel gestorben ist.«

Fitna schaute in meine Richtung. Ich senkte den Blick und vermied es, sie oder sonst jemanden anzusehen. Ich fürchtete, dass sich die Situation zuspitzen könne, wenn die Befragung weitergeführt und die Lüge entdeckt würde. Genau wie die anderen wusste ich ja, dass es eine Lüge war. Doch nur mir allein hatte Fitna vor wenigen Tagen anvertraut: »Wär nicht das Schicksal dagegen gewesen, hätte ich ihn entschädigt und ihm einen Jungen geboren.« Nur mir gegenüber hatte sie auch in verschwörerischem Ton erklärt: »Der Junge heimst das Erbe ein.« Was würde Sitt Fitna noch anstellen, um bei ihrem Schwindel zu bleiben und das Vermögen zu erben? Wollte sie wirklich schwanger werden? Aber von wem, und wie?

Am selben Abend nahm ich sie beiseite und fragte mit unverhüllter Angst: »Was willst du tun, wenn sie es merken?«

Mit seltsamer Unverfrorenheit stellte sie sich vor mich hin und entgegnete herausfordernd: »Was sollen sie merken?«

Heiser vor Verlegenheit, flüsterte ich: »Dass du gar nicht in anderen Umständen, eben nicht schwanger bist!«

Sie starrte mich an, hob die Hände und strich sich das Haar aus dem Gesicht. Dann zuckte sie mit den Schultern und sagte lächelnd: »Aber ich bin schwanger.«

»Ach was!«, rief ich spontan. »Von wem denn?«

Sie drehte sich um, zog die Schultern hoch und lachte hinter vorgehaltener Hand. »Durch künstliche Befruchtung in der Hadassah-Klinik.«

19

Die Trauerfeier war zu Ende. Tagelang hatten sie fässerweise ungesüßten Mokka getrunken und Knafe, Mansaf und all die Köstlichkeiten verzehrt, die Nachbarn und Verwandte gesandt hatten. Der eine schickte gegrillte Bruststeaks, der andere ganze Lämmer und wieder ein anderer brachte Säcke mit Reis und Zucker. Ein Verwandter steuerte Zigarettenstangen, Tabakpackungen und Streichhölzer bei. Am Ende war die Küche voll gestopft mit Speisen und Waren, sodass es wie in einem Laden oder Restaurant aussah.

Ich saß in einem Winkel unter dem Nussbaum, wo es angenehm kühl war, oder auf dem Sofa im Salon und sah ihnen zu. Nebenbei putzte ich Bamia und Bohnen, strickte mit Nahla und wartete auf die Geburt des Kindes, denn erst danach würden wir das Erbe aufteilen. Der Scheich des Schariagerichts hatte angeordnet, das Erbe so lange zurückzuhalten, bis Sitt Fitna niederkäme und der Familie den Kronprinzen bescherte.

»Den Kronprinzen?«, fragte mein Cousin, der Fabrikbesitzer. Sein Gesicht lief rot an, dann wurde es bleich. »Vielleicht auch eine Kronprinzessin?«, setzte er hinzu.

»Gott behüte!«, rief Fitna, die gekommen war, um mich zu einem Besuch nach Wadi al-Dschaus einzuladen. »Ein Kronprinz, und keine Prinzessin! Der Arzt im Hadassah hats gesagt.«

Dann nahm sie mich mit nach Wadi al-Dschaus. Dieses Wadi al-Dschaus war allerdings kein Tal oder Wadi, noch gab es dort Dschaus, nämlich Walnüsse. Es war ein schönes, altes Viertel. Das heißt früher einmal, bevor es verkam. Es lag in Neujerusalem, was etwas ganz anderes war als Westjerusalem, denn Westjerusalem gehörte den Juden. Drüben im »Westen« – arabisch ausgedrückt – lebten nur Ultraorthodoxe, Aschkenasim, Sephardim und dergleichen. Im Neuteil, ich meine von Jerusalem, wimmelte es dagegen von lauter Arabern. Hebron-Araber und Jerusalem-Araber. Und Pöbel-Araber, die sich breit gemacht hatten, nachdem die vornehmen Leute weggezogen und der Stolz und die Tradition verschwunden waren. Selbstverständlich folgte ich der Einladung. Wer von uns liebt nicht

Jerusalem! Ich liebte es ganz besonders – aus mehreren Gründen. Erstens war mein Vater dort in einem Souvenirgeschäft angestellt gewesen. Zweitens hatte mir Umm Dschirjes gesagt, alle Kathedralen der Welt seien nichts im Vergleich zu einer kleinen Kirche im kleinsten Viertel von Jerusalem. Drittens ist Jerusalem sowieso permanent präsent, in Gedanken, Nachrichten, Gedichten und den Reden des Rais. So viel wurde davon gesprochen und gerühmt, bis das heiligste der Heiligtümer den Status eines Symbols annahm. Aber alles in allem ist Jerusalem nun mal eine Stadt der Touristen. Und ich blieb trotz meiner Abstammung, Herkunft und Zugehörigkeit zum Islam schließlich doch nur eine fremde Touristin. Als sie mich so reden hörten, waren sie mir böse und warfen mir Mangel an Gefühl und Glauben vor. Sie gebrauchten Ausdrücke, die ich noch nie gehört hatte. Immerhin verstand ich, dass ich nicht nachplappern solle, was ich in den Medien aufschnappte. Auch Fitna redete auf mich ein: In Jerusalem gebe es doch jede Menge Waren, Geschäfte, breite Straßen – und die Hadassah-Klinik!

Kurz und gut, ich stieg zu ihr ins Auto, einen weißen Mercedes, ein Modell aus den Neunzigerjahren. Wäre das alles mit der Embolie und dem Todesfall nicht passiert, hätte sie sich sogar ein nagelneues Modell von diesem Jahr angeschafft! Unterwegs schnatterte sie munter drauflos, eine Geschichte folgte der anderen. Sie erzählte haarsträubende Dinge über meinen Onkel und seine Söhne. »Dein Onkel geht blind durch die Welt«, sagte sie. »So viel Geld hat er, so große Plantagen. Sein Landgut ist riesig, man bekommt direkt Angst vor den vielen Bienen und Wespen. Und dann der ›Nordhonig‹! Hätte er den klar und sauber gehalten und nicht gestreckt, hätten sie ihn sogar ins Maxim exportieren können. Kennst du das Maxim?

Dein Cousin hat ja Scheuklappen, und wie unsympathisch der ist! Nicht bloß unsympathisch, auch betrügerisch. Die jüdischen Toffees sind doch viel reiner und besser. Die sind ihr Gewicht wert, nicht wie die steinharten Dinger von deinem Cousin. Überhaupt, beim Reden spuckt er einen an, plustert sich auf und schnaubt wie ein Ochse. Gott verderbe ihn! Wenn ich es drauf anlegen wollte, könnte ichs schon mit ihm aufnehmen. Was denkt er denn, mit wem er es zu tun hat? Ja, ich bin in al-Musrara aufgewachsen! Aber meine Verwandten sind ordentliche Leute, unsere Familie ist groß und geachtet. Die Zeit hat uns übel mitgespielt, nur deshalb mussten wir uns in al-Musrara niederlassen. Damals waren wir noch Kinder. Der Familiensitz, ein altes Haus, stand ungenutzt und unbewohnt, da sind wir einfach eingezogen. Wir machten sauber, räumten auf und blieben dort wohnen, bis wir heirateten. Alles haben wir dort gelernt. Wir lernten uns zu streiten, zu prügeln und schlechte Reden zu führen. Mama – morgen wirst du sehen, wie erledigt sie ist – also, sie wurde ja bei den Nonnen erzogen, und wenn sie uns so reden hörte, hätte sie beinahe der Schlag getroffen. Sie setzte sich hin und weinte. ›Willst du, dass meine Töchter verwildern?‹, sagte sie zu Papa. ›Willst du, dass meine Töchter Zigeunerinnen und Herumtreiberinnen werden?‹ Papa, der Ärmste, war immer so ein stiller, sehr kranker Mann. Er besänftigte sie und redete ihr gut zu: ›Bald heiraten die Mädchen, Amira. Bald erfüllt sich ihr Schicksal, und sie finden einen, der auf sie aufpasst.‹ Aber meine Mutter fauchte zurück: ›Welcher anständige Mann aus guter, angesehener Familie nimmt eine Herumtreiberin zur Frau? Deine Töchter sind nicht besser als irgendeine von der Gasse. Führen sich ordentliche, ehrbare Mädchen etwa so auf? Erwartest du, dass sich angesehene Familien, wie die Naschaschibi oder al-Chalidi, zu uns und dieser Bruchbude herablassen? Wer von denen würde sie denn heiraten?‹ Papa brach in Tränen aus und schluchzte, und wir schluchzten mit. Aber dann haben wir doch geheiratet. Es war eine ziemlich heruntergekommene Familie. Einer lungerte herum, der nächste machte bankrott, ein anderer war schwachsinnig, der sabberte, dauernd lief ihm die Nase. Kurzum, es ging uns dreckig, sie waren Hungerleider, und es war die Hölle, eben wie man sagt: Wir sahen die Sterne zu Mittag. Am Ende flüchteten wir. Ich riss einfach aus, eine Schwester rannte davon, die dritte floh nach Zypern, die vierte landete im Irrenhaus. Mein kleiner Bruder war ja noch kein erwachsener Mann. Das heißt, wir hatten keinen Menschen, als dein alter Vater mich heiratete und für ihn einen Laden aufmachte. Was solls, was können wir ausrichten? So ist die Welt. Ich habe eine Menge durchgemacht, meine Mutter hat viel einstecken müssen, und mein Vater auch. Da können deine Cousins kommen und sich aufspielen, wie sie wollen. Sie treffen auf eine, die genug Saures und Bitteres im Leben gekostet hat. Eine, die weder bereit noch willens ist – und müsste sie deswegen auch ein Verbrechen begehen –, jemals wieder nach al-Musrara zurückzukehren.«

20

Unter Fitnas Leitung lernte ich Jerusalem kennen. Von ihrem östlichen Balkon überblickten wir die Täler, den Ölberg und den Garten einer Missionsuniversität mit Arkaden, die zu breiten Freitreppen, Rabatten und langen Gewächshäusern mit leuchtenden Blumen führten. Vom westlichen Balkon und der Küche aus sahen wir die Aksa-Moschee mit ihrer glänzenden

Kuppel und ihren Minaretten, die Stadtmauer und die historischen Bauwerke Jerusalems. Von der hohen Dachterrasse konnte ich Kirchen und Glockentürme, Friedhöfe verschiedener Religionen, dunkelfarbige Bäume, weiße Felsen und eine nackte, braune und graue Erde sehen. Dort drüben, weit in der Ferne, wo Abendrot und Wolken den westlichen Himmel überzogen, bemerkte ich neben hohen Häusern und anderen, die niedriger waren, einen seltsamen Ring von Gebäuden, etwas wie ein Klinikum oder ein gewaltiges Gefängnis. »Siedlungsanlagen«, erklärte sie mir. Und »Anlagen« – wie sie sich ausdrückte – seien genau das, was mein Onkel und seine Söhne mit dem Erbe planten. Dieses sei Erbe, und jenes auch. Aber mein hämischer, durchtriebener Onkel – ihre Worte – sei noch tückischer als die Juden, weil er eigentlich zu ihnen und ihrer Religion gehöre. Von einem Cousin – übrigens das Oberhaupt der Familie und als Politiker und Historiker geradezu eine Koryphäe, der wisse in allem genau Bescheid und kenne sich mit der Abstammung und Herkunft der Leute bestens aus – also von dem habe sie erfahren, dass mein »nicht ganz direkter« Onkel eine jüdische Mutter hatte! Sein Vater habe sich nämlich vor der Auswanderung in Askalan in sie verliebt und sie geheiratet. Mein Onkel sei verschlagen und geizig wie sein Ursprung, weil seine sommersprossige Mutter eine »Tochter der Toten« war! Das sei so ein Ausdruck, abgeleitet von »die Söhne der Toten«. Er bedeute, dass die Juden nach arabischer Überlieferung und Geschichte – laut Fitnas berühmtem Cousin – Angsthasen ohne Stammbaum waren. Als ich sie fragte, wieso sie sich dann als meine Cousins ausgäben, schlug sie die Hände zusammen und rief: »Cousins? Nicht mehr, als er dein Onkel ist! Das behaupten sie doch wegen des Erbes. Alles, alles geht nur um das Erbe.« Sie zog mich auf die Terrasse, um mir die historischen Stätten und Altertümer zu zeigen, und wies mit dem Finger nach Westen und Osten, nach Norden und Süden. »Schau nur, schau. Siehst du unsere Gräber, unsere Häuser, siehst du die Gassen und Gärtchen? Siehst du die Bäume? Die haben wir gepflanzt. Siehst du die russische Kirche? Und dort, das katholische Kloster? Von hier bis da drüben ist alles unser. Morgen nehme ich dich mit zu meinem Cousin, der wird dir die Geschichte erklären.«

Als wir am Freitagnachmittag zur Zeit des Diwans hingingen, fanden wir den Raum voll gestopft mit Verwandten und einigen Gästen. Doch bevor wir eintraten, wollte sie mir als schlagenden, unwiderlegbaren Beweis für die Geschichtskenntnisse ihres Cousins die Hausbibliothek zeigen. Ich war beeindruckt von dem schönen Gebäude, dem Innenhof mit dem Springbrunnen, einem Gazellenkopf, den Perserteppichen und Laternen. Rings um den Marmorbrunnen spien Löwen und Schlangen Wasser in kräftigem Strahl, dass es schäumte. Überall blühten Jasminsträucher, Zitronenbäume und Kletterpflanzen. Und all die Herrlichkeit war eingefasst von einer alten Mauer mit Öffnungen, Ziersteinen und weißen Säulen, die vor Alter und historischer Würde schwärzlich nachgedunkelt waren.

Fitnas Cousin war leider recht unansehnlich, ja hässlich. Aber ihrer Meinung nach war er ein großartiger Mann – so studiert und gebildet! Er sei ein passionierter Zigarrenraucher und trage gewöhnlich karierte Hosen und eine Kaschmirweste. Im Diwan erscheine er allerdings mit Krawatte, darin stecke immer eine Nadel mit einem Negerinnenkopf aus Bronze. Sein Name sei Abdel Hadi, aber man spreche ihn nur mit »Pascha« oder »Bey« an. Auf Grund seiner Tätigkeit als Berater beziehungsweise Konsul auf diplomatischen Parketten in mehreren

Metropolen stünden ihm diese hohen Titel und andere ebenso gewichtige Anreden durchaus zu. Überdies stamme er aus einer traditionsreichen Stadt und Sippe und wohne in einem von den Vorfahren ererbten Haus, das deren einstigen Glanz bezeuge. In seinem Diwan treffe man stets die eine oder andere bekannte Persönlichkeit an, die Prominenz sei ebenso vertreten wie die aufstrebende Jugend des Clans, und desgleichen die Frauen. Im Diwan werde Kaffee gereicht, erst ungesüßter, dann gesüßter, danach gebe es »Twinings Tea« mit Kuchen und Schokolade. Ein wirklich angenehmes Beisammensein, auf das alle voller Ungeduld warteten, zu dem sie ihre beste Garderobe anzögen und sich parfümierten, in der sicheren Hoffnung, etwas zu finden, was sie gerade suchten – eine Anstellung, eine Empfehlung oder wenigstens die Aussicht auf eins von beiden. Vielleicht fände sich nebenbei auch noch ein Bräutigam für ein studiertes, extravagantes Mädchen, das sich nicht mit jedem Hergelaufenen zufrieden gab. So eine komme dann mit Mutter und Vater und stelle ihre Vorzüge geschickt zur Schau, ohne allzu dick aufzutragen. Sie trinke ihren Tee, ohne zu schlürfen, und spreche flüsternd, ein Wort arabisch, ein Wort englisch. Wenn sie eine Absolventin der Missionsschulen Schmidt oder Talita sei, kauderwelsche sie auch mal auf Deutsch. Käme sie aber von der Zion-Schule, was ja am feinsten sei, dann plaudere sie französisch mit Akzent und arabisch nur gebrochen.

Der Bey begrüßte uns zuvorkommend und überaus höflich. Trotz seiner Hässlichkeit, seines faltigen Halses, seines ramponierten Gebisses, bestehend aus einer monströsen Goldbrücke und gelben Zahnstummeln, und seiner wächsernen Haut gab er sich durchaus elegant. Nur seine offensichtliche Prahlerei und seine unsympathische Art vermittelten das Gefühl, ihn ein bisschen zusammenkneten zu müssen, damit er einem nicht zwischen den Händen zerfiele. Denn er war wie ein Hammel, gefüllt mit Fett aller Art, aber ohne Muskeln.

Der Bey führte uns noch einmal zu den Wörterbüchern und Standardwerken. Hier Ibn Sina und al-Ma'arri, dort Jean-Paul Sartre, Oscar Wilde und Hemingway. Für Hemingway hatte er ein besonderes Faible. Ein Abenteurer und Globetrotter, der das wilde Leben und schöne Frauen liebte! Ein Draufgänger und Wüstling, der keine Erniedrigung hinnahm und deshalb lieber den Freitod in Ehren wählte, als sich zu beugen und demütigen zu lassen. Gerade das mache einen Helden aus.

Fitna stieß mich an, damit ich keine der Perlen verpasste, die der Bey vor uns hinstreute. Ihre Augen schweiften durch sein Königreich und schöpften aus seinem erleuchteten Antlitz neuen Lebensmut und die Hoffnung, dass sich das Schicksal erbarmen und noch manch kostbaren Augenblick bereithalten möge, der sie über den Schmerz ihrer Witwenschaft hinwegtröstete. Der Bey bekannte, eigentlich sei Hemingway der Grund gewesen, dass er nicht geheiratet und sich der Tradition gefügt habe. Sein Leben voller Liebe und Politik, seine Fahrten nach Spanien und Afrika, seine Jagdleidenschaft, seine Lust am Reisen und am Nachtleben hätten ihn, ich meine den Bey, ebenfalls von einem solcherart bewegten Dasein, ausgefüllt mit allen Spielarten der Liebe und des Reisens, träumen lassen. Auf der Suche nach Ruhm und Erfahrungen habe er die ganze Welt und alle Winkel der Erde durchstreift und dennoch – um es einmal klipp und klar auszusprechen – nirgendwo etwas Herrlicheres als Jerusalem und die Augen seiner Bewohnerinnen erblickt. Jerusalem sei seine erste und seine letzte Liebe, und ohne diese Stadt seien Ruhm oder Geschichte bedeutungslos. Hier sei die Historie erwacht und zur Ruhe gegangen. Hier seien Geschichte und Welt vereint, ja hier kulminiere die ganze Welt, das Mysterium der Welt. Ebendarum gehe es ja im Kampf mit unseren Cousins, den Juden: dass wir uns aufraffen und das Erbe der Mysterien antreten. Dies sei die Quintessenz unserer wie auch ihrer Bewegung. Zwei Völkerschaften im Kampf um die Geschichte, um die Ehre und alle Facetten des Ruhms und der Authentizität. Wir oder sie. Wer wird den Ruhm erben? Wer erbt die Grabeskirche und die Aksa-Moschee? Wer erbt die Klagemauer und die Geburtskirche? Wer erbt den Platz, auf dem einst Salome tanzte und wo man ihr den Kopf des Johannes auf silbernem Tablett darbrachte?

Fitna schubste mich schon wieder. »Hörst du, was er sagt?«, flüsterte sie ergriffen. »Jetzt habe ichs kapiert.«

Angestrengt jedem Wort lauschend, um ihn zu verstehen, antwortete ich leise: »Was hast du kapiert?«

»Nachher sag ichs dir, nachher, nachher«, sagte sie hinter vorgehaltener Hand.

Der Bey wechselte das Thema und wandte sich von den Problemen und Völkerschaften ab. Allzu stark wühlte das nationale Thema seine Gefühle auf. Es betrübte ihn zutiefst, dass wir uns nicht strebend mühten, das von den Vorfahren Ererbte in Besitz zu nehmen. Wohin entschwand die Vergangenheit? Wo blieb die Geschichte? Die einstige Größe? Unsere Revolution sei gescheitert, weil wir uns mit Bettlern und Söhnen des Pöbels ohne Herkunft gemein machten. Damals, in den Tagen des verstorbenen Hadsch Amin, sei die Welt noch in Ordnung gewesen. Da konnte man auf die Herkunft und Abstammung eines Führers noch stolz sein. Und auf seine Garderobe! Denn die Kleidung sei sehr, sehr wichtig. Wer sich nicht auskenne in den besseren Kreisen und feinen Abstufungen der Gesellschaft, habe davon keine Ahnung. Auch die Tischsitten und die

Etikette des Servierens seien sehr, sehr wichtig. Man esse nun einmal mit Messer und Gabel, ohne in den Zähnen herumzustochern. Der schlimmste Fauxpas wäre wohl, vor den Leuten die Knochen abzunagen.

Die Anwesenden lachten über den Witz. Sie alle wussten sehr gut mit Messer und Gabel umzugehen und nagten vor den Leuten an keinem Knochen herum, nicht einmal an einem Fleischstück, es sei denn hinter vorgehaltener Serviette. Jemand erzählte von einem Botschafter Soundso, der kein Englisch könne, Pantoffeln und Dischdascha trage und unverschämt mit dem Fuß auf und ab wippe, wenn er vor einem sitze, die Beine übereinander geschlagen und die nackten Zehen aneinander reibend. Der würde wohl auch Benazir Bhutto, Hillary Clinton und sogar Missis Thatcher ohne weiteres mit »Wie gehts denn so, meine Hübsche?« begrüßen.

Wieder lachten alle. Nur der Bey lachte nicht. Er war empört über ein solches Benehmen, das die Araber und ihr Ansehen herabsetze, ja ihn persönlich beleidige, denn er empfinde dergleichen als eine Schande. Als er noch im Ausland weilte, ganz gleich in welchem Land, ob in Washington, London oder Paris, habe er nach Möglichkeit stets versucht, den Amerikanern oder Deutschen den besten Eindruck von unserer Nation zu vermitteln und ein neues Bild bei ihnen entstehen zu lassen, auch wenn es von der Realität abweiche. Denn die Realität, »mal unter uns gesprochen«, die sei schon bitter. Dieses rückständige, ungehobelte Volk sei gar zu primitiv. Musste es sich dem Aufstand der Gosse anschließen? Was seien unsere Führer schließlich anderes als Maulhelden?

An dieser Stelle unterbrach ich ihn und fragte nach seiner Meinung über einen Artikel, den ich in der *Washington Post* gelesen hatte. Die Verfasserin habe geschrieben: »Die Revolution ist eure Revolution.« Keiner verstand, was ich meinte. Schuld war natürlich meine Sprache. Mein Arabisch sei, wie sie sagten, »zu wenig gezuckert«. Zu wenig gezuckert? Nun verstand ich nicht. Der Bey lachte, dass seine Goldbrücke aufblitzte. Sofort gab ich vor, schon begriffen zu haben, nur damit er aufhörte zu lachen. Aber er lachte weiter, und die Brücke lachte mit.

»Wie bitte?«, fragte er zuvorkommend und ausgesucht höflich. »Was hat sie gesagt?«

Einer machte sich lustig über mich: »Sie hat gesagt: Unsere Revolution ist eure Revolution. Oder wars deren Revolution?«

»Nun mal langsam«, rief der Bey lachend. »Das müssen wir richtig verstehen. Hat sie gesagt: Unsere Revolution ist eure Revolution? Oder etwa deren Revolution?«

Der andere, ein kleiner Dünner mit Brille und in Tweed gekleidet, überlegte laut: »Hat sie gesagt: Unsere Revolution ist in Amman? Oder war es Libanon? Oder irgendwo anders?«

»Vielleicht Revolution in Washington!«, warf jemand ein.

Ich erwiderte nichts, lächelte ihnen zu und ließ meine Blicke durch den ganzen Diwan wandern: über die Wände, den Gazellenkopf, das Poster mit der Aksa-Moschee zu Häupten des Beys und seiner Familie, die beiden vergoldeten Säbel über dem Sofa, den Kamin, eine Nachbildung des Felsendoms in Perlmutt und die Kamele aus Olivenholz. Als mich der Bey wieder fragte: »Was für eine Revolution?«, lächelte ich artig und vertiefte mich in das Poster über ihm, die Goldsäbel und die Holzkamele.

21

Als Fitnas Mutter, Sitt Amira, eintrat, sprangen alle auf. Sie
kam in Begleitung ihres Sohnes, dessen Laden mein Vater
finanziert hatte, seiner schwangeren Gattin und eines Klein-
kindes. Fitna stürzte ihrer Mutter entgegen und weinte erst einmal ein bisschen vor Erschütterung wegen meines Vaters, und
weil sie ihre Mutter zum ersten Mal nach der Trauerfeier wieder sah. Sitt Amira, die auf Grund ihrer Osteoporose im Bein
nur sehr langsam und vorsichtig laufen konnte und ganz selten,
wenn es denn unbedingt sein musste, das Haus verließ, hatte
vom Kondolieren bei uns absehen müssen. Auf den Diwan
aber verzichtete sie nicht, denn er diente ihrer Meinung nach
dem Zusammenhalt der Familie und der Wahrung der Traditionen. Deshalb besuchte sie, wie ihr Sohn Abdel Nasser, regel-
mäßig die Versammlungen und lauschte den Disputen, die sie
überaus tief schürfend und ernsthaft fand. Als intelligente Frau
mit starker Persönlichkeit und einem Abschlusszeugnis von
der Zion-Schule – »damals in besseren Tagen« –, die außerdem
sticken und häkeln und die *Mondscheinsonate* auf dem Klavier
spielen konnte, legte sie Wert darauf, über die Gesprächsthe-
men in ihren Kreisen auf dem Laufenden zu bleiben. Ihr anti-
britisch eingestellter Vater hatte zu den Revolutionären gehalten und mit Hadsch Amin am Aufstand teilgenommen. Sie
selbst hatte für die Aufständischen Sachen gestrickt und sogar
eine Ausbildung in Krankenpflege absolviert, die sie allerdings
nur für Injektionen anwandte. In den Sechzigerjahren lauschte
sie den patriotischen Beiträgen Haikals über den Rundfunk-
sender *Stimme der Araber*, und ihren Sohn nannte sie Abdel
Nasser, um damit ihren Glauben an den Nationalismus und
ihren Freiheitsgeist unter Beweis zu stellen. Kurzum, trotz

ihrer Ehe mit einem armen Mann aus dem Clan, trotz ihres Wohnsitzes in al-Musrara und all der Demütigungen, die sie von der Sippe erdulden musste, da sich keiner in der Not um sie kümmerte, trotz alledem verzichtete Sitt Amira, Fitnas Mutter, nicht auf ihre Besuche im Diwan. Der Diwan vermittle einem, wie sie sagte, das Gefühl von Rückhalt und der eigenen Herkunft. Selbst wenn einen die Familie in der Not sitzen ließ, wie es ihr passiert sei, sei sie dennoch stolz, ihr anzugehören. Der Clan habe seine Tochter zu akzeptieren, ob er wolle oder nicht, auch wenn sie in einem Haus in al-Musrara wohne. Immerhin sei sie auf Generationen zurück eine echte Schajib. Sie habe innerhalb der Familie geheiratet, also einen anständigen Mann, und ihre Töchter heirateten ebenfalls in der Familie. Ihr größter Wunsch wäre es gewesen, die Hochzeiten, auch die von Fitna und meinem Vater und die ihres Sohnes Abdel Nasser, hier, in dieser Versammlung und diesem Diwan auszurichten. Das sei nämlich so gewesen: Eines Tages habe mein Vater dieses Haus kaufen wollen, woraus natürlich nichts wurde, aber als er kam, um die Räume zu begutachten, da sei er Fitna begegnet. Anschließend hatte er nur noch Augen für sie und nahm sie zu eigen, denn das Haus stand nicht zum Verkauf.

Ich begrüßte Sitt Amira, und sie sprach mir ihr Beileid aus. Wäre es nicht so schlecht um ihre Gesundheit bestellt, sagte sie, hätte sie gewiss ihre Pflicht erfüllt und im Trauerhaus kondoliert, um uns Trost zu spenden. Aber da ich nun einmal in Jerusalem sei, wolle sie es gutmachen. Dabei blinzelte sie mir zu. Damals verstand ich noch nicht, was es mit diesem Zwinkern auf sich hatte. Ich hielt es für eine weitere Krankheit oder Alterserscheinung. Erst später erfuhr ich, dass Zwinkern unter Frauen ein geheimes Einverständnis signalisiert. Amiras heimliche Botschaft bedeutete, dass es die hier versammelte Gesell-

schaft nicht zu hören brauche, wenn sie mich einlud, denn
sonst wäre sie gezwungen, alle anderen mit einzuladen. Wir
plauderten also ein Weilchen, bis wir uns wieder dem ernsthaf-
ten Gespräch zuwandten.

Apropos Washington und Hillary Clinton, sagte der Bey
gerade, er sei ja mehr als fünf Jahre dort in der Botschaft tätig
gewesen. Er habe sein Leben in vollen Zügen genossen und sei
mit einigen Amerikanerinnen und Araberinnen befreundet gewesen. Die Araberinnen, solche wie ich, hätten sich geradezu
um ihn gerissen. Immerhin sei er eine gute Partie gewesen, und
sie lebten ohne Männer und Gatten. Auffällig, dass die arabischen Frauen in Washington keine Männer haben! Was steckt
dahinter? Wissenschaftlich betrachtet, müsse der Grund beim
arabischen Mann liegen, nicht bei der Frau. Aber worin be-
stehe dieser geheimnisvolle Grund?

Unerwartet fuhr er zu mir herum. Ich schüttelte bedauernd
den Kopf, denn ich kannte das Geheimnis nicht. Aber der Bey
hatte die Erklärung schon parat. »Unsere Männer« stünden
eben besonders gut in Saft und Kraft, offenbarte er uns, und
das wisse eine Araberin zu schätzen. Ohne zu lächeln oder zu
zwinkern, fragte ich: »Und eine Amerikanerin?« Er lachte,
dass die Falten an seinem Hals zitterten und die Brücke aufblitzte: »Oha! Nur eine? Oho!« Fitna rief in das allgemeine Gelächter: »Sogar Millionen!« Ich amüsierte mich über das Lachen, die zitternden Falten und Fettwülste des Beys. Aber Fitna
flüsterte mir zu: »Gott hat mich bewahrt, ihn nehmen zu müssen.« Ich flüsterte zurück: »Was, du wolltest den nehmen?«
Schnell erwiderte sie hinter vorgehaltener Hand: »Nachher sag
ichs dir, nachher, nachher.«

Sitt Amira wies uns zurecht. Mit kräftiger Stimme, die gar
nicht zu ihrer schmächtigen Gestalt und ihren morschen Kno-

chen passen wollte, erinnerte sie daran, dass solche dreisten
Reden im Diwan und im Beisein von Frauen und Kindern un-
angebracht seien. Eine der Damen meinte hochmütig und so
laut, dass es Sitt Amira und ihre Schwiegertochter hören mussten, eigentlich sei der Diwan auch »nicht für Kinder« gedacht,
üblicherweise kämen die Besucher ohne ihren Nachwuchs.
Abdel Nasser lief rot an, ebenso die Schwiegertochter. Sitt
Amira aber zuckte mit keiner Wimper. Lauthals versicherte
sie, sie wisse durchaus, was sich gehöre. Und ihr Sohn Abdel
Nasser gehe in allen Reisebüros ein und aus, sein Geschäft am
Jaffator sei eins der größten! Eifrig drehte sie sich zu mir um
und fragte Fitna: »Hast du sie schon ins Geschäft geführt,
Fitna?« Mir fiel wieder ein, dass mein Vater als kleiner Ange-
stellter in dieser Branche angefangen hatte, und ich fragte
interessiert: »Ein Souvenirgeschäft?« Fitna raunte mir zu:
»Wie sehr hat sich dein verstorbener Vater vor seiner Auswan-
derung gewünscht, wenigstens einen klitzekleinen Laden sein
Eigen zu nennen. Mein Bruder besitzt ein richtig großes
Geschäft!« Selbstverständlich erwähnte sie nicht, dass mein
freigebiger Vater es finanziert hatte. Sie fürchtete, dass ich – als
Erbin – womöglich verlangen könne, die Einnahmen auf die
Nachlassliste zu setzen.

22

Auf dem Weg zum Souvenirgeschäft vertraute mir Fitna zwei-
erlei an: erstens, dass die Familie – ihre Mutter, ihr Vater, ihre
Brüder – keine Ahnung von ihrer Schwangerschaft hätten, und
dass sie gar nicht wisse, wie sie es ihnen beibringen solle. Bei
aller Tüchtigkeit sei ihre Mutter doch recht altmodisch und in

Fragen der Ehre geradezu fanatisch und fromm. Außerdem war eine künstliche Befruchtung in der Hadassah-Klinik unvereinbar mit all dem Nationalismus, an dem Sitt Amira ihr Leben lang in Jerusalem zäh festgehalten hatte. Wehe ihr, wenn die Mutter dahinter käme! Wenn sie in Rage geriet, dann flogen die Fetzen, dann bebte die Erde! Die zweite Sache war, dass sie vor der Hochzeit mit meinem Vater beinahe den Bey geheiratet hätte. Den Bey geheiratet? Ich wunderte mich: Der Bey war doch Jahrzehnte älter als sie und könnte ihr Vater sein. Trocken erinnerte sie mich daran, dass mein Vater auch nicht jünger als der Bey oder ihr Vater gewesen sei, während sie selber, ob ich das vergessen hätte, in meinem Alter oder sogar etwas jünger sei. Ja, Fitna war jünger als ich. Sie war in jeder Hinsicht jünger als ich: in Alter, Erscheinung und Wesen. Sie behandelte mich mit Respekt, beinahe Ehrerbietung, aber nicht nur, weil ich älter, sondern auch, weil ich Amerikanerin war. Amerikaner waren selbstverständlich etwas Besseres.

Das Wetter war regnerisch, es nieselte. Wie gewöhnlich wimmelte es am Jaffator von Touristen und Autos, dazwischen bewegten sich einige Einheimische, ein paar Geistliche, Nonnen und Verkäufer von Gebäck, Süßigkeiten und Limonade. Wir fanden Sitt Amira im vorderen Teil des Geschäfts, wo sie am Schreibtisch ihres Sohnes saß, Rechnungen durchsah, Firmenbriefe öffnete und Antworten aufsetzte. Sie korrespondierte mit aller Welt und zwitscherte Französisch und Englisch geläufig wie ein Vögelchen. Organisation und Planung des Ladens lagen in ihrer Hand, weil ihr Sohn Abdel Nasser die Ignoranz und Trägheit seines Vaters geerbt hatte. Vor ihr türmten sich Papierstapel, Kladden und Faxschreiben, der Drucker stand daneben. Sobald sie uns erblickte, sprang sie auf und begrüßte uns freundlich. Sie bat Fitna und den Geschäftsführer, mir die schönsten Waren zu zeigen. Ich möge für mich und meine Freunde auswählen. Allerdings empfahl, ja bestand sie schließlich darauf, dass ich unbedingt etwas aus Perlmutt, ein paar Kreuze und Souvenirs aus Jerusalem, für meine amerikanischen Freunde kaufen müsse. Für mich selber solle ich ein mit bäuerlichen Motiven besticktes Kleid nehmen, um in Washington als eine Botschafterin Palästinas den Amerikanern eine Lektion zu erteilen: Palästina hat Kultur!

»Mama, ich möchte dir etwas sagen«, druckste Fitna herum. »Aber bitte schrei nicht.«

Sitt Amira beachtete sie nicht. Sie war das Geschwätz ihrer Tochter gewöhnt, die banalen Geschichtchen, die vielen Worte.

Fitna setzte erneut an, wobei sie mich Hilfe suchend ansah, um sich bei mir Mut zu holen: »Mama, was ich dir sagen will, ist sehr wichtig.«

Sitt Amira goss den Kaffee ein und stellte die Tassen vor uns auf den Schreibtisch, sie blieb dahinter sitzen. »Ja, Töchterchen, sag es, sags nur«, meinte sie desinteressiert. »Bitte sehr, Ihr Kaffee, Sena. Hoffentlich schmeckt Ihnen unser Kaffee. Heute Morgen, auf dem Weg hierher, habe ich ihn frisch gekauft und noch Kardamom zusetzen lassen. Kosten Sie mal, ob genug Zucker drin ist.«

Fitna wand sich auf ihrem Stuhl und zog die Jacke fester um sich. Sie schaute sich in dem leeren Geschäft um, sah durch die Scheibe hinaus in das Gedränge auf der Straße und fragte nervös: »Mama, hörst du mir zu?«

Die Mutter schlürfte den Kaffee, hob die Augen zu ihrer Tochter und antwortete vollkommen gleichgültig: »Ja doch. Natürlich höre ich dir zu.«

Wieder krümmte sich Fitna. Sie hatte Angst, jetzt kam der

Moment, wo sie sich der Situation – vielleicht zum ersten Mal seit der künstlichen Befruchtung – ernsthaft stellen musste, ohne Ausflüchte und Listen. Denn nun stand sie vor der Mutter! Einer mustergültigen, vorbildlichen Mutter mit gesundem Verstand und vernünftigem Urteil. Ihrer Mutter, vor der sie zeitlebens noch nie ein Geheimnis gehabt hatte. Diese Mutter, die sie die Kunst des Überlebenskampfes gelehrt hatte, war die Tochter von Hadsch Ibrahim – einem Abkömmling edler Vorfahren, dem Sohn des Protektors für den heiligen Bezirk und des Schlüsselverwahrers der Aksa-Moschee. Sie war auch die Tochter der Hadscha Raifa, die überall in Vereinen, Asylen und Waisenhäusern berühmt war. Abgesehen von dieser vornehmen Abkunft, war Sitt Amira eine Ziehtochter der Nonnen und kannte sich mit Fragen des Anstands, der Schande und Sünde genauestens aus. Sie bestand darauf: Töchter aus guter Familie mussten Benehmen, Geschmack und ein wenig Raffinesse zeigen, das unterschied Menschen mit Stammbaum von gewöhnlichen Leuten. Für Fitna war ihre Mutter, gleich nach Gott, die höchste Instanz.

Sitt Amira warf mir einen beklommenen Blick zu, schaute dann ihre Tochter ungeduldig an und sagte: »Ich höre.« Sie setzte die Tasse ab und blieb starr wie eine Statue sitzen.

»Mama«, begann Fitna ängstlich und furchtsam. »Ach, lieber Gott, wie soll ich es nur sagen?«

»Sag es!«, befahl die Mutter streng.

Kleinlaut fragte Fitna: »Aber wirst du auch nicht böse?«

Die Mutter antwortete nicht, starrte sie nur weiter an. Fitna sah sich noch einmal um, dann sagte sie plötzlich, als ob sie etwas ausspuckte, was sie schon zu lange im Mund herumgedreht und zurückgehalten hatte: »Mama, ich bin schwanger.«

Die Pupillen der Mutter zitterten wie nach einem plötzlichen Hieb auf den Kopf. Sie wurde bleich und steif, als sei alles Leben aus ihr gewichen. Ohne das Röcheln ihres Atems hätten wir geglaubt, sie sei tot oder vom Schlag getroffen. Sie sprach kein Wort, fragte weder woher noch wieso. Unverwandt starrte sie auf ihre Tochter, durch ihre Tochter hindurch in unbekannte Dimensionen, die wir nicht sahen.

»Ich habe Sena alles erzählt, Mama«, sagte Fitna, »Sena fand gar nichts dabei. Lebte der Verstorbene noch, wäre er gewiss nicht böse.«

Die Mutter zeigte keine Regung.

»Warum sagst du nichts?«, fragte Fitna, als müsse sie sich gegen einen Vorwurf ihrer Mutter verteidigen. »Ich habe nichts angestellt, was Gott erzürnt. Es war doch nur ein Eingriff in der Klinik. Der Arzt trug Handschuhe und Atemschutz, und eine Krankenschwester war auch dabei.«

Da die Mutter nicht reagierte, fuhr Fitna mit vermehrtem Eifer fort, indem sie mich, Hilfe und moralischen Beistand heischend, anblickte: »Das war eine ganz kleine Operation, leichter, als einen Furunkel zu öffnen. In zwei, drei Minuten war alles vorbei, sogar ohne Narkose, also wie eine gewöhnliche Untersuchung beim Frauenarzt.«

Die Mutter blieb stumm, während Fitna mit anschwellender, bebender Stimme auf sie einredete: »Mama, warum antwortest du nicht? Ich sage dir, die Operation war sehr einfach. Das haben viele Frauen vor mir machen lassen, seit fünf oder zehn Jahren geht das schon. In Amerika und Europa machen sie es sogar seit zwanzig Jahren. Nur wir hier sind noch nicht so weit, weil wir keine Ärzte und keine ordentlichen, sauberen Kliniken dafür haben. Aber in Europa und Israel ist die Medizin weiter entwickelt, und wir werden uns auch entwickeln.«

Auf dem Gesicht der Mutter zeichnete sich ein bitteres Lächeln ab, doch sie äußerte sich nicht, starrte nur vor sich hin, auf jenen undefinierbaren Punkt.

Fitna hob die Stimme. Laut, fast schreiend rief sie: »Mama, warum sagst du nichts? Ich habe nichts Böses getan. Ich schwöre dir bei allem, was du willst, dass ich nichts getan habe, was Gott erzürnt. Es war ein ganz leichter Eingriff, Mama, alles in allem hat er mich nicht mehr als eine Stunde gekostet. Die Anfahrt, die Operation, und schwupp! – schon sagt der Arzt: ›Glückwunsch! Sie sind schwanger.‹ Wie im Traum! Manchmal glaube ich es selber nicht und frage mich: Lieber Gott, kanns sein, dass ich schwanger bin wie andere Frauen? Mein Leben lang hab ich mir Kinder gewünscht und gehofft, dass ich schwanger werde. Mit meinem ersten Mann hats nicht geklappt, mit dem zweiten auch nicht. Und auf einmal werde ich schwanger in der Hadassah-Klinik! Allmächtiger!«

Von der Mutter war ein Röcheln wie von einem geschlachteten Hammel zu vernehmen. Ihr Kopf wackelte, ihr Körper wankte wie von einem heftigen Schlag. Durch die Bewegung verrutschte ihre Hand, die sie auf den Schreibtisch gestützt hatte, sodass ihre Kaffeetasse und das Wasserglas umkippten. Fitna beugte sich hastig über den Tisch, um sie vor dem Sturz zu bewahren. Aber der Kopf der Mutter war schon hart auf die Briefe und Papiere geschlagen, mitten in die Pfütze aus Wasser und Kaffee.

»Was ist los?«, schrie Fitna, indem sie mich wie von Sinnen anstarrte. »Was ist denn?«

Ich stürzte zum Telefon, um einen Arzt oder Krankenwagen zu rufen. Doch dann fiel mir ein, dass ich mich in Jerusalem befand, dass ich eine Fremde an fremdem Ort war. Wen anrufen, welche Nummer wählen? Ich rannte auf die Straße, um Hilfe herbeizuholen, aber all die Leute waren Fremde, fremder noch als ich. Nur Händler und Kunden sah ich, und viele, viele Touristen.

23

Ich brach meinen Ausflug ab und flüchtete aus der Atmosphäre der Falschheit, vor Amiras Krankheit und der Schwangerschaft ihrer Tochter zurück nach Wadi al-Raihan. Ich sehnte mich nach der klaren, reinen Luft bei meinem gütigen Onkel, dem blauen Himmel über dem Ackerboden seines Landguts, den Zitronen, die im Nieselregen glänzten, und den Plastikhäuschen, in denen man zwischen den Küken Unterschlupf fand, wenn allzu starker Westwind aufkam. Unterwegs zum Markt, aufs Landgut und nach Nablus, wo mein Cousin, der Bonbonfabrikant, wohnte, – ständig redeten wir. Wir wechselten Worte, die aus dem Herzen, aus zerbrochenen Träumen kamen, tauschten Erinnerungen, süße wie bittere, und äußerten Hoffnungen, eines Tages nach aller Mühsal Ruhe und Frieden zu finden. Mein Onkel sah mich lachend und hustend an, als ich beim Chauffieren von meinem Verlorensein und Bedürfnis nach Ruhe sprach. »Gott schütze dich«, sagte er liebevoll. »Das ist doch nicht dein Ernst! Du sehnst dich nach Ruhe? Was sollte ich da sagen? Oder Nahla? Und erst Masin?«

Dann begann er von seinen Sorgen und dem Kummer mit den Kindern zu erzählen.

»Masin ist müde, und er ermüdet die Leute mit seinen Problemen. Masin wandert ziellos von Haus zu Haus, von Mädchen zu Mädchen und drückt sich bei irgendwelchen Freunden und in Cafés herum. Als er sich für die Politik entschied, sagten wir: ›Amen!‹ Schön, aber was kommt danach? Nach der Politik und dem ganzen Ärger? Jetzt hat er keine Arbeit und keinen Beruf, weder Weib noch Kind, nicht mal ein Auto. Wie soll das enden? Was soll aus seinem Leben werden? Weder mag er mit mir den Boden bearbeiten, noch ist er einverstanden, dass wir ihm einen Laden eröffnen oder irgendein Projekt beschaffen, von dem er sein Auskommen hätte. Von dem kriegst du nichts als Gerede und Geschwafel zu hören, und nichts als Politik, Politik, Politik. Aber was sein Innerstes angeht, sein Herz, sein Tun und Lassen, sein Leben, seine Sorgen – da ist er stumm. Nichts außer Phrasen. ›Mein Junge‹, rede ich ihm zu, es ist aus mit Beirut, aus mit Amman und mit Tunis. Jetzt bist zu hier. Was war, ist vorbei, du lebst heute. Was hast du vor mit deinem Leben?‹ Dann zwinkert mir Nahla zu, damit ich still bin. Die Ärmste meint sein Fußgelenk. Was soll schon sein mit dem Gelenk? Es ist so gut wie neu, die Operation ist bestens gelungen. Er läuft genauso flott wie ich, sogar besser. Ein Kerl von zwei Metern, dem fehlt gar nichts! Die Kehle ist mir trocken vom Reden, Sena, aber ich kann kein vernünftiges Wort mit ihm wechseln. Sofort zieht er ein Gesicht, dass die Milch sauer wird. Lang und breit wie ein Riese, aber er lungert herum und benimmt sich wie ein Prinz, richtig eingebildet. Schon immer ist er so gewesen, stolz wie ein Prinz. Ich habe ihn auch behandelt, als wär er ein Prinz, und seine Mutter, Nahla und die anderen, sogar die Nachbarn, haben alle gesagt: ›Der Junge ist ein richtiger Prinz.‹ Alles gut und schön! Aber es reicht mit Prinzen und Politik, es reicht mit Nasser und Guevara. ›Steh auf, Junge, erwach endlich! Komm zu dir, mein Sohn, begreif deine Lage und such deinen Weg. Du hast noch ein langes Leben vor dir.‹ Vierzig ist er, also ein Mann, der Verstand haben müsste. Andere in seinem Alter haben Kinder, die ihnen über den Kopf gewachsen sind, Kinder, die an Universitäten studieren. Nur mein Sohn, mein feiner Sohn, vagabundiert ohne festen Halt durchs Leben? Er ist verdreht, meine Tochter, und mich verdreht er mit. Schon früher hat er mich durcheinander gebracht, und das schafft er heute noch. Rede du doch mal ein ernstes Wörtchen mit ihm, Sena. Kann sein, dass er auf dich hört. Vielleicht findet er in deinen Gedanken etwas, was ihn auf den rechten Weg bringt. Erzähl ihm von Amerika und dem Leben dort, von der Plackerei und Mühsal in Amerika, und dass die Leute wie die Maschinen arbeiten. Vielleicht kommt er zu Bewusstsein und erwacht aus seinen Spinnereien. Dauernd sagt er: ›Bald sinkt Amerika auf den Stand von Großbritannien, es schrumpft und löst sich auf, und am Ende kann es betteln gehen.‹ Wir sind es doch, die sich aufgelöst haben und geschrumpft sind! Haben wir etwas anderes im Kopf als unser bisschen Essen und die alltäglichen Sorgen? Wir können nicht einfach weitermachen, als sei nichts passiert! Man braucht nur die Augen zu öffnen. Ich bitte dich, sag es ihm, Sena. Sag ihm, er soll die Augen auftun. Die Welt von heute ist eine andere, und Masin Hamdan lebt in dieser Welt, ob er will oder nicht. Er muss aufwachen und wie alle anderen Leute zurechtkommen. Ob es ihm passt oder nicht, Masin Hamdan ist nicht Che Guevara. Geh, sag es ihm.«

24

Wir machten uns auf die Suche nach Masin und dem Lieferwagen, klapperten alles ab – Freunde und Cafés, den Markt, das Rathaus. Doch wir fanden keine Spur von ihm. Im Rathaus hieß es, er sei in Nablus. In Nablus sagten sie, er sei in al-Tur. In al-Tur sagte man uns, er sei mit Umm Dschirjes und ihrer Tochter beim Priester. Vom Priester erfuhren wir, dass sie nach Wadi al-Raihan zurückgekehrt seien. Schließlich gaben wir auf und fuhren unverrichteter Dinge wieder nach Hause. Wir setzten uns zum Abendbrot in die Küche, am Gasherd war es gemütlich warm. Die Frau meines Onkels stand auf, um Salbeitee zu brühen und Käse zu rösten. Von Zeit zu Zeit schaute Nahla im Nachthemd, mit Lockenwicklern auf dem Kopf, zu uns herein und fragte spöttisch: »Hat uns der Bey schon die Ehre gegeben?« Wir antworteten nicht und redeten weiter von Masin, seinen Geschichten und Problemen. Nicht lange, und sie war wieder da. »Hat er uns noch nicht beehrt?«, fragte sie wütend. Mein Onkel winkte ab: »Gib endlich Ruhe. Du machst uns ganz verrückt.« Sie lachte und meinte einlenkend: »›Du machst uns verrückt‹, sagt er! Ich mache euch verrückt? Nicht der Bey?«

Sie zwinkerte mir zu, und mir war, als sagte sie, wie schon hundertmal zuvor: Siehst du den Unterschied? Warum fragt eigentlich niemand nach mir, wenn ich weg bin? Warum sagte keiner ›es reicht‹, als ich Jahre meines Lebens im Sandstaub abgesessen und meine Jugend in der Fremde vergeudet habe? Von heute an werde ich auch nach keinem mehr fragen. Mag der Himmel einstürzen und die Familie Hamdan untergehen – ich frage nicht mehr!

Meine Augen begegneten ihren, und ich zwinkerte ihr zu. Sie gab mir ein kaltes, seltsames Lächeln zurück, das ich nicht zu deuten wusste. Seit dem Tod meines Vaters, eigentlich schon seit jener Nacht, und alle Nächte danach, in denen sie sich mir anvertraut hatte, lächelte sie auf diese Weise. Vorwurf lag darin, auch Bitterkeit und verborgener Hass.

Mein Onkel flüsterte, sich umschauend: »Nahla hat sich verändert, sehr verändert. Hart und trotzig ist sie geworden. Sie redet so seltsames Zeug und zieht ausgefallene Kleider an. Sie kichert und prustet, und Kaugummi kaut sie auch! Was hat sie nur? Nahla ist doch nicht so.« Ich wusste auch, dass Nahla früher anders gewesen sein musste. Als Frau von fünfzig, noch hübsch und blühend, noch jung und voller Liebe und Gefühl, war sie erwacht und hatte entdeckt, dass sie schon fünfzig war und ohne Zuflucht, ohne Sinn und Befriedigung dahinlebte. Nun raffte sie ihre Welt mit allem, was ihr geblieben war, zusammen und versuchte vergeblich, das Leben nachzuholen. Zuerst schwärzte sie ihre Augenlider mit Kuhl, aber nur ganz wenig und verschämt wie ein kleines Geheimnis, dann legte sie Rouge auf und drehte jede Nacht ihr Haar auf Lockenwickler. Donnerstags fuhr sie nach Nablus und kehrte mit Kleiderstapeln und Unmengen von Kosmetik zurück. Den ganzen Tag verbrachte sie dann in ihrem Zimmer, zog die Sachen an, probierte Kuhl, Lidschatten und Rouge und rieb ihre Haut mit Cremes ein – Feuchtigkeitscreme, Reinigungscreme, Antifaltencreme, eine für den Hals, eine für die Augen. Ihr Vater fragte: »Wo ist Nahla? Wo steckt sie nur?« Sie aber blieb in ihrem Zimmer verschwunden, stand vor dem Spiegel, zog sich aus und wieder an, trieb Gymnastik, um abzunehmen. Als Nächstes begann sie ihre Memoiren, manchmal auch Gedichte zu schreiben, brachte jedoch nichts zu Ende. Sie schrieb eine Seite, noch eine und noch eine, dann brach sie ab. Sie wusste weder, wie sie einen Schluss finden, noch, was sie sagen wollte. Sie hörte Kassetten, lauschte Umm Kulthum und stöhnte mit ihr. Hin und wieder vernahmen wir, wie sie lauthals einfiel: »Gewähr mir meine Freiheit, löse meine Hände. Ich gab dir alles hin, nichts blieb mir am Ende.« Die Frau meines Onkels lächelte, und mein Onkel sah mich kopfschüttelnd an, als wolle er sagen: »Merkst du, wie sich Nahla aufführt?«

»Nahla braucht Luftveränderung«, meinte Masin. »Schlagt ihr doch irgendeine längere Reise vor. Mag sie ihre Brüder besuchen.« Ich lächelte insgeheim, denn niemand sollte erfahren, dass ich im Bilde war: Ihre Brüder wollten nichts von ihr wissen, die dachten nur an sich selbst. Wäre nicht der Golfkrieg ausgebrochen, hätte sie weiter im Sanddunst ausgeharrt, einen Dreck hätten sie sich geschert.

Mein Onkel verließ die Küche und folgte Nahla, um mit ihr zu reden und – wie ich ihm geraten hatte – sie spüren zu lassen, dass er sich sehr wohl um sie kümmere, dass überhaupt alle um sie besorgt seien. Ihr Bruder habe sogar extra aus Frankfurt angerufen, um sich nach ihr zu erkundigen. Unterdessen rückte die Frau meines Onkels zu mir und flüsterte: »Ich will dir was anvertrauen. Aber sags nicht weiter.« Sie sei dahinter gekommen, dass Nahla ein Verhältnis mit ihrem Cousin, dem Makler, habe. Er sei verheiratet und Vater von zehn Kindern, wolle aber Nahla als Nebenfrau zur Mutter seiner Kinder nehmen. Seine Söhne würden bestimmt durchdrehen. »Die Leute sagen: ›Die durchlöchern sie und ihn dazu.‹«

»Wie denn – durchlöchern?«, fragte ich erschrocken. Die Frau meines Onkels erklärte es mir anschaulich: »So geht das.« Sie streckte Zeigefinger und Daumen vor und ballte die restlichen Finger zur Faust, sodass ihre Hand wie ein Revolver aussah.

»Haben sie etwa Waffen?«, fragte ich verblüfft. »Woher denn? Und die Juden?«

Wieder flüsterte sie, genauso furchtsam wie ich: »Sein Ältester ist bei den Organisationen, er wird seit langem gesucht. Es heißt, er soll ein großer Führer sein. Die verrückte Nahla hat ja keine Ahnung und denkt nicht an so etwas. Eines Tages wird sie erschossen, und er gleich mit. Die Welt ist aus den Fugen, keinen kümmerts, wenn einer hopsgeht. Pst! Dein Onkel kommt zurück. Sag bloß nichts, und beruf dich nicht auf mich!« Damit drehte sie sich schnell zum Abwaschbecken um und goss den Tee ab.

25

Nahla setzte sich vor den Spiegel und massierte ihre Haut mit Cremes und Ölen, die sie von einem Parfumhändler in Nablus hatte. Bei dem Händler standen die Frauen in langen Mänteln, die Gesichter hinter Tüchern versteckt, damit sie nicht erkannt wurden und ihr Besuch an diesem Ort geheim blieb. Flüsternd teilten sie ihm mit, was sie wünschten, und er antwortete in gleicher Weise. Dann ging er ans Werk, ohne sich von seinem Platz zu entfernen. Er langte ins Regal und griff nach einer großen Flasche mit Pipette und einer zweiten, etwas kleineren. Aus einem anderen Regal nahm er noch eine Flasche und einen Krug voller Minerale, die wie Bernstein glänzten. Ein Kügelchen zerstieß er in einem kleinen Mörser, die übrigen stellte er mit größter Sorgfalt zurück. Nun gab er einige Spritzer aus der Flasche über das Pulver und fügte ein paar Tropfen dickes, eigentümlich riechendes Öl mit der Pipette hinzu. Die Kundin beobachtete ihn hinter dem Schleier, während er leise erklärte: »Das ist zur Straffung, das bringt das Blut in Fluss, das öffnet die Poren, das hellt die Haut auf und macht sie samtweich.«

Die Frau erwiderte nichts, sah ihm nur zu und atmete schwer hinter dem Tuch. Nahla fragte sie: »Haben Sie es ausprobiert?« Die Frau starrte, offenbar wütend und ohne zu antworten, in Nahlas Gesicht. Da sagte Nahla herausfordernd, als wolle sie der Frau beim Erwerb des geheimnisvollen Schönheitsmittels zuvorkommen: »Davon nehm ich.«

Der Parfumhändler bemerkte gleichmütig: »Das Kirat kostet fünf Dinar.« Mit der Professionalität einer geübten Käuferin fragte Nahla: »Was bewirkt es?« Er warf ihr einen kurzen Blick zu, in dem sich Geringschätzung und Hochmut paarten. »Kaufen Sie, und probieren Sie selbst«, erwiderte er herablassend. Als er nun wieder an seine Arbeit ging und mit der Pipette, dem kleinen Mörser und den Flaschen rings auf den Regalen hantierte, erschien er ihr wie ein Magier oder Zauberer. Die Luft war schwer und drückend, und der Mann hatte etwas Mysteriöses an sich, als unternähme er etwas Gefährliches oder Gesetzwidriges.

Aber welches Gesetz sollte das schon sein? Es gab weder ein Gesetz noch eine Polizei, nicht einmal einen Staat, der über sie wachte. Überall im Land herrschten Chaos und Tumult. Jeder presste die Hand aufs Herz und fürchtete sich schon heute vor dem morgigen Tag. Vielleicht würde er in der Frühe aufwachen und alles verändert vorfinden. Die Stadt wäre wie ausgestorben. Ausgangssperre. Überall Maschinengewehre, Lautsprecher, Bomben. Der Rundfunk meldete wieder Nachrichten über irgendeine neue Operation, einen neuen Anschlag in Herzlija, einen neuen Überfall an der Straße nach Jerusalem, einen entführten Offizier, eine angezündete Fabrik, einen Siedler, der mit der Axt erschlagen wurde, und geflohene Täter. Dann gab es wieder Durchsuchungen und »hartes Durchgreifen«. Armee und Polizei marschieren auf. Harmlose arabische Arbeiter stehen den ganzen Tag in der Sonne. Und die Leute drüben in Israel? Der eine spuckt aus, der andere schimpft, der

Dritte flucht und der Vierte ballert los. Sie werden die Straße nach Haifa sperren, genauso wie die Straße nach Nablus und Jerusalem.

Am Morgen hatte der Vater sie noch gewarnt: »Was hast du in Nablus zu tun? Jeden Tag nach Nablus! Gestern war dort der Teufel los, jeden Tag gibt es eine neue Operation. Ich habe Angst, dass sie dich verhaften.« Während sie eilig losrannte, band sie sich das Kopftuch um. »Ich geh zu Said und übernachte bei ihm.« Sie hatte gelogen, denn sie konnte weder Said noch seine Frau und seine Kinder ausstehen, und schon gar nicht seine widerliche Wohnung in al-Machfija, was so viel bedeutete wie »die Versteckte«. Al-Machfija hieß die Straße, das Viertel und der Berg, wahrscheinlich deshalb, weil sich die ganze hässliche Gegend mit der hässlichen Schwägerin vor den Augen der Menschen verstecken musste. Saids Frau war schmutzig, ihre Kinder sahen aus wie die Würmer, etwas Dreckigeres hatte sie nie gesehen. Aber ihr Bruder war noch schmuddeliger und dümmer als sie. Aus dem war im Leben nichts geworden und würde nichts werden. Der Dümmste in der Familie, trotzdem ließ er sichs wohl sein! Der hatte es gut mit seiner Familie, mit Ehefrau, Kindern und Bonbonfabrik. Hingegen sie, Nahla? Sie, gebildet, tüchtig und hübsch? Sie, die immer so niedlich und schick war, dass im Viertel keiner übrig blieb, der nicht um ihre Hand angehalten hätte? Aber sie hatte nur immer »nein, nein, nein« gesagt. So weit war es mit ihr gekommen. Sie landete bei einem ungebildeten, dickbäuchigen Makler, nicht viel größer als zwei Spannen, dem das Tuch bis zu den Glubschaugen herabhing. Nur seine Blicke, die waren schon etwas Besonderes. Eine Leidenschaft lag darin, die sie von Kopf bis Fuß erzittern ließ. Sobald er nur in ihre Augen schaute, schmolz sie dahin. Sie spürte, dass etwas in ihr aufgewühlt wurde, es riss sie mit wie ihre Lieder. Wenn sie morgens aus ihren Träumen aufschreckte, raste ihr Herz, ihre Augen waren umflort, der Schweiß lief, und nicht nur der Schweiß. Ach, Frauen, ach Mädchen, ach Welt! Geht die Welt so mit den Mädchen um? Aber Liebe zeigt Wirkung. Liebe verjüngt Alter, Herz und Verstand. Ihr Herz wurde von einem Taumel erfasst, und ihre Gedanken flitzten wie ein Weberschiffchen hin und her. Träumerisch umgaukelten sie süße Bilder. Eine Stunde verbrachte sie stehend, eine Stunde schlafend, eine in der Badewanne, unter der Dusche, und sah immer nur ihn vor sich, seine Augen, seine Hand, seine Lippen, seine ganze Gestalt, die sie erbeben ließ. Das ist sie, die Liebe – wohlige Wärme und Leben in all seiner Süße! Wie herrlich wäre es, dieses Gefühl auszukosten, diesen Genuss zu erleben! Sie würde die Welt mit allem Drum und Dran vergessen, nicht mehr an Schlaflosigkeit, Kummer und Sorge denken, und die fünfzig Jahre mitsamt den ersten grauen Haaren, den Regelbeschwerden und Wallungen einfach verdrängen.

Denn sie kam in die Jahre, sie alterte allmählich. Die Regel blieb aus, zwei oder drei Monate, danach kam sie wieder, stockend, unter Krämpfen. Sie hatte bereits den Arzt aufgesucht, der sie beruhigen wollte: »Das ist normal, es ist an der Zeit.« Was hieß das? Zeit der Wallungen und des Klimateriums! Die Menstruation setzt aus, erst in wachsenden Abständen, dann für immer. Aus und vorbei? Sie, die hübsche, lebhafte, kokette Nahla – eine Matrone? Dabei hatte sie noch gar nicht richtig begonnen, und war schon am Ende. Sie war noch nicht erblüht und bereits vertrocknet. Und sie hatte es nicht probiert, nicht ein einziges Mal, einmal im Leben, ach, nur einmal!

Sie begann die Frauen auszuhorchen und belauschte ihre Gespräche über die Ängste vor zu vielen Schwangerschaften,

Geburten und dem Drängen des Ehemannes. Wie musste sich so eine Frau überwinden, um auf ihn einzugehen, während sie selber gar nichts dabei empfand. Halb tot erhob sie sich wieder und hängte das Handtuch fern von den Augen der Nachbarn auf, damit sie nicht erfuhren, was sich gestern bei ihnen zugetragen hatte.

Nahla lächelte insgeheim über die Frauen, die zu dumm und zu kalt waren, um zu wissen, wie man richtig lebte, genoss und sich mitreißen ließ. Sie würde sich jedenfalls mitreißen lassen. Schon die Lieder, schon Gedanken erregten sie, und seine Stimme, seine Habichtaugen setzten sie in Flammen. Sie ahnte, dass ihr ausgedörrtes Inneres, einmal von der Feuerflut erfasst, rot aufglühen würde. Ach, Frauen, ach, Mädchen! Unruhig wie eine Biene, schwirrte sie in ihrem Zimmer umher, hörte Lieder, die sie berauschten und entflammten. Wenn dann das Telefon läutete und er sagte: »Komm zu mir«, warf sie den Hörer hin und schlüpfte rasch in ihren engen Rock, damit er schon im Auto ihre schlanken Schenkel bewundern konnte. Er streckte die Hand aus und streichelte ihre seidige, samtweiche Haut. Diesen Samt hatte sie mit eigenen Händen geschaffen, mithilfe der geheimnisvollen Lotion aus Puder, Tropfen und Mineralen des Parfumhändlers.

»Jeden Tag nach Nablus?«, fragte ihr Vater in größter Sorge. »In Nablus ist heute die Hölle los!« Was für eine Hölle denn? Die Hölle des Sandstaubs? Des Fernseins und der kummervollen Jahre, der Einsamkeit und Verlorenheit? Die Hölle des dürstenden Herzens, der Wallungen und Feuersbrünste? Die Hölle des verfluchten Gedankens, dass Nahla, die hübsche, kluge, schicke Nahla, die Sitt über alle, auf einmal fünfzig war?

Wie schrecklich! Fünfzig schon? Aber die Nachbarin hatte

ihr lachend anvertraut: »Ab fünfzig wird es schöner und schöner.« Dabei schüttelte sie das Handtuch aus und hängte es am
helllichten Tag in den Garten. Die Wohnung sei leer, und das
Herz auch, nachdem alle ihres Weges gegangen waren. »Die
Kinder sind erwachsen und ausgeflogen. Nur wir sind daheim
geblieben, ich und dieser Alte. Aber nein, er ist nicht alt. Mit
sechzig oder siebzig, sogar mit achtzig, ist einer nicht zu alt. Ich
bin fünfzig wie Sie, Sitt Nahla, und ab fünfzig wird es immer
schöner.« Die Nachbarin lachte, und Nahla stimmte ein.
Gleich kehrte sie in ihr Zimmer zurück, um ihre Haut zu cre-
men, Nadschat und Warda zu lauschen und zu warten, dass
das Telefon klingelte und er sagte: »Los, komm zu mir, ich
führe dich aus.« Dann zog sie ihren engen Rock an, band das
Kopftuch um und ging hüpfend hinaus.

Als sie ihn zum ersten Mal sah, dachte sie: Lieber Gott!
Was ist das für ein Typ? Wie der aussieht! Dazu diese blöde
Frau mit ihrem dicken Kinn und der goldenen Halskette. Was
redet er nur für Unsinn zusammen? Ein ungebildeter, ungehobelter Kerl ist das, ein rückständiger Schwachkopf!

Seine Frau kochte den ganzen Tag und weidete die Schafe
unter dem Feigenbaum. Ihr Vater war Schafhirte gewesen, sie
brauchte das Blöken, den Geruch und die Milch der Schafe.
Aus der Milch machte sie Käse, Quark und Butter. Weiße Butter, die Nahla besonders liebte. Sie strich sie auf frisch geba-
ckenes Brot und stippte es dann in klaren Zucker. Als er sie begeistert ausrufen hörte: »Butter? Weiße Butter!«, sagte er mit
einem gewissen Unterton: »Sitt Nahla, alle Butter der Welt für
Sie! Ich versorge Sie gern mit Butter, herzlich gern.« Dabei
blickte er ihr in die Augen, ganz tief, und sie entdeckte, dass er
Augen und Lippen besaß und ein schwarzes Bärtchen wie Kirk
Douglas, zwar gefärbt, aber sehr hübsch.

Er war ein Cousin der Frau ihres Vaters, der Sohn einer blutjungen Mutter und eines neunzigjährigen Greises, und von Beruf Bauer. Der Vater hatte schon mehrere bedauernswerte Ehefrauen, die seine Olivenplantagen mit Nachkommen füllten und ihn mit Wohlstand und Brotfladen aus dem Backofen versorgten. Da heiratete er noch ein zwölfjähriges Mädchen, das in der Hochzeitsnacht sofort schwanger wurde. Der Junge neun Monate, der Vater neunzig Jahre! Sie führte, Gott sei Dank, ein Leben frei von Schande und übler Nachrede und zog den Jungen allein groß, denn der Vater fiel um und starb noch in besagter Brautnacht. Wie ein Ziegenböcklein sprang der Kleine in den Plantagen umher. Seine Mutter ging mit den anderen Frauen und Kindern seines Vaters auf die Weide, und er graste mit den Schafen zwischen Kräutern und Wurzeln, Büschen, Disteln und Löwenzahn. Von Schule und Ausbildung war keine Rede. Als er schon ein großer Junge war, streunte er mit den anderen durch die Gegend und sammelte Beeren und Oliven unter den Bäumen. Später klopfte er die Äste mit dem Knüppel ab, und schließlich freite er um seine Cousine, nachdem er ein Stück Land vom väterlichen Erbe veräußert hatte. Er kaufte einen Schrank, eine Matratze, ein Radio, glatte und gedrehte Armreifen, und dann heiratete er. Mit dem restlichen Geld eröffnete er einen Laden für Öl, Käse und Oliven, bis der Teig aufging, das heißt, bis die Hefe zu einem größeren Projekt gärte. Das Projekt bestand darin, den Bauern Land zum Spottpreis abzuknöpfen und es in den Städten zum Goldpreis weiterzuverkaufen. Auf diese Weise wurde er reich. Seine Frau, die Hirtentochter, bekam ein Doppelkinn, zwei Halsketten und zehn Armreifen. Seine Söhne waren an Universitäten, in Organisationen, auf Konferenzen. Es hieß, einer sei kürzlich Mitglied der Delegation gewesen, also Unterhändler, ein anderer gehöre zur Opposition, ein dritter handle mit Schafen, und so weiter über den vierten und fünften bis zum zehnten. Außerdem gab es noch zwei unverheiratete Töchter.

In dieses Milieu also verschlug es die feine, gebildete Nahla. Sie landete bei einer weitverzweigten Sippschaft, bestehend aus einem Händler, namens Abu Naab Asrak, einem Unterhändler mit Prinzipien und einem Oppositionellen aus Prinzip, der sofort bereit gewesen wäre, für die Sache und die Befreiung in den Märtyrertod zu gehen. Aber was solls, Liebe frisst den Verstand. Sie verwandelte die emanzipierte Frau in eine Sklavin, die willfährig ihren Gefühlen gehorchte, und den armen Mann, der bisher nur seine fade Cousine gekostet hatte, in einen stürmischen Liebhaber, der gern für die Liebe und die Liebste gestorben wäre. Denn diese Liebste war eine Städterin, eine vornehme Dame, studiert, fein und ruhig. Was hatte sie doch für blitzende Augen, was für eine weiße Haut! Da gab es nicht den kleinsten Flaum auf der Oberlippe oder am Kinn. Sie kleidete sich nach der neuesten Mode. Unter den Nylonstrümpfen schimmerten ihre Beine weiß wie Käse, und ihr Hintern war geschmeidig wie Butter. Sie lachte kokett, ohne dabei zu husten. Aus ihrem Mund klangen die gutturalen Laute gar nicht mehr hart. Und sie kochte das Tatli wie die Engländer. Er hatte sich erkundigt, Tatli hieß bei ihnen Marmala oder Marmad oder so ähnlich. Als er davon kostete, überkam es ihn wie ein Rausch, wie ein Schwindel, schöner als Fliegen! So schmeckte also der zauberhafte Duft der vornehmen Welt. In diesem Moment fasste er seinen Vorsatz, er wartete nur auf eine günstige Gelegenheit, und sobald sie von der Butter anfing, sagte er großzügig: »Alle Butter der Welt für Sie!« Es kam, wie es kommen musste – zu einer Liebesgeschichte mit allem Drum und Dran.

26

Als er ihr Knie und ihre Wade berührte und sie nicht Nein sagte, fühlte er sich wie zwischen zwei Feuern. Jedes heizte ihm ein, bis sein Kopf wie ein Ofen voller Glut war, die ihn ausbrannte. Einerseits spürte er Scheu und Widerwillen gegen eine Frau, die einem wildfremden Mann erlaubte, sie anzufassen, und sich nicht einmal dagegen wehrte. Andererseits überwältigte ihn eine wilde Sehnsucht nach dem lange entbehrten Gefühl von einst, als er noch mit den Hirtensöhnen umherzog und sich mit ihnen über die Schafe, Kühe, sogar Hühner hermachte, zwei-, drei- und viermal, sogar zehnmal am Tag, ohne je genug zu bekommen. Später war er auf einmal satt geworden, so satt, dass er überhaupt keinen Appetit mehr hatte. Nichts regte sich bei ihm, und er glaubte schon, er habe ausgedient. Da zog er sich völlig zurück, begnügte sich mit seinem Haus, seinen Kindern und der Mutter seines Nachwuchses und konzentrierte die Gedanken auf den Gelderwerb. Erst konnte er auch davon nicht genug bekommen, aber zuletzt hatte er alles satt. Wie war das geschehen? So oft hatte er die Scheichs und betagten Männer sagen hören, das Auge des Menschen sei leer, nichts vermöge es zu füllen als eine Hand voll Erde. Wie seltsam! Das Auge des Menschen blieb eben doch nicht leer bis an sein Ende. Manchmal füllte es sich schon mit Geringerem als einer Hand voll Erde, und lange vor der Zeit. Viele Jahre vor dem Tod überkam ihn ein merkwürdiges Gefühl, schwer zu beschreiben oder zu erklären. Sein Sohn bestand das Examen mit Auszeichnung. Gut so, großartig. Sein zweiter Sohn übernahm ein hohes Amt und heiratete die Tochter eines Ministers. Schön, auch nicht schlecht. Dieser und jener Bodenpreis schnellte in die Höhe. Er verkaufte den Quadratmeter für hundert Dinar, wo er doch das ganze Gelände für die gleiche Summe erstanden hatte. Na schön, und wenn schon! Einem Reichen, der bankrott war, kaufte er seinen Palast in Amman ab und verkaufte ihn für das Zehnfache. Was solls? Sein Konto zählte Millionen, er hatte angesehene Söhne, Ländereien in Nablus, Ramallah und Amman und eine protzige Villa in Abdun. Trotzdem hockte er hier, in diesem Haus, diesem Elend, mit einer Schreckschraube von Frau, die zwar in seinem Alter war, aber wie der Stamm eines Olivenbaums aus der Römerzeit aussah. Dreimal war sie nach Mekka gepilgert und rüstete sich nun für die vierte Reise. Jetzt wollte sie auch noch den Schleier tragen. Sie hatte sich bereits einen langen, düsteren Dschilbab nähen lassen, keine Ahnung, wie er seine Form und Farbe beschreiben sollte. Er war weder grau noch khakifarben noch grün, es war ein Gemisch von alledem, also überhaupt keine Farbe. Dazu hatte sie ein großes, weißes Tuch gekauft, das sie so straff verknotete, dass Stirn und Wangen gequetscht wurden und rot anliefen, als sei ihr Gesicht geschwollen. Er sah gerade eine Fernsehsendung mit Warda, als sie zu ihm sagte: »Nach der kleinen Wallfahrt werde ich mich verhüllen, Hadsch. So Gott will, verschleiere ich mich.« Mit einem schnellen Blick streifte er die geschwollene Haut an ihrer Stirn und ihren Wangen und brummelte, Melonenkerne knackend: »Hm, hm, ist in Ordnung.« Doch nun drehte sie sich in der Ecke, wo sie Aufstellung genommen hatte, um ihm die Vorzüge des weiten Dschilbabs vorzuführen. Fassungslos starrte er auf ein Monster, eine Art lebenden Schiffstank voll Fett, mit Antriebsschraube, zwei Rudern und Schaufelrädern. Im auffrischenden Fahrtwind wehte der Geruch von Butter und Molke herüber. Erschrocken murmelte er das Glaubensbekenntnis und bat Gott, ihn zu verschonen. Wieder heftete er

die Augen auf Warda, die eben sang: »Du stimmst mich froh«.
Er spürte eine tiefe Beklemmung, wie unter einer Steinplatte,
die sich auf seine Brust herabsenkte, und eine lähmende
Schwäche im Unterleib. Als das Telefon läutete, sprang er in
Panik auf. Sein Herz raste, als sei eine Bombe explodiert und
habe das Haus erschüttert. Es war aber keine Bombe, nur das
Telefon und die Stimme des Maklers in Nablus, die ihm mit-
teilte: »Das Grundstück Soundso bringt eine Viertelmillion.«
Eine Viertelmillion, eine halbe oder zehn Millionen, was macht
das für einen Unterschied? Wird sich davon sein Befinden bes-
sern? Und wenn sein Vermögen hundert Millionen beträgt –
was wird anders? Sieht die Welt dann schöner aus? Wird dieses
flaue Gefühl verschwinden? Wird sich dieses Weib verwandeln? War das überhaupt eine Frau? Ein weibliches Wesen? Ein
Mensch? Sie roch nach ranziger Butter und Backofen, trotz des
Reichtums, der Reisen und des neuen Hauses mitsamt den
Teppichen, dem Speisezimmer aus Jerusalem, den Salons aus
Haifa, dem Fernseher aus Netanya und dem Mercedes mit
zwei Antennen, Telefon, getöntem Glas, offenem Verdeck und
der Hupe mit drei Melodien – einer fröhlichen: »Tatata«, einer
verspielten: »Taram Taram« und einer drohenden, wie eine
Polizeisirene: »Wui Wui Wui«. Was änderte das alles an seiner
Lage? Kaum ging der Tag zu Ende, begann für ihn die Nacht.
Er setzte sich mit seinen beiden hässlichen Töchtern und dem
Schifftank vor den Fernseher. In letzter Zeit saß er sogar ganz
allein davor, weil er einen neuen Fernseher gekauft und den
alten ins Zimmer der Mädchen gestellt hatte. Der Tank steuerte unterdessen die nächste Koranrezitation an. Gleich würde
sie für ihn beten. Die Verstorbenen in der Familie hatte sie alle
durch, jetzt kamen die Lebenden dran. Diese Verse waren für
Salim, seinen Ältesten, jene für Hamsa, seinen zweiten Sohn,

und jene für Marwan. Danach waren Saado, Mahmud und die beiden Mädchen an der Reihe, und zum Schluss würde sie für seine Seele rezitieren. Aber seine Seele fand keine Ruhe, denn seine Augen hingen am Fernseher und der Sängerin Warda. Wollen doch mal sehen, wie sie nach der Gesichtsstraffung und Entfettung ihrer Hüften aussieht. Dieses Teufelsweib hat sich ja gemausert, ist hübscher als zuvor! Richtig verjüngt wirkt sie, direkt jugendlich. Ihr Gesicht über dem gertenschlanken Hals blüht wie eine Warda, eine Rose. Gott schütze dich, Sitt Warda, du bist wahrhaftig wieder jung! So ist das echte Leben, so ist die wahre Welt, so lebt man, wenn man die Welt versteht! Das ist was anderes als unser viehisches Dahinvegetieren! Aus solchen Überlegungen entwickelte er nach und nach eine Abscheu gegen sein Leben, seine Kinder und sein Kapital. Wenn ihm jemand sagte: »Der Bodenpreis ist gestiegen«, erwiderte er wütend: »Rauf oder runter, ist doch alles einerlei.« Hieß es: »Der Dollar ist gefallen«, meinte er nur angewidert: »Morgen steigt er wieder.« Auf die Mitteilung: »Der Kanister Öl kostet soundso viel, freu dich, Hadsch«, antwortete er verdrießlich: »Worüber soll ich mich freuen? Was ist überhaupt erfreulich an dieser Welt?« Er holte Melonenkerne aus der Tasche und begann sie zu knacken. Er knabberte die Kerne und zerbröselte die Schalen, dann gähnte er.

Erst als Nahla ihn erhörte, als sie Butter bestellte und er ihr Tatli kostete, fand er seine Entschlossenheit und Jugendkraft wieder. Ihre Liebesgeschichte begann im Mercedes, auf Ausflügen nach Nablus und in die Berge von al-Tur. Nach und nach wurde sie immer heftiger, sodass er nun doch eine Veränderung erwog – wie es Sitte und Pflicht gebot.

27

Nahla verspätete sich, auch Masin kam nicht. Mein Onkel war beunruhigt. Er begann überall herumzutelefonieren, in Nablus, Ramallah und Dschenin. Wo steckte Nahla nur? Wo war Masin? Machte denn jeder in diesen Tagen, was er wollte? Kümmerte sich keiner mehr um den Vater, den Bruder und seine Angehörigen? Was war das für ein Benehmen?

Die Frau meines Onkels zwinkerte mir zu und flüsterte: »Bestimmt ist Nahla bei ihrem Makler.« Ich reagierte nicht und starrte weiter auf die Fernsehansagerin und die Berichte über die neueste Aktion. Krankenwagen transportierten die Verwundeten ins Hadassah. Soldaten stießen verdächtige arabische Arbeiter auf Lastwagen, die mit einer Art Käfig aus Stangen und Gittern versehen waren, denn sonst wurden darin Tiere zum Schlachthof oder in die zoologischen Gärten befördert.

»Masin ist sicher bei Violet«, flüsterte die Frau meines Onkels wieder. Auch diesmal sah ich sie nicht an. Aber mein Onkel hatte den Namen »Masin« aufgeschnappt und sagte wütend: »Wäre wenigstens Masin hier! Dann könnte er nach seiner Schwester suchen.«

Ich beschwichtigte ihn: »Vielleicht ist Nahla bei ihrem Bruder in al-Machfija.«

»Vielleicht, vielleicht!«, meinte mein Onkel unsicher. »Hätten sie doch ein Telefon in al-Machfija!« Dann grollte er wieder ärgerlich: »Ich möchte bloß wissen, wo Masin steckt!«

Er ging in sein Zimmer, um die rituelle Waschung vorzunehmen. Danach würde er im Koran lesen und schlafen gehen. Ich schlich mich zur Küchentür hinaus, um nachzusehen, ob Masin bei Violet war. Sie wohnte nicht weit, in derselben Straße, gleich neben dem Haus des Maklers. Die Vorgärten der

123

beiden Häuser grenzten aneinander, nur durch einen Draht-
zaun und eine Zypressenhecke getrennt. Von fern hörte ich ein
Auto kommen und verbarg mich hinter der Hecke. Das Auto
parkte wenige Meter von der Gartentür des Maklers. Zwei
junge Männer stiegen aus. Ihre Gesichter konnte ich in der
Dunkelheit nicht erkennen, doch ich hörte, wie einer den anderen fragte: »Gehst du nicht hinein, um Mutter Guten Tag zu
sagen?« Das mussten die Söhne des Maklers sein. Dem weiteren Verlauf ihres Gesprächs entnahm ich, dass einer der von
den Behörden Gesuchte war. Offenbar hatte er seine Mutter
und seine beiden Schwestern seit Wochen nicht gesehen.

»Ich habe Vater gewarnt«, sagte der Gesuchte. »Aber sein
Schädel ist hart wie diese Wand.«

Der andere zischte: »Du hast doch eine Waffe!«

»Meine Waffe ist nicht für solche Gelegenheiten gedacht!«, wehrte der Erste ab. Beide verstummten, es herrschte
Stille, und ich hörte nur noch ihr Keuchen nach dem heftigen
Wortwechsel. Wie es schien, setzten sie ein Gespräch fort, das
sie schon eine Weile vor ihrer Ankunft geführt hatten, denn
einer sagte ungeduldig: »Wir wollen uns nicht schon wieder
streiten. Setzen wir uns in die Laube, bis er kommt!«

Sie öffneten die kleine Pforte, gingen in den Garten und
verschwanden zwischen den Bäumen. Nun hörte ich nichts
mehr als mein Herzklopfen und meinen heftigen Atem. Ich be-
schleunigte den Schritt, um schnell zu Violets Haus zu gelangen und Masin zu berichten, was hier vor sich ging. Er war der
Einzige, der genug Kraft und Mut aufbrachte, zumindest
gegenüber dem Gesuchten und seinen Brüdern. Nur er konnte
verhindern, dass die Situation zu einem Skandal oder Verbrechen eskalierte. Doch als ich eintrat, fand ich Masin in einer
völlig anderen Verfassung vor, als ich erwartet hatte. Er saß auf

dem Sofa mitten in der Wohnung, umgeben von Tellern voller Appetithäppchen und Gläsern mit Arrak und Wodka. Ein anderer Mann, den ich bereits zu Violets Geburtstag gesehen hatte, leistete ihm Gesellschaft. Violet wirkte niedergeschlagen und zerstreut, Masin dagegen schien glücklich und zufrieden zu sein, genauer gesagt, er war »in gehobener Stimmung«.

Ich setzte mich auf die Stuhlkante und bedankte mich für die Komplimente, mit denen Violet und ihre Mutter mich überhäuften. Dazwischen versuchte ich alles Mögliche, um Masin begreiflich zu machen, dass ich aus einem wichtigen Grund gekommen sei. Aber einen Leblosen ruft man umsonst. Die Mutter ging hin und her, servierte Häppchen und schwatzte irgendetwas Belangloses. Der Mann mit dem grauen Haar und den stechenden Augen verfolgte die beiden Frauen, auch mich, mit seinen schmeichelnden, werbenden, anzüglichen Bemerkungen. Violet griff zur Fernbedienung, hielt sie vor ein neues elektronisches Gerät, das ich noch nie gesehen hatte, und suchte folgsam die Kassetten nach Liedstellen ab, die Masin in seiner angeheiterten Laune zu hören wünschte. Wie es aussah, machten Masin und Violet gerade eine Beziehungskrise durch oder hatten Krach, wie er unter Verliebten vorkommt. Die Anwesenden, ihre Mutter und der andere Mann, nahmen die Situation als völlig normal. Sie griffen nicht ein, verzogen nicht einmal die Miene über das, was sie zu hören bekamen. Violet seufzte ab und zu missmutig oder machte eine Bemerkung, die für sich genommen nebensächlich und harmlos erscheinen mochte, aber die geheimen Kümmernisse und Sorgen eines bedrückten Herzens verriet.

Masin betrachtete mich, seine Augen funkelten im Rausch. »Sieh nur, Umm Dschirjes«, rief er, »sieh, wie hübsch meine Cousine ist!«

Umm Dschirjes lachte und sagte herzlich: »Gott schütze sie, eine Schönheit ist sie. Kaum dass ich sie sah, habe ich sie lieb gewonnen. Sie ist so hübsch und zart und überhaupt nicht eingebildet. Gott schütze sie und bewahre sie vor dem bösen Blick.«

»Weshalb sollte sie denn eingebildet sein?«, fragte Masin lachend.

»Na, andere an ihrer Stelle würden wer weiß wie angeben«, schmeichelte Umm Dschirjes. »Was sie alles aufzuweisen hat – und trotzdem so bescheiden!«

Masin lachte und lallte mit schlaffem Kinn und schwerer Zunge: »Was hat sie alles aufzuweisen? Raus damit!«

Umm Dschirjes fixierte mich und schenkte mir ein großzügiges Lächeln. »Hübsch und attraktiv ist sie und sehr klug. Immer spricht sie arabisch und schwatzt kein dummes Zeug.«

Masin lachte laut. »Aber ihr Arabisch ist wie Kaffee ohne Zucker.«

Der Grauhaarige rief, sich die Lippen leckend: »Nein, mit viel Zucker! Leute, wer könnte es noch süßer verlangen?«

»Ich«, erwiderte Masin schnell. »Ich verlange es süßer, viel, viel süßer.«

Violet wandte das Gesicht ab. Ihre Miene verdüsterte sich noch mehr, als sie mithilfe der Fernbedienung eine Stelle fand, die sie hören wollte. Nadschat sang mit tremolierender Stimme: »Ich bitte dich zu gehen, um dieser Liebe willen, Liebster!« Das Glas Wein in Violets Hand zitterte, seufzend wippte sie mit dem Fuß.

Seiner Macht über Violet gewiss, sagte Masin: »Spiel die *Trümmer*! Wo sind die *Trümmer*?« Er erhob seine berauschte Stimme und begann zu singen: »Sah die Liebe jemals Trunkene, Trunkene wie uns.«

Violet warf ihm einen Seitenblick zu und murmelte: »Fragte dich, die fortging.« Ich verstand, dass ein heimlicher Kampf vor mir ausgetragen wurde. Trotz ihrer bekannten und spürbaren Bindung an Masin wollte Violet aus einem Grund, den ich nicht kannte, offenbar mit ihm und seiner Liebe Schluss machen. Und Masin schien trotz seines Don-Juan-Gehabes, seines flatterhaften, launischen Verhaltens und seines Verlorenseins Violet behalten zu wollen. Vielleicht nicht einmal, weil er sie liebte oder schätzte. Aber nach der freizügigen, aufgeschlossenen Atmosphäre von Beirut füllte sie die Leere in seinem Leben und bot ihm ein Ambiente, das er in dieser konservativen, provinziellen Stadt sonst nicht finden würde. Dank ihrer Erziehung in der Betlehemer Nonnenschule und ihrer Styling-Kurse in Beirut, Tel Aviv und Zypern wusste sie wenigstens, wie sich ausdrücken, kleiden und benehmen. Außerdem kannte sie sich bestens mit den Schlichen der Männer, Affären und Liebeskummer aus. Sie verstand es, wie die Frau meines Onkels und Nahla gesagt hatten, einem Mann den Kopf so zu verdrehen, dass er sich von ihren Händen wie ein Band aufwickeln und wie eine Klapper schütteln ließ. Doch Masin war ein schwieriger, selbstbewusster Mann, der seinerseits mit allerlei Tricks und seinen schwarzen Augen die Herzen zum Schmelzen brachte.

Er hob mir sein Glas entgegen und sagte noch einmal leichthin, indem er verstohlen zu Violet schielte: »Mein Cousinchen, wie hübsch du doch bist!«

Der Grauhaarige mit dem schmierigen Gehabe stimmte ein: »Gesegnet sei dein Mund! Es gibt nichts Hübscheres.« Darauf drehte er sich zu mir herum. »Masin ist ein Glückspilz, er ist zu beneiden!«

Als ich ihn ansah, verstand ich, was er sagen wollte. Er

meinte, dass Masin mit seiner Jugendlichkeit, seinen Tricks und seinen schwarzen Augen, mit seinen Geschichten von der Revolution, seinem Aussehen und dem netten Hinken sofort alle für sich einnahm. Nicht genug damit, dass er über Violet verfügte, nun hatte er auch noch eine hübsche, sympathische und wohlhabende Cousine, die nicht einmal eingebildet war!

Der Grauhaarige wandte sich an Umm Dschirjes: »Ist er etwa kein Glückspilz?«

Umm Dschirjes ließ ihre Blicke zwischen mir und Violet hin und her wandern, als zöge sie zum ersten Mal einen Vergleich zwischen uns. »Doch, das ist er«, antwortete sie zögernd.

Mutter und Tochter wechselten einen langen Blick, der mich verlegen und unsicher machte. Ich nippte wieder an meinem Weinglas und genoss die klaren, leichten Worte des Liedes, die in einfachem Hocharabisch gehalten waren, sodass ich den Text verstand und mich einfühlen konnte.

Umm Dschirjes erkundigte sich höflich: »Was gibts Neues? Ihr habt euch lange nicht blicken lassen! Wie geht es Ihrem Onkel? Und Nahla?«

Ich schaute Masin an, denn ich erinnerte mich wieder an die Geschichte mit Nahla. Aber Masin wiegte sich im Takt der Melodie, goss sein Glas nach und knabberte langsam an einem Häppchen. »Hol noch mehr Eis«, sagte er im Befehlston, ohne Violet anzublicken oder sie mit Namen anzusprechen.

Sie sah ihn wortlos an und legte die Fernbedienung aus der Hand. Dann stand sie auf und brachte die Eiswürfel. Aus den Augenwinkeln warf er ihr einen flüchtigen Blick zu und wies sie an: »Spiel die *Trümmer!*«

Lässig schlenderte sie zum Recorder, schob die Kassette ein und setzte sich wieder an ihren Platz. Sie nahm die Fernbedie-

nung, richtete sie auf das Gerät und ließ das Band laufen. Er-
greifend, erschütternd und Ehrfurcht gebietend tönte die
Stimme aus den Boxen. Sie erfüllte den ganzen Raum mit
ihrem mächtigen Klang und den mitreißenden Worten. Ich
wusste nicht, warum ich solche Traurigkeit empfand, weshalb
ich so ergriffen war, um wen ich litt! War es um eine Liebe, von
der nur noch Reste übrig waren, nur noch Trümmer? Um ihn,
diesen Mann, diesen Verlorenen, Umherirrenden? Um sie, jene
Frau mit den leidvollen Träumen und dem blutenden Herzen?
Oder um mich selbst, die ich hier eine Fremde war, fremder als
sie alle, die etwas fühlte, ohne es zu begreifen, es aber dennoch
fühlte!

Hingerissen fiel mein Cousin ein und sang mit: »Wie verging diese Liebe zum Einst, zum Geflüster von tiefem Leid ...«

28

Nahla saß in Nablus gefangen. Der Fahrer eines Tankwagens
war getötet worden. Sofort wurde die Stadt abgeriegelt und
belagert, eine Ausgangssperre verhängt und die fieberhafte
Fahndung nach dem Täter eingeleitet. Aber der Täter war
verschwunden, als habe ihn die Erde so plötzlich verschluckt,
wie sie ihn ausgespien hatte. Die Behörde sah keine Alternative, als die gleiche Methode wie immer anzuwenden, obwohl
sie niemanden mehr schreckte oder ärgerte. Die Menschen
waren abgestumpft gegen Durchsuchungen, Ausgangssperren,
Streiks und die Schließung von Straßen und Läden. Dann ver-
faulte eben das Gemüse und Obst, die Stadt füllte sich mit
Unrat, Abflusskanäle und Gullys liefen über, Asphaltstraßen
und Gehsteige verdreckten, die Gebäude verrotteten bis in die

Fundamente und die Menschen bis auf die Knochen. Es war zur Gewohnheit geworden, genauso wie der Mangel, die Demütigung und eine Lebensweise, die steinzeitlich wurde. Aber nicht für Nahla. Sie hatte in Kuwait gelebt, wo es keine Belagerung oder Einschränkung gab. Was der Golfkrieg auch immer an Ungemach, Trennungen und Erschütterungen mit sich brachte – für ihresgleichen geschah alles schlagartig, ohne jedoch das Leben von Grund auf zu verändern. Krieg, Bombardement, Ausweisung – und schon kamen die Leute in einem anderen Land, einer anderen Realität wieder zu sich. Ihre Taschen waren gefüllt. Die vielgestaltige Schmach, die sich hier über ein Vierteljahrhundert und länger hinzog, war ihnen erspart geblieben. Plötzlich wurden sie aus dem Wohlleben in Kuwait gerissen und in alle Winde verstreut. Wer Glück hatte und ins Westjordanland zurückkehren konnte, lebte herrlich und in Freuden unter lauter jungen Menschen, die meisten kaum zwanzig, das heißt unter den Söhnen der Besetzung, die mit Intifada, Gefängnis, Beschuss, Hunger, Arbeitslosigkeit und Mangel groß geworden waren. Ein Auswanderer – jedenfalls einer, der aus Kuwait zurückkam – war trotz der Demütigung keineswegs gedemütigt, denn er kam aus dem Land des Segens, dem Land des Wohlstands. Er durfte sich so sehen, wie ihn alle Leute sahen: Jahrelang hatte er ganze Familien ernährt und unterhalten, Geschenke ins Westjordanland mitgebracht, Kapital gespart und auf Banken angelegt. Also wurde ein Rückkehrer aus Kuwait bei aller Schmach nicht geschmäht, sondern umschmeichelt und achtungsvoll behandelt. Auch Nahla. Deshalb fiel es ihr so schwer, sich auf die neue Lebensweise einzustellen. Bei ihr kam die Verbitterung hinzu, das Gefühl eines letzten Aufflammens, einer letzten Chance, des allerletzten Strohhalms, der sie vielleicht aus Unglück, Selbstverleugnung, Einsamkeit und einem verlorenen Leben retten würde. Auch der Besuch beim Parfumhändler gehörte dazu, ihre Sucht nach Essenzen, Pudern und Antifaltencremes und der Rausch, den sie bei ihr auslösten – ein steigendes Barometer der Lust, Spannung und Sehnsucht. Sie kehrte sich ab von der Wirklichkeit, jagte trotzig den Hoffnungen nach wie rosigen Wolken im erwachenden Frühling, der ihr nicht mehr zustand. Und bei ihm, dem Makler, war es nicht anders. Sein Leben und der Tank setzten ihm zu, bis er einfach losrannte, um dem Tod zu entfliehen.

Nahla betrachtete die Frau ihres Bruders und wandte sich ab. Wirklich, eine richtige »Trantute«, so nannte man sie in der Familie. Wenn Said, der Bonbonfabrikant, eintraf, hieß es: »Said ist mit seiner Trantute gekommen« oder »Said und seine Eule« oder »Said und die Fasstrommel«. Dabei lächelte man nicht, sagte es auch nicht heimlich, sondern völlig normal, und wandte sich dann anderen Dingen zu, bis sie einem nach einer Stunde wieder einfiel, und man fragte: »Ist die Trantute noch da?«

Sie war aber eine ganz Durchtriebene, eine Tochter der Gassen, wo ihr Vater früher Lupinen und Ackerbohnen am Stand verkauft hatte. Keinem Mitglied der Familie Hamdan konnte sie gerade in die Augen schauen, ihre Blicke wichen immer schräg in die Ecken aus. Diese Familie Hamdan erschien ihr als etwas Gewaltiges und Erhabenes mit einer langen Geschichte, etwa so wie die Türken, Römer oder Engländer, das heißt als eine Macht, ja eine Großmacht, während sie eben bloß die Trantute war. Eigentlich hieß sie Nima, aber eine Nima, eine Wohltat, war sie nur dem Namen nach. Sie war arm, von niedrigem Stand und hatte mit Ach und Krach die fünfte Klasse geschafft. Als kleines Mädchen schleppte sie der

Vater in den Gassen herum. Er stellte seinen Tisch auf, und sie rief vor allen Leuten: »Gesalzene Bohnen!« Auch ihr Vater schrie: »Bohnen, gesalzene Bohnen! Lecker, gut gewürzt und fast umsonst! Neue Frühbohnen!«

Wie hatte Herr Said nur so eine heiraten können? Na, weil er noch dümmer war als sie. Doch nachdem er Unternehmer geworden war und gefüllte Bonbons produzierte, wurde er hochnäsig und behandelte alle Welt arrogant und von oben herab. Seine Frau widmete sich seither unersättlich den Gelüsten ihres Magens und der Mägen Saids und seiner Kinder und kochte nur noch Speisen, die vor Fett und Schmalz triefen. Den einen Tag gab es Kapaun, den nächsten Koteletts, den darauf Kaldaunen, dann kamen gebratene Rüben mit Zitrone und Knoblauch an die Reihe. Saids Haus war hinterher von Gerüchen durchweht, mit denen die Aborte an der Brücke oder in al-Ramtha nicht konkurrieren konnten. Sitt Nahla ekelte sich natürlich davor und verschmähte es, auch nur einen Bissen in Saids Haus zu sich zu nehmen. Wie würde es ihr nun ergehen, da sie das Schicksal hierher verschlagen hatte?

Sie konzentrierte sich auf das Fernsehen. Vielleicht würde sie erfahren, wie lange das noch weiterginge mit dem Sicherheitsring um Nablus. Aber was sie über die Operation an der Straße nach Elad und den Anschlag auf den Fahrer des Tankwagens in Nablus sah, stimmte sie pessimistisch. Sollte der Tag, an dem sie über die Schwelle trat, in das Haus, die Stätte ihrer Entschädigung, das Heim zu ihrer und des Maklers Freude, sollte dieser Tag von einem Verhängnis und bösen Omen überschattet sein? Trat sie über eine Schwelle des Missgeschicks? Sperrte sich das Haus gegen sie? Warum, mein Gott? Was hatte sie getan, dass sie im Leben nichts als Bitternis und Entbehrung fand? Sogar sie, die Trantute mit ihrem Fetthöcker und Stiernacken hatte doch etwas. Er hatte, was sie hatte, und sie hatte, was er hatte. Nur sie, Nahla, hatte gar nichts, und er hatte auch nichts. Jetzt, da endlich der ersehnte Tag kam, an dem ihr wie allen Frauen etwas Sicheres, etwas greifbar Sicheres, gehören sollte, an dem sie den Fuß bereits auf die Schwelle gesetzt hatte, um das Haus, das ihr Zukunft und Geborgenheit versprach, in Augenschein zu nehmen – da ging auf einmal alles drunter und drüber und die Welt stand Kopf, weil ein Tankfahrer getötet wurde? Warum nur? Schlimmer als alles war, dass sie in dieser Wohnung gefangen saß. Würde sie hier essen? Hier schlafen? Musste sie in einem Haus, das sie anekelte, dessen Bewohner sie verabscheute, dennoch ausharren? Wäre sie obendrein gezwungen, zu erklären, was sie hergeführt hatte? War sie es nicht gewesen, die dieses Haus mit Wohltaten überschüttete? Hatte sie ihm nicht die zehntausend Lira gegeben, damit er die Fabrik gründen konnte? Und jetzt fühlte sie sich erniedrigt und abhängig in diesem Haus. Wieso eigentlich?

»Ich habe dir das Gästezimmer zurechtgemacht und den Ofen geheizt, damit du es warm hast«, sagte die Schwägerin beflissen und höflich. »Das Zimmer ist nämlich kalt und feucht, es liegt nach Westen, da tröpfelts immer durch. Den ganzen Winter gehen wir nicht rein. Aber im Sommer ist es prima dort, da ist es das schönste Zimmer und der beste Sitzplatz. Der Wind säuselt, als ob du im Flugzeug bist.«

Tatsächlich, es war wie im Flugzeug. Nachts pfiff der Wind, rüttelte an Türen und Fenstern, schüttelte die Antennen auf dem Dach, die Wäscheleinen und Jalousien. Es klang wie Schüsse und Hämmern, wie das Krähen von Hähnen und das Toben von Dschinnen. Was für eine Nacht! Was für ein Albtraum! Welche Angst sie litt! Welche Kälte! Die feuchten

Zimmerwände waren mit reliefartigen Landkarten aus Salz, Schwamm und schwärzlichem Moos bedeckt, und es roch faulig wie in einem Erdloch oder Grab. War das ein Omen? Ein Vorbote des Unheils? Sie kroch bis über die Ohren und die Stirn unter die Decken, ohne sich um den Geruch zu kümmern, denn auch die Bezüge waren nicht sauber. Sie gehörten ihrem zehnjährigen Neffen Tarik, der sich wer weiß wo herumtrieb. Immer hatte er lange, rußschwarze Fingernägel. Sein Hemdkragen war verdreckt, sein Haar verfilzt und klebrig wie nasse Hühnerfedern. Hier lag sie nun, unter seinen Decken, in diesem Ekel erregenden Bezug. Hätte seine Mutter Geschmack oder nur ein wenig Verständnis, hätte sie die Bettwäsche gewechselt und ihr einen neuen Bezug gegeben oder wenigstens ein sauberes Laken. Aber sie war eben eine Eule, ohne Verstand und Herkunft, da konnte sie noch so gastfreundlich tun und noch so viel Essen auftafeln. Sie belud den Tisch mit lauter Speisen, die nicht nur penetrant rochen, sondern auch Wirkungen zeitigten, die man hören konnte. Gebackene Blumenkohlstücke und Omeletts, ebenfalls aus Blumenkohl. Auberginen in Öl, mit Nüssen und Knoblauch gefüllt, Radieschen zur Linsensuppe und eine Bisara aus Bohnen. Gebratene Leber mit Petersilie und haufenweise Zwiebeln, die in Fett und Butterschmalz schwammen.

Die Kinder langten mit den Händen zu und schöpften das Essen alle aus derselben Schüssel. Ihre Fingernägel waren schmutzig, die Nasen rotzverschmiert, die Haut schuppig vom Kratzen und von der Kälte. Wie ekelhaft! Und wie kalt es war! Wie konnte Nablus so grausam sein? Bauern und Städter gab es, Flüchtlinge und Auswanderer. Wozu gehörte sie eigentlich? Zu den Auswanderern? Aber die hatten ja nichts. Sie schon. Sie besaß ein Konto in Dollar und ein anderes in umgetauschten

Dinar, außerdem ein Stück Land in al-Machfija und noch eins in Jericho, das sie vor dem Abkommen von Oslo gekauft hatte. Dennoch empfand sie eine nie gekannte Erniedrigung, als sie hier, bei ihrem Bruder, im Gästezimmer übernachten musste. Trotz seiner freundlichen Begrüßung und der Großzügigkeit, mit der er das Essen auftischte und ihren Teller mit fettigen Speisen aller Art bedeckte, fühlte sie sich gedemütigt. Ein leckeres Röschen Blumenkohl, eine Aubergine, selbst gefüllt, ein Omelettchen, nein bitte, das nimmst du, unbedingt! Dazu ein rotes, knackiges Radieschen, mild wie Zucker, und dies noch und das und noch jenes. Zuletzt war sie zum Platzen voll, und ihr Bauch fühlte sich an wie ein praller Wasserschlauch. Dann kamen die Blähungen, nur schnell auf die Toilette! Es gibt keine Macht noch Stärke als bei Gott! Was für eine Mahlzeit! In welche Falle war sie geraten! Die ganze Nacht rannte sie hin und her, umgetrieben vom Essen oder von der Kälte, von innerer Bedrängnis oder böser Vorahnung. Wieder dachte sie an die Schwelle des Hauses, des heiß ersehnten Heims, das er gebaut hatte, um mit seinen Kindern und der Mutter seines Nachwuchses darin zu wohnen. Dann hatte er es sich anders überlegt. Er bekam ein günstiges Angebot und vermietete es an die Nadschah-Universität. Ein Professor aus Kanada zog ein und verwandelte das Haus in ein wahres Paradies der Behaglichkeit. Er errichtete eine Zementmauer, befestigte Gitter fast bis zum Dach hinauf und ließ Kletterpflanzen und Malven daran ranken. Zehn verschiedene Sorten, die unaufhörlich bis in den Dezember blühten! Als sie diese Pracht sah, kreischte sie vor Freude auf: »Was für Farben! Was sind das für Blumen? Das ist ja ein richtiger Wald! Aber wozu die Mauer und die Kletterpflanzen?« Er erklärte ihr, der Professor, ein Fachmann für Landwirtschaft, habe sich vor der Intifada, den Steinwürfen und Jugendlichen gefürchtet. Deshalb habe er für seine Familie ein sicheres Bollwerk errichten wollen, das sie vor den Übergriffen der Armee, dem Unfug der Kinder und nicht zuletzt vor den Nachbarn schützen sollte. Die Nachbarn im Viertel verfolgten ja alles mit übertriebener Neugier. Ihre Augen überwachten die Familie, und besonders sie, die Kanadierin, wenn sie in Shorts und BH ihr Sonnenbad nahm. So habe er die Mauer gebaut, um sie vor ihren Blicken zu verbergen. »Und du, meine Sitt, meine Weiße? Hast du auch Shorts?« Sie lachte, und er lachte. Dann kniff er sie so kräftig in den Hintern, dass sie die Stelle noch rieb und massierte, als sie wieder bei der Haustür ankamen und über die Schwelle traten. Die Schwelle des Unheils. Die Schwelle des ersehnten Heims.

Wie hatte die Frau ihres Vaters gesagt: »Für sie hat er das Haus gebaut. Aber sie ist nicht eingezogen, er hats ihr nicht gegönnt. Gott strafe ihn, wie geizig er ist! Nie wird er satt.«

O doch, er wird satt werden, dachte Nahla in diesem Moment. Morgen wird er durch mich satt werden. Sie begann sich ein Leben mit Shorts, BH und Sonnenbad auszumalen. Aber die Sonne würde sie verbrennen, dann sähe sie aus wie eine Bäuerin. Ihm gefiel ja gerade ihre helle Haut, das Weiß der Städte und der Städterinnen. »Du meine Weiße, meine kleine Ente«, sagte er zu ihr, »mein Stadtkind, du meine Honigcreme!« Meine Honigcreme! Was für eine wundervolle Schmeichelei, die würde sie nicht aufs Spiel setzen. Diese Honigcreme würde sie bewahren, auffrischen und pflegen, bis sie einmal stürbe. Aber nein, noch nicht sterben. Leben wird sie, trotz all ihrer Wunden. Leben, um nachzuholen, was ihr die Vergangenheit vorenthielt. Davon wird sie nicht abgehen. Seine Söhne sind nicht einverstanden? Zum Henker mit ihnen! Seine Frau schnappt ein? Soll sie! Ihr Vater wird verrückt?

Wieso, was ist schon dabei? Alles geschah nach Sitte und Gesetz. Beging sie denn eine Sünde? War das ein Vergehen? Alle Gesetze erlauben es, sobald man einen Heiratsvertrag besitzt. Ihrem Vater wird sie ganz einfach sagen: »Na und?« Er selber hat doch wieder geheiratet. Er ist älter als ich und hat geheiratet, und ich werde es auch tun. Ich werde heiraten, ein Haus für mich haben und einen Ehemann und … Ach, wie schade! Zehn Jahre, wäre ich nur zehn Jahre jünger, dann könnte ich schwanger werden, gebären und ein Kind haben. Aber das ist vorbei, leider. Machen wir das Beste draus. Wie man sagt: Geschnuppert ist besser als gar nichts.

Die Frau ihres Vaters wollte ihr auf den Zahn fühlen, als sie sagte: »Wer zu seiner Frau noch eine heiratet, ist ein Unmensch. Dein Vater saß Jahr um Jahr allein, und wäre nicht die Einsamkeit gewesen, hätte er sich nicht wieder verheiratet. Aber damals war dein Bruder Ingenieur in Deutschland, du warst in Kuwait, Masin war in Beirut, und Said heiratete und zog nach Nablus. Dein Vater blieb allein im Haus wie ein Wächter. Das Schicksal wollte, dass ich ihn heiratete, es hat sich zufällig so ergeben. Wäre nicht die Einsamkeit gewesen, hätte er bestimmt nicht geheiratet.«

Sie schaute weder hoch, noch gab sie eine Antwort. Sie tat, als habe sie nicht verstanden und nicht zugehört. Da fing sie wieder an: »Wer die Mutter seiner Kinder nicht gut behandelt, der ist zu niemandem auf der Welt gut. Ich sag immer: Wer noch eine dazu heiratet, ist ein Unmensch.«

Sie hätte sie am liebsten angeschrien: Ist ja gut! Habs kapiert! Hör auf, lass mich in Ruhe! Doch sie erwiderte nichts und tat, als sei sie mit dem Putzen der Bohnen beschäftigt. Ganz langsam und gedankenverloren zog sie die Fäden ab. Sie dachte zurück an die Fünfzigerjahre, an ihre Jugend, die sie mit

Lesen und Lernen verbrachte. Wer waren damals die Größten? Chalid Muhammad Chalid, Rose al-Jusuf und noch andere berühmte Namen. Zu jener Zeit steckte sie voller Ideen, Pläne und Wünsche. Sie wusste genau, was erlaubt und was verboten war. Sie war in allem konsequent und hart gegen sich selbst. Ohne zu zweifeln, fällte sie unerbittliche Urteile. Sich für andere Menschen aufzuopfern war etwas Großartiges, Egoismus etwas Schmutziges. Aber das Höchste und Erhabenste, was es geben konnte, war die Liebe zur Heimat. Liebe zum Guten hieß Gottesliebe, und Gottesliebe hieß Liebe zu den Nächsten, Liebe zu den Nächsten bedeutete, die Eltern zufrieden zu stellen, und die Zufriedenheit der Eltern war die größte Gnade auf dieser Welt. Nach diesen Regeln lebte sie. Ohne Zögern und Zaudern gab sie ihrer Familie und erwartete nicht, dass sie irgendetwas vergolten bekäme. Sie gab nicht, um zu nehmen, sondern im festen Glauben, dass Geben die Quelle alles Guten sei und den Dank in sich selbst trage. Sie schenkte der Heimat, so viel sie aufbringen konnte, und spendete Zwanzigerscheine, einmal sogar einen Armreif im Wert von zweihundert, ohne es zu bereuen. Ja, sie weinte um die Verwundeten und die Waisen, um die Revolution und um Masin, der auf Flughäfen und in Schützengräben umherirrte. Was sie beitrug, schien ihr zu wenig. Der Freiheitskämpfer opferte sein Blut und seine Seele, während sie nur ein Stück Papier gab! Sie weinte und klagte, weil sie kein Mann war und nicht wie Masin der Revolution dienen konnte. Wäre sie doch ein Mann! Wie würde sie sich engagieren – im Lande selbst oder in Libanon, in China oder Moskau! Alles würde sie hingeben und opfern und nie kapitulieren, genau wie Masin. Sie und Masin waren schon immer etwas Besonderes gewesen. Ihr Vater sagte: »Nahla und Masin sind nicht nur richtige Geschwister, sie sind aus ein und dem-

selben Lehm gemacht. Einfach erstaunlich!« Said fragte: »Und
wir, aus welchem Lehm sind wir?« Ihr Bruder, der Ingenieur,
antwortete: »Aus einem ganz speziellen, einmaligen!« Ein
Streit brach aus, aber nach ein paar Minuten legte er sich, denn
alle gaben zu, dass Nahla und Masin aus ganz besonderem
Lehm waren – einem Lehm, der mit Hingabe und Opferbereit-
schaft verknetet war.

Und jetzt? Was war aus Masin geworden? Was war aus
Nahla geworden? Wo waren all ihre Hingabe und Opfer-
bereitschaft geblieben? »Jetzt müssen wir zwei die Spesen bezahlen, Bruder!« Sie begrub ihren Kopf unter der Decke und
begann bitterlich zu weinen.

29

Am folgenden Tag sollte ihre Beklemmung noch wachsen. Die
bloße Anwesenheit ihres Bruders, der infolge der Ausgangssperre zu Hause bleiben musste, vermittelte ihr ein würgendes
Gefühl der Erniedrigung. Wie ein Befehlshaber und Sultan
spielte er sich auf! Sein Schatten lastete schwer auf allen, drü-
ckender als der Vogel Ruch im Märchen. Er setzte sich vor den
Fernseher, dann gab er seine Anweisungen: »Bringt mir Kaffee,
brüht mir Tee auf, macht Grießrollen und Pfannkuchen,
kommt und langt zu, kommt Mittag essen.«

Die brave Hausfrau huschte emsig umher und mühte sich
ab. »Das ist doch kein Leben«, zischte sie wütend, »einfach
zum Kotzen! Wenn dein Bruder daheim herumhockt, krieg ich
keine Luft mehr. Nur befehlen und anordnen kann er, und ich
muss wie ein Weberschiffchen hin und her flitzen.« Obendrein
die Kinder, ach was hieß da Kinder! Die Brut von Dschinnen

und Teufeln war besser! Sie richteten die Wohnung und das ganze Gebäude zu wie am Jüngsten Tag. Nima trieb sie ins Treppenhaus, um sie loszuwerden. Da beschmutzten sie den Aufgang mit Abfällen von Bananen, Nussschalen und Papierschnipseln. Sie versuchten, einen Drachen zu basteln, aber es wurde nichts Rechtes daraus. Sein Schwanz verfing sich im Gitter um das Sonnenbad auf der Dachterrasse. Als sie ihn lösen wollten, stolperte einer in die Scheibe, und der Reflektor und die Glaswand gingen zu Bruch. Der Kleinste, der mit der Rotznase, kam angerannt, um zu petzen. Tarik habe das Bad zerdeppert, meldete er. Said raste vor Zorn und verwünschte die Kinder mitsamt ihrem Vater und ihrer Mutter. Wutschnaubend kehrte er von der Terrasse zurück, ließ sich aufs Bett fallen und begann zu schimpfen. Die Frau sei eine Eule, und die Kinder seien Hunde, genau wie ihre Onkel mütterlicherseits, obendrein stagniere der Markt, und überhaupt sei alles großer Mist.

Nein so etwas! Allmächtiger Gott, was für ein Gejammer! »Wie gut ging es uns, wie waren wir froh! Die Produktion florierte, der Markt blühte auf und alles war bestens!« Sind wir denn schuld, dass es jetzt anders ist? Du klagst und greinst, fehlt nur noch, dass du die alte Leier anstimmst: »Liebste Schwester, Nahla, Schwesterchen, ich brauche zwei Piaster.« Nein, Bruder, ich bin nicht mehr so dumm. Hört auf, mich anzupumpen! Rutscht mir doch den Buckel runter, wie eine Kuh habt ihr mich gemolken. Aber ich bin nicht die reiche Tante aus Kuwait, ich bin wie ihr im Westjordanland. Wie ihr? Schön wärs! Ihr habt Wohnungen, Kinder, Frauen, an nichts mangelts euch. Ich bin es, die bedürftig ist. Und wehe, du fängst mit der Abfindung an! Die ist fest angelegt und wird nicht angetastet, da kannst du reden, so viel du willst.

Trotzdem redete und redete er. Auch seine Frau ergriff die Gelegenheit und machte ihrem Herzen Luft. Doch Nahla war taub: ein Ohr voll Lehm, ein Ohr voll Creme. Sie begann ihrerseits zu lamentieren und erzählte Geschichten vom Golf-krieg, vom schweren Leben in Kuwait und von ihrer Untätig-keit daheim. »Eine Quelle, die nicht mehr sprudelt, ist ver-siegt. Ach, Bruder, du weißt ja am besten, wie es um Vaters Garten und deinen Bruder Masin steht. Und ich sitze den ganzen Tag nur herum. Keine Arbeit, keine Beschäftigung, nichts als Sorgen. Ich bin es einfach nicht gewöhnt, daheim zu bleiben. Mein Lebtag habe ich gearbeitet und mich abge-rackert. Jetzt soll ich auf einmal faulenzen und nur noch wischen, waschen und kehren, Sauergemüse einlegen und Auberginen füllen? Ich platze, ich komm um! Nach diesem ganzen Leben und all den Jahren soll ich wie ein Heimchen am Herd herumhocken?«

Ihr Bruder starrte sie mit unterdrücktem Zorn an. Statt Mitgefühl zu zeigen und sich seine Sorgen anzuhören, drehte sie den Spieß um, sodass er vom Kläger zum Zuhörer wurde! Sie jammerte, und er hörte zu. Ein durchtriebenes Weib! Er gab keinen Kommentar ab. Doch als sie beim Essen saßen, be-diente er sie nicht wie gestern. Er ignorierte ihren Teller, um-schmeichelte sie nicht und drängte ihr keine guten Bissen auf. Nichts mehr mit: »Nur dieses knusprige Häppchen, dies Stückchen Fleisch, dieses Radieschen!« Er schob seinen Mund vor wie der Wasserkrug die Schnauze und öffnete ihn nur, um zu essen, zu rülpsen oder einem Kind und seiner Frau ein böses Wort hinzuwerfen. »Schmatz nicht beim Essen! Sitz still! Scht, keinen Mucks, verflucht sei dein Vater! Warte, ich zerschlag dir den Kopf, du Hundesohn!« Als er einem Kind auf den Mund klatschte, brach Wehgeschrei aus, ein Glas fiel um, und minutenlang ging im Zimmer alles drunter und drüber. Dann legte sich der Lärm, und es wurde still wie im Grab.

Was für eine Stimmung! Ein Gefängnis, eine Zelle! Die Frau ihres Bruders starrte sie mit zornigem Blick und unterdrücktem Ärger an. Schließlich war sie schuld an seiner Wut, seiner schlechten Laune und seinen geschwollenen Halsadern. Hätte sie doch einfach gesagt: Schon gut, Bruder, da hast du zwei Piaster, vergiss deine Sorgen, dann wäre er nicht so grimmig und würde sie nicht peinigen. Aber dazu ist die ja viel zu geizig und habgierig. Das viele Geld, und immer noch raffen. Wozu denn? Wem wird sie es hinterlassen, für wen hortet sie es? Sie hat kein Kind und wird keins haben. Für wen also? Für ihren erfolglosen Vater, den großen Pläneschmieder? Oder ihren Bruder, den Weiberhelden mit seinen Skandalgeschichten? Hat keine Fatima und keinen Muhammad, alles nur auf Sand gebaut, das gute Mädchen. Ja, wenn sie Kinder hätte! Oder einen Ehemann! Aber weder Gatten noch Junge noch Mädchen – und hockt trotzdem auf einem Schatz, während uns als Familie der Wind um die Ohren pfeift. Eine Wohnung haben wir, heißt es. Das soll eine Wohnung sein? Jede Dachkammer wäre besser. Eine Wächterhütte wäre besser, sogar ein Vogelnest! Überall tröpfelt und sickert es herein. Die Fassade des Gebäudes ist aus Stein, aber alles andere sind Ziegel. Und die lassen Wasser durch. Den ganzen Winter geht das so. Wenn du gut und mitfühlend wärst, hättest du zu ihm gesagt: Hier sind zwei Piaster, kauf eine Wohnung, wo ihr gut aufgehoben seid, du und die Kleinen mit ihrer Mutter. Aber was ist schon von euch Hamdans zu erwarten, außer großen Reden. Zum Teufel, die ganze Sippschaft! Ihr spielt euch auf, als wärt ihr was Besseres. Wieso eigentlich? Das Haus Hamdan, heißts immer. Was stellt es schon dar, dieses Haus Hamdan?

Am Abend richtete sie nicht das Gästezimmer für sie her und erklärte mit mürrischem Gesicht: »Ich hab dir das Bett im Salon aufgeschlagen. Im Ofen war kein Öl mehr.«

Nahla nächtigte im Salon, nachdem alle zu Bett gegangen waren und auch der Fernseher endlich schlafen durfte.

30

Als Nahla nach Wadi al-Raihan heimkehrte, fühlte sie unbeschreibliche Freude. Zum einen war sie erlöst von Said, seinem ganzen Anhang und der abscheulichen Atmosphäre. Zum anderen traf sie zu Hause ihren Bruder, den Ingenieur, an, der überraschend aus Frankfurt eingetroffen war. Allerdings schien er sich gar nicht zu freuen, sie zu sehen. Hatte er etwa von ihrer Beziehung zu dem Makler erfahren? Wusste er von ihrer Abfindung? War er gekommen, um in die alte Leier einzustimmen: ›Liebste Schwester, ich brauche zwei Piaster?‹ Oder wollte er als guter Business-Mann die Lage im Land sondieren? Genau das wollte er. Er war hier, um den anderen zuvorzukommen. Die Lage war viel versprechend – Projekte, Konferenzen, Geberstaaten, Nehmerstaaten – und ließ auf mancherlei Almosen und Labsal hoffen. Du liegst bequem unter Bäumen. Es regnet Datteln über Datteln, Tau und Manna auf dich herab, und du isst, wonach dein Herz verlangt. Aber das Beste von allem ist, dass du wieder Heimatboden unter den Füßen hast, den Boden der Verheißungen und Versprechungen. Du bückst dich nach altem Brauch bis zur Erde nieder und drückst deine Stirn in den Staub. Mit Tränen in den Augen bekennst du vor laufender Kamera und der Presse, dass die Heimat der mütterliche Schoß sei, ohne den es

gar nichts gäbe, uns eingeschlossen. Du schläfst zu Hause bei
der Familie wie ein Sultan, speist Musachan und Mansaf, Dattelmus und Knoblauchzehen, und zum Abschluss gibts noch
ein Stück Knafe. Zwischen zwei Einladungen schlenderst du
hinunter in die Stadt, um die Marktlage zu inspizieren und dich
zu vergewissern, dass deine Leute mitmischen. Wo liegt der Bodenpreis? Was kostet der Donum? Und eine Wohnung in einem
mehrstöckigen Gebäude? Wie sind die Preise für ein Geschäft,
für einen Laden? Wie viel macht der Aufpreis? Wie bitte? Wie
hoch? Was soll das? Für ein Lädchen, klein wie ein Stall, in
einer verdreckten Straße, wo es keinen Piaster abwirft, für so
was verlangen Sie ein paar Tausender? Nein, mein Lieber. Sie
dürfen nicht denken, dass wir in einer Bank sitzen und Scheine
drucken. Wir müssen auch unser Brot verdienen, mein Herr.
Wir haben gelitten wie ihr. Wir haben uns plagen müssen und
Opfer gebracht wie ihr. Gabt ihr Blut, so spendeten wir Geld.
Die Revolution hat alles geschluckt und nichts übrig gelassen.
Jetzt zeigt mal her, rückt den Kuchen raus, dass wir teilen.

»Den Kuchen?«, fragte der Vater, böse lächelnd. »Den
Kuchen! Das ist die Heimat? So weit ists gekommen?«

Der Ingenieur holte zu einer Erklärung aus: »Aber Vater,
warum drehst du mir das Wort im Munde herum? So ist nun
mal die Realität, so ist die Welt. Wäre es dir lieber, wenn sie das
ganze Geld und Kapital der Besatzung in den Rachen werfen?
Wer ist an der Tür? Seht nach, wer gekommen ist.«

Nahla trat ein. Nun ging es erst einmal ans Küssen, Will-
kommenheißen und Begrüßen. Dann kamen die Neuigkeiten
aus Nablus an die Reihe, Berichte über den Sicherheitsring und
die leidige Gefangenschaft in Saids Wohnung bei der Eule und
den lebhaften Rangen in al-Machfija. Seufzend setzte sie sich
und sprach erleichtert die Schahada, weil sie endlich zurückge-

kehrt war und Saids Behausung frei und unbeschadet verlassen durfte. Unbegreiflich, dass er so leben könne – wie ein Schwein!

»Nun aber genug geschwatzt. Zurück zum Geschäft.«

»Also«, begann ihr Bruder, »wenn wir ein Projekt anpacken wollen, müsste es schon eine Fabrik sein. Steigst du ein?« Er wandte sich mit ernsthafter Miene an den Vater, der bitter lächelte.

»Ich soll einsteigen, wo ich weder Beziehungen noch Kapital habe? Ich besitze nichts außer dem Garten. Aber das schwöre ich dir, anstatt Gewinn zu bringen, kostet er mich nur Nerven.«

»Dann verkauf ihn doch«, sagte der Ingenieur schlagfertig. »Für den Erlös bauen wir eine Fabrik, die allerbeste Fabrik!«

Der Vater schüttelte den Kopf. »Das wär nicht recht«, erwiderte er traurig. »Nach allem, was wir wegen des Bodens durchgemacht und ertragen haben, soll ich ihn am Ende meines Lebens mit meinen grauen Haaren verschachern? Eher will ich sterben. Solange ich auf Erden lebe, wird nicht verkauft. Dieser Garten gehört uns, der Familie Hamdan, er wurde uns von den Vorfahren vererbt, und wer ihn verschleudert, bekommt meinen Zorn zu spüren. Noch aus dem Grab wird euch meine Seele verfluchen, wenn ihr den Garten verkauft.«

Masin sprang auf. »Aber nein, Vater! Wer will denn verkaufen? Niemand will das. Kamal hat nur einen Scherz gemacht, nichts weiter.«

»Nein, ich scherze nicht«, beharrte Kamal. »Liebe Leute, seid doch mal realistisch. Diesem Land wird nichts aus der Klemme helfen als die Industrialisierung. Der Boden ist ja nicht unantastbar! Lasst uns überschlagen, was er abwirft. Eine Ernte Gurken? Eine Ernte Kraut und Tomaten? Oder Honig, den ›Nordhonig‹? Was ist schon dran an diesem Honig, Leute? Was bringt er ein? Ihr sitzt hier abgeschnitten im Westjordanland. Ihr seht nichts und merkt nicht, was draußen in der Welt vor sich geht. Dort fliegen die Leute zum Mond, sogar zum Mars! Sie bauen Hydrofarmen, wo tonnenweise Erträge mit Nährlösung produziert werden. Du setzt einen Senker in den Behälter, dann schießt er in die Höhe, wird groß wie dieses Haus, und du kannst Unmengen Gurken ernten. Da kommst du mir mit dem Boden der Vorfahren, dem Landgut der Hamdans. Was soll der Garten und das ganze nutzlose Gerede? Jede kleine Fabrik ist besser. Oder wenn du willst, betreiben wir eben einen Garten im Gewächshaus.«

Alle waren so still, dass sich Vögel und der Rabe der Zwietracht auf ihre Köpfe hätten setzen können. Was sollten sie dem Ingenieur entgegnen? Sollten sie sagen: »Du lügst?« Er war kein Schwindler. Er war Fachmann und Wissenschaftler, weit herumgekommen, der wusste Bescheid in Forschung und Industrie. Immerhin war er Spezialist für Chemikalien und Bodenprüfung. Sie lebten abgeschnitten, aber ihnen war doch bewusst, dass sich die Welt da draußen verwandelt hatte, ob in ein Paradies oder in ein Reich der Dschinnen. Sie waren unterdessen in diesem großen Kerker gefangen gewesen. Nach Jahren voller Sorge, einem Vierteljahrhundert der Besetzung mit allen Auswirkungen, mit Intifada und Chaos, waren sie der Welt so fern wie die Höhlenschläfer im Koran.

Der Ingenieur drehte sich zu Masin um. »Und du? Beteiligst du dich?«

»Ich soll mich beteiligen?«, fragte Masin gespannt und überrascht.

»Na klar, du und kein anderer«, erwiderte der Ingenieur herzlich. »Warum steigst du nicht ein?«

Auf Masins Gesicht lag ein verdutztes Lächeln. »Ich? Wie sollte ich einsteigen? Ich habe weder Bargeld noch Kredit.« Er sah Nahla an und blinzelte ihr zu. »Ich komme auch nicht mit einer Abfindung aus Kuwait.«

Herrgott nochmal! Jetzt bist du wieder an der Reihe, Hamdanstochter. Wir sind bei der alten Leier: Schwesterchen, Seelchen, liebste Schwester, du hast doch zwei Piaster, hilfst du mir aus der Patsche? Rutscht mir alle den Buckel runter, mir reichts mit euch! Hat denn keiner von euch Ehrgefühl? Ohne mich!

»Komm zurück, na, komm schon!«, rief Masin lachend. »Wohin willst du flüchten?«

Auch der Vater und die Brüder lachten.

Am nächsten Tag fingen sie wieder mit derselben Geschichte an. Das Haus war voller Besucher.

»Ist es wirklich vernünftig, Vater, dass du nicht verkaufen willst?«, fragte der Ingenieur mit Nachdruck. »Nur ein kleines Stück, zwei Donum oder drei.«

»Nicht mal einen halben Donum«, sagte der Vater trotzig und zornig. »Keinen Krümel Erde, keinen Stängel Minze am Kanal.«

Der Makler wurde hellwach und begann zu rechnen. Bei so einem Gespräch konnten Tausende rausspringen. Was haben sie gesagt? Zwei Donum, oder drei?

Der Ingenieur rief enthusiastisch: »Macht nichts! Zur modernen Landwirtschaft braucht es keinen Donum und keinen Hektar. In einen kleinen Eimer kannst du den größten Baum pflanzen!«

Der Vater starrte ihn an. »Wenn der Boden keinen Wert mehr hat«, fragte er, »warum sind die Juden dann so scharf darauf?«

»Weshalb ärgerst du dich eigentlich?«, mischte sich der Makler ein.

»Sie verlangen, dass er verkauft«, erklärte Nahla mit sanfter, weicher Stimme, »aber Papa will nicht verkaufen.«

Der Vater rief scharf dazwischen: »Ich bin kein Händler und kein Markschreier. Wer sein Land verkauft, der verkauft auch seine Seele.«

»Schon gut, Vater«, begütigte Masin. »Wer sagt denn, dass du verkaufen sollst?«

Der Makler erfasste die Situation und ließ seine Augen hin und her schweifen – zwischen den Brüdern und der Geliebten seines Herzens, zwischen dem Vater und der Geliebten, zwischen dem Problem und der Geliebten. Der Kern des Problems bestand darin, dass der Vater keinen Boden verkaufen würde. Also käme es zu keinem Handel. Wozu sollte er dann erst Mühe und Aufregung auf sich nehmen? Aber da schien sich noch ein anderes Geschäft anzubahnen, sogar zwei in einem, nämlich eine Fabrik und die Industrialisierung. Dies war die Zeit der Industrialisierung, sie machte alle reich. Das Westjordanland würde zum Hongkong der Araber werden, Gaza zum Taiwan des Nahen Ostens. Alles natürlich durch die Industrialisierung und die Männer der Wissenschaft. Dieser Mann verfügte über Wissen, das er nicht besaß. Dafür hatte er das nötige Kapital. Wenn er sein Geld in einen Mann der Wissenschaft investierte, hätte er die ganze Industrie so gut wie in der Tasche. Damit würde aus ihm, dem Makler und Sohn eines Hirten und Bauern, der Besitzer einer Fabrik, dann mehrerer Fabriken, und am Ende ein angesehener Industrieller werden. Obendrein gewänne er eine Frau mit Kultur, eine Tochter aus gutem Hause und von vornehmem Stand, die sich auf Marmela und Parfum verstand. »Parfum« sagte sie immer, was so viel hieß wie Duftwasser, und »Kaviar«, das war Fischrogen. Also gut, dann eben Kaviar, bitte sehr, Parfum. Zu Diensten, alles kriegst du von mir – Kaviar, Parfum und Butter! Das wollen wir doch mal sehen!

Er wandte sich an Kamal und fragte ernsthaft, mit entschlossener Stimme: »Brauchst du einen Teilhaber?«

Alle wurden aufmerksam. Es herrschte Schweigen.

»Ich bin dein Teilhaber.«

Nahla lächelte schlau. »Was für ein Mann, der Beste der Männer!«, flüsterte sie entzückt. »Du bist der Herr der Projekte, du mein Herr!«

31

Die Neuigkeit schlug ein wie der Blitz und verbreitete sich wie ein Lauffeuer in dürrer Spreu: Abu Dschabirs Sohn baut mit dem Makler eine Fabrik, so groß wie die Stadt. Abu Dschabirs Sohn schlägt den Deutschen nach, er hat in Deutschland studiert, soll ja eine Koryphäe sein. Der war schon immer der Erste, egal wo. In der Oberschule war er der Beste, dann bekam er eine Delegierung nach Deutschland. Als die Deutschen sahen, wie schlau er war, nahmen sie ihn mit Freuden auf. Mein Lieber, so muss das sein, ohne viel Herumreden. So geht es zu auf der Welt, in den entwickelten Ländern, wo sie Talent und kluge Köpfe zu schätzen wissen. Für uns Araber, Gott steh uns bei, bleibt nur der Ausschuss übrig. Wer Grips im Kopf hat, der verschwindet und lässt sich im Ausland nieder. Er arbeitet und arbeitet und bringt es zu was. Aber für wen? Fürs Ausland. Unser armes Land ist übel dran. Hier gibts bloß noch Trottel, Versager und alte Knacker. Nein, mehr nicht.

Das heißt, hier im Land hast du höchstens Schriftsteller und Sabbergreise. Nimm nur mal Masin. Keines von Abu Dschabirs Kindern war so hübsch und so gut wie sein Sohn Masin Guevara. Das ist sein Name, Masin Hamdan Guevara, sein viel versprechender Name. Ach, hör mir doch auf, Mann! Verschone mich mit Guevara und seinen Argumenten! Wir haben das Theoretisieren und Gequatsche satt, wir wollen endlich aufatmen und leben. Und ordentliche Straßen wollen wir. Nicht, dass du auf der Straße läufst und es kommt dir vor, als stolperst du über einen Markt oder durch einen Steinbruch. Alles ramponiert, zertrümmert und zerschossen. Keine saubere Straße, kein sauberes Haus, keine saubere Luft. Was ist das für ein Leben? Was ist das für ein Land? Nun sag mir aber mal, ob dieser phänomenale Ingenieur auch zu arbeiten versteht wie die Deutschen. Also mit Verlaub, ob er ordentliche Arbeit leistet oder wie seine Brüder nur warme Luft ablässt und irgendwas daherlabert. Ist er wie die Deutschen? Sag mir die Wahrheit! Was? Das gibts doch nicht! Nein, Mann, was redest du da? Eine Fabrik für Müll und Abwässer? Ist das dein Ernst? Eine Konservenfabrik für Abfall? Und die Jauche dosen sie auch ein? Wie Bier? Nein, Mann, um Himmels willen! Eine Fabrik zur Konservierung von Abwasser, zur Verwertung von Abfall und Schrott. Na schön, aber wer kauft das? Wer soll den Fäkaldünger verspeisen? Und die Abwässer trinken? Hör doch auf mit dem Unsinn. Gülle und Spülicht will uns Abu Dschabirs Sohn vorsetzen? Das hat er aus der Fremde, von den Deutschen mitgebracht? Eine Abfall- und Abwasserfabrik? Was für ein Unsinn!

Die Neuigkeit lief von Haus zu Haus, von Café zu Café und durch alle Läden: Eine Fabrik für Kot und Urin! Abu Dschabirs Sohn bringt aus Deutschland eine Fabrik für Pisse heim! Wenn ichs dir doch sage, eine Fabrik für Pisse. Du bekommst deinen Urin in der Bierdose zurück, dann kannst du dir ordentlich einen ansaufen, schon vom Geruch bist du beschwipst. So treibens die Deutschen, das ist Wissenschaft, mein Lieber. Wenn das ein Wissenschaftler sein soll, wie ist dann erst ein Verrückter! Und das Tollste, Mann, der Makler Abu Naab Asrak macht sich mit zum Narren. Der hat fest angebissen, und jetzt erzählt und prahlt er überall herum, dass sie ein historisches Projekt für das Land und die Menschen errichten. Und was für eins? »Projekt Pisse! Jauchekonservierung und Urinabfüllung!« Also, Kacke in Sardinendosen und Pipi in Flaschen mit Stempel! Wenn du gefragt wirst, was die Fabrik herstellt, sagst du: Dungkonserven!

32

Kamals Probleme und das Gerede der Leute nahmen kein Ende. Auch im Rathaus wurde er mit Dingen konfrontiert, die ihn aus der Fassung brachten. Als er seinen Antrag auf Erteilung der Konzession einreichte, spaltete sich der Rat. Ein Teil wollte bewilligen, der andere lieber nicht. Aber warum denn nicht? Weil Abfälle, genauso wie Kanalisationsanlagen, Wasservorräte und Quellen Gemeineigentum sind! Gestattest du Abu Dschabirs Sohn, die Kanalisation anzuzapfen und auszubeuten, kommt morgen ein anderer Ingenieur und beantragt eine Konzession für die Öffnung von Quellen und Wasserreservoirs! Wasser ist natürlich Gemeingut, und so untersteht es dem Rathaus und der Behörde in ihren beiden Dimensionen – der Verwaltungsmacht und der Macht hinter der Verwaltung, das heißt einer Behörde, die verwaltet, ohne zu regieren. Stellst du dich gut mit der Verwaltung, verstimmst du womöglich die Hintermacht, doch wenn du der Macht nicht genehm bist, setzen sie kein Vertrauen in dich. Sie gewähren dir keinen Zugriff auf die Umwelt und die Kanalisation und du kommst nicht voran im Rathaus. Mit so was begibst du dich auf Wege – oder Abwege –, wo du dir nur Kopfschmerzen einhandelst.

Langer Rede kurzer Sinn, der Rat spaltete sich also, und Abu Dschabirs Sohn Kamal versank in einem Papierkrieg. Er begriff nicht, warum es so lange dauerte, bis eine Konzession erlassen wurde. Für ihn war die Sache völlig klar: Alle, selbst die Siedler, die Behörde und das Rathaus, müssten eigentlich daran interessiert sein, den Schmutz einzudämmen. Allerdings hatte der studierte Ingenieur aus Deutschland keine blasse Ahnung, wie die Sache einzufädeln war.

Der Makler hingegen war auf diesem Gebiet hoch qualifiziert. Mit diesen Talenten war er schließlich reich geworden. Er hatte den Bauern Land zum Spottpreis abgehandelt und für Gold an die Städte verkauft. Er kannte die Bauern, und er kannte die Städter. Die Leute in den Städten waren natürlich unterschiedlich. Der eine war reich, der andere arm. Dieser war anständig, jener gemein, mal mehr, mal weniger. Du köderst sie mit einem Stück Land, sie schachern mit dir und du feilschst mit ihnen. So lernst du sie zu durchschauen, bald weißt du, was sie vorhaben und worauf sie hinauswollen. Du kaufst und verkaufst, nimmst sie aus und gibst ihnen auch etwas. Alles hat seinen Preis. Bezahl, damit du gewinnst.

Zu zweit saßen sie in dem verglasten Büro mit Computer, Faxgerät und schnurlosem Telefon. »Ich begreife das nicht!«, sagte der Ingenieur mürrisch. »Bloß eine Konzession! Sieh doch – all die Offerten, die Geräte, die Baupläne. Sogar die Deutschen sagen: große Klasse. Nur den Analphabeten im Rat haben sie nicht gefallen. Mangelhaft, mäkeln sie. Fehlerhaft! Was fehlt denn? Weiß Gott, nichts mangelt als ihr Verstand. Dumme, unwissende Leute sind das. Gerade die hätten es am meisten nötig.«

Der Makler musterte seinen Teilhaber mit einem durchdringenden Blick. Er ahnte, dass ihm dieser Einfaltspinsel noch manches Kopfzerbrechen bereiten würde. Schon richtig, er war ein Wissenschaftler und geschickter Techniker. Ja, und die Deutschen haben die Bürgschaft für das Projekt übernommen. Trotzdem war er ein Trottel und ein Schnösel. Ein Trottel, weil er glaubte, dass Wissenschaft und Pläne alles waren. Und ein Schnösel, weil er den Rat als »Analphabeten« bezeichnete, als sei es eine Schande, wenn man nicht lesen und schreiben konnte. Wollen doch mal sehen, wer hier der Analphabet ist!

»Komm mit«, sagte der Makler. »Ich brings dir bei. Da lernst du, wie man es einfädelt.«

Der Ingenieur sah den Makler an. Ein vergrämter alter Mann, halb blind. Aber in Wirklichkeit war der keineswegs blind. Seine gesenkten Augen verschleierten nur die boshafte Schläue, sie beobachteten alles genau. Wie eine Patrone schoss er seinen Blick ab, und sie traf unfehlbar ins Schwarze. Eigentlich wirkte er auch gar nicht so alt. Sein gefärbtes Haar vertuschte sein Alter, seine aufrechte Gestalt sprühte vor Vitalität, seit er der Liebe verfallen war, und ließ ihn geradezu hoch gewachsen erscheinen, sogar – sagen wir mal – ein Stück länger als Masin Guevara. Auf jeden Fall war sein eiliger, federnder Gang schneller als der Guevaras, daran gab es nichts zu deuteln. Wenn man neben ihm herlief, musste man beinahe rennen und geriet außer Atem, um Schritt zu halten. Aber wenn es eine Treppe hinaufging, besonders die beim Zoll und im Rathaus, dann blieb man unweigerlich zurück. So geschah es auch dem Ingenieur, der nun, nach Luft ringend, hinter ihm die Rathaustreppen hinaufhetzte. Von einem Büro ins andere, von einem Korridor zum nächsten rannte der Makler, schüttelte Hände und sagte: »danke«, »bitte«, »zu Diensten«, »aber sicher«. Und der Ingenieur wiederholte es unaufgefordert, denn er schnappte alles gelehrig auf, was er zu hören bekam. Sprach der Makler: »Sehr wohl, Bey«, tönte der Absolvent aus Deutschland: »Sehr wohl, Bey.« Sagte der Makler: »Zu gütig, wie immer. Ganz zu Ihren Diensten«, plapperte der Ingenieur nach: »Ganz zu Ihren Diensten«. Sagte der Makler: »Das Gute ist doch nicht aus der Welt, man soll einander helfen«, dann echote der Ingenieur wie hypnotisiert: »Man soll einander helfen.« Er sah Papiere flattern – über den Tischen, unter den Tischen, durch die Korridore, hinter den Trennwänden. Und auf einmal, ohne viel Aufhebens, hielt er die Konzession in seinen Händen! Er wurde halb verrückt vor Freude, sprang lachend die Rathaustreppen hinunter und sagte kopfschüttelnd für sich: »Wer hätte das gedacht! Die haben ja gute Leute im Rathaus!« Der Makler bedachte ihn lächelnd mit einem wohlwollenden Blick und sagte mit leisem Stolz: »Damit dus lernst, Inschenär!«

33

Projekte standen hoch im Kurs. Man dachte an nichts anderes, redete und träumte nur noch von Projekten. Die Bürger und die Wiedereingebürgerten, sogar die Siedler, grübelten nur über eines nach: Wie nutzt du die Chance dieser Zeit? Aufbau, Atmosphäre des Friedens, Schlussstrich unter Krieg, Armut,

Intifada, Chaos und Plackerei! Wie kommst du zu einem Projekt mit sicherem Gewinn und schnellem Profit? Vor allem schnell muss es gehen, jeder ist aktiv, jeder hat es eilig. Überall hörst du das Gleiche: Wir haben die Nase voll von den Parolen. Heute hat der Piaster das Sagen. Pack schon aus, hast du ein Projekt? Brauchst du einen Teilhaber? Lass mich einsteigen! Du siehst alle wie in einem Taumel. Das wär doch ein Projekt, wie es das Land braucht! Zement und Ziegel, Aluminium und Eisen. Wohnungen, ein Hotel, ein Park, ja und ein Restaurant – ein kleines und ein großes, eine Grillstube, eins für Chicken-Tika-Hähnchen mit Knoblauchsauce und Gewürzen, eins für Chicken-Tika-Hähnchen ohne Knoblauchsauce und Gewürze, eine Pizzeria und eins für Salate und noch eins für Falafel, Ful und Linsensuppe. Restaurants, überall Restaurants. Weshalb, was steckt dahinter? Mein Bester, die Regierung soll alle Importbeschränkungen aufgehoben haben, und zwar zollfrei. Also, dein Zement ist offen, genauso wie Aluminium, Garn und Textilien – bete die Fatiha! – alles ist futsch. Und die Konservenindustrie kannst du auch vergessen, mach dir bloß keine Illusionen. Was denn, Land besitzt du, und Wasser ist vorhanden? Du willst noch pflanzen und roden, konservieren und Essiggemüse einlegen? Wo jetzt sogar die Gurken importiert werden, auch Mais, Zucchini und Bamia! Alles Import, und ohne Zoll. Ich sage dir, die haben sich total geöffnet. Wir sind unter die Räder gekommen! Alles steht offen!

Läden und Büros schossen aus dem Boden, mit Dienstleistungen und Tourismusangeboten, mit Speisen und Getränken. Schnelles Geld war das Ziel. Ausgeträumt der Traum von der Industrialisierung und einem Taiwan des Nahen Ostens. Dieser Traum gesellte sich zu den anderen unerfüllten der Vergangenheit, wie einst der Traum von Moskau und Kuba, Iran und

Algerien. Alles nur Träume und Schäume, ja Albträume. Lasst es euch zur Lehre dienen, ihr verbohrten Sektierer!

Masin überraschte mich mit einem neuen Projekt. »Alle Projekte beginnen hier«, sagte er, und zeigte auf seinen Kopf. »Verstand ist das Beste, was wir besitzen. Erst wenn der sich bewegt, kommen wir in Gang, denn er ist Motor und Chauffeur zugleich.« Dann erzählte er mir Geschichten von den Gefangenenlagern, und was sie in den Köpfen der jungen Männer bewirkt hätten. Er sagte, die kulturelle Arbeit in den Lagern habe sie wachgerüttelt. Warum also rütteln wir die Menschen nicht auch damit auf?

Wir schmiedeten Pläne von einem großen Gebäude oder einem alten, verlassenen Schloss, das wir mit neuem Leben erfüllen wollten. In ein Haus der Kultur, einen Klub des Denkens und Hort der schönen Künste würden wir es verwandeln. Am Abend erklärten wir meinem Onkel, wir seien auf der Suche nach einem alten Schloss, um die Vergangenheit in der Gegenwart lebendig zu halten und die Menschen durch Kunst und Kultur daran zu erinnern, dass es uns noch gebe, allen Enttäuschungen und Irrungen zum Trotz. Er sah uns groß an. »Kunst und Theater?«, fragte er zweifelnd. »Die Leute sollen uns auf der Bühne beglotzen? So weit ists mit uns gekommen!«

34

Wir fanden ein Schloss, eine Art Zitadelle auf einem Hügel bei einem vergessenen Dorf zwischen Netanya und Wadi al-Raihan. Zur Zeit der Osmanenherrschaft wohnte dort ein Steuereintreiber. Von oben hatte man einen weiten Blick über die Täler und Bergkuppen. Vom höchsten Fenster über den ehemaligen Stallungen und Räumen der Soldaten und Wächter konnten wir die Lichter auf dem Meer und im Hafen, den Nebel im Westen und die heranziehenden Winterwolken erkennen. Der Herbst kündigte sich bereits auf den Hügeln und Bäumen an. Wir sahen Aprikosen, reif zum Abfallen, und zartes Laub, das in der Sonne wie Goldblättchen blinkte. Plötzlich wirbelte Staub auf, und der Westwind sprühte mit leichtem Nieselregen die milde Wärme und den salzigen Geschmack des Meeres über die Erde. Nach dem Schauer war die Welt wieder ungetrübt rein. Die Sonne strahlte und füllte die Täler mit bunten Blumen.

Wir gingen daran, die Höfe der Zitadelle zu renovieren und die Plätze, Hallen, Säle und Wandelgänge neu zu projektieren. Die Stallungen wollten wir zu einem Theatersaal umbauen, in den Verließen am Tor sollten Kioske zum Einlass und Billettverkauf untergebracht werden, und auf dem flachen Dach über den Getreidespeichern und dem Soldatenkerker sollte eine Terrasse mit Cafeteria entstehen. Im Ratssaal und im Garten würden Konzerte, Sommerfestivals und Lyriklesungen stattfinden.

Masin verkündete: »Sie haben uns im Krieg geschlagen, wir schlagen sie mit unserer Kultur. Kampf der Zivilisationen!«

Ich lächelte skeptisch. Was hätte ich sonst tun sollen? Zurückfahren nach Amerika, in die Fremde? Das wäre bestimmt keine Alternative gewesen.

»Es ist ein Kampf der Zivilisationen«, wiederholte er sprühend vor Begeisterung. »Vorwärts, stürmt sie!«

Masin hatte ein Talent, Dinge, Ereignisse und Situationen mit Parolen zu etikettieren, als hätte er sie direkt von einem Dekret oder Flugblatt. Manchmal machte es mich wütend, dass er die Dinge ihrer Unschuld und Anmut beraubte, indem er ihnen solche Namen gab. Aber dann erinnerte ich mich wieder, wie er erzogen wurde, wie er gelebt hatte und besiegt worden war, und ich redete mir selber gut zu: Schon dass er die Revolution mitgemacht hat, ist im Grunde genug, um auf ihn stolz zu sein. Er hat sich rückhaltlos der Sache hingegeben. Wie er erzogen wurde, interessiert mich nicht. Wie er etwas auslegt, kümmert mich nicht. Was zählt, sind seine Hingabe und Großzügigkeit. Mag er die Dinge bezeichnen, wie er will. Wichtig ist jetzt nur, was er tut.

Wir träumten von einer großen Eröffnungsfeier mit Musik und Theater, Lyrik, Volksdichtung und Volkstanz. Von einem Festival, zu dem die Prominenz des Landes und Künstler aus aller Welt eingeladen wären. Natürlich war das erst zu Beginn des nächsten Sommers realisierbar. Bergstraßen waren zu befestigen, Plätze und Parkmöglichkeiten für die Autos anzulegen, Eingänge zu schaffen, Kioske, Säle und die Cafeteria einzurichten. Dafür brauchten wir dutzende von Arbeitern und Technikern. Leute gab es zwar genug, denn das Westjordanland war gesperrt, und für ihre Fabriken nahmen die Israelis lieber Koreaner als Araber. Aber Baumaterial war knapp und schwer zu besorgen. Außerdem mussten Leitungen, Abwasserrohre, Telefonkabel und dergleichen verlegt werden. All das stellte uns vor zahllose Probleme und Hindernisse. Obendrein kamen ständig Zaungäste: mein Onkel, Nahla, Kamal, Said, Umm Dschirjes, auch der Makler.

Und Violet mit ihrem unschlüssigen, melancholischen Gehabe. Sie belagerte mich geradezu mit argwöhnischen, abschätzenden Blicken. Nach so langer Trägheit stürzte sich Masin auf einmal wie ein Besessener in die Arbeit. War ich etwa der Grund für diesen Eifer? War die Arbeit in diesem

Schloss daran schuld, dass er sie nicht mehr besuchte? Hatte ich mir das Projekt mit dem Schloss und dem Haus der Künste und Kultur nur ausgedacht, um ihr Masin abspenstig zu machen? Sie sprach es nicht direkt aus, aber in ihren Augen konnte ich alles sehen. Dann kam der Tag, der Tag der Konfrontation und Abrechnung. Ein unvergessliches Erlebnis, das mir die Augen öffnete: über Violet, über Nahla und Fitna und über mich selbst, das heißt über meine künftige Stellung hier – als unverheiratete Frau ohne Mann.

35

An einem düsteren Tag schlüpfte ich bei Sonnenuntergang heimlich, ohne dass sie daheim etwas merkten, zur Hintertür hinaus und begab mich zu Violets und Umm Dschirjes' Haus. Ich schlich außen am Salon entlang. Die Gitter standen noch offen, nur die Glastür war geschlossen, doch als ich dagegen drückte, öffnete sie sich ganz leicht, und schon stand ich in dem dunklen Raum. Nur das spärliche Licht der untergehenden Sonne fiel herein und ließ die weißen Tücher erkennen, die über Möbel, Haartrockner und den Computer gebreitet waren. Details waren im trüben Schein nicht auszumachen, dennoch gab mir der Raum das Gefühl, mich außerhalb unserer provinziellen Stadt zu befinden. Da war so vieles, was vom üblichen Geschmack und halb dörflichen Charakter des Nordens abwich.

Von drinnen hörte ich Gitarrenspiel. Unwillkürlich folgten meine Füße den Klängen, die einsam widerhallend, in langsamem, traurigem Rhythmus von fern zu mir drangen. Im Halbdunkel tastete ich mich vorwärts, bis ich zu einer angelehnten

Glastür gelangte. Sie führte in einen kleinen Garten, der den Salon vom übrigen Haus trennte. Hinter der Tür sah ich die schöne Violet auf der Schaukel sitzen – einer Art Liege mit Schattendach, zu der ein Sonnenschirm und passende Stühle gehörten.

Sie wirkte abwesend, tief versunken in ihre Welt. Ich klopfte ein paarmal leise an die Tür, um sie nicht zu erschrecken oder zu stören. Aber sie reagierte nicht. Ihre Hand ging auf und nieder mit den Tönen, die sich wie Perlen einer gerissenen Halskette zerstreuten. Vorsichtig klopfte ich noch einmal. Da hob sie die Augen und sah mich an. Doch ihr Blick blieb ruhig wie die Oberfläche des Wassers an einem sonnigen Tag. Weder bewegte sie sich, noch erwiderte sie meinen Gruß. Ich schob die Tür auf und trat langsam und möglichst lautlos ein, als ginge ich durch eine hallende Kirche oder eine Bibliothek. Still setzte ich mich auf einen der Stühle und blieb stumm einige Minuten sitzen. Es wurde immer dunkler. Die Augen fielen mir zu. Beinahe wäre ich eingenickt und hätte mich vor der bedrückten Stimmung, die mich belagerte und anzustecken drohte, in den Schlaf geflüchtet. Ich wusste nicht, wie viel Zeit vergangen war, als sie mich ansprach. Ich wusste auch nicht, ob die Worte, die mich erreichten, die ersten waren oder nicht. Was ich vernahm, schien die Fortsetzung einer Rede zu sein, deren Anfang mir vielleicht entgangen war oder die sie womöglich nur in Gedanken begonnen hatte.

»Nein, nicht Masin«, sprach sie schleppend. »Wenn du mich fragst, sag ich: nicht Masin. Was du auch von den Leuten hörst – ich sag dir, es liegt nicht an ihm. Masin war niemals der Grund. Ich selber bin an allem schuld. Immer baue ich Luftschlösser. Wenn ich ins Kino gehe, stelle ich mir vor, ich wäre die Heldin. Wenn ich einen treffe, der meinem Traummann gleicht, mache ich gleich einen Helden aus ihm. Dann wird er immer größer und größer, bis er mein Herz und mein ganzes Leben ausfüllt. Zuletzt ist er ein Dämon, dessen Befehlen ich gehorche. Dabei sind sogar seine Befehle nur Einbildung. Ich bilde mir ein, es wären seine Befehle, und verhalte mich, als erfüllte ich seine Wünsche. Aber irgendwann erwache ich aus meinem Wahn und entdecke, dass es nur meine eigenen Wünsche waren, nicht die seinen. Jedes Mal wiederhole ich denselben Fehler, dieselbe Geschichte und übernehme dieselbe Rolle. Und jedes Mal scheitert die Geschichte und lässt mich mit gebrochenem Herzen und wirrem Verstand zurück. Dann sag ich mir: Du bist selber der Grund, du und niemand anders. Du hast dir Schlösser auf hohen Bergen vorgegaukelt. Du hast deine Hirngespinste auf deine Umgebung projiziert. Du wolltest schwimmen und bist in den Meeren der Selbsttäuschung untergegangen. Du bist schuld, nur du allein. Nachher heule ich ein, zwei Monate, vielleicht auch mehr. Ich beklage mein Schicksal und hasse mich und alle Menschen. Mit der Zeit komme ich drüber weg, die Wunde verheilt, aber auf einmal merke ich, dass ich schon wieder in der gleichen Geschichte stecke und das Gleiche durchmache. Vor lauter Angst, alles noch einmal zu erleiden, bleibe ich manchmal ein, zwei oder fünf Jahre frei, ohne mich zu verlieben. Ich meide jeden, der so einer sein könnte, das heißt einer, der sich ohne Erlaubnis in meinem Kopf einnistet und dann von mir zum Idol stilisiert wird. Die Nonnen sagten immer, ich sei begabt. Jetzt denkst du wohl, ich mach das alles nur, weil ich begabt und überspannt bin? Alle Mädchen sind wie ich, auch die ganz normalen, die nicht gleich hinschmelzen, wenn sie einen Sonnenuntergang betrachten oder einer Schnulze lauschen. Alle, alle machens wie ich. Glaubst du etwa, Nahla wäre anders? Auch Nahla, die so stark und überlegen auftritt, lebt genau wie ich in ihrer Fantasie und ihren Wahnvorstellungen. Was ist denn so viel anders an ihrer Affäre mit dem Makler? Jetzt lacht sie mich aus und meint, ich sei dumm und blöd. Aber wenn sie erst mal aufwacht und sich und ihren Makler ohne Illusionen sieht, wird sie über sich selber lachen, vielleicht auch weinen. Bestimmt wird sie noch viel weinen. So wie ich geweint habe – nicht deinetwegen oder Masins wegen. Ich weiß, du bist nicht daran schuld. Genauso wenig wie Salma in Libanon schuld war. Masin Hamdan hat seine Situation selbst verursacht. Und ich die meine.

Keine Ahnung, warum ich dir das alles erzähle. Gerade dir! Wo ich doch weiß, dass Masin dich liebt. Oder denkt, dass er dich liebt. Masin liebt alle Frauen, es ist seine Natur. Er kann ja seine Freiheit nicht aufgeben, nicht einmal für dich. Jede, die hübsch und gescheit ist, muss er lieben. Und sie muss ihn lieben. Er rennt ihr nach, bis sie fällt. Sobald sie gefallen ist, scharwenzelt er überall umher und macht sich rar, damit sie glaubt, er hätte eine andere Geschichte laufen. Oder er erfindet eine und redet so lange darüber, bis du blind vor Eifersucht wirst. Ich weiß, er möchte ein richtiger Kerl sein, ein Zauberer, Herzensbrecher und Frauenheld. Doch in Wahrheit ist Masin überhaupt nicht so. Ein Kerl ist er schon, aber in anderen Dingen. Was Frauen angeht, ist alles nur leeres Gerede. Er ist erledigt – äußerlich und innerlich.«

Ich riss die Augen auf, um zu begreifen.

Zärtlich sagte sie, zu einem Stuhl geneigt, als sähe sie jemanden darauf sitzen: »Hier hat er oft gesessen, nach Sonnenuntergang, genau hier. Wir redeten und hörten Fairus, besser gesagt, ich lauschte ihr. Masin wollte immer nur die *Trümmer* hören. Beim ersten Mal war ich davon sehr beeindruckt. Ich fühlte, was er durch dieses Lied sagen wollte: Mit Salma ist es aus, mit Beirut ist es aus, mit der Revolution ist es aus, heute gibt es weder Salma noch Beirut noch eine Revolution – nur noch Trümmer sind übrig. Dann sagte er, beziehungsweise Umm Kulthum sang es: ›Sah die Liebe je Trunkene wie uns?‹ So redete und redete er durch sie, und ich hörte ihr zu, als lauschte ich seinen Seufzern. Alles, was ich vernahm, brachte mein Herz zum Schmelzen. Ich fühlte mich im tiefsten Innern zu ihm hingezogen. Stundenlang lauschte ich Umm Kulthum, wiederholte jedes Wort, das sie sang, und deutete es wohl zwanzigmal für mich aus. Eine Stunde lachte ich, eine Stunde weinte ich, eine Stunde meditierte ich. Ich vergaß mich selbst. Sein Lied wurde mein Lied. Oder mein Albtraum. Mit seinem Lied herrschte er über mich. Genauer gesagt, ich war es, die sein Lied in einen Traum oder Albtraum verwandelte. Jedes Wort, das sie sang, schien auf ihn gemünzt: So ist Masin, so erkläre ich ihn, so verstehe ich ihn. Doch als ich ihn endlich verstanden, als ich ihn durchschaut hatte, fühlte ich mich verraten. Mir war, als sei ich betrogen und hereingelegt worden. Wieso eigentlich? Wer hat mich denn getäuscht? Begreifst du, was ich sage?«

Ich nickte wortlos. Sie sah mich nicht im Dunkel, erwartete wohl auch keine Zustimmung von mir. Ohne Pause fuhr sie fort: »Am liebsten möchte ich nach Amerika fahren, um alles zu vergessen: nicht nur Masin, sondern das ganze Leben hier. Masin ist ja nur ein kleiner Teil von all dem, was mich von der Welt isoliert. Ich habe keine Freunde. Hier gibt es keinen Ort, wo ich Menschen begegnen kann. Im Frisiersalon bekomme ich selbstverständlich immer nur Frauen zu sehen. Meistens sind es Hausfrauen ohne Lebenserfahrung und eigene Gedanken oder ahnungslose Bräute unter zwanzig, die vor Seligkeit berauscht sind und kein halbes Wort herausbringen, bis sie wieder gehen. Den ganzen Tag in diesem Salon, den ganzen Tag! Für Masin war dieses Milieu natürlich wie eine Oase in der Wüste. Auch ich habe mich an ihn geklammert wie an einen Strohhalm. Dabei ist Masin wirklich nicht mehr als ein Strohhalm. Ich habs doch gewusst, noch bevor er ins Westjordanland zurückkehrte. Jeder kannte seine Affäre mit Salma in Beirut. Trotzdem hab ich mich in ihn verliebt und an ihn geklammert. Vor lauter Einsamkeit redete ich mir ein, nach seinem Ortswechsel würde es schon mit ihm werden und es könne etwas dabei herauskommen. Nichts ist herausgekommen außer Sorge, Leid und Klatsch. Seit dem Tag, als er fortging, fragt er nicht mehr nach mir. Meine arme Mutter denkt, es sei deinetwegen. Nein, es geht weder um dich noch um die Nächste oder Übernächste, es geht nicht um heute, morgen oder später. Es wird immer so bleiben, immer. Masin wird sich im Leben nicht ändern. Masin ist erledigt, und mich erledigt er mit.«

Plötzlich sagte ich mit stockender, schwankender Stimme, die gar nicht meine zu sein schien: »Kann sein, schon möglich!«

Überrascht fuhr sie zu mir herum. Ihre Hand glitt über alle Saiten auf einmal hinweg, dass sie in der Dunkelheit wie die effektvolle Untermalung in einem Film aufschrien.

»Kann sein? Schon möglich? Genau das hab ich auch gesagt. Kann sein – weil ich jemanden brauchte. Weil ich einsam war und keine Alternative sah. Weil er gerade in meiner Nähe war. Kann sein – weil ich dachte, dass die Zeit uns ändern würde. Dass er meiner bedürfe wegen seines Beins, und weil er keine Genossen und Freunde hatte, mit denen er reden konnte, mit denen er sich verstand. Wenn wir übel dran sind, denken wir immer: Wandeln sich die Umstände, dann verändern sich die Menschen. Meine Liebe, die Menschen ändern sich nicht, wenn die Ursachen im Innern liegen. Und Masins Niederlage kommt von innen.«

»Bist du sicher?«, fragte ich betroffen.

Sie klopfte auf das Gitarrenholz. »Natürlich bin ich sicher. Sogar hundertprozentig! Da gibt es nur eine Frage, die ich nicht beantworten kann: Spiegelt sich seine innere Niederlage in seinem äußeren Handeln, oder wird die äußere Niederlage von seinem Innern reflektiert?«

»Wie sollen wir das herausfinden?«, fragte ich ratlos.

»Mit der Zeit werden wir es erfahren«, antwortete sie zerstreut. »Aber leider werde ich dann weg sein, sehr weit weg.«

36

Fitna kam persönlich aus Jerusalem, um Violet und Umm Dschirjes zu einer großen Party nach Wadi al-Dschaus einzuladen. Ihr Bauch war inzwischen kugelrund. Sie schnappte nach Luft und keuchte laut. Ihre Haut war wie durch ein Sieb mit Sommersprossen gesprenkelt. Wir rieten ihr, die Party in ein Restaurant zu verlegen, um sich nicht mit den Vorbereitungen zu überanstrengen. Doch mit einer Freundlichkeit, die keinen Zweifel aufkommen ließ, bestand sie darauf, die Party in ihrer Wohnung, auf der schönen, geschmackvollen Terrasse zu veranstalten. Sie habe alles neu herrichten und renovieren lassen und Jasminkübel, Bambusstühle und Lampen aufgestellt. So habe es mein Vater vor seinem Tod geplant. Er wollte Jerusalem von dieser Terrasse aus betrachten und nach allen Seiten hin entdecken. Nun war er tot. Jerusalem wurde entdeckt, aber durch andere Augen als seine.

Fitna hatte ausdrücklich alle eingeladen, meinen Onkel, seine Frau und seine Söhne – außer Said und der Eule –, auch den Makler und seine Frau, Nahla und mich. Vielleicht hoffte sie, sich in der »Jauchefirma«, wie sie bei den Leuten hieß, fest zu etablieren, nachdem sie bereits einige Tausend Aktien gekauft hatte. Vielleicht suchte sie die Gemüter zu besänftigen und Sympathien zu gewinnen, um das Thema Erbe zum bestmöglichen Ende zu bringen – der Geburtstermin des Thronfolgers rückte schließlich immer näher. Womöglich wollte sie auch über Violet ihre Fäden nach Florida spinnen. Amerika war für sie ein Traum, seit ihr mein Vater davon erzählt hatte.

Voller Stolz verkündete sie, wer an dieser Party bis in den Morgen teilnehmen werde: ein prominenter Cousin ihrer Mutter und weitere Vertreter der Familie Schajib, einige junge Männer und Mädchen, ein Keyboarder, ein Gitarrist und all die befreundeten Künstler aus der Zeit, als der Verstorbene noch unter uns weilte. Selbstverständlich entschuldigte sich mein Onkel höflich, ebenso seine Frau. Der Makler entschuldigte seine Frau, sich selbst nicht. Auch Masin sagte ab. Aber Fitna ließ nicht locker. Schmeichelnd und hartnäckig bestand sie auf seiner Anwesenheit und bedrängte ihn morgens, mittags und abends per Telefon, und das über mehrere Tage. Nahla redete ihm zu, Kamal und ich suchten ihn zu überzeugen, bis er sich endlich gnädig herbeiließ. Für die Familie Hamdan war es eine Gelegenheit, einmal aus Wadi al-Raihan herauszukommen, Luft zu schnappen und Jerusalem nach der Absperrung zu besuchen. Denn nachdem sie die Stadt vom Westjordanland abgeschnitten hatten, war sie ein eigener Staat mit Grenzen, Übergängen, Kontrollpunkt und Ausweisen geworden. Fehlte nur, dass sie ein Visum verlangten. Aber auch das schafften sie und nannten es Passierschein oder Regional-

pass. Für Kamal gab es kein Problem, nach Jerusalem hinein-
zukommen, er hatte einen deutschen Pass. Ich besaß einen
amerikanischen, und Nahla wurde ohne Pass durchgelassen,
sie war eine Frau. Auch der Makler befürchtete keine Kompli-
kationen. Mit seinem langen Arm konnte er die schwierigste
Genehmigung erreichen, ob von Arabern oder Juden, da war
kein großer Unterschied. Er hätte noch viel höher hinauflan-
gen können – wenn er gewollt hätte, sogar bis hinauf zur Knes-
set. Aber seine Ambitionen richteten sich nicht dorthin, sondern ins Rathaus. Von dort beschaffte er denn auch eine
Genehmigung für ein Auto samt Insassen.

Alle zusammen würden wir im Mercedes mit Telefon, zwei
Antennen und drei Hupen fahren! Hochgestimmt, bereit, einmal alles zu vergessen und uns zu amüsieren, machten wir uns
auf zur Party. Kamal mit seiner ausländischen Bildung und Etikette lehnte es ab, sich wie ein ungehobelter Klotz vorn neben
Abu Salim zu setzen. Nahla oder ich sollten dort Platz nehmen,
er wolle hinten sitzen. Natürlich überließ ich Nahla diese Ehre,
seltsamerweise messen die Leute in diesem Land dem Platz
neben dem Fahrer das größte Prestige bei, und das mochte ich
Nahla nicht streitig machen. Nachdem sie sich ein bisschen ge-
ziert hatte, wollte sie gerade vortreten, um die Autotür zu öffnen. Da sprang Masin dazwischen und erklärte entschieden:
»Hier sitze ich, neben ihm.« Nahla war sprachlos, ich auch.
Diese Äußerung ihres Bruders hatte viel zu bedeuten. Sie hieß:
verboten! Sie hieß: Unannehmlichkeiten! Sorge um Nahlas
Ansehen und die Familienehre mochten dahinter stecken. Vielleicht auch Arroganz gegenüber dem Makler.

Er öffnete die Tür und komplimentierte uns mürrisch hinein: »Bitte sehr.«

Schweigend rutschten wir auf den Rücksitz.

37

Masin war äußerst verärgert über die Stimmung auf der Party, das ganze Arrangement und die Einteilung der Gäste in isolierte, gegensätzliche, verstreute Grüppchen. Abgesehen vom skandalösen Klassenanstrich, den die Feier dadurch erhielt, dass Fitna den prominenten Cousin ihrer Mutter eingeladen hatte, schien auch die Platzierung und Anordnung der Tische auf der protzigen Terrasse genau nach Etikette berechnet zu sein. Der Tisch, an dem der Bey, Sitt Fitnas Großcousin, sowie einige Honoratioren in Begleitung bronzebrauner Damen mit gewaltigen schulterlangen Ohrgehängen Platz genommen hatten, befand sich ganz vorn an der Terrasse. Umgeben von Blumentöpfen mit Malven, Basilienkraut und einem Jasminbusch mit Spalier, erinnerte er an einen Thron oder eine Bühnendekoration. Violet, Umm Dschirjes, der weißhaarige Brillenträger und eine Schar eleganter Herren und Damen, darunter ein bekannter Schriftsteller und eine Journalistin, saßen am Tisch gegenüber, allerdings ohne Spalier, Malven oder Basilienkraut. Anschließend kam der Tisch der Familie Hamdan, an dem Nahla mit ihrem weißen Kopftuch, der Makler, und selbstverständlich auch Masin, Kamal und ich platziert waren. Wir saßen zwar noch im Vorderteil der Terrasse, jedoch etwas abseits von den Schajibs und ihrem englischen Kauderwelsch – schlimmer als mein arabisches – und ohne Whisky und Zigaretten. Der Makler trank ohnehin nicht. Nahla war halb verschleiert und abstinent. Kamal nahm ein Bier, Masin trank Wodka und ich Pepsi. Außerdem gab es Arrak, Tabbule, Kichererbsen und Ful – vor allem für die Künstler und Amateure, den Keyboarder, den Gitarristen und das Gewimmel junger Leute, die meist in Schwarz, aber auch in Khaki und

Jeans gekleidet waren. Sie brachten Leben in die Party, sangen, tanzten und setzten sich auf den Boden um Violet, die Gitarre spielte. Als sie sang, schrien und stöhnten sie vor Entzücken, Pfiffe gellten. Sie beruhigten sich erst, als sie besinnlich wurde. Nun schwelgten alle in Sehnsucht – nach dem Geliebten, dem fernen, der weit über die Meere zog. Zum ersten Mal stand Masin nicht im Rampenlicht und Mittelpunkt. Er fühlte sich ausgestoßen und vernachlässigt und begann vernehmlich zu nörgeln, dass er von der Party genug habe. Kamal erinnerte ihn mit nüchternem Realitätssinn, dass er, Masin, weder eine Genehmigung noch einen Passierschein besitze und überhaupt nur dank des Maklers und seines Mercedes hier sei. Damit drehte er sich zu dem Makler um und rief scherzend, um die Stimmung ein wenig aufzuheitern: »Auf dein Wohl, Abu Salim!« Prompt erwiderte der Makler: »Auf meinen Teilhaber! Du bester aller Teilhaber! Bei Gott, wenn ich mich nicht vor den Leuten und ihrem Gerede fürchtete, würde ich einen mit dir heben.«

Kamal lachte übers ganze Gesicht. »Nur vor den Leuten?«, fragte er boshaft. »Also nicht vor Gott? Na, komm schon, nimm einen Schluck.« Dem einen Schluck folgte ein zweiter, dritter, vierter und fünfter, bis das erste Glas leer war. Nun kam das nächste an die Reihe, dann noch eins und noch eins. Kamal lachte, Masin starrte wortlos vor sich hin, und ich sah ihnen zu.

Nahla lächelte. Sie war heilfroh, dass sich die Spannung zwischen dem Makler und ihren Brüdern lockerte. Zum ersten Mal saßen sie in aller Öffentlichkeit mit ihm zusammen. An jenem Abend, als er die Knafe mitbrachte, blieb die Geselligkeit auf den Kreis der Familie beschränkt. Auch sein Unternehmen mit Kamal und ihr gemeinsamer Rundgang durch die

Ämter und Büros im Rathaus waren etwas Normales, dergleichen provozierte keinen Klatsch. Was hätten die Leute sagen sollen? Wir haben den Makler und Kamal Hamdan im Rathaus gesehen. Na und, was war dabei? Aber hier, in der Wohnung Fitnas, der Schwiegertochter der Hamdans, an einem Tisch mit alkoholischen Getränken und Appetithäppchen – da war schon etwas dabei, sehr viel sogar. Es bedeutete, dass der Makler bei ihnen dazugehörte, sich reingedrängelt hatte. Masin würde das gar nicht gefallen, auch nicht meinem Onkel, geschweige denn Said.

Nur der europäisierte Kamal hielt die Party für einen Volltreffer und sich selbst für einen Wohltäter, weil er Abu Salims Hemmungen hinwegfegte, indem er ihm einige Errungenschaften der Zivilisation beibrachte und die Ketten der Tradition und bornierten Vorurteile zerbrach. »Trink! Trink aus! Ja, so, du Teufelskerl!« Am Ende hing Abu Salim schlaff wie ein Lappen auf seinem Stuhl, und seine Augen leuchteten wie zwei Tomaten.

Um Kamal stand es nicht besser. Plötzlich sprang er auf wie ein Ausländer, der vor Begeisterung über einen arabischen Abend völlig hingerissen ist. Wie ein Verrückter sang und tanzte er, wedelte mit den Händen, klatschte und verausgabte sich. Die Künstler und Amateure, der Keyboarder und der Gitarrist bejubelten ihn. Sogar Fitnas prominenter Cousin wurde aufmerksam und erkundigte sich neugierig: »Wer ist dieser lustige Amerikaner?« Fitna antwortete mit größtem Stolz: »Das ist kein Amerikaner, sondern ein Deutscher, Abu Dschabirs Sohn.« So kam es, dass Kamal an den Tisch des Beys und der Honoratioren gebeten wurde. Wenige Minuten darauf erschien Fitna, um Masin und mich nachzuholen. Der Cousin ihrer Mutter, der Familienälteste, wünsche die Familie Hamdan näher kennen zu lernen. Ich entschuldigte mich, anstandshalber wolle ich bei Nahla bleiben. Masin entsprach dem Wunsch des Beys – aus Angst, Kamal könne sich danebenbenehmen, nachdem er vom Trinken bereits die Selbstbeherrschung verloren und sich wie ein Tölpel aufgeführt hatte.

Als Masin zum Tisch des Beys kam, erklärte Kamal gerade sein Projekt. Die anderen heuchelten größtes Interesse und verkniffen sich ein Lächeln: »Ein Projekt für Abfälle und Abwässer! Gute Idee.«

Masin kochte vor Wut über so viel aufgeblasene Arroganz. Der Alkohol begann zu wirken. Hinzu kamen die Atmosphäre auf der Party und Violet, die ihn wie Luft behandelte. All das versetzte ihn in die übelste Stimmung. »Wir brauchten zehn solche Projekte, um sauber zu werden«, sagte er scharf.

Der Großcousin nickte verständnisvoll. »Weiß Gott, das stimmt«, meinte er. »Die Menschheit entwickelt und zivilisiert sich. Nur wir fallen täglich weiter zurück. Es gibt keine Herkunft mehr, keine anständigen Leute, keine Grundsätze. Diese Intifada hat uns erledigt, und die Behörde vermehrt unsere Sorgen!«

»Ja, die Behörde … ja, ja …«, pflichtete jemand bei. Er stockte und brach plötzlich ab. Alle verstummten. Masin bemerkte die eingetretene Stille. Er wandte sich um und sah, dass die Gäste zu einem großen, breiten Büfett mit Servierern und Kellnern strömten. Ein Koch stand am Grill und bediente sie mit Fleisch am Spieß.

Fitna ging umher und forderte alle kurzatmig auf: »Ihr Lieben, greift zu. Wir sind ja unter uns …«

Der Bey hob seine weiße, wächserne Hand. »Mich lass bitte aus. Mir genügt, wie immer, ein Apfel.«

»Ists möglich?«, seufzte sie vorwurfsvoll. Sie wandte sich

an Masin und Kamal: »Mal im Ernst: Kann man auf einer solchen Party, in solcher Gesellschaft, an seine Linie denken?«

»Statt Speise und Fett solltest du uns lieber eine hübsche Frau servieren«, witzelte der Bey anzüglich. Alle am Tisch lachten. Die Bronzedamen flüsterten miteinander, dass ihre Ohrgehänge schaukelten. Die Augen der Männer funkelten.

»Brauchst nur zu befehlen«, konterte Fitna großzügig. »Welche darf es sein?«

Er kniff die Augen zusammen und sagte hintergründig: »Das weißt du genau.«

Sie schrie auf: »Aha, Violet!« Als ihr einfiel, dass Masin und Kamal zugegen waren, stutzte sie und beschwichtigte: »Er sagt immer, ihre Stimme sei so schön, dass einem schwindlig werde. Er sagt, sie sei eine Künstlerin.«

»Ein Schnäppchen, die reine Sahne«, flüsterte jemand vernehmlich.

»Nichts als Schleckerei im Kopf!«, kommentierte ärgerlich eine Frau.

Der Bey sah sie an, hob die Brauen und raunte: »Mit dir bis morgen früh!«

Ringsum ertönte Gelächter. Kamal lachte und klatschte wie ein glückliches Kind in die Hände. Masin zischte angewidert und wütend: »Na los, essen wir. Steh auf, nehmen wir etwas zu uns.«

Doch er erhob sich allein. Kamal blieb sitzen, denn der Bey bestürmte ihn mit einer neuen Frage: »Wo in Frankfurt? Ich habe fünf Monate in Frankfurt gewohnt, bevor ich nach Washington ging. Frankfurt ist schöner als Bonn und Berlin. Wären nur die Deutschen nicht so unsympathisch! Aber arbeitsame Leute sind sie wirklich. Nach dem Krieg haben sie ihr Land in wenigen Jahren wieder aufgebaut. Heute rangiert ihre

Wirtschaft in der Welt gleich hinter Japan. Das sind Völker, die Bescheid wissen, nicht wie unsereins. Wir haben weder ein richtiges Volk mit Bildung und Lebensart noch eine richtige Führung. Wie ist eigentlich die Situation bei Ihnen? Wer kandidiert zu den Wahlen?«

Er wandte sich an Masin und fixierte ihn mit prüfendem Blick: »Kandidieren Sie?«

Masin stand noch immer hinter Kamal. »Nein, ich nicht«, erwiderte er zugeknöpft.

Der Großcousin nickte verständnisvoll, als teile er seine Haltung zu den Wahlen. Um mehr zu erfahren, versuchte er ihn aus der Reserve zu locken. »Da stimme ich Ihnen zu, ich kann Sie gut verstehen. Dennoch dürfen wir das Land nicht irgendwelchen bezahlten Subjekten überlassen. Wollte jeder anständige, ordentliche Mensch, der vermögend und aus guter Familie ist, dem Land den Rücken kehren – wer bekäme es dann in die Finger, außer dem Pöbel und den Schmarotzern? Wehe uns von ihrer Brutalität! Selbst die Juden sind gnädiger. Morgen werden wir es erleben.«

Jemand rief dazwischen: »Haben wirs nicht schon erlebt?«

Nachdenklich wiegte der Bey den Kopf. Aufmerksam musterte er Masin. Er hatte mancherlei über seine Vergangenheit und seine Ruhmestaten gehört. Konnte Masin trotz ihrer unterschiedlichen Positionen in der jetzigen Lage ein Partner und Verbündeter sein? Stammte er nicht aus derselben Klasse? Aus der Schicht derer, die Opfer gebracht und dieser Heimat so viel gegeben hatten? Aber dann hatte man sie beiseite geschoben und zum alten Eisen geworfen. Leute von Herkunft, Ehre und altem Ruhm, die guten Familien überall im Land – ob im Norden, in der Mitte oder im Süden! Pfui Teufel, was für eine Revolution! Eine Schande war das!

»Kandidieren Sie denn für die Wahlen?«, fragte Kamal geradeheraus.

»Ich?« Der Bey fuhr zusammen und legte die Hand abwehrend auf seine Brust. »Ich werde doch nicht kandidieren!«

»Warum denn nicht?«, fragte Masin ironisch.

»Ich und kandidieren?«, verwahrte sich der Bey mit vornehmem Bedauern.

Die beiden sahen sich in die Augen. Neugierig und argwöhnisch tasteten sie einander ab. Was den Bey anging, so riss die Frage alte Wunden auf, die von der Zeit geheilt worden waren. Abdel Nasser – Gott erbarme sich seiner! Ein großartiger Mann, trotz seines Absturzes. Bis auf die Talsohle stürzte er, aber uns ruinierte er lange vorher. Erst die Verstaatlichungen, dann die Enteignungen beim Großgrundbesitz, die Sache mit den Bauern und Arbeitern. Fabriken, die Blech statt Stahl produzierten. Landwirtschaftsbetriebe, die Zucchini statt Baumwolle pflanzten, und Güter, die Ackerbohnen und Muluchija anbauten. Machen wir uns nichts vor, lassen wir das kindische Gerede: Diese Revolution war unser Ruin.

Verächtlich wiederholte er: »Ich und kandidieren? Ich soll mich mit der Revolution einlassen? Das ist ein Schmutzgeschäft!«

Masin wandte sich ab und starrte zum fernen Horizont über dem nächtlichen Jerusalem. Der Westteil der Stadt funkelte in der Nacht. Die Kanten der alten Mauer, ein Hang des Wadis und der jüdische Friedhof waren beleuchtet. Wer hat sie denn beschmutzt?, flüsterte er vor sich hin. Wer hat sie vermasselt? Da sitzt du nun und heuchelst Besorgnis über ihr Scheitern? Wir waren noch Kinder, als ihr das Sagen hattet, wir haben euch nachgeeifert. Wer anders als ihr hat sie ruiniert, ihr Halunken!

Noch einmal klopfte er seinem Bruder auf den Rücken. »Na, komm schon, steh auf.«

Doch Kamal fühlte sich glücklich in der eleganten Gesellschaft. Die Frauen waren so schön und schlank, ihre Augen flirteten in der Nacht, und er war beschwipst. Der Bey gab sich zuvorkommend. Insgeheim sah er Kamal bereits als künftigen Partner in einem Projekt. Der Mann da schlug den Deutschen nach, der machte aus nichts etwas. Ein Projekt für Abfälle und Abwässer? Vielleicht doch keine schlechte Idee. Darauf musste man kommen! Wiederverwertung von Abfällen und Kläranlagen – das war ein viel versprechender Einfall. Brachte er schon keine Millionen ein, so würde er einem bestimmt zu Ansehen verhelfen. Ansehen verschafft Anhänger, und Anhänger bedeuten Macht. Ein Wort gab das andere und bald war klar, dass die gegenseitige Sympathie in Freundschaft enden musste.

Masin kam gar nicht zur Besinnung, da war auch er schon zu einem touristischen Besuch – aber nicht doch, ganz privat! – nach Jerusalem eingeladen. Als er sich mit allerlei Ausflüchten zu entschuldigen suchte, erklärte der Bey: »Jerusalem ist unser. Wer es nicht kennt, dem gehört es auch nicht. Kennen Sie es?«

Masin überlegte einige Augenblicke, dann gab er sich geschlagen: »Also gut, ich komme«.

38

Der Makler hatte sich mit Bier voll laufen lassen. Seine Blase war zum Platzen gefüllt. Doch er genierte sich, nach der Toilette zu fragen. Er fürchtete, als ungehobelter Bauer zu erscheinen, der sich nicht zu benehmen wusste. So riss er sich zusammen und versuchte, sein Bedürfnis zu verdrängen und sich abzulenken, indem er unter dem Tisch Nahlas Bein tätschelte. Schließlich konnte er nicht mehr stillsitzen. Aber das Herumzappeln half auch nicht, und Nahlas Schenkel regte ihn bald nur noch zum Kneifen, Zwicken und Kratzen an. Nahla war nahe daran, die Nerven zu verlieren, und sah mich verzweifelt an, um mir stumm ihre Ratlosigkeit zu klagen. Was war nur mit ihm geschehen? Sogar sein Gesicht sah schrecklich aus. Starr und böse glotzten die geistesabwesenden Augen, sie waren verquollen und seltsam verfärbt. Ein merkwürdiges Glitzern, fast wie Tränen, funkelte in ihrem trüben Rot. Schon wahr, sie verrieten sein Verlangen, nachdem er die Scham und Selbstkontrolle verloren hatte. Doch Nahla, die sich ungewohnt grob behandelt fühlte, meinte auch eine lauernde Gefahr in ihnen zu erkennen. Trinken war und blieb eben Sünde. Sie kannte solche Gelage nur vom Erzählen und aus Film und Fernsehen, hatte so etwas aber noch nie miterlebt und kein einziges Mal eine Party gefeiert. In Abu Dschabirs Haus kam kein Alkohol. Sie wusste gar nicht, wie er serviert wurde, wie man damit umging, und welche Folgen er hatte. Ihr Begleiter, der Makler, wusste es genauso wenig. Auch er stammte aus einem Milieu, in dem man Trinken für Sünde hielt. Es war das erste Mal, dass er die Hand nach etwas Verwerflichem ausstreckte. Wie ein Sieb schlenkerte er hin und her und stierte wie eine Hyäne um sich. Was wäre, wenn er aufstünde? Wenn er sich so weit vergäße, dass er vor aller Augen über den Tisch langte und sie befummelte? Wie würden ihre Brüder reagieren? Was würden Fitna und die Leute von ihr sagen? Fitna hatte sicher nicht vergessen, welche Sticheleien sie von ihr erdulden musste, als sie damals bei der Trauerfeier ihre Schwangerschaft verkündete, und wie sie zwischen Rezitation und Koransuren vor allen Leuten im Diwan von ihr attackiert worden war. Oder

Violet! War sie nicht auch über Violet hergefallen? Hatte sie nicht dies und jenes über sie geäußert, unter anderem – und das wurde ihr zugetragen –, dass sie Götzen und ein Stück Holz anbete, Ferkel esse und verwerfliche Getränke zu sich nehme? Dass ihresgleichen nicht zu Schwiegertöchtern der Hamdans taugten, auch wenn sie sich von oben bis unten mit Gold behängten? Oder das mit Umm Dschirjes. Hatte sie nicht zu ihr gesagt, als sie auf das Thema Nebenfrau kamen, die Christen verzichteten auf eine Nebenheirat nicht etwa aus Enthaltsamkeit, guter Moral oder dergleichen, sondern weil ihre Religion viel zu engherzig dafür sei? Eine Verheiratung als Nebenfrau sei schließlich immer noch besser, als eine Witwe oder alte Jungfer zu bleiben. Mit der Ersten meinte sie Umm Dschirjes, mit der Zweiten Violet, immerhin hatte sie die Dreißig überschritten, ohne einen abbekommen zu haben. Das Mädchen war ein Ladenhüter! Am meisten hatte sich Nahla damals geärgert, dass Violet und Umm Dschirjes mit keinem Wort erklärten, warum sie einander nur in die Augen sahen und beinahe eine Stunde lang immer wieder loslachten. Jetzt war ihre Stunde gekommen. Jetzt würde sie den Gegenschlag einstecken müssen, hier an diesem Abend würde sie ihren Skandal erleben. Welche Schadenfreude für Fitna! Welche Genugtuung für Umm Dschirjes!

Nahla zuckte zusammen, schon wieder zwickte er sie in den Schenkel. Beinahe hätte sie aufgekreischt. Ich konnte mir ein Lächeln nicht verkneifen. Sie weinte fast vor Angst und Ratlosigkeit. »Meine Cousine«, begann sie zu flehen, »was soll ich mit ihm anfangen? Ich fürchte, er wird uns vor allen Leuten bloßstellen! Sieh nur, der Ärmste! Seine Augen sind glutrot, er kann gar nicht mehr ordentlich sitzen!«

Lachend flüsterte ich ihr ins Ohr: »Bring ihn zur Toilette.«

Sie atmete tief ein und verdrehte die Augen, bis nur noch das Weiße zu sehen war. Sie glaubte, dass ich mich über sie lustig machte. »Bitte, jetzt ist nicht die Zeit für Witze. Er wird etwas anstellen!«

Ich nahm mich zusammen und sagte ernsthaft: »Ebendarum bring ihn zur Toilette.«

Sie war fassungslos und wusste nicht, ob das eine anzügliche Bemerkung war, und zischte wütend: »Du treibst es wohl auch schon wie die anderen, Cousine?«

»Es liegt am Bier«, raunte ich ihr zu. »Schaff ihn zur Toilette.«

Endlich verstand sie, was ich meinte. Sie wurde verlegen, lief rot an, wurde dann blass und meinte zaghaft: »Wenn Masin mich sieht, bringt er mich um. Komm mit, bitte, komm doch mit.«

Wir standen auf und geleiteten Abu Salim durch das Gedränge zur Toilette. Während sie zu zweit in den Korridor einbogen, blieb ich an der Tür stehen, um Wache zu halten.

Masin und Kamal kamen vorbei. Als ich sicher war, dass sie sich in der Schlange am Büfett anstellten, schob ich mich ebenfalls zwischen die Gäste.

39

Er trat aus der Toilette. Freude und Erleichterung waren ihm anzusehen. Wie neugeboren fühlte er sich, verjüngt geradezu. Er liebte das Leben aus ganzer Kraft! Jetzt würde er wieder zu dieser Party gehen und alles richtig genießen. Diese junge Frau, Abu Dschabirs Tochter mit den cremezarten Schenkeln und dem Butterhintern, würde er genießen. Er würde es genießen, dieses Büfett aufzusuchen und mit einem Teller voll seltsamer Dinge, die er nie im Leben für essbar gehalten hätte, an den Tisch zurückzukehren. Er hörte schon, wie Nahla für Sena die Namen all dieser Speisen aufzählen würde – vielleicht damit er es hörte. Jede hatte ja ihre Bezeichnung und Besonderheit, und Nahla kannte sie alle, denn sie sammelte seit Jahren Rezepte in einem Heft. Kaum erfuhr sie irgendwo ein neues, schrieb sie es hinein. Mit Vorliebe bereitete sie ausgefallene Speisen zu. Sie würde also einige Namen nennen und dann, mit einem Seitenblick zu ihm, hinzusetzen, Tatli liebe sie besonders, sie koche so gern »Marmad«, und am liebsten esse sie dazu Butter. Um ihn zu erinnern, dass Butter die Brücke, ja das Bindeglied zwischen ihnen war. Er würde ihr bewundernd zulächeln, noch immer erleichtert über seinen entspannten Bauch, der vorher prall wie ein lederner Wasserschlauch gefüllt war. Das ekelhafteste Gefühl, die reinste Folter!

Er betrachtete sich wohlgefällig im Spiegel – ein neues Gesicht und dazu Aftershave *Primo* vom Barbier an der Moschee. »Da haben Sie Glück, Hadsch«, schwatzte der Barbier. »Dieses Rasierwasser aus Rom ist erst zwei Wochen auf dem Markt. Riechen Sie mal. Orangenblüten und europäischer Jasmin! Das ist etwas anderes als unser Jasmin. Er hat kleine Blüten mit festen Blättchen wie aus Wachs. Aber weiß Gott, Hadsch, man könnte sie direkt für Zitronenblüten oder noch etwas Schöneres halten. Einfach wunderbar! Sehen Sie nur, wie jung Sie wieder nach dem Haarefärben sind. Ich sag Ihnen, die Leute in anderen Ländern genießen ihr Leben in vollen Zügen, bis sie neunzig sind. Und Sie – Gott schütze Sie – sind doch gerade erst siebzig. Das heißt, mein Herr, Sie haben noch zwanzig gute Jahre vor sich, vielleicht sogar mehr. Bei Ihrer

Lebenskraft müssen Sie das richtig auskosten. Es fehlt Ihnen ja an nichts. Geld ist vorhanden, Güter sind auch da, um die Gesundheit stehts bestens, und mit Ihrer Jugendlichkeit – nehmen Sie mirs nicht übel, aber da kommen nicht mal Ihre Söhne mit. Ich möcht mal wissen, warum die jungen Leute heutzutage überhaupt nicht mehr richtig jung sind. Da haperts an Kraft, Männlichkeit und Würde. Wie Würmchen kommen sie einem vor, wie Mäuschen, obwohl sie doch wie die Riesen futtern und schlingen. Zu unserer Zeit gab es so wenig zu essen. Nichts mit Eiern und Steaks, Mango und Guaven. Um einen Teller Öl haben wir gesessen, Hadsch, jeder einen Brotfladen in der Hand, aber dann wurde ordentlich reingehauen! Davon bekam man Kraft wie ein Hüne. Ich sag Ihnen, Abu Salim, Olivenöl ist die beste Arznei für alle Krankheiten. Kneift es im Bauch, trinken Sie Öl. Haben Sie Halsweh, schlucken Sie Öl. Die Ohren schmerzen? Erwärmen Sie etwas Öl und träufeln es hinein. Auch der Haut und Kopfhaut tuts gut. Bei Schuppen, Haarausfall und Ausschlag verreiben Sie Öl, und dann sehen Sie mal, was geschieht. Sogar Kahlköpfigkeit haben wir dazumal mit Öl behandelt. Ein bisschen Sesamöl mit Tamarinde und Olivenöl – da würden Sie staunen, wie Ihr Kopf glänzt. Heutzutage geben sie einem irgendwelche Rezepte, die bloß einen Haufen Geld kosten. Wenn es wenigstens nützen und anschlagen würde! Mal sind es Salben, mal Cremes, dann wieder Tabletten zum Schlucken – die einen vor, die anderen nach dem Essen. Dabei ist alles Betrug, Schwindel und Beschiss. Nur, um dir dein Geld abzuknöpfen. Ich sag Ihnen, etwas Besseres als Olivenöl gibts nicht. Nichts anderes bringt die Gesundheit zurück und hält die Knochen in Schwung. Fährt das Auto ohne Öl und Schmiere? Und Olivenöl ist wie Schmiere, Hadsch. Es lockert den Bauch, hält die Knochen beweglich, glättet die Haut und macht die Glieder geschmeidig. Hören Sie auf mich. Trinken Sie jeden Tag auf nüchternen Magen eine Tasse, ein Mokkatässchen voll, und warten Sie ab, was passiert.«

Von diesem Tag an befolgte Abu Salim die Anweisung. Noch vor dem Morgenkaffee trank er Olivenöl, aß trockenes Brot oder Saatar dazu und goss so viel Öl über den Salat und die Kichererbsen, dass alles schwamm. Er verzichtete auf Butter und Schafsmilch, denn dieses Fett war schädlich. Es verstopfte die Blutgefäße und verursachte Herzinfarkt. Fett vertragen nur dicke Frauen mit runden Hintern. Sie müssen sogar Fett essen, damit sie schön weich werden und ordentlich wackeln und rollen. Gibt es denn etwas Herrlicheres auf der Welt als einen Hintern voll Butter?

Er öffnete die Tür hinter Nahla. Sie stand vor dem breiten Spiegel in einem geschlossenen Raum, so schmal wie ein Durchgang. Auf dem Marmortisch vor ihr befanden sich Flakons, Seifenstückchen in Bonbongröße und ein Korb mit kleinen, feinen Handtüchern. Er hatte keine Ahnung, wozu man das hierher gelegt hatte, ja nicht einmal, wozu das alles diente! Aber Nahla, gebildet wie sie war, kannte sich bestens aus. Gerade parfümierte sie sich und zog vor seinen Augen das Tuch vom Kopf. Er starrte auf ihr lockiges Haar, das sich in Kreisen und Spiralen über die Schultern kringelte. Als sie den Kamm durch diesen schwarzen Wasserfall zog und ihren Kopf mit der graziösen Bewegung eines Rehs oder einer Stute zurückwarf, verlor er den Verstand. Mit beiden Händen zog er sie an sich und fiel mit aller Kraft, mit all dem Öl und Bier in seinen Adern über sie her. Er spürte ihren Hintern an seinem Schoss, und während sie wie ein Fisch zappelte, stieß er zu. Plötzlich sprang die Tür auf, Masin trat ein und erblickte diese Szene. Ohne zu überlegen oder die Folgen zu bedenken, packte er den Makler und riss ihn vom Gesäß seiner Schwester. Mit geübtem Kampfgriff wirbelte er ihn herum und versetzte ihm einen Schlag, dass er wie ein Ball mitten in die Partygesellschaft rollte – vor allen Leuten und Gästen.

40

Wir fanden keinen Schlaf. Der Morgen dämmerte bereits herauf, der Tag begann, aber jeder in unserer Familie wälzte sich wie im Fieber. Der Skandal war schlimmer als alle Katastrophen, die uns jemals getroffen hatten. Es half auch nichts, dass er sich in Jerusalem zugetragen hatte, vor Leuten, die wir nicht kannten und denen wir gewiss nicht alle Tage, wahrscheinlich sogar nie in diesem Leben, wieder begegnen würden. Wir wussten zu gut, dass die Geschichte durch Fitna und Umm Dschirjes oder Violet nach Wadi al-Raihan gelangen würde. Gewiss würden die anderen auf der Party ihren Verwandten die Neuigkeit erzählen, diese würden sie ihren Verwandten weiterreichen und jene wiederum den ihren, danach den Nachbarn und Bekannten, den Chauffeuren der Sammeltaxis und den Busfahrern zwischen Jerusalem und Ramallah, zwischen Ramallah, Nablus, Wadi al-Raihan und so weiter, über die Brücke hinweg, bis hinüber nach Amman, dann nach Libanon und sogar bis nach Frankfurt.

»Um Gottes willen, Nahla!«, wiederholte Kamal beim Frühstück immer wieder, völlig verstört von der ungeheuerlichen Blamage. Sein methodischer Verstand konnte nicht fassen, dass eine so kluge, geschmackvolle Frau eine Beziehung mit einem rückständigen Analphabeten, der nichts weiter als seinen Geldbeutel aufzuweisen hatte, eingehen konnte! Hatte sie nicht bemerkt, wie er aussah? Wie es um seinen Verstand bestellt war? Kannte sie nicht sein Ehegespons, in das fünf Frauen von Nahlas Umfang hineinpassen würden? Hatte sie nicht seine Söhne gesehen, nicht gehört, wie viele Köpfe die schon zum Rollen gebracht hatten, immer unter dem Vorwand der Kollaboration und der Reinhaltung des Vaterlands? Was wusste denn Sitt Nahla, ob nicht auch ihr Kopf auf die gleiche Weise rollen würde? Haben wir nicht unzählige Geschichten von persönlichen Konflikten und Familienfehden gehört, die angesichts der Lage im Land zu Gräuelmären von Kollaboration, Spitzeleien, Denunzierungen, Kopfgeldern und dergleichen umgemünzt wurden? Wie viele Geschichten von wie vielen Frauen haben wir nicht schon vernommen – denk nur mal an die und an die? Sollten Abu Dschabirs Söhne und die Familie Hamdan etwa wegen eines Maklers, dem das Fell juckte, allesamt draufgehen?

»Um Gottes willen, Nahla!«, wiederholte er stereotyp. Er schaute sich suchend um, ob er jemandem am Gesicht ansähe, dass er auf der gestrigen Party anwesend war und unseren großen Skandal miterlebt hatte. Natürlich war da niemand außer einigen Touristen und diskreten Kellnern, die beflissen hin und her eilten und nichts Außergewöhnliches bemerkt hatten. Trotzdem quälte ihn das Gefühl des drohenden Skandals wie eine fixe Idee.

Nahla kam nicht. Sie weigerte sich, ihr Zimmer zu verlassen und mit uns zu frühstücken. Masin tat den Mund nicht auf und sagte kein Wort, seit er zu jenem berüchtigten Schlag ausgeholt hatte. Er begann zu ahnen, welch schweren Fehler er begangen hatte. Zwar hatte Nahla das Abscheulichste getan, was es nur geben konnte, aber sein Vergehen war schlimmer. Hätte

er klug gehandelt, wäre die Sache vertuscht worden, und damit
Schluss. Seine einzige Rechtfertigung war, dass ihm der Schock
den Verstand geraubt hatte. Nur deshalb reagierte er vollkommen spontan, ohne Überlegung und Bedacht. Der Anblick
musste sein Denksystem gelähmt und sein Gleichgewicht erschüttert haben. Nun hatte er die Schwester bloßgestellt, sich
selber blamiert und die ganze Familie Hamdan entehrt. War
das die Disziplin, die er in Parteien und Organisationen gelernt
hatte? Er hatte doch weit schwierigere Situationen durchge-
standen und trotzdem seine Reaktionen und seine Muskeln
unter Kontrolle gehabt! Wie oft war er gezwungen gewesen,
Selbstbeherrschung zu üben! Hatte er diese Fähigkeit verloren,
weil er der Organisation jetzt fern stand? Oder war der Vorfall
bedeutsamer und komplizierter als alles, was er in irgendeiner
Organisation gelernt hatte? Wirken etwa die privaten Beziehungen diffiziler, tiefer und schwerer auf das Unterbewusstsein
als die öffentlichen? Veranlassen sie uns zu undurchschau-
baren, ja unberechenbaren Reaktionen? Auf den Schulungen
wurde ihm beigebracht: Gerätst du in einen plötzlichen Hinterhalt, hast du das und das zu tun. Geschieht ein unvermute-
ter Überfall, musst du ihn so und so abwehren. Fällt ein Genosse auf seinem Posten und du hast keine Rückendeckung
mehr, musst du dich so und so tarnen. Aber keiner hatte ihm
gesagt, und hätte nie gewagt, es auszusprechen, oder noch genauer, niemand hätte gewagt, nur daran zu denken, dass
Nahla, gerade Nahla, ihn mit einem solchen Überfall, einem
solchen Hinterhalt überraschen könne. Ausgerechnet Nahla
tat so etwas? Wie war das möglich? »Warum missgönnst du
deiner Schwester, was du dir selber erlaubst?«, hatte ihn Violet
in jener Nacht gefragt. Ohne ihr zu antworten, verdrehte er die
Augen, wandte sich ab und murmelte vor sich hin: »Weil

Nahla über allem steht.« Doch nun, nach all diesen Jahren entdeckte er, wie dumm und verblendet er gewesen war. Nahla
stand mitnichten über allem, weder über anderen Frauen noch
über den Männern, und schon gar nicht über der Sexualität.
Vielleicht ging es ihr überhaupt nur um Sex! Wie wäre sonst
ihre Affäre mit dieser Missgeburt zu erklären? Dass sie ihn
liebte? Warum hatte sie sich dann verdrückt, als er stürzte und
wie ein Sack über den Boden rollte? Wenn sie ihn liebte und
Mitleid empfand, hätte sie sich dann versteckt und gar nicht
um ihn gekümmert? Der Sack aber hatte sich aufgerappelt,
Masin seine krummen Finger entgegengereckt und gewim-
mert: »Ich heirate sie nach der Sunna Gottes und seines Propheten, nach der Sunna Gottes und seines Propheten!« Die
Leute standen fassungslos über den entsetzlichen Vorfall um
ihn herum. Und er, Masin, lehnte allein an jener Tür. Seine
Augen starrten auf den Makler. In seinem Kopf wogte ein Stru-
del, sein Magen drehte sich um. Ihm war, als müsse er sofort
jemanden umbringen oder sich übergeben. Erst als er hinter
der Wand das Weinen hörte, erinnerte er sich, dass es Nahla
war, Nahla, Nahla. Da ging er hinaus und ließ sich nicht mehr
blicken.

41

Abdel Hadi erklärte, er komme als Vermittler, in guter Absicht.
Der Makler habe ihn gebeten, bei Nahlas Brüdern um ihre
Hand anzuhalten. Er berief sich auf Amira, die der Meinung
sei – wie übrigens auch einige andere Leute –, dass eine Heirat
zwischen Nahla und dem Makler im Interesse der Familie
Hamdan und in Nahlas eigenem Interesse liege. Nur so könne

die Angelegenheit beigelegt und der Skandal aus der Welt geschafft werden.

Vollkommen verblüfft erwiderte Masin: »Heißt das, wir sollen sie als Nebenfrau verheiraten?«

Kamal rief aufgebracht: »Sie darbt und darbt, um das Fasten am Ende mit einem alten Knacker zu brechen?«

»Obendrein ist er Analphabet, ein Dummkopf und dabei ein ausgekochter Wucherer!«, stotterte Masin.

»Liebe Leute«, suchte sie Abdel Hadi Bey zu beruhigen, »bleiben wir sachlich. Wie wollen wir das Problem lösen?«

»Reden wir mit ihr«, meinte Kamal nachdenklich. »Klären wir sie über ihre wahre Situation auf.«

Masin sah ihn überrascht und fragend an. »Was willst du ihr denn sagen über ihre Situation?«

Kamal versank in Gedanken und starrte vor sich hin. Eigentlich wusste er gar nicht, was er sagen wollte. Sollte er überhaupt mit ihr reden? Wäre es in einem anderen Land, würde Nahla von sich aus darüber sprechen, und zwar in allen Einzelheiten, wie man das gewohnt war von Frauen auf Konferenzen, in Zeitschriften und Zeitungen, in all diesen Studien und Workshops an Universitäten, Begegnungszentren und Heimen für Vergewaltigte, Geschiedene, Verlassene und alte Jungfern. In den westlichen Ländern gab es eigentlich keine alten Jungfern. Allein Gebliebene schon, die gab es zu Millionen. Aber alte Jungfern waren sie nicht, jedenfalls nicht solche wie Nahla. Sie schwirrten hierhin und dorthin, nahmen Pillen und Mittel zur Empfängnisverhütung und hatten dutzendweise Liebschaften. Jede hatte einen Freund. Wenigstens für eine gewisse Zeit, ein Jahr oder einen Monat. Hingegen Nahla? Hatte sie überhaupt jemals einen gehabt? Wohl kaum, würde sie sonst eine Kreatur wie diesen Affen eines Blickes würdigen? So alt wie ihr Vater oder noch älter, aber er färbte sich die Haare, reckte sich auf Zehenspitzen, damit er größer erschien, und trug einen Anzug mit Weste, um jung zu wirken. Trotzdem blieb er alt wie ihr Vater. Sie war noch so hübsch und steckte voller Leben. Ohne das Kopftuch sähe sie noch hübscher aus. Wenn Nahla nur erst in Deutschland wäre, wenn sie in Frankfurt wäre!

Er sah Masin in die Augen und erklärte ernsthaft: »Ich muss sie nach Frankfurt mitnehmen.«

Masin betrachtete ihn prüfend und dachte wieder das Gleiche wie früher: ein Bücherwurm, ein weltfremder Fantast und Spinner. Immer noch derselbe Kamal wie vor seiner Abreise. Was sagte man über ihn: »Kamal lebt bloß in seinen Büchern, etwas anderes versteht er nicht. Gemeinheiten und Winkelzüge sind ihm fremd. Der arme Kamal, der gute Kamal. Der fleißige Kamal, der wie ein Esel schuftet. Der dumme Kamal.« Der kluge, gute und zugleich dumme Kamal? »Nein, nicht richtig dumm, aber vor lauter Gescheitheit ist er wie ein Trottel.« So hieß es damals, und heute passte es genauso. Nahla nach Frankfurt mitnehmen? Masin lächelte, mitleidig den Kopf schüttelnd.

Kamal stand auf. Er hatte vergessen, dass ein Fremder bei ihnen war – der Vermittler Abdel Hadi Bey Schajib –, und begann enthusiastisch zu erklären: »Nahla sitzt ständig hier zu Hause und hat nichts von der Welt gesehen. Angenommen, sie käme aus diesem Schlamassel heraus, reiste ins Ausland und lernte andere Menschen kennen – würde ihr dann noch so ein Affe gefallen?«

Masin, der ebenfalls die Anwesenheit des Vermittlers vergessen hatte, hakte nach: »Du willst sie also nach Frankfurt mitnehmen, damit sie in der Welt herumkommt?«

»Na und, was wäre schon dabei? Lass sie doch etwas Schönes erleben, Bruder.«

Masin hörte ihm kopfschüttelnd, mit gespannter Aufmerksamkeit zu. Dann formulierte er seine Frage präziser: »Das heißt, du beabsichtigst, Nahla ins Ausland mitzunehmen und dort mit offenen Haaren herumlaufen zu lassen?«

Kamal stampfte mit dem Fuß auf. »So denkst du also? Hast du nicht auch im Ausland gelebt? Bist du nicht herumgekommen? Hast du dich nicht umgesehen? Oder wie bezeichnest du das, was du alles unternommen und ausprobiert hast?«

»Bei mir ist das etwas ganz anderes!«, schrie Masin.

»Nein, mein Herr!«, brüllte Kamal. »Das ist gar nichts anderes!«

Frustriert winkte Masin ab. Er würde sich nicht wieder auf diese Diskussionen einlassen, die er so oft in Beirut, später in Tunis und zuletzt in Wadi al-Raihan bei Violet geführt hatte! »Weißt du überhaupt, was du daherschwafelst? In ihrem Alter, mit ihren grauen Haaren, schickst du sie in die Fremde? Sie kommt um, sie geht unter, sie wird verrückt! Was hättest du erreicht, als ihr das Herz schwer zu machen?«

Kamal starrte ihn an. »Ich mache ihr das Herz schwer?«

Das war selbstverständlich eine Anspielung auf die Blamage, die Masin mit seinem Boxhieb ihr, der Familie und sich selbst zugefügt hatte. Masin senkte den Blick. Er kapselte sich ab und käute Vergangenes wider, Ereignisse, Gedanken.

Bisweilen stellen uns die Ereignisse vor eine Prüfung. Dies war ohne Zweifel ein neuer Prüfstein. Was würde er bewirken? Gewiss nichts Neues. Es blieb sich ja immer alles gleich, seit dem ersten Mal vor Jahren, vor ungefähr dreißig Jahren, als er noch keine zwanzig war. Dort, in jener Villa, war er ihr begegnet. Sie aßen und tranken. Sie spielte und sang. Ihm wurde ein wenig schwindlig, er war ein bisschen betrunken. Seine Seele erhob sich über die Zedernberge bis hinauf zu den Sternen, und das Paradies mit seinen schwarzäugigen Jungfrauen schien ihm nahe. Am Morgen erwachte er und sah die Schöne – ohne Paradies und ohne Verzückung. Sie schlief in Satin, in weichem, milchfarbenem Satin, und er lag bei ihr, unter dem Satin.

Was für ein Schock! Er begriff nicht, was geschehen war. Zitternd und verängstigt, konnte er die Frau nicht einmal ansehen. Eine Blut saugende Dämonin! Leise zog er sich zurück, stahl sich heimlich aus der Villa und begann zu laufen. Er lief und lief, bis er sich in den Schaum des Meeres warf und alles von sich abwusch. Später traf er sie wieder und kehrte zu ihr zurück, um dann erneut zu verschwinden. Das Reisen, die Aufträge dienten ihm als Vorwand für sein Fernbleiben, besser gesagt seine Flucht. Aber er träumte – von ihr, mit ihr, für sich allein. Träumte, wie es wäre, wenn ein hübsches Mädchen mit Zöpfen, vor lauter Schüchternheit stolpernd, neben ihm ginge. Ein blutjunges, reines Mädchen, das noch kein Mann berührt hatte. Aber so ein reines Mädchen gab es ja nicht in der Partei. Sie wäre auch viel zu jung dafür gewesen. Zu jung für die Angst, zu jung für den Drill, zu jung für die Politik und Disziplin. Die Mädchen im Apparat waren nicht mehr jung. Anfangs schon, doch dann wurden sie zerrissen und zerstört, und zuletzt gehörten sie zu jener Sorte, die wir weder mögen noch lieben. Sie taugten nur noch für eine Liebelei, ein nächtliches Vergnügen – einen schnellen Ritt, eine Beziehung, kurz wie ein Lied, das zufällig in einer Livesendung vor dem Morgengrauen gesendet wird. Doch der Morgen ist etwas anderes, bei Tag sieht alles anders aus. Und in den Tagträumen, in den Tiefen des Herzens sehnt man sich. In Salma hatte er sich unsterblich verliebt. In der Frühe aber kehrte er zu ihr zurück, übernächtigt, und erklärte vorsichtig: »Tut mir Leid, ich konnte nicht anders.« Sie wandte den Blick von seinem Gesicht ab und ging. Sie weinte nicht und jammerte nicht. Er rief ihr nach, um sie zurückzuhalten: »Die Befehle sind schuld, Salma, es muss sein!« Sie drehte sich um und rief ihm zu: »Wie konnten wir glauben, du seist frei!« Danach verschwand sie. Salma war verloren, Beirut war verloren, und nun Nahla.

42

Die Brüder beschlossen, dem Vater nichts von dem Vorfall zu sagen. Wir wollten Nahla beiseite nehmen, vernünftig mit ihr reden und sie überzeugen. Vielleicht ginge alles gut. Aber die Winde bringen nicht, was die Schiffe ersehnen. Zwei Tage darauf war Nahla verschwunden. Sie floh nach Jerusalem und suchte erst beim Bey, dann bei Amira Unterschlupf. Ihre Brüder erkundigten sich in aller Stille nach ihr, ohne den Vater zu informieren. Schließlich mussten sie es doch tun. Wie erwartet, war es ein doppelter Schock für ihn, denn Nahla war, wie er sich ausdrückte, gleich zweimal verloren: körperlich und moralisch. Er schien mehr Angst vor einem Skandal zu haben als um Nahla selbst. Diesmal war ich nicht überrascht. Diese Lektion hatte ich schon in meiner Kindheit gelernt. Ich hatte sie nicht vergessen und würde sie nie vergessen. Nahla war nur noch ein Stein des Anstoßes – eine Frau, die in diesem Alter noch ausrutschte und alle mit zu Fall brachte. Straucheln wog schwerer als jedes Unrecht, das man ihr zufügen konnte. Wie seltsam, sie in entrüstetem Ton von ihr reden zu hören, beinahe so, als habe sie ein Verbrechen begangen, als sei Nahla eine widerspenstige Übeltäterin. Mein Onkel saß am Tisch, bedeckte den Kopf und die Augen mit beiden Händen und stöhnte unter der Schmach: »Habe ich ihr jemals etwas angetan? Was habe ich dir getan, Nahla?« Er schaute sich nicht um, hob nicht einmal den Blick, seufzte nur oder aß schweigend, unendlich langsam kauend und mühsam und verbittert den Bissen hinunterwürgend.

Saids Reaktion war ungleich vehementer. Dreimal schwor er, sie umzubringen. Was dachte sich Sitt Nahla? An seinen Vater und seine beiden Brüder gewandt, schrie er hasserfüllt: »Ihr seid schuld! Männer wollt ihr sein? Bei Gott, ich zeigs ihm, und ihr auch!« Er fuhr zu mir herum, ich starrte ihn an. »Und du, du ...« Er sprach nicht weiter, rannte hinaus und knallte die Tür hinter sich zu.

Ich saß da, beobachtete sie und grübelte über mich und meine Lage nach. Habe ich hier den gleichen Status wie Nahla? Wie Violet? Wird mir die Familie zum Grab? War das der Preis für das Erbe? Ich registrierte, dass die einzelnen Mitglieder meiner Familie nur bedeutungslose Glieder einer Kette darstellten, die durch Repression morsch geworden war. In diesem Augenblick erkannte ich, dass die Gefühle der Individuen füreinander gar nicht so stark waren, wie ich geglaubt hatte oder wie sie glauben machen wollten. Was sie verband, waren vor allem Symbole, war Tradition. Mein Bruder, mein Vater, meine Schwester ... Da unsere Bindung auf Blutsbanden beruht, sind sie mir die Liebsten und müssen mir auch die teuersten Menschen sein. Aber in Wirklichkeit lebt jeder allein in seiner Sphäre. Und Nahlas Welt lag irgendwo weit weg in diesem Universum. Ihr Bett in diesem Haus war immer leer geblieben. Jahre vergingen, in denen sie woanders lebte. Sie kam nur als Besucherin, als Sommergast. Mit der Zeit wurde ihr das Bett in jenem Wohnheim, jenem Kuwait zur Heimstatt, die Familie aber verblasste zur symbolischen Heimat. Die fremden Arbeitskolleginnen standen ihr näher als jeder Verwandte. Sie hatte eine syrische Freundin, eine ägyptische, tunesische und sudanesische Kollegin. Am Abend versammelten sich alle vor dem Fernseher und redeten von ihren Träumen und familiären Sorgen. Sie erzählten von Geschwistern und Vätern, vom Bruder, der in Deutschland, der Türkei oder in Spanien studierte. Dann schloss dieser Bruder sein Studium ab und brachte eine hübsche Frau mit heim. Er schickte der Schwester einen Brief, um ihr eine Freude zu machen. Aida, Mariam und Nahla bekamen ein Foto, das Bild ihres Bruders und seiner Braut im Hochzeitskleid vor der Torte. Sie lacht, er lacht. Sie tanzt mit ihm oder für ihn. Auf diesem Foto war es der eine Bruder, auf jenem der andere Bruder, und so weiter und so fort. Mit der Zeit wurde die Frau der Aufnahmen von anderen überdrüssig. Denn sie kehrte stets ohne eigenes Foto zurück. Eine Klasse ging, eine Klasse kam, sie unterrichtete den gleichen Stoff, verdiente das gleiche Gehalt und schickte die gleichen Überweisungen. Da der Bruder nun ein Ehemann war, also eine Wohnung, Frau und Kinder unterhalten musste, Nahla aber keine Kinder, demnach auch keinen Ehemann und keine Wohnung hatte, lag doch klar auf der Hand, dass sie für die Ausbildung des zweiten, dann des dritten und schließlich des letzten aufkam. Was hatte sie davon? Die Freude über die Zeugnisse, ein Foto und dass die Lehrerinnen sie am Abend umringten und eine ›Tihlaja‹, eine süße Freudengabe, von ihr forderten. Selbstverständlich machte sich Sitt Nahla sofort auf den Weg. Sie kaufte Süßigkeiten und schob eine Kassette in den Recorder, um der Glückwunschfeier im Kuwaiter Wohnheim anlässlich der Hochzeit ihres Bruders die rechte Stimmung zu verleihen. Diese tanzte und jene tanzte, und am Ende der Nacht kehrte Nahla in ihr Zimmer zurück und betrachtete das Bild. Was hatte sie gewonnen? Ein Foto.

Fitna rief mich aus Jerusalem an, um sich nach dem Befinden der Familie zu erkundigen. Das hatte sie noch nie getan. Die Sippe Hamdan war ihr vollkommen gleichgültig. Fitna lebte in ihrer eigenen weiten Welt. »Wie gehts Nahla?«, fragte sie, nach Luft schnappend. Ohne meine Antwort abzuwarten, setzte sie hinzu: »Habe ich dir nicht gesagt, du sollst uns wieder mal besuchen? Komm, komm doch zu mir!« Schnaufend und lachend wiederholte sie noch einmal: »Komm zu mir, komm her!« Sofort beschlich mich der Verdacht, dass dieser Anruf mit Nahlas Verschwinden zusammenhänge. Ich versuchte, etwas zu erfahren, vielleicht würde sie irgendetwas verraten. Aber sie machte Ausflüchte, lachte nur und meinte vieldeutig: »Wenn dus wissen willst, dann komm doch her.«

Ich schlussfolgerte, dass Nahla dort sein müsse. Sicher hatte sie durch den Makler von der Vermittlung der Sippe Schajib erfahren und bei ihnen Zuflucht gesucht, bis der Konflikt beigelegt wäre. Offensichtlich hatte Abdel Hadi Bey einige Fäden gezogen, um die Dinge in eine ihm genehme Richtung zu lenken. Vom Makler wusste er, dass Ingenieur Kamal Hamdan die Firma auflösen wollte, und dass der Makler diesen Schritt an sich begrüßen würde – hätten ihn nicht die Gebühren für die Konzession und Registrierung und die Bestechungen bereits so viel gekostet. Und dass der Herr Ingenieur Kamal Hamdan vollkommen pleite ist, weiß jeder, und Abu Dschabir weigert sich, auch nur einen Donum zu verkaufen, um die Auslagen zu begleichen. Und Masin, der ist ja ein Bettler, der kratzt seinen Lebensunterhalt vom Haus der Künste und Kultur zusammen, und Schulden hat er auch, und jetzt ist ihnen auch noch die Milchkuh durchgebrannt. Im ganzen Haus hat niemand was auf der hohen Kante!

Hier hakte Bey Abdel Hadi ein und fand auch gleich die Lösung des Problems: Rückzug des Maklers aus der Firma gegen Einzug bei Nahla. Aber der Makler Abu Naab Asrak schnappte den Köder nicht, er tat nur so. »Na schön«, sagte er zum Bey, »einverstanden.« Hatte er Nahla erst mal herumgekriegt, würde er auf den Bey und die Sippe Hamdan pfeifen. Die schlaue Nahla roch jedoch den Braten, bevor er gar war, und kassierte den Firmenanteil des Bräutigams als Brautgeld für sich, um den Hamdansöhnen eins auszuwischen.

Der Bey glaubte immer noch, dass sich der Makler aus der Firma zurückziehen und er selbst als Gegenleistung für die Heiratsvermittlung hineingelangen würde. Bei meiner Ankunft in Jerusalem benahm er sich, als habe er Nahla und den Makler schon in der Tasche. Fitna filmte die Eheschließung – erst eine Aufnahme vom Scheich und eine vom Bey, dann von Nahla, Sitt Amira, Abdel Nasser und ihrem Vater im Rollstuhl. Fitna schnaufte hinter der Kamera, während ich allem zusah und beklommen lächelte.

43

Said stieß die Tür auf, dass es krachte. Einige Augenblicke stand er still, um sich zurechtzufinden. Seine schwachen Augen waren vom grellen Licht draußen noch geblendet und konnten nichts erkennen. Nahla schrie auf, ich kreischte. Sie war schneller als ich. Aus seinem Blick und der Art, wie er gegen die Tür trat, erriet sie, weshalb er gekommen war. Blitzschnell fuhr sie hoch und schleuderte ihm den Stuhl vor die Füße, um ihn aufzuhalten. Dann lief sie zur Vordertür hinaus und drehte den Schlüssel von außen herum.

Ich blieb in der Küche.

Er stand vor mir in der offenen Gartentür, ohne mich zu sehen. Als sich seine Augen an das Dunkel gewöhnt hatten, starrte er mich wütend an. »Und du hältst wohl zu ihr?«, brummte er. »Natürlich.« Er stapfte durch die Küche und inspizierte alles – Küchenmaschine, Möhrenpresse, Mikrowelle, Gasherd. Zuerst sah er sich nur um, schüttelte den Kopf und sagte: »So weit kommts noch!« Danach öffnete er seelenruhig die Schränke und zerschlug die Teller, Tassen und Gläser. Er schob einfach die Gefäße von den Regalen, und sie zerschellten auf den Platten. Bald war der Boden mit Glasscherben und einem Matsch aus Körnern und Flüssigem bedeckt. Er ging zur Tür und trommelte schreiend dagegen. »Mach auf, du Schlampe, du Hundetochter!«

Sie rief hinter der Tür: »Verschwinde, oder ich rufe die Polizei!« Dabei wusste sie so gut wie er, dass weder Polizei noch Sicherheitskräfte kommen würden. Im Land herrschte das Chaos, es gab keine Herrschaft, keine Regierung, keine Kontrolle. Er fuhr zu mir herum und starrte mich an. »Ich mache sie fertig. Du wirst schon sehen.« Damit riss er eine Schublade auf, wühlte darin herum und warf alles zu Boden, bis er das größte Messer gefunden hatte. Er packte es und fuchtelte damit herum, als wolle er es ausprobieren. »Siehst du das? Sie bildet sich wohl ein, es gäbe nur Feiglinge!«

Hätte mir jemand vorausgesagt, dass ich wie durch einen Zeittunnel zurückversetzt würde – ich hätte es nicht geglaubt. Die Vergangenheit war wieder Gegenwart. Es war die gleiche Szene. Um ihn zu besänftigen, sagte ich: »Beruhige dich, Said.

Setz dich, lass uns darüber reden.« Sekundenlang starrte er mich an, dann wich er zögernd vor mir zurück. An seinem Blick erkannte ich, dass er nicht wirklich zornig war. Er täuschte Wut vor, steigerte sich selber hinein, weil er irgendetwas unternehmen musste oder den anderen beweisen wollte, dass er kein Versager war.

Er ging wieder zur Tür, trommelte und warf sich dagegen, dass sie unter seinem Gewicht krachte. Da es auf der anderen Seite still blieb, vermutete ich, dass Nahla aus dem Haus geflüchtet sei. Jedes Mal, wenn er sich gegen die Tür warf und zurücktaumelte, wurde er noch erbitterter und gab Nahla die Schuld an seiner schmerzenden Schulter. Schweißtriefend hielt er einen Moment inne und murmelte: »Bei Gott, ich zeigs ihm! Ich zeigs ihr!«

Plötzlich sprang die Tür auf. Nahla stand mit einem großen Revolver da und zielte mit unsicherer, zitternder Hand in unsere Richtung. Sie sagte nichts, zielte nur und starrte uns an.

Vor Überraschung war er sprachlos, begann nur laut zu keuchen. Dann stürzte er sich blindwütig auf sie. Ein Schuss krachte, alles bebte. Ich sah einen hellen Schein, ein Licht, einen leeren Raum und Kreise, danach rieselte es lauter Kristalle wie Schnee, und ich fühlte nichts mehr. Ich sehnte mich nur nach Ruhe.

44

Wie war ich an diesen Ort gelangt? Niedrige Decke, hässliche Farbe, ein alter Schrank, braune Vorhänge. Doch das Fenster ging hinaus in grenzenlose Weiten. Draußen wogten grüne Nebel und Blattwerk von Bäumen. Vor den Nebelschwaden

stand mein Onkel, den Kopf an die Scheibe gelehnt, regungslos. Ich lag auf einem erbärmlichen Bett, so schmal, dass ich
beinahe hinunterfiel.

Die Tür ging auf. Nahla sagte: »Alles in Ordnung. Es ist
nur ein Kratzer, meint der Doktor. Sena wird bald von der
Spritze aufwachen.«

Ich schwebte zu den nebelverhangenen Bäumen. Hinter
dem Fenster glitten Schmetterlinge durch die grünen Blätter.
Ein leichter Sprühregen fiel. Es herrschte tiefe Stille wie unter
einer schweren Decke. Ich trat aus meinem Körper und verließ
den beklemmenden Ort. Vor mir erblickte ich rosa Hügel,
schwimmend im Licht, einem hellen, weißen, silbernen Licht
voller Sonnenstrahlen. Meine Seele erhob sich über die Wolken
und begann zu fliegen.

Wieder ging die Tür auf, und Nahla sagte: »Dein Tee ist
kalt geworden. Möchtest du Kaffee?«

Er antwortete nicht und blieb an das Fenster gelehnt stehen. Ich sah nur seinen Rücken. Dichtes Blattwerk, tiefes
Schweigen. Weiße Schmetterlinge und Kristalle. Wieder trieb
ich hinaus und schwebte wie ein Windhauch durch das Licht.
Hügel, Horizont und sanftes Gleiten zu dichteren, blauen
Zentren in himmlischen Dimensionen von einzigartiger Schönheit. Welcher Gegensatz zwischen hier und dort, zwischen
innen und außen, zwischen der Sicht von innen und von außen.
Welch ein Gegensatz! Schweigen überflutete mich. Wieder
schlief ich ein.

Ich erwachte von ihrem Weinen. Sie saß auf dem Sofa,
neben dem Fenster. Er stand noch dort, die Stirn an die Scheibe
gelehnt. Dichter Nebel, gelbe Blätter.

»Ich habe mich nur verteidigt«, schluchzte sie. »Warum
sagst du nichts?«

Er antwortete nicht. Leise zog sie sich zurück. Ich sah sie an der Tür stehen. Sie schaute mich an, schaute ihn an. Ein seltsamer Blick. Mir war, als bliebe mein Herz stehen. Meine Brust war wie zugeschnürt. Ich wollte davonfliegen und konnte nicht. Ich öffnete den Mund, schloss ihn, schloss die Augen. Ich träumte nicht. Nur flüchten! Hinaus in den Wind, durch die Täler, die Mandelhügel hinauf zum Haus der Künste. Dort war Masin, viele Menschen waren dort. Eine große Eröffnungsfeier. Gedichte, Gesang und Musik. Andere Geschichten, das Erzählen der Welt, reicher und schöner. Schweigend hörte ich zu und ergab mich der Ruhe und Stille des Orts.

Ich schlug die Augen auf und sah Said auf dem Sofa sitzen. Immer noch dasselbe große, alte Sofa.

»Alles wegen dir, nur wegen dir«, fuhr er seinen Vater an. »Sie äfft die Ausländerinnen nach, Violet, Helga und die Weiber im Fernsehen. Du hast es doch selber gesehen und gehört! Aber kein einziges Mal hast du ihr gesagt: ›Das wird noch böse enden!‹ Hättest du das gesagt, hätte sie geschwiegen und sich gefügt. Von uns forderst du bei jeder Kleinigkeit Rechenschaft. Warum nicht von ihr? Bitte, da hast dus. Bist du nun zufrieden? Warum schweigst du?«

Ich schwebte davon durch das Schweigen, hinter die hohe Scheibe. Weißes Licht, grünes Licht, leuchtender Widerschein am Fuße des Bergs und zwischen den Höhen. Das Haus der Künste und die Bulldozer.

Nahla sagte: »Abu Salim ist gekommen. Er möchte dich sprechen. Gehst du zu ihm hinunter?«

Er antwortete nicht.

»Willst du nicht runtergehen?«, schnaufte Said. »Warum schweigst du? Wer ist denn schuld an der Sache? Was hättest du gemacht, wenn ich mich so benommen hätte? Geh nur runter! Versöhne dich mit ihm! Mir doch egal. Wenn ihre eigenen Brüder sich nicht kümmern, warum soll ich es tun? Wenn ihr Vater nicht danach fragt, wieso dann ich? Kamal ists egal, Masin auch, und dir auch. Zum Teufel mit euch allen. Du willst nicht reden? Schön, dann setz dich wenigstens. Willst du denn ewig so stehen bleiben? Wen willst du mit deinem Schweigen strafen? Mich oder sie? Mich willst du strafen mit deinem Schweigen. Stimmts etwa nicht? Warum antwortest du nicht? Sag was, tu was. Setz dich doch.«

Er stand vom Sofa auf und wollte ihn anfassen. Ohne sich umzuwenden, schob ihn sein Vater mit dem Ellbogen zurück und traf die Wunde. Said zuckte zusammen und krümmte sich. Er stieß einen Schrei aus, einen kleinen Aufschrei, versuchte ihn zu unterdrücken. Aus dem Schrei wurde ein Ächzen, dann ein Keuchen, schließlich brach er schweigend in Tränen aus und kehrte unter lautem Schnaufen an seinen Platz zurück.

Er wischte sich die Tränen ab und sagte schmerzerfüllt: »Gott verzeihe dir. Dein Lebtag warst du so. Was hab ich dir getan? Wie kann ich sitzen bleiben, wenn du stehst? Da stehst du und schweigst. Das heißt, du machst mir Vorwürfe. Und weswegen? Ich bin nicht schuldig. Sie hat einen Fehler gemacht. Sie hat sich verliebt, ist mit ihm durchgebrannt und hat ihn geheiratet, ohne uns Bescheid zu geben und sich mit uns zu beraten. Nahla hat den Fehler gemacht. Nicht ich. Ich wollte ihr nur einen Schreck einjagen, damit sie Respekt bekommt. Niemand hat Respekt vor dir, wenn er dich nicht fürchtet. Warum haben wir dich respektiert, als wir klein waren? Weil wir Angst hatten. Du hast uns eingeschüchtert. Deine Hand war schneller als der Blitz. Kaum sagte einer ein Wort, schon schlug ihm die Hand ins Gesicht. Wieso und warum? Keine Ahnung. Bis jetzt weiß ichs nicht. Was wolltest du? Erklär es mir. Nie habe ich begriffen, was du eigentlich wolltest.«

Endlich flüsterte der Vater schmerzerfüllt, wie betäubt: »Ich wollte, dass du begreifst.«

»Was sollte ich begreifen?«, rief der Sohn. »Was denn?«

Der Vater schüttelte den Kopf. »Lassen wir das, jetzt ist nicht die Zeit dafür. Setz dich, und sei still.«

»Setz dich, und sei still?«, ereiferte sich Said. »Immer hieß es: Halt den Mund, halt die Klappe. Ich kapier nicht, was du willst! Wie soll ich begreifen, wenn du nichts sagst? Wie kann ich da verstehen?«

Mutlos murmelte der Vater: »Dein Lebtag wirst du nichts begreifen.«

»Gottverdammt!«, brach es aus ihm heraus. Zum ersten Mal verfluchte er den Vater, zum ersten Mal in seinem Leben. Wie ein Geschoss fuhr ihm das Wort heraus, er konnte es nicht wieder zurücknehmen und weinte wie ein kleines Kind.

»Ich versteh das nicht!«, stammelte der Vater verwirrt. Er schüttelte den Kopf und starrte auf den klobigen, aufgebrachten Kerl – das bockige Kind. Wieder murmelte er: »Großer Gott! Ich versteh das nicht!«

»Was hab ich denn verbrochen?«, schrie sein Sohn. »Wolltest dus nicht so haben? Kamal ist wie ein Deutscher geworden, Masin treibt sich herum wie sie, und noch schlimmer. Du bist alt geworden. Wer bleibt also übrig? Sag mir, wer?«

Der Vater brüllte: »Und da bedrohst du sie mit dem Messer? Wär ich doch blind! Hätte ich euch zu Grabe getragen, bevor ich diesen Tag erleben musste! Meine Kinder, Abu Dschabirs Kinder, gehen mit Messern aufeinander los!«

»Aber sie hat geschossen!«, verteidigte sich der Sohn. »Angeschossen hat sie mich!«

»Aufeinander los!«, schluchzte der Vater. »Aufeinander, ihr Hundekinder? Aufeinander?«

Er durchschritt das Zimmer, öffnete die Tür, taumelte durch den Korridor. Er ging allein, und sein Sohn blieb allein zurück.

45

Abu Salims Söhne und Töchter waren außer sich. Da Töchter in der Regel nur Tränen beisteuern, bereiteten sich die Söhne vor, ihre Pflicht zu tun und das Verlorene zurückzuholen. Ihr Eifer verstärkte sich, nachdem ihnen das Budget der Jauche-firma, doppelt so hoch, wie es war, zu Ohren kam. Auch war ihnen zugetragen worden, der verliebte Makler habe Nahla nicht nur die Aktien überschrieben, sondern auch die Lände-reien im Jordantal, bei Anabta und Sabastija sowie die Villa in Nablus.

Am helllichten Tag brachen Vermummte ins Haus ein, stülpten Nahla, wie sonst den Kollaborateuren, einen Leinen-sack über den Kopf und schleppten sie an einen finsteren Ort, wo es nach Verwesung und Blut stank. Sie setzten sie auf den Anklagestuhl, auf dem sie die Verräter verhörten, bevor diese gepeinigt, gefoltert und schließlich mit Äxten liquidiert wurden.

Sobald Abu Salim die Nachricht erreichte, dass Nahla ver-schleppt war und vom Gericht des Schwarzen Tigers gefangen gehalten wurde, beschaffte er sich einen Passierschein und setzte sich unverzüglich nach Amman ab. Dort gab es wenigs-tens Polizei, Armee, Sicherheitskräfte und eine Regierung, hier wurde ein Hingerichteter sogar ohne Trauerfeier verscharrt.

Abu Dschabirs Söhne wussten selbstverständlich auch Bescheid. Sie beschlossen, dem Vater nichts zu sagen – aus Angst, er könne wieder einen Herzschlag erleiden. Said, dessen Schusswunde an der Schulter noch nicht trocken war, zeigte natürlich kein Mitleid mit seiner Schwester. Deshalb weihten ihn seine beiden Brüder auch nicht ein, als sie überlegten, wie Nahla vom Schwarzen Tiger zu befreien sei. Sie informierten Said nicht über ihre Unternehmungen, die Bitten um Vermittlung und die Beteuerungen, Abu Salims Kindern die Aktien und Besitzungen zurückzugeben. Doch wie sollten sie das bewerkstelligen, wenn alles bereits auf Nahla überschrieben und Abu Salim in Amman untergetaucht war? Sie wussten ja nicht einmal, ob die Gerüchte stimmten. Gehörten ihr wirklich die Ländereien im Jordantal, bei Anabta und Sabastija? Waren die Aktien der Jauchefirma unter ihrem Namen registriert? Wurde ihr die Villa in Nablus überschrieben? Würde Abu Salim so etwas tun? Abu Salim, der Marder? Abu Salim, der Wucherer? Sie befragten mich, doch ich bestritt, etwas zu wissen. Wer könnte in Erfahrung bringen, was in den Registern stand? Der Bey natürlich. So begaben sie sich in den Diwan, um ihn zu konsultieren.

Abdel Hadi Bey fürchtete den Schwarzen Tiger und enthielt sich jeder Erklärung. Aber Amira, die von dem Problem gehört hatte, erschien bei uns, um sich zu erkundigen, was geschehen sei. Sie stehe zur Sippe Hamdan in ihrem Unglück. Schließlich sei der Ehevertrag bei ihr unterzeichnet worden, mit ihrer Hilfe habe Nahla diesen Makler geheiratet. »Also so etwas! Sie einfach sitzen zu lassen und die eigene Haut zu retten!« Die Betroffenheit war ihr anzusehen, sie spürte Gewissensbisse. Eine Zweitehe neben der ersten Gattin und einem Haufen Kinder, verlangte eben ihren Preis. Amira kannte diesen Preis nur zu gut. Sie hatte lange genug gelebt, um zahllose

Geschichten von Problemen, Verbrechen und Skandalen gehört zu haben. Eine Heirat als Nebenfrau war kein Spaß. Warum hatte sie Nahla nicht abgeraten? Oder wenigstens die Bitte des Beys abgelehnt, die Heirat in ihrem Haus, unter ihrem Dach zu veranstalten und Mitglieder ihrer Familie den Ehekontrakt gegenzeichnen zu lassen? Nun war sie verantwortlich für das Geschehene.

46

Wir machten uns auf die Suche nach Nahla. Irgendwo in Nablus saß sie gefangen. Die Altstadt von Nablus war eine richtige Unterwelt. Eine Welt für sich, mit einem Gewirr von Kellergewölben, Arkaden, Gassen und nächtlichem Dunkel am helllichten Tag. Die Menschen waren an Feuchtigkeit, eine überlaufende Kanalisation, schmutzige Gassen und Schimmel gewöhnt. Zwischen zerfallenden Prachthäusern verwilderten die Gärten, hell leuchtend in dem Dunkel, voll wilder Zitronenbäume, Mohn und Kletterpflanzen, überwuchert von Alter, Gleichgültigkeit und Verlassenheit. Die Altstadt war entvölkert, zur Hälfte verlassen. Während der Intifada flüchteten die Einwohner vor den Zusammenstößen zwischen Armee und Jugendlichen und den Übergriffen, die Tag und Nacht pausenlos aufeinander folgten. Außerdem wurden immer wieder Häuser – eins oder gleich mehrere – auf den bloßen Verdacht hin gesprengt, die Bewohner hätten junge Männer versteckt. Anfangs gaben die Menschen dort ihr Letztes. Sie vollbrachten Unbeschreibliches – Heldentaten, Ausbrüche, Opfer. Alle, ohne Ausnahme. Doch dann zog sich der Kampf in die Länge, er zerfiel, zuletzt ging er vor die Hunde. Nach und nach ließen die Leute ihre Finger davon. Zurück blieben nur Bitterkeit und gesperrte Häuser – auf Befehl der Armee oder Gottes Geheiß. Und in irgendeinem Haus, in irgendeinem Keller, hockte Nahla, umgeben von Finsternis, Schemen und Vorstellungen der Folterung, die Helden wie Verräter hier erdulden mussten.

Said, der sich allmählich vor sich selber zu schämen begann, fragte mit gedämpfter Stimme: »Woher wollt ihr wissen, wohin man sie gebracht hat?«

Keiner antwortete. Der Bey, Masin und Kamal beugten sich über den Teetisch. Vor ihnen lag eine große Karte der alten Viertel, die Kamal wegen seines Projekts und der Jauchefirma vom Rathaus bekommen hatte. Doch was nützte die Karte, wenn sie niemanden in Nablus kannten, der ihnen die Örtlichkeiten zeigte und die Zugänge wies?

Said versuchte, sich in ihren Disput einzumischen. »Ich kenne mich sehr gut in Nablus aus«, sagte er. »Beim Ausliefern der Bonbons komme ich viel herum. Wenn ihr wollt, zeige ich euch alles.«

Masin drehte sich lächelnd zu ihm um. Sieh mal an, Said bemüht sich um Frieden. Seit dem Tag, als Nahla verschleppt wurde und der Makler flüchtete, sollten alle sehen, dass die Dinge jetzt, da Nahla unter fremde Leute geraten war, ganz anders lagen. Immerhin war er ihr Bruder.

Der Bey überlegte: »In Altjerusalem führt der Weg über die religiösen Stiftungen.«

Masin erwog die Idee und fand sie praktisch und akzeptabel. »Richtig, das ginge«, meinte er abwägend. »So könnten wir das Ende des Fadens finden.«

Said protestierte. »Was soll das – Stiftungen, Scheichs, das ist doch Quatsch«, eiferte er sich. »Ich kenne alle Gemischtwarenhändler, die sind der Schöpflöffel einer Stadt. Da gibts einen, der ist ein ganzer Kerl, er weiß von jedem Ei, welche Henne es gelegt hat. Samaan heißt er. Ich führe euch zu ihm.«

»Wozu das Hin und Her«, rief der Vater zornig. »Anstatt zum Händler und zum Scheich in die Moschee zu laufen, sollten wir lieber zu Abu Salim nach Hause gehen und einfach sagen: Einigen wir uns. Die Aktien wollt ihr? Nehmt die Aktien. Wollt ihr die Villa? Nehmt die Villa. Wollt ihr die Scheidung? Mag er sich von ihr scheiden. Nehmt den Besitz, aber gebt sie heraus.«

Amira stimmte ihm zu: »Wozu die Umwege? Lieber zur Tür hinein als durchs Fenster oder übers Dach. Ich könnte zum Beispiel mit den Frauen zu Umm Salim gehen.«

»Und was dann?«, fragte Masin zweifelnd.

»Dann redet sie mit ihren Söhnen«, erwiderte sie überzeugt. »Das wäre das Ende des Fadens.«

Alle brachen in ein lautes Geschrei aus. Jeder bestand auf seinen Vorschlägen und machte seine Kommentare. Schließlich beendete Amira die Debatte und erklärte entschlossen: »Mag jeder auf seine Weise suchen, dann werden wir ja sehen.«

Damit löste sich die Versammlung auf, und jeder tat, was ihm richtig schien. Unterdessen hockte Nahla in jenem Keller und wartete auf das Erbarmen des Schöpfers und seiner Geschöpfe.

47

Masin entschied sich, Nahla auf dem Weg zu finden, den der Bey vorgeschlagen hatte. Heutzutage lag das Ende des Fadens, ja das ganze Knäuel, sowieso beim Scheich in der Moschee. Er kannte die Menschen und alle Gassen und Schlupfwinkel der

Altstadt, wo die armen Leute lebten. Doch die Bedürftigen dieser Generation unterschieden sich von denen der vorangegangenen. Die Armen von gestern, das waren Arbeiter, Tagelöhner und kleine Händler gewesen. Sie lasen ein Flugblatt, hörten eine Rede, und schon strömten sie scharenweise in die Organisationen. Heute waren sie der Reden, Losungen und Flugblätter überdrüssig und traten aus. Nun war die Moschee der Ort, wo sie sich versammelten und wo man sie erreichen konnte.

Gemeinsam mit dem Bey machte er sich auf den Weg. Als sie beim Scheich eintraten, war er gerade von seinem Mittagsschlaf erwacht und bereitete sich auf das Nachmittagsgebet vor. Sie waren davon abgekommen, ihn in der Moschee oder im Kaffeehaus aufzusuchen, denn sie fürchteten beide um ihren guten Ruf, wenn sich dieser Besuch herumspräche. Was würde man sagen, wenn das publik würde? Masin Hamdan Guevara rennt zum Scheich? Masin Hamdan, Abu Dschabirs Sohn, na, der aus Partei und Organisationen, der kommt zum Scheich gekrochen, um sich ein Amulett schreiben und wahrsagen zu lassen? Nicht einmal seinem Vater gab er Bescheid. Auch der Bey hatte Angst um seinen Namen und sein Ansehen – genauso große wie vor dem Schwarzen Tiger.

Nach Abdel Hadi Beys formvollendeter, weitschweifiger Einleitung, in der er vor allem versuchte, jeden Verdacht von sich abzuwenden, ging der Scheich sofort in die Offensive. Die blinden Augen zur Decke gerichtet, sprach er: »Sohn Abu Dschabirs, wir hörten schon mancherlei von Ihnen. Aber niemals hätten wir uns vorstellen können, dass Sie es wagen würden, das Gesetz des Herrn zu übertreten und die Schwester von ihrem Ehegatten zu scheiden!«

Der Bey unterbrach ihn eilig, um nicht missverstanden zu werden. Sonst würde es womöglich heißen, er sei ein Freund des Ketzers – nämlich des Sohnes von Abu Dschabir, des Zöglings der Organisation – und mit ihm gekommen, um das Gesetz Gottes anzugreifen.

»Unser Herr Scheich«, sagte er rasch, »Gott bewahre! Nie würde es mir oder ihm in den Sinn kommen, Gottes Gesetz anzufechten. Masin möchte nur Folgendes erklären: Abu Salims Söhne mögen die Besitztümer nehmen, dafür soll Abu Dschabirs Familie Nahla zurückerhalten.«

Er schaute den Scheich an, um die Wirkung seiner Worte festzustellen. Der Scheich wiegte den Kopf nach rechts und links, wie er es von der Koranlesung und den Rezitationen für die Toten gewohnt war. Einige Augenblicke war es vollkommen still.

Masin räusperte sich und sagte geduldig: »Seien Sie so gütig und sagen Sie uns, ob Sie wissen, wohin man sie gebracht hat.«

Der Scheich zuckte zusammen, als sei eine schwerwiegende Anschuldigung gegen ihn erhoben worden. »Was soll ich wissen?«

»Wohin sie gebracht wurde.«

»Wer brachte wen?«

»Es geht um meine Schwester Nahla.«

»Wer sie wegbrachte, tat weder ihr noch Ihnen Unrecht. Es war rechtens nach dem Gesetz Gottes und seines Propheten.«

Ärgerlich starrte Masin in das Gesicht des Scheichs. Er schämte sich, hier zu sein, und Wut auf Nahla stieg in ihm hoch, derentwegen die ganze Familie in alle Richtungen ausschwärmen musste, aber auch auf den Bey, der ihm den üblen, nutzlosen Rat erteilt hatte, hier vorzusprechen.

Der Bey griff ein. »Unser Herr Scheich«, sagte er bedächtig, »wir sind zu Ihnen gekommen, damit Sie vermitteln.«

Der Scheich schwankte weiter nach rechts und links. Seine Augen waren zur Decke gerichtet, als er reserviert fragte: »Bei wem soll ich vermitteln?«

»Bei einer Gruppe, Unser Herr Scheich«, antwortete der Bey geduldig und gelassen.

Masin glaubte aus dieser Anrede unwürdige Kriecherei herauszuhören. Wie konnte er sich aus dieser Situation zurückziehen? So viel Rückständigkeit ließ sich weder mit seinem Verstand noch mit seiner Ehre vereinbaren. Andererseits genierte er sich vor Abdel Hadi Bey, der den beschwerlichen Gang, diese peinliche Anfrage und die mühevolle Vermittlung auf sich genommen hatte. So blieb er sitzen, wippte mit seinen langen Beinen und beobachtete die Reaktionen auf den beiden Gesichtern. Er empfand doppelte Demütigung – einmal durch die Erniedrigung Abdel Hadi Beys um Nahlas willen und zum anderen durch die Haltung des Scheichs, der sich dumm stellte und so tat, als wisse er gar nicht, was gemeint war.

Abdel Hadi Bey drängte wieder mit seiner feinen, diplomatischen Art: »Wir haben Sie aufgesucht, Unser Herr Scheich, weil wir glauben, dass nur Sie die Angelegenheit retten können.«

»Was für eine Angelegenheit?«, rief der Blinde schnaufend.

»Es handelt sich um Nahla und die Gruppe.«

»Was für eine Gruppe?«

Der Bey näherte sich dem Scheich und flüsterte: »Der Schwarze Tiger, Unser Herr Scheich.«

»Damit habe ich nichts zu tun!«, schrie der Scheich. »Ich kenne weder Weiß noch Schwarz, ich kenne keinen Hammel und auch keinen Tiger! Das hätte mir noch gefehlt!«

Masin stand auf. Das Maß war voll. Mehr würde er nicht

ertragen. »Schön«, sagte er unhöflich, »gehen wir.« Der Bey zog ihn an der Hand zurück. »Setzen Sie sich, setzen Sie sich doch«, sagte er kühl. »Warten Sie ein bisschen.«

Zögernd nahm Masin wieder Platz. Der Bey redete freundlich und höflich und wählte die Worte mit Bedacht: »Ihr Haus ist in Sicherheit, Unser Herr Scheich, und Ihre Familie steht in unserer Obhut, wenn nötig. Sobald wir sie zurückhaben, werden wir uns bei Ihnen einfinden und erkenntlich zeigen. Nun, was meinen Sie dazu?«

Der Scheich gab keine Antwort. Seine Augen blieben zur Decke gerichtet. Doch er hörte auf, sich nach rechts und links zu neigen. Es war ihm anzumerken, dass er die Worte erwog.

»Was meinen Sie?«, fragte der Bey wieder geduldig.

Der Scheich flüsterte ein Gebet. Er versuchte Zeit zum Nachdenken zu gewinnen. »Wozu?«, fragte er.

Masin fuhr hoch: »Na, zu meiner Schwester, die verschwunden ist, und die wir nicht finden können!«

Der Scheich lächelte spöttisch. »Ihre Schwester ist verschwunden? Da vermögen wir etwas zu tun. Wollen Sie, dass ich das Orakel befrage und ein Amulett für sie schreibe? Bitte, dann werden wir ein Amulett schreiben. Wünschen Sie, dass wir aus dem Spiegel wahrsagen? Dann werden wir eben wahrsagen.«

Masin sprang auf. Ohne sich umzusehen, stürzte er hinaus. Mit seinen langen Beinen stakste er davon und schrie wütend: »So weit ist es mit uns gekommen! Amulette schreiben und wahrsagen?« Er erschrak über seine laute Stimme, als er bemerkte, dass die Straße vollkommen leer war. Während der Mittagsruhe war in dieser Sommerhitze niemand auf der Straße. Er verlangsamte den Schritt, dann blieb er stehen, um auf den Bey zu warten.

48

Auch wir Frauen wollten Nahla finden. Wir hielten eine Versammlung ab, auf der uns Sitt Amira beibrachte, was wir zu Umm Salim sagen und wie wir uns anziehen sollten. Unser Äußeres sei von größter Bedeutung. Jedes unserer Worte werde den Entführern ganz sicher buchstabengetreu übermittelt. Vor allem aber Zurückhaltung und Verzicht auf ausgefallene Formen, Farben und Frisuren! »Keine kurzen Röcke, keinen Stretch, nichts Knallrotes, nichts Giftgrünes. Unsere Worte müssen ausgewogen sein, damit sie uns als anständige Leute erkennen. Wir sagen, dass Nahla zurücktreten wird. Kapiert?«

»Ich an ihrer Stelle würde nicht zurücktreten«, sagte Fitna mit heiserer Stimme. »Der Makler hat es eintragen lassen, also stehts ihr zu.«

Amira hörte ihre Worte und blickte sie scharf an.

»Warum lösen die Männer das Problem nicht selber?«, fragte Umm Dschirjes ängstlich. »Ohne Ihnen zu nahe zu treten, aber wir Frauen halten so was nicht aus. Bei Gott, wenn einer ›Kusch!‹ zu mir sagt, schleich ich mich davon wie eine Katze.«

Wir lachten alle, auch Sitt Amira. Dann wurde sie wieder ernst und erklärte entschlossen: »Nein, ihr Frauen. Wir müssen durchhalten. Die Männer sollen über uns nichts zu lästern haben. Schwört es mir bei Gott, ihr dürft keinen einzigen Augenblick vergessen, dass Nahlas Schicksal von uns abhängt. Ist das klar?«

Wir antworteten nicht, saßen da wie stumm. Aber in Anbetracht der dringlichen Situation sagten wir schließlich »Amen« und zogen aus, um nach Nahla zu suchen.

Langsam, in ihrer ganzen Leibesfülle, mit einem halben Kilo Gold um den Hals und einem Dutzend Reifen am Arm, kam Umm Salim hereingeschritten. Sie begrüßte uns freundlich und ein wenig furchtsam. Die Situation zerrte an ihren Nerven und rief seltsame, widersprüchliche Gefühle in ihr hervor. Einerseits war sie beschämt und verdrängte die Heirat Abu Salims mit einer Nebenbuhlerin, andererseits war sie stolz, dass sie von ihren tapferen, einflussreichen Söhnen unterstützt wurde. Doch am meisten überwog die Genugtuung, im Mittelpunkt des Interesses all dieser Frauen zu stehen, die sie nie zuvor besucht hatten. Sie gehörte ja nicht zu den Gebildeten. Sie wusste weder, wie man sich richtig kleidete, ausdrückte und großtat, noch, wie man Reden schwang und die Ruhmestaten und Verdienste der Familie herausstrich. Sie stammte aus einer dörflichen Familie und war zu Reichtum gelangt. Die Schafe und Stallungen hatte sie mit einem Haus voll zierlicher Tische und Sofas getauscht, alles Import aus Italien. Abu Masud, der Tischler des Viertels, hatte die Möbel nachpoliert, damit sie, Abu Salims Position angemessen, ordentlich glänzten und blitzten. Die Polsterung hatte er mit Jacquardgeweben, Goldkordeln und Bezügen aus Satin und Samt aufgebessert. Die Intarsien der Beistelltische schimmerten in Gold und Perlmutt. Es gab eine Zigarettendose, die Melodien spielte, ein Klavier und eine Uhr, aus der alle paar Minuten ein Holzvogel kam und krähte. Die Gardinen aus hellrosa Satin waren über die ganze Breite in Falten drapiert, mit Borten abgesetzt und von Schlaufen mit goldenen Kugeln zusammengehalten.

»Herzlich willkommen«, sagte Umm Salim schnaufend, »welche Ehre.«

Würdevoll nahm sie Platz und musterte Sitt Amira und Umm Dschirjes. Zwischen ihr und Umm Dschirjes bestand eine alte, dauerhafte Feindschaft. Umm Dschirjes protzte und schwadronierte ständig von Amerika, Flugreisen und unverständlichen Namen in Englisch. Umm Salim sollte wohl begreifen, dass sie niederer Herkunft war und nicht zu ihnen gehörte. Was Sitt Fitna betraf, so lag die Sache etwas komplizierter. Mit ihren gelben Haaren, ihrer grellen Bemalung und schandbaren Kleidung rief sie bei Umm Salim und ihren Töchtern ein gemischtes Gefühl aus Betroffenheit und Respekt hervor. Denn ungeachtet ihres inakzeptablen Äußeren stammte sie aus gutem Hause, von hoch angesehenen Leuten und Effendis in Jerusalem. Der Scheich hatte erwähnt, dass sie seit der Türkenzeit den Schlüssel der Aksa-Moschee verwahrten. Demnach waren sie vornehme Leute und von edler Abkunft. Außerdem hatte Fitnas Mutter so große, gescheite, scharfe Augen, ihre Persönlichkeit flößte Respekt und Scheu ein.

»Herzlich willkommen. Welche Ehre«, sagte Umm Salim noch einmal.

Sitt Amira erklärte geradeheraus und ohne Umschweife, dieser Besuch möge dazu beitragen, jeder Seite zu ihrem Recht zu verhelfen. Abu Salims Kinder würden die Aktien und Besitztümer zurückerhalten, und Abu Dschabirs Sippe ihre Tochter.

»Auch das Haus in Nablus, das vor allem«, warf Umm Salim mit Nachdruck ein.

Ohne Zögern versprach Sitt Amira: »Selbstverständlich, auch das Haus in Nablus.«

Mit erhobener Stimme fuhr Umm Salim fort: »Außerdem das Gold und die Ländereien im Jordantal.«

Amira wiederholte und bestätigte: »Natürlich auch das Gold und die Ländereien im Jordantal.«

»Und die Güter von Sabastija und Kalkilija.«

»Auch die.«

Umm Salims Stimme wurde lauter. Sie schrie, dass die Scheiben an der Tür klirrten: »Und die dreimalige Scheidungsformel!«

Amira schwieg. Sie begann die Dinge in ihrem Kopf zu ordnen und abzuwägen. Nahlas Scheidung! Lag es denn in Nahlas oder ihrer Hand, dass sie geschieden wurde? Der sie verstoßen durfte, das heißt der dafür Zuständige, war ja nicht hier. Er befand sich in Amman. Selbst wenn er zurückkehrte, würde er sie dann verstoßen?

In ruhigem, belehrendem Ton erklärte Amira: »Umm Salim, nehmen Sie es mir nicht übel, reden wir vernünftig miteinander. Die Besitztümer, die Aktien, das Gold und das Haus. Einverstanden. Auch die Ländereien im Jordantal, bei Sabastija und die übrigen Güter. Alles zugegeben. Aber die Scheidung, Umm Salim, die liegt nicht in unserer Hand. Nicht einmal der Scheich würde sie scheiden. Das kann niemand als Abu Salim selber tun. Die Scheidung können wir nicht zusichern. So ist es nun mal nach Recht und Gesetz.«

»Wälzen Sie es nicht auf Abu Salim ab«, sagte sie barsch. »Der bekommt nichts mit und weiß von nichts. Abu Salim ist ein armer Mann, der verzaubert wurde. Der Zauber ist von der stärksten Art. Nicht mal die Samaritaner konnten ihn brechen, auch nicht Unser Herr Scheich …«

Mit hochrotem, verquollenem Gesicht wandte sie sich an Umm Dschirjes: »Weder der Priester von al-Ram noch sonst jemand war dazu in der Lage. Der Samaritaner sagte, es wär ein Zauber von außerhalb, von weit her. Und weil er von so weit herkäme, wär ihm so schwer beizukommen. Ihr Leute, ich möchte nur eins begreifen: Nahla war nicht verreist, sie hat nicht mal die Brücke überquert, seit sie von Kuwait zurück ist. Wer hat das also angerichtet?«

Sie sah Umm Dschirjes, dann mich an. Umm Dschirjes murmelte: »Das darf doch nicht wahr sein! Lieber Gott!«

Umm Salim vernahm es und brauste auf. »Hören Sie mal, Sitt, Sie sind hier in meinem Haus. Solche Reden gehören sich nicht.«

Sitt Amira schritt ein, um sie zu besänftigen: »Umm Salim, wir sind doch wie eine Familie. Die Menschen sollen füreinander da sein. Nehmen Sies nicht krumm. Wir Frauen haben ja immer Mitleid miteinander. Nur die Männer machen alles kompliziert. Also, Umm Salim, ohne Umschweife: Sie haben Männer hinter sich, und in Abu Dschabirs Familie gibt es auch welche. Wenn die Männer erst einmal die Sache hochspielen, wie soll sie dann um Gottes willen enden? Umm Salim, Sie sind unter allen Leuten dafür bekannt, dass Sie fromm und gottesfürchtig sind und jedem nur Gutes wollen. Wie können Sie es da gutheißen, Umm Salim, dass Abu Dschabir um einen seiner Söhne oder um seine Tochter so leiden muss?«

Umm Salim senkte den Blick und dachte nach. Es war ihr anzusehen, dass sie zögerte. Wahrhaftig, sie wollte allen Menschen Gutes, weil sie fromm und gottesfürchtig war. Ganz gewiss wünschte sie Abu Dschabir, wie jedem Vater und jeder Mutter, nur das Beste. Sie war ja selber Mutter, eine zärtliche Mutter, und sie liebte die Kinder. Alle Kinder, wer immer sie waren. Sogar die Jungen von Kühen, Lämmern, Eseln und Maultieren. Beim Anblick einer stillenden Mutter strömte ihr jetzt noch, wo sie schon über sechzig war, die Milch in die Brust! Gerade gestern brachte sie der Katze, die geworfen hatte, eine Hühnerbrühe. Als das Schaf Nuaima niederkam, umsorgte sie es wie ein menschliches Wesen. Aber erst die Jungen, egal was für welche! Wie süß sie waren! Selbst kleine Schlangen waren so niedlich! Und das Süßeste an ihnen war ihre Abhängigkeit von der Mutterliebe. Gerade öffnete sie den Mund, um etwas zu sagen. Da ging die Tür auf, und ihre Tochter trat mit dem Kaffee herein. Sie war eine Frau in den Dreißigern, groß und breit, mit platten Füßen. Sie trug ein verschwitztes, sackartiges Kleid, das ihre fortgeschrittene Schwangerschaft verbarg.

Die Tochter nahm Platz, schaute sich um und sagte mit rauer, schroffer Stimme: »Willkommen!« Mit weit aufgerissenen, hervortretenden Augen musterte und taxierte sie uns, eine nach der anderen, von oben bis unten. Ungeniert starrte sie uns an. Dann wiederholte sie, barsch wie eine Beschimpfung: »Herzlich willkommen.«

Sitt Amira nahm den Faden wieder auf: »Nun, Umm Salim, was meinen Sie?«

Umm Salim antwortete nicht. An ihre Tochter gewandt, erklärte sie kurz: »Sie sind gekommen, um wegen Nahla zu vermitteln. Sie sagen, sämtliche Ländereien und Aktien gehen zurück.«

»Und die Villa in Nablus?«, fragte die Tochter gespannt. »Dein Haus?«

Umm Salim nickte. »Sie sagen, die auch.«

»Wie können wir da sicher sein?«, fragte die Tochter, indem sie uns der Reihe nach mit zweifelnden, feindseligen Blicken anstarrte. »Mein Bruder meint, wir sollten sie nicht freilassen, bevor sie zurücktritt und unterschreibt.«

»Heißt das, sie ist bis heute nicht zurückgetreten?«, fragte ich neugierig.

Ohne mir zu antworten, sah mich die Frau feindselig an. Dann richtete sie die Augen auf Fitna, die trotz aller Warnungen unwillkürlich gerufen hatte: »Weiß Gott, die traut sich was!«

Die Miene der Tochter verhärtete sich. Aber sie sagte nichts, ließ nur ihre Augen umherwandern und umfasste uns mit einem zornigen Blick, der beinahe Funken sprühte. Sitt Amira beeilte sich, das Gespräch wieder aufzunehmen. Sie richtete ihre Worte an Umm Salim. Die Mutter schien ihr das kleinere Übel zu sein. »Umm Salim, Sie sind gesegnet. Sie haben es in der Hand, das Problem zu lösen.«

Plötzlich schrie die Tochter scharf dazwischen: »Wie kann sie es denn lösen? Und warum sollte sie es lösen?«

Sitt Amira zwinkerte. Sie hatte nicht erwartet, dass diese Stimme so laut und aggressiv werden könnte. Doch sie beherrschte sich und nahm sich zusammen. Nur ihr Gesicht wurde gipsweiß. »Ich weiß genau«, sagte sie überaus höflich, »Umm Salim wird das Problem lösen, denn sie ist gut und großherzig.«

»Weil sie so gut ist, nutzt ihr sie aus!«, schrie die Tochter.

Sitt Amira zwinkerte wieder und entgegnete mit gespielter Ruhe: »Nein, meine Tochter. Es ist nicht recht, so zu sprechen. Wir sind in guter Absicht gekommen.«

»Hättet ihr Gutes im Sinn, wärt ihr nicht gekommen«, brüllte die Tochter. »Ich weiß schon, warum ihr hier seid!« Ihr böser Blick umfing uns wie ein Gewand aus Hohn, Hass und Abscheu. Dann spie sie den ganzen angestauten Ärger aus, der ihr seit langem auf dem Herzen lag – vielleicht schon jahrelang vor der Heirat ihres Vaters. »Ihr wollt doch nur herausfinden, wie ihr uns am besten reinlegen könnt!«

Die Mutter wies sie mit schwacher Stimme zurecht: »Nicht, Rauda. Schäm dich! Sie sind unsere Gäste!«

»Wenn sie Schamgefühl hätten«, rief die Tochter, »dann hätten sie ihre Töchter besser erzogen und ihnen nicht beigebracht, anderen die Männer wegzuschnappen und sich auf der Straße zur Schau zu stellen. Man weiß ja, wie die Männer sind, die verlieren den Verstand, sobald sie nackte Haut, lackierte Nägel und gefärbte Haare sehen.«

Unwillkürlich blickte Fitna auf ihre Fingernägel, und ihre Knie begannen zu zittern. Umm Dschirjes warf ihrer Tochter einen Blick zu und flüsterte ängstlich: »Los, gehen wir.«

Amira hörte es und erklärte entschieden: »Nein, wir bleiben.« An die Tochter gewandt, sagte sie fest: »Sie können ruhig reden und uns beleidigen, wir sind ja nur Ihre Gäste. Sagen Sie alles, was Sie zu sagen haben. Ich höre Ihnen zu.«

Die Tochter winkte mit einer wütenden Geste ab und keifte wieder: »Ihr seid also gekommen, um über Anstand zu reden? Was habt ihr denn unternommen, als uns die Schlampe den Vater wegschnappte? Habt ihr da zu ihr gesagt: Schande? Habt ihr gesagt: Unrecht? Habt ihr gesagt: Tu nichts Gottloses, er hat eine Frau und Söhne und Töchter, er hat einen Haufen Krankheiten und ist halb närrisch? Sie hat ihn um sein letztes bisschen Verstand gebracht. Einen Liebeszauber hat sie ihm eingegeben, den konnten nicht mal die Samaritaner brechen. Der war ja auch nicht von hier. Woher hattet ihr ihn? Nahla war nicht vom Westjordanland fort, seit sie aus Kuwait zurückgekehrt ist. Eine von euch hat ihr den Zauber von draußen beschafft!«

Violet sprang von ihrem Stuhl auf und zog ihre Mutter mit sich fort. Die Tochter lachte ihr hysterisch nach: »Nein, so was! Ist wohl peinlich, mit eigenen Ohren zu hören, was ihr angerichtet habt? Weiß denn so eine überhaupt, was Scham ist?«

Umm Dschirjes jammerte, bevor sie die Tür erreichte und

hinter sich zuschlug: »Lieber Gott, lieber Gott, das darf nicht wahr sein!«

Abu Salims Tochter rannte hinterdrein, riss die Tür auf und schrie: »Sitt Violet, kennt deinesgleichen überhaupt Scham? Benimm dich lieber anständig! Dein Techtelmechtel mit Masin und den anderen Kerls ist ja Stadtgespräch! Wenn du und deine Mutter es nur fertig brächten, würdest du ihn genauso schnappen, wie Nahla meinen Vater, und nichts von ihm übrig lassen!«

Die Hände in die Hüften gestemmt, dass ihr Bauch hervortrat, drehte sie sich zu Fitna um. »Und du?«, sagte sie, mit einer Hand herumfuchtelnd, die andere auf ihrem Leib. »Wann stellt sich der Nachwuchs ein? Wann schluckt er das Erbe?«

»Halt bloß den Mund!«, konterte Fitna, die ihre Selbstbeherrschung verlor. »Schämen solltest du dich! Ich habe nur geschwiegen, weil wir Gäste sind. Aber offensichtlich habt ihr keine Ahnung, was sich gehört!«

Abu Salims Tochter stand mitten im Zimmer. Wütend wies sie zur Tür: »Los, hinaus, hinaus!«

»Ich geh nicht«, sagte Fitna stur. »Bitte sehr, mach, was du willst.«

»Du denkst wohl, ich wär so dumm wie meine Mutter? Verehrte Dame, ich bin nicht wie meine Mutter. Ich bin wie du, und mir ist alles egal. Am Tag, als mein Vater heiratete und den Besitz auf ihren Namen überschrieb, hat mein Mann mich verstoßen. Ich habe keine Angst – weder um das Kind in meinem Bauch, noch dass mich mein Mann verstößt oder mein Vater mich enterbt. Eine wie ich hat nichts zu verlieren. Gehst du freiwillig, oder muss ich dir erst die Latschen um die Ohren schlagen?«

Amira stand auf und sagte mit bebender Stimme, bemüht, das Gesicht zu wahren: »Gut, gut, wir gehen. Los, Fitna.«

Sie wandte sich zu mir um. Ich saß starr, wie benommen auf meinem Stuhl. »Vorwärts. Na los, Sena!«

Wir rannten eilig hinaus, während uns Abu Salims Tochter Beschimpfungen nachrief. Als wir weit genug entfernt waren, stieß Fitna keuchend hervor: »So was Ordinäres! Was für ein Miststück, eine richtige Schlampe!«

»Hör auf!«, befahl ihre Mutter ungeduldig. »Lass uns vernünftig überlegen.«

Wir gingen lange durch das Viertel. Überall lugten Köpfe aus den Fenstern und hinter den Türen hervor. Wir hörten Getuschel. Abu Salims Söhne... Abu Dschabirs Familie, Abu Salims Tochter, Abu Dschabirs Tochter. Der Schwarze Tiger, die haben sie verschleppt ... Keine von uns beachtete es. Zu sehr standen wir noch unter dem Eindruck der Szene, die wir gerade erlebt hatten. Abu Salims Tochter, Violets und Umm Dschirjes' Flucht, Fitnas Aufbegehren und Niederlage, und ihre Mutter, die in diesem Sturm, trotz aller Schimpfworte und Schmähungen, ihre Ruhe bewahrte.

Fitna legte wieder los, schäumend vor Wut: »Was für eine Giftspritze, diese Schlampe!«

Plötzlich blieb sie mitten auf der Straße stehen, ohne sich um die Leute zu kümmern, die uns mit Blicken verfolgten. Mit unterdrückter Wut fuhr sie ihre Mutter an: »Hättest du dich nicht eingemischt, hätte ichs ihr gezeigt!«

»Benimm dich«, zischte ihre Mutter gereizt. »Lauf ordentlich.«

Langsam und aufrecht weitergehend, drehte sie sich zu ihrer Tochter um und wies sie noch einmal zurecht: »Lauf ordentlich vor den Leuten. Wir werden beobachtet.« Ruhig schritt sie aus, mit geraden Schultern und erhobenem Kopf.

50

Sitt Amira schlief nicht. Obwohl sie einigermaßen Ruhe bewahrte und nach außen gefasst und sicher auftrat, hielt ein Gefühl von Angst, Erniedrigung und Staunen sie wach. Die ganze Nacht hindurch ging sie alles Gesprochene noch einmal durch. Der Anlass, ihre Haltung zu überdenken, waren diese hingeworfenen Worte von Abu Salims Tochter. »Ich habe keine Angst – weder um das Kind in meinem Bauch noch dass mich mein Mann verstößt oder mein Vater mich enterbt.« Das hieß, die Frau war wegen Nahlas Heirat mit Abu Salim verstoßen. Das hieß, die Frau stand jetzt allein, ohne Ehemann, ohne Vater, ohne Kind. Der Gatte verließ sie wegen des Erbes, der Vater verließ sie Nahlas wegen, und das Kind würde ihr nach dem Gesetz vom Vater genommen werden, sobald sie es aufgezogen hatte. Also besaß die arme Frau gar nichts mehr – keine Stütze, keinen Trost. Und alles wegen Nahla und Nahlas Heirat. Das Verbrechen, das Amira an Nahla beging, indem sie ihre Heirat mit Abu Salim begünstigte, wog nun durch die Verstoßung von Abu Salims Tochter doppelt schwer. Warum war sie in diese Falle getappt? Wieso hatte sie sich von den Tricks eines Analphabeten täuschen lassen? Wie hatte er sie bloß so mühelos von der Aufrichtigkeit seiner Absichten und Beweggründe überzeugen können? Selbst der Bey hatte leichtes Spiel gehabt, sie zu überreden. Schließlich war sie ja selber von Grund auf überzeugt, dass die Ehrbarkeit eines Mädchens über allem in der Welt stand. Ehrbarkeit, Verheiratung und der gute Ruf eines Mädchens waren das Allerwichtigste, denn darin bestand die Ehre der Familie. Doch jetzt, nach diesem Vorfall, fragte sie sich: Was für eine Familie war das überhaupt? Bildeten Nahla und Abu Salim denn eine Familie? Hatten die beiden wirklich geheiratet, um eine Familie zu gründen? Er, ein alter Mann in den Siebzigern! Und Nahla schon in den Fünfzigern! Also war ihre Regel passé. Er – ungebildet und rückständig, schlimmer als das liebe Vieh, und sie – studiert und vernünftig, bis zu einem gewissen Grad jedenfalls. Er – ein Makler und Wucherer, der das Geld anbetete, und Nahla – aus wohlhabender Familie, mit Brüdern, geachteten und gebildeten Männern, denen nichts an billigem Profit lag. Also war Abu Salim aus einer Sorte Lehm, und sie aus einer anderen gemacht. Und was war daraus geworden? Abu Salim befand sich auf der Flucht, Nahla war wer weiß wo, und die Familie Hamdan steckte in einer traurigen Lage. Sie boten ein öffentliches Schauspiel, ihre Geschichte war Tagesgespräch. Wenn sie Nahla aufgaben, würden die Leute über sie herziehen und lästern, sie seien »wie die Weiber«. Wenn sie aber Nahla aufstöberten und mit ihr untertauchten, würden sie den Schwarzen Tiger herausfordern und sich selber ins Verderben stürzen. Was hatte das alles noch mit Ehrbarkeit zu tun? Unbegreiflich, dass sie, Amira, die Sitt der Sitts, wie man sie immer in ihrer Familie nannte, sie mit ihrem Verstand, ihrer Herkunft und ihrem Ehrgefühl, das alles nicht von Anfang an durchschaut hatte. Dabei war es noch nicht einmal das Schlimmste. Am schwersten wog, dass auch ihre eigene Tochter so war. Keinen Deut war sie besser als Nahla, sogar noch abscheulicher. Denn was sie getan hatte, war das Infamste, was man überhaupt tun konnte – eine künstliche Befruchtung im Hadassah! Welch ein Betrug! War das die Moral eines Schajib und der Schajjabs? Warum hatte sie die Augen geschlossen und das Problem verdrängt? Aber es blieb lebendig und wuchs im Bauch ihrer einfältigen Tochter heran. Wie töricht sie doch war, wie verzogen, wie dumm! Trotzdem blieb ihre Tochter eine Schajib, und dieses künstliche Judenkind aus der Klinik würde vor dem Recht, den Menschen und dem Gesetz ein Enkel der Sippe Schajib sein. Zu ihr würde er gehören und ihr Enkel sein. Dieser Enkel war ein Sohn der Umstände. Wenn die Verhältnisse anders wären, wenn es die Niederlage nicht gegeben hätte, wenn nicht die Juden im Land wären, wenn nicht … wenn nicht …

Sie brach in Tränen aus, denn sie begriff plötzlich, nach all den Jahren, dass sie über dem Souvenirgeschäft und den alltäglichen Sorgen die großen Probleme von einst, die Welt und die Geschichte vergessen hatte. Die Historie, früher ein einziger, monolithischer Block, hatte sich in lauter Kleinkram aufgelöst. Damals gab es doch so eine Hymne … Wie oft hatte sie eingestimmt, wenn Umm Kulthum sie sang! »Ich liebe es von ganzer Seele, mit all meinem Blut.« Sie hatte gefühlt, wie sich ihre Seele erhob, über die Erde, die Welt und die Grenzen des Irdischen, über Jerusalems hohe Berge, höher als die Wolken, höher als der Felsen und die Kuppel, höher und immer höher. Berauscht sang sie mit Umm Kulthum: »Liebte es doch jeder Gläubige wie ich, so wie ich.« Sie fühlte, dass die Liebe zu Jerusalem zugleich eine Liebe zu Kairo war, und die Liebe zu Kairo eine Liebe zu Jerusalem. Das Jaffator und das Damaskustor waren im Grunde gleichen Ursprungs, gleicher Herkunft. Und der Fötus in ihrem Leib war nicht nur ein Spross der Sippe Schajib oder ein Abkömmling Jerusalems, sondern auch ein Sohn Abdel Nassers. Als sie ihn geboren hatte, fragte man sie: »Wie soll er heißen?« Leidenschaftlich, denn sie hörte Umm Kulthums Gesang, antwortete sie: »Natürlich Abdel Nasser.« So kam ihr Sohn zu seinem Namen. Wie würde Fitna ihren Sohn nennen? Hadassah? Oder Cohen? Sollte ihr Sohn Abdel Nasser der Onkel eines Schlomo werden? Schlomo, und weiter? Schlomo Schajib oder Schlomo Hamdan? Eigentlich war es egal. Denn er war und blieb ein Schajib-Enkel. Letzten Endes aber mochte man ihn nennen, wie man wollte – und sei es Muhammad oder Mahmud –, in Wahrheit blieb dieser Enkel der Sohn von Hadassah.

Doch das Geheimnis war in einem tiefen Brunnen begraben, niemand auf der Welt wusste davon. Es lag verborgen in einem Tal, einem bodenlosen Tal, und würde verschwinden wie ein Tropfen im Meer. Mit der Zeit würde sie alles vergessen, genauso wie die Dinge von einst, die Erinnerung an gestern und die Geschichten von gestern. So ist die Welt nun einmal. Sie hilft vergessen, was uns nicht gefällt. Wir sehen darüber hinweg, verdrängen und kaschieren die Wunde, und dann vergessen wir. Nach und nach vergessen wir die Traurigkeiten, die Träume und die Realität, denn die Realität verändert sich ständig, sie bleibt niemals, wie sie ist. So würde sie auch dieses Geheimnis vergessen. Im Laufe der Zeit würde sie sich daran gewöhnen, das Kind gehörte zu ihr, war etwas von ihr und für sie. Es würde bei ihr, in ihren Armen, heranwachsen. Sie würde den Sohn ihrer Tochter aufziehen, wie sie alle Enkel und Abdel Nasser aufgezogen hatte. Sie würde ihn mitnehmen, wie ihre anderen Enkel, wenn sie an Festtagen die Gräber der Sippe Schajib besuchte, der Toten gedachte und für ihre Seelen, die Verstorbenen und was sie einst darstellten, die Fatiha betete und sich erinnerte – sei es auch nur noch Erinnerung –, dass die Schajjabs einmal Geliebte Gottes und Jerusalems Verehrte und Hochgeschätzte waren. Ja, sie würde vergessen, was geschehen war, denn das Geheimnis ruhte im tiefen Brunnen, im bodenlosen Tal. So würde sie ihm auch einen würdigen arabischen Namen geben, der sie an die Sippe Schajib und den Stolz der Schajjabs gemahnte. Amin oder Mamun würde sie ihn nennen, Nasir oder Mansur. Der Ärmste, was wusste er schon? Ein unschuldiges Kind, das sich nicht besinnen konnte, woher es kam. Niemand auf dieser Welt wird je erfahren, woher er stammt. Nicht einmal er selbst. Denn er ist ein Spross der Sippe Schajib und wird einst das Erbe der Sippe Hamdan antreten. Ihre Tochter Fitna Schajib wird ein Geheimnis gebären, an das wir uns nie mehr erinnern. Und sie, Amira Schajib, wird ohne innezuhalten weitergehen, wie sie immer weitergegangen ist, und ihre Tochter zurechtweisen: »Lauf ordentlich vor den Leuten. Wir werden beobachtet.«

51

Als Ingenieur Kamal dem Plan seines Bruders Said und des Gemischtwarenhändlers Samaan zustimmte, Nahla aus der Gefangenschaft zu befreien, ahnte er nicht, dass er an Unterhandlungen teilnehmen würde, die nur mit einem Gespräch zwischen Stocktauben zu vergleichen waren. Nachdem Said von den Frauen erfahren hatte, dass sich Nahla standhaft weigere, Abu Salims Söhnen eine Verzichtserklärung zu geben, kam er auf eine Lösung der Krise: Wenn Nahla ihre Brüder wiedersähe, würde sie nicht zögern, ihnen eine erbetene Vollmacht zu erteilen. Ihnen stand schließlich Nahlas Vertretung zu. Was dachten sich Abu Salims Söhne eigentlich? Dass Nahla ohne männlichen Schutz sei?

Als er Kamal diese Idee auf dem Weg zum Gefängnis des Schwarzen Tigers erläuterte, blieb Kamal stehen und sagte überrascht: »Ich soll Bevollmächtigter werden? Nein, mein Lieber. Wenn du es tun willst, dann tu es. Aber ich übernehme keine Vollmacht.« Der Händler schimpfte flüsternd: »Pst! Jetzt ist nicht die Zeit dafür. Steigt hier hinunter, in die Kanalisation.« Zu dritt ließen sie sich hinab, und Kamal versank bis zu den Knien in der Kloake der Stadt. Ihm schwindelte vom Gestank, und er begriff plötzlich, dass Millionen Liter klares Wasser vonnöten wären, um diesen Morast zu entgiften. Aber woher sollte er dieses Wasser beschaffen? Er erinnerte sich, dass man ihm im Rathaus erklärt hatte, der Vertrag von Oslo sichere ihnen keinen Anteil am Wasser zu. Wenn sie Wasser wünschten, mussten sie es für Dollars und Cents kaufen. Dabei reichte das Geld kaum aus, um die nötigsten Anlagen, Gebäude und Kanäle zu finanzieren, und dann noch das Graben, Bohren und Verlegen der Rohre. Wie kannst du da an klares Wasser vom Tiberiassee oder wenigstens vom Jordan denken! Wie konnte man diesen Matsch, die Ausscheidungen der Stadt, entsorgen? Wieso war ihm bisher nie in den Sinn gekommen, die Jauche hier könne etwas anderes sein als die harmlosen Abwässer von Frankfurt oder Berlin? Hier sind die Exkremente etwas Grauenvolles, Mörderisches, das sich an deinen Schuhen festsaugt und dich wie an einem Gummi immer wieder zurückzieht. Schuld ist natürlich der Wassermangel. Was kannst du da ausrichten, Kamal? Was nützt jede Arbeit, wenn dir die Grundlage des Lebens fehlt?

Regungslos blieb er in der Dunkelheit stehen. Said rief ihn ängstlich: »Los, komm schnell! Sonst verlieren wir uns.« Da fiel ihm wieder ein, dass Nahla noch immer gefangen saß, und dass er mit Said und dem Händler nur durch diesen Morast in der Kanalisation watete, um ihr Hoffnung auf Befreiung zu bringen.

52

Es duftete nach Kamille und Zitronenblüten, Mondschein glänzte auf den Wänden und Dächern der Häuser. Schön wie ein Traum von Andalusien war dieser Platz im Garten. Kamal spürte, dass er bis ins Innerste von einem Rausch, aber auch von Selbstvorwürfen aufgewühlt wurde. Soeben noch hatten seine Beine knietief im Abwasser gesteckt. Er hatte vergessen, dass diese Stadt und diese Menschen auch einen hellen Mond, Kamille und Zitronenblüten besaßen, dass die Kanalisation unter der Erde lag und die Menschen auf der Erde lebten, und dass sich über der Erde und dem Leben ein weiter Himmel spannte.

So lange hatte er in der Welt da draußen gearbeitet, in der Fremde! In Treibhäusern, fast so groß wie Weltraumstationen. Sie hatten ihm alle Privilegien gewährt, wie einem von ihnen. Nur er hatte sich niemals als einer von ihnen gefühlt. Sie gaben ihm eine Wohnung, Autos, ein Bankkonto, dann eine Kranken- und Altersversicherung. Aber jeden Morgen, wenn er im Unibus oder mit der U-Bahn fuhr, fühlte er seine Einsamkeit und Verlassenheit wachsen, bis sie groß wie ein Baum geworden waren. Mit verschlungenen Zweigen und schwarzen Schlangenwurzeln drehte und wand er sich um seinen Hals, seine Existenz und seine vergessenen Träume und Erinnerungen. Manchmal rief ihn etwas in seinem tiefsten Innern, wenn er beim Arbeiten oder im Auto eine Kassette hörte, die ihm ein Kollege von daheim mitgebracht hatte. Er lauschte dieser Stimme, und er vergaß, dass Helga seine Lebensgefährtin war, und dass er mit Helga und dieser Schutzmaske in den Treibhäusern leben würde, bis er einmal alt wäre. Es war weder Nationalismus noch Patriotismus oder Tradition. Im Gegensatz zu Masin empfand er solche Gefühle nicht. Er war überzeugt, dass die Welt in dem bestand, was er erarbeitete, und dass die Arbeit den Kern des Lebens bildete. Das Leben war sein Treibhaus, beziehungsweise sein Treibhaus war das ganze Leben, ja der Tempel des Lebens.

Auch er hatte den Triumph ausgekostet – er hatte seine Grenzen und seine Ketten besiegt. Aber als nach ein paar Jahren der Hunger des Magens gestillt und die Sorge um das tägliche Brot behoben waren, hatte ihn ein anderer Hunger befallen – der Hunger nach einer Arbeit, die das Dasein erhellte. Was ihn verblüffte, war dieses Gefühl der Ruhe, das ihn jedes Mal überkam, wenn er im Auto die Kassette spielte, während er durch die ländlichen Straßen hinter Frankfurt fuhr und die Gerüche einatmete – den Duft des Dungs, des Grases und Wassers, der Natur. Und der Baumwurzeln. Er hörte, wie sie aus der Tiefe sangen, vom grünen Berg, vom Fächeln des Winds, von den Pinien und den Rosen in Baalbek. Dann wusste er plötzlich, dass es der Duft von Wadi al-Raihan war, der seine Nase füllte, durch all seine Glieder strömte und sein Herz wieder schlagen ließ. Versunken in Erinnerung und Heimweh, hielt er an und fragte sich, den Kopf auf den Händen am Lenkrad: Was bedeutet dieses Sehnen? Was soll diese Traurigkeit? Was soll dieses Herzklopfen? Wie hatte er in seinem Treibhaus und beim täglichen Jogging um den Klub vergessen können, dass er sich eigentlich nach jenem Himmel, den Schatten der Zypressen und den Narzissen sehnte. Wie merkwürdig! Von fern erschien einem alles schöner, farbiger, grüner, appetitlicher, wohlklingender! Jene Narzissen mochten winzig gegen die europäischen sein, doch sie waren schöner und dufteten süßer. Diese dürftigen Schösslinge leuchteten in der Sommerglut frischer und grüner. Genauso war es mit Pfefferminze,

Kamille, Zitronenblüten und dem Geschmack der Früchte, die nicht im Treibhaus gezüchtet wurden. Lag hier das Geheimnis? War das Leben in Deutschland vor lauter Überzüchtung und Treibhäusern fade geworden? Aber im Grunde bestand das Geheimnis wohl darin, dass die Welt, wie man so sagt, nach Farben abgestuft ist. Trotz seiner hellen Haut war er ein Schwarzer. Unter der Haut war er schwarz wie die Nacht, denn sein Herz schlug immer noch für die Rohrflöte und den Fenchel, den man unter einem Feigenbaum isst, für das Weinspalier und die Schattengewächse. Ein Kollege bekannte ihm einmal, nachdem er Syrien und Ägypten besucht hatte: »Die Leute dort sind besser dran als wir. Sie haben noch Stimmen, Träume und Gerüche. Wir haben unsere Stimmen verloren. Nichts als Lärm, nichts als Maschinen. Wir riechen nur noch Deodorants und Kölnisch Wasser.« Kamal lächelte und blickte an seinen Beinen hinunter zu den Knien. Wieder stieg ihm der Gestank aus der Kanalisation in die Nase, und er fragte sich traurig: Sind wir wirklich besser als sie?

Er beobachtete Said, der gerade auf Samaans Schultern stieg, das Gitter am oberen Fenster packte und ängstlich flüsterte: »Nahla, Nahla!« Deswegen bin ich zurückgekommen! Sogar der da, dieser Said, riskiert Leben und Sicherheit für seine Schwester, dabei ist die Schusswunde, die sie ihm über der Brust zufügte, noch nicht einmal verheilt. Wer würde dort so etwas tun? Dort ist der Mensch allein wie eine einsame, vergessene Insel. Außer der Ehefrau und den Kindern hast du nur noch dich selbst, dein Geld und deine Arbeit. Wenn du zögerst, und sei es einen einzigen Augenblick, rollt das Räderwerk über dich hinweg. Wie ein Tier bist du an die Mühle gefesselt und drehst dich unaufhörlich weiter. Es ist verboten, krank zu werden oder schlappzumachen. Verboten, kaputt zu sein und sich auszuruhen. Verboten, einen Fehler zu begehen oder einer Laune zu folgen. Mitleid und Gefühle – alles verboten.

Er fühlte die Tränen in sich aufsteigen. Für einen Wissenschaftler hatte er sich gehalten, einen emotionslosen Wissenschaftler. Und jetzt heulte er vor sich hin wie ein Weib. Abgehetzt hatte er sich in der Fremde für ihre Welt, und hätte es doch für die eigene tun sollen, für unsere ureigene Welt.

Der Vater hatte ihm einen ärgerlichen Brief geschrieben: »Dass du ja nicht zurückkommst! Ich habe genug mit Masin und seinen Problemen am Hals. Hier gibt es nur Arbeitslosigkeit und Sorgen mit dem Krieg. Hüte dich, hüte dich. Ich bitte dich inständig, bleib vernünftig.« Er blieb vernünftig, bis er schließlich fünfzig war. Jetzt hatte er graue Haare und wollte endlich richtig leben. Er wollte zurück zu seinen Gefühlen, wieder unter Menschen sein, die nicht in Laboratorien erzeugt wurden, mit den Leuten am Bürgersteig oder im Kaffeehaus sitzen und Knafe und Dattelmus essen. Er wollte vergessen, dass er in der Fremde wie ein Gaul, wie ein Stück Vieh, geschuftet hatte.

53

»Keine Bewegung! Kein Wort!« Kamal spürte eine Messerspitze am Rücken, hörte Lärm und Geschrei, Said brüllte und fluchte. Er wollte weglaufen, da fühlte er einen Schlag auf seinen Kopf und verlor das Bewusstsein.

Als er zu sich kam, beugte sich Nahla über ihn. Sie weinte lautlos, tauchte kleine weiße Papiertaschentücher in ein Wasserfass und legte sie liebevoll auf seinen Kopf.

Ihre Augen trafen sich. »Still«, flüsterte sie, »nicht reden.

Ruh dich aus.« Sie drückte seinen Kopf an ihre Brust. Dann setzte sie sich, bettete ihn wieder auf ihren Schoß und streichelte ihn. Er ließ die Augen durch den dunklen Raum mit der kleinen Lampe an der Decke und den rauchgeschwärzten Wänden schweifen. Alte Steinmauern, eine kuppelförmig gewölbte Decke, hohe Fenster mit Simsen und breiten Rahmen, in der Mitte des Raums eine runde Vertiefung wie ein kleines Bassin, darin ein Eisenstuhl und Ketten. Daneben baumelte ein längliches Eisenstück wie ein Kleiderbügel. Überall lagen zerrissene Seile – auf dem Stuhl, dem Fass, der entfernten Bank unter der Lampe und dem Eisen, das an der Decke festgebunden war.

»Haben sie dich gequält?«, fragte er beunruhigt. Sie antwortete nicht, presste die Hand auf seine Brust und sagte flüsternd: »Pst! Ruh dich aus.« Er schwieg einige Augenblicke, dann erinnerte er sich und hob den Kopf. »Wo ist Said?« Zögernd, mit gedämpfter Stimme erwiderte sie: »Vielleicht haben sie ihn mitgenommen. Ich habe ihn nicht gesehen. Bleib ruhig liegen.« Sie schwiegen wieder.

»Deinetwegen ist Said gekommen. Mach dir keine Gedanken, wir halten alle zu dir.« Er merkte, dass sich ihr Griff verkrampfte. Sie weinte, während sie ihn hin und her wiegte. Auch ihm kamen wieder die Tränen. Wie ein Weib. Er gab sich keine Mühe, sie zu verbergen.

Sie sah ihm in die Augen und sagte, überrascht lächelnd: »Du weinst? Kamal, du weinst! Mein Lebtag hätte ich mir nie vorstellen können, dass einmal der Tag käme, wo ich dich, ausgerechnet dich, weinen sehe!«

Er versuchte zu lächeln. »Bin ich denn kein Mensch?«

Sie betrachtete ihn nachdenklich. »Ein Mensch schon. Aber irgendwie anders. Nie bist du wie die anderen gewesen.«

»Wie denn, anders?«

Ihr Blick schweifte in die Ferne. Wieder schaukelte und wiegte sie ihn. Dann erstarrte sie und antwortete stockend: »Ich weiß nicht. Vielleicht, vielleicht, weil du immer abseits warst.«

»Ich war abseits?«

»Ich meine, du bliebst übrig. Dschabir und Dschamal waren die beiden Großen, Masin und Said die Kleinen. Ich war mit der Mutter zusammen. Du bist übrig geblieben. Immer warst du mit deinen Büchern für dich allein, und immer der Erste. Die Kinder nannten dich Buschnak den Stürmer, weil du so gut rennen und Fußball spielen konntest. Für dich gabs nur Bücher und Fußball.«

Sie lächelte in sein Gesicht, das sie zu sich herumgedreht hatte. »Spielst du immer noch?«

Er fühlte Trauer, denn er hatte sein Leben ohne Spiel vertan. Jetzt merkte er, dass er etwas vermisste. Ja, er wollte wieder spielen. Wollte eine Frau, die sein Gefühl entflammte. Ein Projekt, das ihm Auftrieb gab und seine Fähigkeiten bis zum Letzten forderte. Masin hatte etwas riskiert, Frauen geliebt, dem Tod getrotzt, und er war überall herumgekommen – auf Straßen, in Flughäfen und Metropolen. Masin hatte sein Leben aufs Spiel gesetzt und sein Leben gelebt. Er dagegen, was hatte er gewonnen? Und was gegeben? Jetzt, da die Zeit gekommen war, zu geben und zu nehmen, landete er hier, an diesem Ort?

Ruhig und bemüht, nicht furchtsam zu erscheinen, fragte er: »Was ist das hier?«

»Eine alte Seifensiederei«, flüsterte sie. »Sie halten sie besetzt und benutzen sie als Gefängnis und Folterkammer.«

Er hob den Kopf. »Als Folterkammer?«

Sie drückte ihn zurück auf ihren Schoß. »Nein, nein, hab

keine Angst. Es waren nur zwei, drei Ohrfeigen nebenbei. Aber deine Schwester ist nicht so leicht einzuschüchtern. Bei Gott, wenn ich auch sterben müsste, ich unterschreibe nicht und verzichte nicht. Sie wollen, dass ich alles aufgebe. Es heißt, ihr Vater habe mir den ganzen Besitz überschrieben. Wirklich, Kamal, nur die Aktien hat er auf mich eintragen lassen, nichts weiter als die Aktien. Aber seine Söhne sind nicht zu überzeugen. Ich habs bei Gott und all seinen Propheten und Gesandten geschworen, trotzdem glauben sie mir nicht. Einer von ihnen benimmt sich wie ein Scheich, der Zweite hat dein Aussehen und deine Größe, nur dass er braun ist. Die beiden sind ganz verträglich und anständig. Bloß der Dritte ist ein richtiges Vieh. Der hat einen langen Arm und eine lange Zunge. Wenn er dir eine Ohrfeige verpasst, kullert und rollt dein Kopf wie ein Reifen. Gott weiß, warum ich in diese schlimme Lage geraten bin. Ihr Vater ist auf und davon, er fragt nicht nach mir und traut sich nicht zurück. Gott strafe ihn, was für ein Feigling! Das will ein Haudegen sein?«

Kamal lächelte über den Ausdruck. Er erinnerte sich, wie Abu Salim nach dem Boxhieb auf der Party hingeplumpst war. Doch dann fiel ihm wieder ein, dass er jetzt mit ihr zusammen gefangen war und dass weder sie noch er freikämen, bevor sie verzichtete und unterschrieb. Aber Said! Was war aus ihm geworden? Und wo steckte dieser Samaan?

»Armer Said«, sagte er bekümmert, »wo mag er sein?«

Sie antwortete nicht und saß still und nachdenklich. Said hielt zu ihr? Said kam persönlich, um sie aus diesem Gefängnis zu befreien? Unsicher fragte sie: »Ists möglich, dass Said meinetwegen herkam? Er ist auf mich losgegangen. Weißt du nicht mehr?«

»Wie sollte ich das vergessen? Die Wunde an seiner Schulter ist bis jetzt nicht verheilt. Trotzdem stimmt es, er hat mich hierher gebracht. Ohne Said hätte ich mich nicht von der Stelle gerührt. Wo mag er bloß sein?«

Verblüfft, als könne sie es nicht glauben, flüsterte sie: »Gibts das – Said!« Dann sah sie ihn an. »Und du auch …«

Er versank in Schweigen. Er erinnerte sich, was ihm Nahla einst bedeutet hatte, erinnerte sich jenes Winterabends, als ihre Mutter unter der qualvollen Krankheit litt. Der Arzt kam. Er betrat das Zimmer und nahm nur Nahla mit hinein. Sogar der Vater blieb bei ihnen im Wohnzimmer, las den Koran und betete. Nahla war damals eine Halbwüchsige, ganz klein war sie noch. Trotzdem besorgte sie den Haushalt wie eine erwachsene Frau. Sie kochte, wusch, machte die Wohnung sauber und betreute die Mutter. Wirklich, ein richtiges Hausmütterchen. Masin war der verwöhnte kleine Bub, und Said, der arme Said, war der Schandfleck der Familie. »Was bedeutet das – Schandfleck der Familie?«, fragte er den Vater. – »Das heißt so viel wie eine faule Frucht am Baum«, erklärte der Vater. »Said, dieser Dummerjan, ist halt der Schandfleck der Familie.« Kamal wandte sich um und sah, dass Said seinen Vater ausdruckslos anstarrte. Hatte Said zugehört? Hatte er verstanden?

»Papa«, flüsterte er, »Said hat gehört, was du vom Schandfleck der Familie gesagt hast.« Der Vater schüttelte müde den Kopf. »Was soll ich nur mit ihm anfangen? Ich habe genug Sorgen mit eurer Mutter und Nahla. Sieh nur, die arme Nahla. Den ganzen Tag arbeitet sie wie ein Bienchen, ihr seid auf der Gasse und kümmert euch um nichts.«

»Was kann ich tun?«, fragte er schuldbewusst. »Sag mir, wie ich helfen soll.«

»Gar nicht«, erwiderte der Vater, »bleib du bei deinen Büchern und Schulaufgaben. Ich möchte nur, dass du erfolgreich bist und ich auf dich stolz sein kann, nicht wie der da …« Er blickte zu Said, der sie mit offenem Mund und ausdruckslosen Augen anglotzte. Plötzlich stürzte Nahla herein und rief entsetzt: »Mutter stirbt!« Masin und Said begannen zu schreien, aber Kamal flüchtete ins andere Zimmer, holte Buch, Lineal und Farbkasten hervor und setzte sich ans Fenster, um seine Aufgaben zu machen. Er verstand nicht, was er las, er las nur. Nahla trat ein. Sie bemerkte ihn nicht, sank auf die Bettkante und weinte. Als sie ihn gewahrte, lächelte sie. »Komm, hab keine Angst, Mutter gehts ganz gut.« Doch er rannte aus dem Zimmer, verkroch sich irgendwo und blieb allein.

»Hattest du mich lieb, als ich klein war?«, fragte er gespannt.

»Natürlich«, erwiderte sie schnell und einfach. »Was denn sonst! Weshalb fragst du?«

»Hattest du überhaupt Zeit, mich lieb zu haben?«

Überrascht sagte sie: »Aber ja, wieso denn nicht? Für mich wart ihr die Welt.«

»Auch jetzt noch?«

Sie gab keine Antwort. Einige Augenblicke glaubte er, sie habe nicht verstanden oder nicht hingehört. So wiederholte er: »Sind wir immer noch die Welt für dich?«

Verwirrt schüttelte sie den Kopf. »Ich weiß wirklich nicht, was ich denken soll. Mutter ging von uns, ihr wurdet groß, und Vater heiratete wieder. Ich gewöhnte mich daran, in Kuwait in der Fremde zu leben. Als ich nach Wadi al-Raihan zurückkehrte, fühlte ich mich wie verloren. Ich hatte nichts und niemanden. Alles war anders geworden. So ist die Welt nun mal, so ergeht es allen Menschen. Wie könntest du jetzt derselbe wie früher sein? Stundenlang grübele ich über mich nach und frage mich: Kann es sein, dass du mal jung warst? Bist du wirklich in diesem Haus aufgewachsen? Ists möglich, dass du in Kuwait länger als hier in Wadi al-Raihan gelebt hast? Als ich von daheim fortging, war ich neunzehn Jahre, und als ich zurückkehrte, war ich fünfzig. Das heißt, ich habe mehr als ein Vierteljahrhundert fern von euch verbracht. Kann die Welt über ein Vierteljahrhundert dieselbe bleiben? Können die Menschen bleiben, wie sie sind? Nimm nur mal dich. Du warst so verklemmt, beim kleinsten Wort liefst du rot an. Jetzt dagegen – nicht zu fassen! Du redest, lachst und scherzt. Du tanzt und singst und benimmst dich wie verrückt, ohne dich um jemanden zu scheren. Also hast du dich verändert. Und ich? Mag sein, dass auch ich mich verändert habe. Bei Gott, ich weiß es nicht!«

Er dachte nach, dann fragte er: »Ich tanze und singe und benehme mich wie verrückt? Woher willst du das wissen?«

Sie lachte kurz, drückte ihn nieder und wiegte sich hin und her. »Mit eigenen Augen hab ichs gesehen! Ich habe dich gesehen.« Ihr fiel ein, dass es auf dieser unseligen Party bei Fitna war, und sie fürchtete, dass auch er sich erinnerte und ihr Vorwürfe wegen jener Szene machte. Unfassbar, dass sie, Abu Dschabirs Tochter, Nahla Hamdan mit ihrem guten Ruf, ihrer Herkunft und ihrem Verstand, so etwas tun konnte! Fand sie auf dieser weiten Welt keinen anderen Platz für die Liebe als ausgerechnet vor dem Abort! Und mit wem? Mit einem Mann, so alt wie ihr Vater, der sich das Haar färbte, ein halbe Prothese in den Mund klemmte und nicht wusste, wo sein Kopf und wo die Beine waren, wie es so schön heißt? Mit dem Kopf mochte es noch angehen, aber die Beine, die Schenkel … und was dazwischen war! Wie enttäuschend, wie ekelhaft! Das war es, was sie unbedingt haben wollte? Wieso sagen alle, es sei das Paradies? Wieso behauptet man, die Liebe sei Feuer und Rauch und Eruption? Auf einmal hieß es: Abu Salim – der Ärmste! Etwa weil sie schon über fünfzig war? Nach der Eheschließung war er ein hässlicher, alter Mann geworden. Nach der Hochzeitsnacht! Warum erst danach? Wenn sie hier nicht festsäße, würde sie ihm durchbrennen. Aber wohin? Zu ihren Brüdern? Zu ihrem Vater? Zu den Frauen von Wadi al-Raihan?

»Manchmal denk ich, wäre es doch mit Kuwait geblieben, wie es war«, seufzte sie. »Wäre ich nicht hierher zurückgekehrt, dann wäre das alles nicht passiert.«

Als er den Kopf hob, wurde ihm schwindlig. Er ließ ihn wieder auf ihren Schoß sinken, fragte aber ernsthaft: »Willst du nicht zu Helga nach Frankfurt fahren?«

Sie war überrascht von seinem Angebot. Das war das erste Mal, dass er sie dorthin einlud. Sie fühlte Stolz und eine kleine Freude, die kurz aufleuchtete und erlosch. Wieder kehrten Angst und Vorsicht zurück. Sie saß hier in diesem Gefängnis, und er war durch ihre Schuld mitgefangen. Wie sollte sie ihn da in Frankfurt besuchen? Außerdem gab es das Projekt und die Firma. Würde er hier bleiben oder dorthin zurückkehren?

»Was soll ich in Frankfurt, Bruder?«, fragte sie bekümmert. »Sogar wenn ich wollte, wie könnte ich wegfahren?«

»Du meinst, wegen des Gefängnisses hier! Einen Tag, zwei Tage, zehn oder zwanzig, aber schließlich kommen wir bestimmt frei. Wenn wir draußen sind, möchtest du dann nach Frankfurt fahren? Was willst du?«

»Was ich will?«

»Ich meine … Willst du bei diesem Kerl bleiben?«

Ratlos und zögernd antwortete sie: »Na ja, ist er nicht mein Ehemann? Wenn er auch geflohen ist und seine Haut gerettet hat, bleibt er trotzdem mein Mann. Bin ich nicht seine Frau? Eine Frau muss auch Bitteres geduldig ertragen.«

»Red keinen Unsinn. Hast du das nötig? Was gefällt dir eigentlich an ihm? Wieso hast du dich überhaupt in den verliebt?«

Sie wandte ihr Gesicht ab und sagte traurig: »Was weiß ich, Bruder!«

Die Begeisterung übermannte ihn. Er hob den Kopf. Dieses Mal wurde ihm nicht schwindlig. Er setzte sich vor sie hin. »Sobald wir frei sind, lässt du dich scheiden und fährst zu Helga nach Frankfurt«, erklärte er entschlossen.

»Nein, Bruder!«, rief sie erschrocken. »Auf meine alten Tage sollte ich mich scheiden lassen? Was würden die Leute von mir sagen? Willst du, dass sie mich als Schlampe bezeichnen? Willst du, dass sie sagen, die hat ihn nur wegen des Erbes geheiratet? Oder um es mal zu genossen zu haben?«

»Es genossen zu haben?«, fragte er ratlos. »Was hast du genossen?«

Verschämt oder reuevoll oder beides zusammen, senkte sie den Blick. Sie schien ihre Worte zu bedauern.

»Sag mir, was hast du genossen?«

Sie antwortete nicht. »Vergiss es«, sagte sie ausweichend.

Plötzlich stutzte er, endlich hatte er begriffen. »Sollen sie doch reden, was ist schon dabei!«, rief er aufgebracht. »Ist es eine Schande, es zu genießen? Eine Sünde, es auszukosten? Schön, du hast es genossen, na und, was ist dabei? Was gehts die Leute an, was du genossen hast oder nicht?«

»Hör auf, Bruder!«, stöhnte sie. »Mach mir das Herz nicht noch schwerer.«

»Ich verstehe nicht!«, schrie er aufgeregt. »Ich begreife nicht, warum ihr so seid!«

Sie sah ihn herausfordernd an. »Wie bist du denn?«

»Ich? Wie sollte ich sein?« Er starrte sie an, aber dann irrten seine Blicke ab, durch den Raum, in ferne Dimensionen. Er sah ja selbst, dass er anders war als Masin, anders als Nahla, Said und die Übrigen. Lag es an Europa? An Helga? An der Chemie und den Laboratorien? An der Einsicht, dass der Mensch nur Materie war, Materie mit Gefühl und Empfindungen? Dass der Mensch pure Chemie war – Chemie plus Freud, Margaret Mead und Zivilisationen mit Werten, Grenzen und Abstammungen? Was sollte er tun, um wie die anderen zu sein und dazuzugehören? Was, um sich den anderen anzunähern und sie an sich heranzuziehen? Was sollte er tun, um sie zu entwickeln? Um ihren Verstand für die Welt, die Zivilisationen und die Geschichte zu öffnen? Wie ihnen beibringen, dass der Mensch nicht überall derselbe, und dennoch allerorten der gleiche Mensch war. Das erstaunliche Paradoxon lag doch darin, dass der Mensch von den Grenzen seiner Zivilisation definiert, von ihr genährt und getränkt wurde, dass er ihre Milch und ihre Werte in sich einsaugte, und trotzdem blieb, was er nun einmal war. Er aß, trank, liebte, verkehrte und heiratete nach dem Gesetz seiner Zivilisation. Aber seine Fäkalien waren immer die gleichen, das Verdauungsorgan blieb sich gleich, Mund, Eingang und Ausgang – alles die gleiche Chemie. Wieso machte man dann so viel Aufhebens von den Unterschieden und sprach diese Organe heilig, obwohl wissenschaftlich eindeutig war, dass der Mensch im Großen und Ganzen aus Wasser, Fäkalien, Gasen und Mineralien bestand und letztlich eine Röhre mit Eingang und Ausgang darstellte. Und trotzdem so viele Nuancen und Veränderungen – unter dem Aspekt der Zivilisation und der Erfahrung. Wie sollte er ihr und den anderen begreiflich machen, dass diese Welt eigentlich eine Welt der Individuen war?

»Was ist schon dabei?«, wiederholte er trotzig und leidenschaftlich. »Ist es schandbar, dass du es genossen hast? Eine Sünde soll das sein? Was gehts die Leute an!«

»Genug, Bruder!«, rief sie gepeinigt und verwirrt. »Mach mir das Herz nicht noch schwerer.«

Er starrte sie an, sie starrte ihn an. Dann flüsterte er eindringlich: »Du musst nach Frankfurt fahren.«

54

Laut knarrend öffnete sich die Tür. Sie erstarrten. Der Eingang lag weit von ihnen entfernt in der unteren Etage, sie befanden sich oben. Die Nacht neigte sich bereits ihrem Ende zu, doch die Morgendämmerung war noch nicht angebrochen. Nahla sprang auf. »Das sind sie vielleicht«, flüsterte sie, »Abu Salims Söhne.« Sie setzte sich und schmiegte sich regungslos an ihn.

Die Stunde ist da, dachte Kamal, jetzt ist es so weit. Was sollte er tun? Gestern hatte Nahla gesagt, einer sei religiös, was immerhin hieß, dass er ein Gewissen hatte. Der Zweite habe in Budapest studiert, also war er gebildet und bereit, sich zu verständigen und irgendeine Lösung mit ihnen zu erreichen. Das Wichtigste für ihn war, seine Schwester aus diesem Milieu zu befreien und ins Ausland zu schicken, damit sie einmal aufatmen konnte. Auch die anderen würden das gut finden, es würde alle Probleme lösen. Auf diese Weise konnten sie eine unsinnige Ehe beenden, ihrer Familie den Vater zurückgeben und sich des Erbes versichern. Was wollten sie mehr? Also würde er sie begrüßen, freundliche Worte finden und ihre Zweifel ausräumen. Dankbar würden sie ihm die Hände reichen. Am Ende wären alle miteinander ausgesöhnt, sie würden sogar Partner werden. Übernahmen sie nicht auch Nahlas Anteile an der Firma und wurden dadurch echte Partner?

Nahla wich vom Treppenabsatz zurück. »Said ist dabei«, sagte sie in panischer Angst. »Wieso kommt er mit denen? Wer weiß, ob er nicht gar …« Kamal setzte sich auf einen Fenstersims, denn der Schwindel befiel ihn schon wieder. Vor Überraschung zitterten ihm die Knie, und seine Gedanken verwirrten sich. Was hatte Said mit ihnen zu schaffen? Wieso ging er an ihrer Spitze wie ein Kommandeur? Wärs möglich, dass er sich bereits mit ihnen geeinigt hatte? Hatte ihn der Händler Samaan hinters Licht geführt oder gar eigenhändig an seine Gegner ausgeliefert? Er schwieg, während sich seine Schwester fest an ihn drückte, und wartete ab, wie sich die Lage entwickelte.

Said stellte vor: »Mein Bruder Kamal, der Erfinder des Projekts. Das sind Salim, Hamsa und Marwan. Samaan kennst du ja bereits.«

An den Sims gelehnt, eine Hand auf der Schulter seiner Schwester, streckte er ihnen die freie Hand entgegen und begrüßte sie, einen nach dem anderen. Die drei blieben stumm, ihre Gesichter waren starr und ausdruckslos. Nur Samaan ging umher und inspizierte den Raum oder suchte irgendetwas. Es war deutlich, dass er mit dem Ort, der Situation und den Personen vertraut war. Er gehörte zu ihnen und arbeitete für sie. So schien es Kamal jedenfalls. Schließlich brachte Samaan einen leeren Kanister. Er stülpte ihn um und sagte mit der Hochachtung eines kleinen Angestellten gegenüber einem Staatssekretär zu Salim: »Bitte sehr, Meister. Bitte, hierher.« Salim setzte sich auf den Kanister, Kamal gegenüber und seitlich zu Nahla.

»Herzlich willkommen, welche Ehre!«, sagte er freundlich. »So Gott will, wird aus unserer Bekanntschaft der Beginn einer guten Zusammenarbeit. Sehen Sie, mein Herr, Sie müssen uns verstehen, wir wollen nur unser Recht! Unser Vater ist alt und senil. Er weiß nicht mehr, wie er sich zu benehmen hat. Diese Besitztümer sind der Lebensunterhalt unserer Familie. Die Ländereien von Sabastija und im Jordantal, überhaupt alle Güter, müssen zurückgegeben werden, und natürlich unser Anteil an der Firma. Wir haben den ehrenwerten Bruder« – er wies auf Said, der zustimmend nickte –, »wir haben ihn so verstanden, dass ihr euch anständig verhalten wollt und uns allen Besitz zurückgebt. Stimmt das?«

»Ja, schon«, antwortete Kamal mit größter Vorsicht, »das stimmt, aber …«

Salim lächelte. »Wir haben auch Bedingungen«, erklärte er liebenswürdig.

»Was für Bedingungen?« Kamal wurde hellhörig.

Mit halb spöttischer Ehrerbietung hob Salim die Hand, blieb jedoch freundlich. »Nein, mein Herr. Zuerst seid ihr dran, ihr seid unsere Gäste.« Er warf Nahla einen flüchtigen Blick zu. Dann wandte er sich zu Said um und lächelte ihn an.

»Ja, ihr seid Gäste. Unsere Familien sind schließlich Nachbarn und miteinander verschwägert. Hätten wir uns doch aus besserem Anlass und daheim in unseren Wohnungen kennen gelernt! Nehmt es uns nicht übel. Hoffentlich beenden wir diese Krise mit einer vernünftigen Lösung und werden gute Bekannte, vielleicht sogar Partner. Nun lasst mal sehen, was eure Bedingungen sind.«

»Vernünftiger Anfang verspricht Gutes«, sagte Kamal beeindruckt.

Ehrlich und aufrichtig erwiderten die Männer: »Gott geleite uns und geleite euch. Sagt eure Bedingungen.«

Kamal dachte schnell und scharf nach, dann steuerte er

direkt auf das Ziel zu: »Meine Schwester wird unverzüglich geschieden.«

Die Blicke der Brüder erstarrten. Said glotzte ihn mit offenem Mund an. Tiefes Schweigen herrschte, nicht einmal Salims Gebetskette klapperte mehr. Im Raum war nichts zu vernehmen als das Schweigen der Nacht und Saids schwere Atemzüge.

Salim starrte auf die Füße seines Gegners. Er wagte nicht, den Blick zu heben, weder zu ihm noch zu Nahla, als er sagte: »Ich verstehe nicht.«

Langsam und deutlich wiederholte Kamal seine Forderung: »Vor allem andern spricht euer Vater Nahlas Scheidung aus. Wir verlangen die sofortige, unverzügliche Scheidung. Jetzt seid ihr dran. Was wollt ihr?«

Überrascht von der Forderung ihres Bruders, flüsterte Nahla mit schwacher Stimme: »Nein, Bruder! Was redest du da?«

Said schimpfte vernehmlich: »Das war aber nicht ausgemacht, so geht das nicht!«

Kamal ignorierte beide. »Meine Schwester wird geschieden«, sagte er noch einmal. »Das steht an erster Stelle. Diese Ehe ist unmoralisch und ungültig.«

Wieder flüsterte sie in schwachem, klagendem Ton: »Nein, Bruder, sie ist nicht ungültig. Sie wurde nach Sitte und Gesetz geschlossen.«

Die beiden Brüder im Hintergrund grinsten. Der Händler wandte sich ab, um sein Schmunzeln zu verbergen. Said begann wieder zu schimpfen: »Nicht so! Nein, nein, so doch nicht!«

Kamal ging darüber hinweg und erklärte entschlossen: »Unsere zweite Bedingung ist, dass sich niemand eine Vollmacht über Nahla anmaßt. Nahla ist weder ein kleines Kind noch unzurechnungsfähig. Auch wir haben kein anderes Ziel, als diese ganze Geschichte gütlich beizulegen. Ich verspreche euch, alles geht an seinen Besitzer zurück. Nahla gehören nur die Aktien, aber auch sie werden zurückgegeben. Dafür bürge ich. Wir werden gute Bekannte und Freunde sein, und wenn ihr wollt, auch Partner. So, was sagt ihr dazu?«

Salim stand stumm, ohne sich zu rühren. Unverwandt hing sein Blick an Kamals Schuhen. Die beiden Brüder im Hintergrund schwiegen, sie mischten sich nicht ein. Nur Said zappelte herum und rief hastig dazwischen: »Moment mal, ich will dir nur erklären, was sie gesagt haben.«

»Nein, du erklärst gar nichts«, wies ihn Kamal zurecht. »Ich will es von den Brüdern selber hören.«

»Aber sie haben gesagt …«, rief Said aufgebracht.

»Genug, Said«, unterbrach ihn Kamal. »Lass die Brüder zu Wort kommen. Also, was meinen Sie?«

Salim hob langsam und freundlich die Hand. »Wir sind wirklich überrascht«, sagte er ernst und etwas ratlos. »Wir kamen mit klaren Bedingungen her. Doch nun bin ich tatsächlich durcheinander und finde allein keine eindeutige Antwort. Darf ich mich mit meinen Brüdern beraten, nur für eine halbe Stunde?«

Nahla flüsterte Kamal ins Ohr: »Jetzt gehen sie weg und vergessen uns hier.«

»Warten wirs ab«, erwiderte er rasch.

Salim erhob sich vom Kanister und versprach: »Nur eine halbe Stunde.« Sie stiegen die Steintreppe hinunter ins Erdgeschoss. Said blieb bei seinen Geschwistern. Einige Meter von ihnen entfernt stand der Händler. Said blickte Nahla an. Es war das erste Mal nach dem Schuss, dass er sie wieder sah. Er registrierte ein Gemisch widersprüchlicher Gefühle. Sie war seine Schwester. Erst vor wenigen Tagen hatte er sie vor Gott und allen Leuten verteidigt. Ihretwegen, nur um sie zu retten, hatte er sich in Gefahren gestürzt. Hätte ihn Gott nicht beschützt und sich seiner erbarmt, läge er jetzt hier oder anderswo hingestreckt am Boden. Und alles wegen einer Aktion, die er nicht einmal uneingeschränkt guthieß. Er fühlte Ekel, Abscheu, aber auch etwas wie Hass und Schadenfreude.

In grobem Ton blaffte er sie an: »Wozu hast du erst geheiratet, wenn du dich gleich wieder scheiden lässt? Gibts nicht schon genug Skandale und Klatsch?«

»Ich doch nicht«, entgegnete sie kleinlaut. »Wer behauptet denn, dass ich mich scheiden lassen will? Wieso sagst du denen so etwas, Kamal? In meinem Alter soll ich mich scheiden lassen? Was werden die Leute über mich reden?«

Kamal sah Nahla an, ohne sich zu äußern. Während er ihnen zuhörte, überlegte er, welche Beschlüsse Abu Salims Söhne fassen würden und welche Rolle dieser Händler spielte, der in der Ecke saß und jedes Wort verfolgte.

Said rückte näher zu ihr. Er spürte, mit ihr würde er klarkommen. Dieser Kamal mit seinen ausländischen Ideen verstand weder die Leute noch Nahla, der wusste gar nicht, was er mit seinem Gerede anrichtete. Nahla war trotz ihrer Fehler gescheiter als er.

»Hör zu, Schwester«, sagte er freundlich. »Kamal lebt im Ausland. Er meint, eine Scheidung wär nur ein Klacks. Nein, meine Liebe, so einfach geht das nicht.«

»Ich weiß ja selber, dass es nicht so einfach geht«, murmelte sie demütig. »Bei Gott, ich weiß es.«

»Dann lass uns vernünftig bleiben«, fuhr er eindringlich, beinahe flüsternd fort. »Ich habe mit Abu Salims Söhnen gesprochen. Es sind anständige Leute und arme Schlucker.«

Arme Schlucker! Nahla wurde hellwach. Diese Worte signalisierten Verständnis und zugleich Geringschätzung. Sie sollten andeuten, dass er stärker sei als die anderen, und Nahla demzufolge auch. Schließlich waren die bloß arme Schlucker. Sie aber war stark, und Said erst recht. Aufmerksam lauschte sie, um alles zu erfassen, was er ihr leise zuraunte, als wolle er ihr, nur ihr allein, seine Geheimnisse anvertrauen.

»Hörst du, Schwester?«

Gespannt erwiderte sie: »Ja, ich höre.«

»Und deshalb, Schwester, müssen wir sie nehmen, wie sie sind«, flüsterte er.

»Was heißt das?«, fragte sie vorsichtig. »Ich verstehe nicht.«

»Also ich meine – und der Vater und unsere Geschwister meinen das auch –, die Ländereien gehören nun mal ihnen. Das Haus, in dem du wohnst, gehört ihrer Mutter, und die Firma ist ihre Firma.«

Kamal schritt ein: »Nein, mein Lieber. Die Firma ist jedenfalls nicht ihre Firma. Sie besitzen nur einen Anteil, ein weiterer gehört Fitna, und der Rest steht mir zu. Was denn, hast du das vergessen? Überhaupt, erklär mir mal, wie du zu Abu Salims Söhnen gelangen konntest, während ich hier landete. Wer hat das arrangiert? Wer hat das ausgeklügelt und durchgeführt? Das möcht ich mal wissen!«

»Was hältst du von mir …«, wand sich Said und begann zu stottern. »Ich habe keine Ahnung. Als ich zu mir kam, befand ich mich in einer eigenartigen Kammer, und Samaan war bei mir. Stimmts, Samaan?«

Samaan nickte nur.

»Ich werde dir mal erklären, was sie gesagt haben. Sie wollen nur eine Vollmacht. Nahla soll ein Papier unterschreiben, bloß ein kleines Stück Papier, im Beisein des Notars, und damit basta.«

»Was für eine Vollmacht, und wieso ein Notar?«, rief Nahla. »Begreifst du überhaupt, was du sagst?«

Er starrte sie wütend an. Reichte es nicht, dass sie das ganze Unglück und all diese Skandale verursacht hatte? Da wagte sie noch, den Mund aufzumachen? »Gestattest du, dass ich weiterrede?«, fuhr er sie an. Er wandte sich demonstrativ an Kamal, um anzudeuten, dass sie von den Problemen der Männer, den wirklich ernsten Problemen, einen Dreck verstehe.

»Pass auf, Kamal. Die Leute sind anständig und vernünftig. Sie möchten nichts weiter als eine Vollmacht. Sie haben sogar angeboten, dass sie mit ihr zum Notar gehen und die Sache bezeugen.«

»Was denn für ein Notar, was für eine Vollmacht?«, fragte Kamal beunruhigt.

Nahla rief ungeduldig dazwischen: »Stehst du eigentlich zu denen oder zu uns?«

»Du hältst die Klappe«, wies er sie zurecht.

»Was du nicht sagst!«, schrie sie und stellte sich herausfordernd vor ihn hin. »Das fehlte mir noch! Abu Salims Söhne, und du dazu!«

Hasserfüllt hob er die Hand. »Schluss jetzt! Kein Wort mehr! So eine wie du sollte sich schämen!«

Kamal sprang auf und streckte die Hand aus, um den Schlag seines Bruders abzufangen. Doch Said schlug nicht zu. Die Hände erhoben, starrten sie einander an.

Plötzlich hörten sie eine Stimme, die begütigend sagte: »Na, na, nicht doch. Handeln Brüder so? Beruhigt euch, Leute, seid ruhig.«

Kamal sah in das Gesicht des Händlers, der ihn listig angrinste. »Nein, Professor!« Er zog ihn beiseite. »Sie sind der Ältere, und Sie sind der Besonnene. Ihre Schwester da – nehmen Sie mirs nicht übel – bleibt doch nur eine Frau. Ohne sie herabsetzen zu wollen, aber lösen Sie das Problem lieber untereinander. Lassen Sie die Weiber draußen! Wenn sie meine Schwester wäre ...«

Schreiend unterbrach sie ihn: »Wer sind Sie überhaupt! Was haben Sie sich einzumischen?«

Er schüttelte den Kopf. »So nicht, meine Dame! Immer schön nett und freundlich bleiben. Was ich mich einzumischen habe? Schämen sollten Sie sich, meine Dame.«

Kamal wich zurück. Er ließ den Blick von einem zum andern wandern. Allmählich wurde ihm klar, dass er tatsächlich in der Falle saß. Was sollte dieses Gespräch? Mit wem wurde es geführt? Und für wen?

Said schaute über Kamals Schulter weg und brüllte: »Deinesgleichen hat still zu sein! Ganz still!«

»Nein, mein Herr!«, schrie sie zurück, indem sie sich hinter Kamals Rücken versteckte. »Was hast du mir überhaupt vorzuschreiben? Du bist weder mein Gatte noch mein Vormund. Ich habe immer noch einen Ehemann, und dem unterstehe ich. Noch bin ich nicht geschieden.«

Kamal fuhr herum. »Ich dachte ...«, sagte er mit einem tiefen Atemzug.

»Lasst mich in Ruhe! Einer sagt mir, komm hierher, der andere sagt, geh dorthin. Dabei heißts, ich sei kein unmündiges Kind!«

»Was willst du denn eigentlich?«, fragte er, während ihm das Blut zu Kopf schoss. »Das heißt, du willst ... Ich verstehe nicht. Du willst gar nicht nach Frankfurt fahren?« Tieftraurig und schmerzerfüllt, als habe sie ihn verlassen, betrogen oder verraten, wiederholte er: »Du willst nicht nach Frankfurt fahren?«

»Oje, Bruder, ich und Frankfurt! Wie käm ich nach Frankfurt oder sonst wohin!«

Er packte sie, als wolle er sie wachrütteln. »Ich möchte dich aus diesem Elend herausholen. Ich will, dass du würdig lebst.«

»Meine Würde ist gewahrt, Bruder. Ich habe nichts getan, was Gott erzürnt. Ich habe einen Mann, der mir die Welt bedeutet, und wenn die Umstände anders lägen, hätte er mich nie verlassen. Schuld war nur dieses Chaos. So ist nun mal die Welt, und so sind seine Söhne. Was sollte er denn machen? Dasitzen und warten, dass sie ihn umbringen?«

»Du bleibst also bei ihm?«

Über seine Schulter hinweg wies sie auf Said: »Ich bin noch bei meinem Mann, da nimmt der sich so was heraus. Wie soll das erst werden, wenn ich geschieden wäre? Unter meinem eigenen Dach fällt er über mich her und will mich abstechen! Jetzt schon, wo ich weder auf ihn noch auf euch angewiesen bin, redet mir jeder drein! Was passiert erst, wenn ich euch tatsächlich brauche? Wenn ich geschieden bin und zu euch zurückkehre? Da wär ich doch bloß noch euer Fußabtreter!«

Er ließ den Blick über die geschwärzten Mauern schweifen. Die Lampe schwankte im Wind, der durch ein zerbrochenes Fenster pfiff. Der Händler grinste. Saids Gesicht war hasserfüllt.

»Ich wollte nur, dass du dein Leben lebst …«

Sie drehte ihm den Rücken zu und ging ein paar Schritte. Dann wandte sie sich um und erklärte überzeugt und resigniert: »So ist nun mal mein Leben. Hier ist mein Leben. Ich habe kein anderes. Warum verstehst du das nicht?«

»Ich bin schuld«, sagte er traurig. »Ich habe mich geirrt.«
Said betrachtete ihn schadenfroh. »Siehst du?«, meinte er
schlau. »Wart nur ab, du wirsts schon noch merken!«

55

Abu Salims Söhne kehrten zurück. Diesmal leitete ein neuer
Mann die Sitzung – ein langer, breiter Bursche mit narbigem
Gesicht, dickem, plumpem Hals und gesträubtem Schnauz-
bart. Nahla verkroch sich hinter Kamal. »Das ist er, das ist er«,
flüsterte sie angstvoll. »Das Vieh.«
Kraftstrotzend wie ein Kämpfer, der in den Ring steigt, trat
er näher, streckte die Hand aus und sagte grob, im primitiven,
derben Gassenjargon: »Ich bin Saado, ›Hyäne der Schluchten‹
genannt. Bitte hierher, mein Lieber, setz dich. Ohne Schmus,
ihr Hamdansöhne, uns reichts. Wir haben genug Zeit verplem-
pert. Wenn eure Schwester die Vollmacht unterschreibt, ist die
Sache erledigt. Ansonsten passiert was. Das wird euch nicht
gefallen und uns auch nicht. Aber wir stecken nun mal in der
Klemme und müssen die Sache jetzt beenden. Jetzt! Nicht erst
morgen oder übermorgen! Mein Bruder Salim hat es mit euch
versucht, und mein Bruder Hamsa hatte auch seine Ideen. Aber
ich, mein Lieber, will endlich ein Ergebnis sehen. Wir haben die
Nase voll. Kapiert, was ich sage?«
»Hör zu, Frau meines Vaters«, polterte er weiter. »Deine
Scheidung vom Vater geht uns nichts an. Außerdem, was passiert ist, ist passiert. Unser Vater hat eine zu unserer Mutter ge-
heiratet. Wenn der Mann eine Junge will, ist es sein gutes
Recht. Gott hats ihm gegeben, was können wir dagegen tun?
Aber der Lebensunterhalt, der ist unser Recht, verstanden,

Sitt? Die Ländereien, die Villa und alle Aktien gehören uns. Du kriegst schon, was dir nach Gesetz und Ordnung zusteht. Wir bestreiten nicht dein Erbrecht. Wenn er stirbt, erhältst du ein Sechzehntel der Hinterlassenschaft.«

Said unterbrach ihn: »Ein Achtel erhält sie.«

»Nein, mein Guter. Ein Sechzehntel. Das andere Sechzehntel bekommt nämlich unsere Mutter. Auch wenn wir den Betrag aufteilen, ists immer noch ein Vermögen. Nun? Was meint ihr dazu?«

»Nicht, Kamal!«, flüsterte sie. »Diese Aktien waren mein Brautgeld. Dass du ja nicht akzeptierst!«

Ein Druck legte sich auf Kamals Brust. Was redeten diese Männer, diese Frau und dieser Said? Sie teilten das Erbe auf, während der Erblasser noch am Leben war? Und seine Schwester stritt hier, in diesem elenden Gefängniskeller, unter Androhung der Folter, nicht besser als die Männer, die Hunde, die Hyänen, als diese »Hyäne« da, um die Hinterlassenschaft! Sie ereiferte sich mit einer merkwürdigen Kühnheit und Unerschrockenheit: »Die Firmenaktien stehen mir rechtens zu. Sie sind mein Brautgeld.«

»Hohoho! Sachte, sachte! Wer bist du überhaupt? Etwa die Schönheitskönigin Dschurdschina Risk? So weit kommts noch!«

Kamal hob die Hand. »Genug! Ich habe eine Lösung. Nehmt meine Aktien. Aus so einer Firma ziehe ich mich zurück.«

»Vorsicht, Saado, der legt dich rein!«, rief jemand hinter ihm. »Seine Aktien sind gar nichts wert, er ist überhaupt nicht am Kapital beteiligt.«

Kamal war tatsächlich kein Kapitalteilhaber. Aber ohne seine Präsenz waren diese Aktien nichts wert. Das stärkte natürlich seine beziehungsweise Nahlas Position. Doch verdiente ihre Haltung denn seine Unterstützung? Die Aktien wollte sie? Auf die Firma, die Jauchefirma, hatte sie es abgesehen? Was verstand diese Frau überhaupt von so einem Unternehmen? Genügte ihr nicht der Abfall in ihrem Kopf? Sie war ja so zufrieden in diesem verdreckten Milieu! Aber ohne ihn. Ohne ihn als Partner. Er blieb stumm. Er wurde immer blasser und mutloser.

»Ihr redet ja von eurem Vater, als wär er schon tot«, sagte Nahla. »Vielleicht überlebt er euch noch.«

Saado lachte boshaft. »Durchaus möglich, dass er sehr bald stirbt. Und wenn er tot ist? Was würdest du dann sagen?«

Kamal sprang vom Sims, ohne sich um sein Schwindelgefühl zu kümmern. »Das gibts doch nicht!«, rief er angewidert. »Warum führen wir uns so auf? Was soll das?«

Die »Hyäne der Schluchten« blaffte ihn an: »Setz dich, Bey. Der Herr Doktor denkt wohl, wir wären wie er? Europäisch schwadronieren, das Leben genießen? Torte und Schokolade mampfen? Mein Herr, bis jetzt gings uns ziemlich dreckig. Siehst du?« Er streckte beide Hände vor. »Die haben bis zu den Ellbogen in Blut gesteckt. Schau dir mal das an!« Er nahm das Tuch ab. Das Haar darunter war grau wie Nebel. »Etwas früh für weiße Haare, meinst du nicht? Achtundzwanzig Jahre haben wir uns geduckt und Prügel eingesteckt, bis wir sagten: ›Jetzt reichts.‹ Ich verbrachte meine Kindheit und Jugend mal in der Fabrik und mal im Hafen, mal auf Achse und mal als Arbeiter. Ich habe geschuftet, Salim hat geschuftet, genauso wie Marwan und Asis und wer weiß noch. Sei besser still. Diese Güter gehören uns allen, und nicht dem Alten! Irgendwann zerfällt der in Krümel. Das ist kein Spiel. Nein, mein Herr, wir sind zu groß zum Spielen. Hör mir zu, mein Lieber:

Hast du einen Piaster, dann bist du einen Piaster wert. Darauf läufts am Ende raus, so ist die Welt. Wir haben das alles mit richtiger Arbeit verdient. Glaub bloß nicht, was zusammengequatscht wird. Die Söhne von Abu Salim, diesem bekloppten Makler, sind keine Räuber und Diebe. Wir lassen uns nicht auslachen von so einer … einer … Was solls, es geht uns nichts an. Wir sind ehrliche Handwerker und Handelsleute. Wir lassen nicht zu, dass uns einer übers Ohr haut. Kapiert, Herr Doktor? So, jetzt seid ihr dran.«

Mit denen hatte er geglaubt sich verständigen zu können? Das sollten seine künftigen Partner sein? War er denen gewachsen? Mit dieser Hyäne sollte er auskommen? Blut bis zu den Ellbogen und Knien! Am schwersten wog, dass sie all die Jahre, ihr Leben, hier verbracht hatten. Sie gehörten hierher, sprachen die Sprache der Menschen von hier. »Du warst anders.« Nahlas Worte fielen ihm wieder ein. »Dein Leben lang warst du anders.« Der Grund war also nicht die Entfernung, auch nicht die Fremde, nicht Helga und nicht Deutschland. Er war »anders« und würde »anders« bleiben. Er würde sie nie verstehen, genauso wenig wie sie ihn. Diese Firma war nur eine Idee, eine gute Idee, ein schöner Gedanke gewesen, aber unrealisierbar. Er würde wohl kaum hier bleiben. Hätte er das je erwartet? Im eigenen Land ein Fremder zu sein?

Er drehte sich zu Nahla um: »Hör zu, Schwester, überlass ihnen deine Anteile an der Firma. Ich gebe dir dafür so viel Aktien, wie du willst.«

»Wie viel?«, fragte sie vorsichtig.

Angewidert antwortete er: »Alle.«

»Alle sollen ihr gehören?«, schrie Said. »Warte mal!«

Hinter Saado rief jemand: »Ihr spinnt!«

»Das geht dich nichts an!«, fuhr ihn Saado rüde an. »Das sind Geschwister, die einigen sich untereinander.«

»Natürlich geht mich das etwas an!« Der Mann trat ins Licht, sodass sein Gesicht zu erkennen war. Er wirkte elegant und freundlich, hatte große Augen und feines Haar. »Wenn er ausscheidet, wer soll dann für ihn einspringen?«

Said hielt den Rückzug seines Bruders für eine günstige Gelegenheit und meldete sich eifrig: »Ich springe ein.« Da niemand reagierte, setzte er hinzu: »Ich beteilige mich. Wollt ihr Maschinen? Ich habe welche. Braucht ihr Erfahrung? Wollt ihr einen, der sich mit dem Markt auskennt? Ich weiß Bescheid, ich besitze selber eine Fabrik. Die läuft bestens, ich komme kaum nach. Sogar die Juden beziehen Bonbons von mir. Fragt meinen Vater, fragt Samaan. Was ist, Samaan, wie läuft die Fabrik?«

Samaan wiederholte boshaft, indem er sich ein kleines Lächeln verkniff: »Sogar die Juden beziehen Bonbons.«

»Und die Maschinen?«

»Wie ein Uhrwerk.«

Der Mann griff erneut ein: »Schluss mit dem Gerede. Worum geht es hier eigentlich, um eine Bonbonfabrik oder eine Kläranlage?«

»Wieso?«, protestierte Said. »Wo ist da ein Unterschied?«

Der Mann mit dem freundlichen Gesicht wurde ärgerlich. Er wandte sich an seine Brüder. »Seht ihr? Da habt ihr's! Sollen wir den einzigen Fachmann und damit das ganze Projekt verlieren? Begreift ihr überhaupt, was das bedeutet?«

»Schluss!«, brüllte die »Hyäne der Schluchten«. »Schluss, Hamsa! Sei vernünftig und überlass es Gott! Was ist los, Bruder, musst du die Leiter quer tragen? Klugscheißer! Die Söhne von Hadsch Abu Salim mussten ja unbedingt Zeugnisse

kriegen! Wozu brauchts da Zeugnisse, mein Lieber? Die kann
er sich in Wasser auflösen und hinterkippen! Wenns erst mal
brenzlig wird, wenn der Markt zusammenkracht – wozu seid
ihr dann nütze? Als ihr draußen wart, steckten wir bis zu den
Knien im Blut. Im Blut, bis hierher! Also, mein Bester, nur
schön mit der Ruhe. Jeder muss wissen, was er wert ist. Hast
du einen Piaster, bist du einen Piaster wert. Hast du einen langen Arm, bist du noch mehr wert. Wenn du nichts hast, dann
bist du bloß Luft wert. Einmal Pusten, schon fliegst du weg.
Du, Herr Inschenär, hast Aktien. Und du, mein Lieber?« Er
drehte sich zu Said um. »Du hast eine Fabrik. Tja, und du, Sitt,
was bist du wert? Nichts weiter als diese Vollmacht. Unter-
schreib hier, sonst kriegen die Vögel oben am Himmel deine
Stimme zu hören. Los jetzt, vorwärts ...«

Kamal sackte in sich zusammen, ließ sich fallen und entschwand in sein einsames Reich.

56

Stundenlang diskutierten wir. Fremde, Rückkehr, Entwicklung
und Modernisierung ... »Ich begreife nicht, was aus uns geworden ist!«, schrie Kamal seinen Frust heraus. »Wenn wir so
sind, warum bin ich dann zurückgekehrt?« Er drehte sich zu
mir um. »Und du, was sollte deine Rückkehr?«

»Ich habe Hoffnung«, sagte ich zuversichtlich, trotz meiner Skepsis.

Violet verspottete mich. Sie schwankte noch immer zwi-
schen Reisen und Sehnsucht, Fernweh und Neigung zu Masin.
Doch Masin war ständig unterwegs mit seinem Kollegen,
Genossen oder Busenfreund Abdel Hadi. Anscheinend planten

die beiden eine Kulturrevolution, die uns von diesem Tief-
punkt erheben sollte. Nach Kamals Rückzug aus dem Abwas-
serprojekt hatte auch der Bey von Umweltfragen Abstand genommen und an ihre Stelle mein Projekt gesetzt – das Haus der
Künste und Kultur. Er schlug Violet vor, einen Abend mit Dich-
tung und Gesang zu veranstalten. Sie solle singen, er werde
rezitieren. Als Masin sah, dass wir miteinander tuschelten,
meinte er taktvoll wie immer: »Violet muss schließlich ihre
Fingerabdrücke hinterlassen, bevor sie abreist.«

Violet saß am Rand der Terrasse. Sie hatte sich abge-
sondert und blickte zum Horizont hinüber. Ihr war zu Mute,
als ginge die Welt mit großen Schritten vorwärts, während sie
hinter dem Zug zurückblieb. Manchmal ließ sie sich von meinem Eifer und dem Enthusiasmus Masins und des Beys anste-
cken. Dann wieder fühlte sie mit Kamal, der seit seiner verlorenen Schlacht um Nahla und seinem Verzicht auf das Projekt
immer deprimierter wurde. Mal dachte sie: Ich habe Hoffnung, ein andermal: Alles leeres Gerede, aus uns wird nie
etwas. Doch als Masin heute ihre Abreise erwähnte, beschlich
sie ein ähnliches Vorgefühl von Unglück, wie es sie jedes Mal
überkam, wenn sie sich entschlossen hatte, mit einer Liebe
Schluss zu machen und zu vergessen. Er merkte wohl nicht –
oder vielleicht doch? –, dass ihre Blicke ihn noch immer riefen.
Was sollte dieses Spielchen? Was für eine Tyrannei und Geringschätzung! Er spielte mit ihr wie eh und je, ohne ein Wort
des Bedauerns zu verlieren, ohne ihr auch nur die Spur eines
Versprechens zu geben. Sie war auf eine Bindung aus. Da
konnte sie lange warten, von ihm kam nichts. Entweder fand
sie sich ab, oder sie fuhr weg.

Unterdessen wartete Abdel Hadi Bey weiter auf eine günstige Gelegenheit, um ihr den Hof zu machen. Was er ihr nicht

alles bekennen wollte! Sie sei die Frau seiner Träume, begehrenswert, eine Künstlerin und eine Schönheit obendrein, und ihre Seelen seien verwandt. Warum sollten sich ihre Gefühle da nicht begegnen und zusammenfinden? All das sprach er nicht direkt aus, nur verschlüsselt, verzuckert und mit viel Schmus, klebrig wie Sirup. Sie fühlte Wut und Abscheu. Was dachte sich dieser Widerling? Weil sie zur Gitarre sang und sich unumwunden ausdrückte, weil sie liebte und sich vertraulich mit jemandem unterhielt, der ihre Lieder mochte – war sie deshalb jedem, der sie begehrte, gleich preisgegeben? Ausgeliefert und angeboten? Oder glaubte er vielleicht – wie er schon mehrmals angedeutet hatte –, eine gefühlvolle Frau müsse auch leidenschaftlich sein und könne nicht ohne Liebhaber auskommen? Aber Violet eignete sich nicht für solche Art Liebe, sie war keine Mätresse. Wenn sie einen liebte, schwebte sie gleichsam durch Raum und Zeit, Musik und Aprilduft. Männer kapierten das ja nicht, nicht Guevara, nicht der Bey. Wenn die Liebe nur aus Demütigungen und Kummer bestand, dann weg mit der Liebe, weg mit dem Mann! Und weg mit ihr. Wenn ihr das Land keine Chance zur Suche und Selbstverwirklichung bot, warum sollte sie dann noch hier herumsitzen?

Das letzte Mal hatte Violet diese Ansicht hitzig verteidigt, als Kamal in bedrücktem Ton von seinem Kummer über die besiegte Schwester mit ihrer verkorksten Mentalität sprach. Der Bey sah sie aufmerksam an und versuchte, ihr einzureden, das Milieu sei gar nicht so oberflächlich, kalt und traurig, wie sie behaupte. Der Fehler liege beim Betrachter, nicht beim Betrachteten. Sie solle das alles zur Kenntnis nehmen und sich darüber hinwegsetzen. Dann würde sie auch bemerken, dass es da einen leidenschaftlichen Mann gab, einen Abenteurer von großer Ausstrahlung, der wie Hemingway das Fischen und die Gefahren liebte und dabei die zärtlichsten Hände hatte. Aus den Augenwinkeln schielte er auf ihre Schenkel. Sie saß neben ihm in der Cafeteria, trank Tee und lauschte einem Frühlingslied, das sie an eine hinreißende Leidenschaft denken ließ. Wie ein Traumbild, ein Lufthauch, wie Weidenlaub und Leuchten am Horizont müsste sie zu ihr kommen. Noch immer hoffte sie, Masin würde an ihren Tisch zurückkehren, einen Tee mit Pfefferminze für sie bestellen. Ihr sagen, dass die Heimat unveräußerbar sei und die Menschen daran das Schönste. Er sollte sagen, dass sie mehr Achtung und Wertschätzung als alle anderen verdiene, und dass es ein Jammer wäre, wenn sie abreiste. Träumerisch schweiften ihre Augen von der Terrasse über den weiten Horizont, wo die Stimme von Fairus verklang. Plötzlich fühlte sie einen Arm, der sich wie zufällig an ihren Schenkel lehnte. Sie schrak zusammen, hielt den Atem an, um sich zu vergewissern. Augenblicke später begann der Ellbogen mit deutlichem Druck Kreise zu ziehen. Er hob sich ein wenig, senkte sich dann und grub sich ins Fleisch. Verblüfft starrte sie den Bey an. Lächelnd nickte er mir und Kamal zu, während sein Arm unter dem Tisch weiter auf und ab wanderte. Wir sahen nur, dass sie auf einmal erstarrte. Ihre Augen blickten abwesend und suchten nach Masin. Er stand an der Kasse und bezahlte. Widerwillen, Hass und Ekel überfiel sie, und ganz besonders gegen Masin. Ja, ihn. Gäbe es nicht die demütigende Affäre mit Masin, hätte dieser Marder so etwas nicht gewagt. Er war so rücksichtslos und gleichgültig, drum war sie all dem ausgeliefert ... Sie spürte, wie der Ellbogen sie kitzelte. Ihr Magen zog sich zusammen, und ihr war, als müsse sie sich sofort übergeben. Abrupt stand sie auf, der Ellbogen stieß ins Leere. Der Bey blickte sie an, um sicher zu sein, dass sie ihn verstanden habe,

und vielleicht aus ihren Augen eine intime Botschaft zu empfangen. Aber ihre Augen blieben starr. »Was hast du?«, fragte
ich irritiert. »Wohin gehst du?«

Leise wie der Wind zischte sie: »Mir reichts!«

57

Natürlich war Amerika für Violet, wie für viele andere, der
Fluchtpunkt aus einer starren Welt, aus der sie herausgewach-
sen war. Wadi al-Raihan – das war für sie die Dürre und Düs-
ternis. Hier sah sie Frauen in ungeschönter Realität unter der
Trockenhaube sitzen. Sie sah würdelose, kleinliche Männer
ohne Arbeit und Geschäft, die selbst ehrbare Frauen erst ach-
teten, wenn sie ihnen ein Dutzend Kinder gebaren oder mit
ihren verhüllten Köpfen und gebrochenen Seelen möglichst
stumpf und reizlos daherkamen und an seltsam ausgestopfte
Bündel ohne Form und Gestalt erinnerten. An Säcke – ein Sack
Linsen, ein Sack Reis und Kartoffeln, ein Sack Gerste.

Als ihre Liebessehnsucht erwachte, hielt sie die Männer
von Wadi al-Raihan nur für eine Art Affen mit halbem Verstand und langen Schwänzen, an denen sie sich in die höchsten
Wipfel schwangen und die Früchte pflückten. Was sie nicht
fressen konnten, bepinkelten sie. So träumte sie, beflügelt
durch ihre feine Erziehung bei den Nonnen, bei Gitarrenspiel
und Jungmädchenliedern von einem hübschen jungen Mann,
der in die Mönchskutte asketischer Zärtlichkeit gehüllt war. Er
liebte eine Frau, weil aus ihren Augen ein inneres Licht
sprühte, das ihm zurief: Ich bin ein Mensch in Engelsgestalt,
hier bin ich, nimm mich als Körper gewordene Seele, ich gehöre dir allein, ich bin dein Paradies, bin dein Strahlen, beglü-

cke dich an meinem Schein, du mit den verschleierten Augen, du mondgleiches Antlitz, du mein Mond ... Die Wirklichkeit war natürlich anders. Die Männer auf den Wegen von Wadi al-Raihan waren keine Prinzen, sondern Arbeiter und Bauern, die von verödeten Feldern, die ihnen nicht gehörten, in Israels Fabriken abwanderten. Aber die Revolution lag ihnen am Herzen. Sie besangen den Ruhm des Rais und das Blut der Märtyrer, die Kämpfe der Befreiung. Sie waren das Volk, sie waren die Prinzen von Wadi al- Raihan. Sie feierten die Siege im Zeitalter der Fernsehinvasoren, wenn die Schmach in Befreiung und einen halben Triumph umgemünzt wurde. Sie erinnerte sich, dass sie einem, der sie danach gefragt hatte, flüsternd anvertraute: »Keiner von denen ist ein Mensch! Ich muss verrückt gewesen sein. Wie konnte ich sie bloß lieben?« Sie erzählte ihm, immer im Flüsterton, von ihrer Affäre mit diesem und jenem, dann noch mit dem. »Du?«, fragte er verblüfft. »Wirklich? Wie konnte dir so etwas passieren?« Aber wenn sie jetzt darüber nachdachte, was diesen Mädchen aus dem Viertel Salah al-Din in Jerusalem damals zustieß, wusste sie, dass sie gar nicht so blöd gewesen war. Immerhin hatte sie sich nicht von Händen begrapschen lassen, die sie in irgendetwas hineinzogen – von den Händen der Politiker, der Führer. Der Widerhall ihrer Pamphlete und der flammenden Verse löste überall Euphorie aus: auf dem Campus, im Theater, in den Nationalsälen und im YMCA-Gebäude. Sie erlebte diese Atmosphäre wie jedes junge Mädchen in den Siebzigern. Man bestaunte den Kommandeur auf dem Podium, unter den Scheinwerfern, im Gebrüll der Lautsprecher. Die Massen tobten und jubelten. Anschließend kamen die Diskussionen, dann die Verfolgung, nachher der Auszug und das Herumlungern in den Korridoren, die Lobgesänge auf diesen Führer, jenen Dichter oder Theoretiker. So eine Dumme, Törichte, Einfältige sah die Dinge nur gefiltert durch den Glanz und vernahm seine Stimme durch das Brüllen und Jubeln der Menge. Ah, der Kommandeur seines Volkes! Er redet in Perlen! Verkündet Lehren! Sie folgt seinem Schatten, um seine Segnungen zu empfangen, und er lächelt ihr zu und sagt: Du bist die Frau, die Genossin, die Freundin, du bist die Hoffnung und die Veränderung. Hast du schon von Rosa Luxemburg gehört? Sie sagt: Nein. Darauf er: Hast du von der Tereschkowa gehört? Nein, sagt sie. Er: Aber von der Goldman? Sie sagt: Nein. Und er immer wieder: Hast du gehört, hast du gehört, hast du gehört? Sie schweigt beschämt und beginnt zu schwitzen. Du Ärmste, sagt er mit herablassendem Mitgefühl, wo lebst du denn! Komm mit mir, ich lehre dich die Kunst zu leben. Er nimmt sie bei der Hand und führt sie in den nächsten Saal und noch einen und noch einen, dann in einen Laden und schließlich ins Hospiz. Später tritt ein anderer ein, dann wieder ein anderer. Auch sie wird eine andere, es geht mit ihr abwärts. Neun Mädchen, die sie kannte, haben das durchgemacht und sind zu Huren herabgesunken. Der einzige Unterschied war, dass eine Prostituierte etwas dabei verdiente. Diese Mädchen ruinierten sich für umsonst, sie verdienten sich die Revolution und die Befreiung. Immerhin bekamen sie ja einen Dichter oder Führer, wenigstens einen Revoluzzer oder Versereimer. Und womöglich alle in derselben Nacht, am selben Tag! Selbstverständlich sprang für sie nichts dabei heraus als die Revolution. Später folgten Haschisch, Morphium oder irgendein anderes Suchtmittel, sie beschritten einen Weg, auf dem sie explodierten und wie Fetzen überall umhergestreut wurden. Aber sie, Violet, ist nicht ins Rutschen geraten! Sie war vom Glück begünstigt, denn sie liebte den Messias und schwärmte für einen Priester. So schön war er, so gütig und liebevoll, und er spielte Orgel und Piano. Verstohlen beobachtete sie ihn, schlich auf Zehenspitzen zu ihm hinein und saß regungslos im Schatten, wenn er musizierte. Er schwebte in anderen Regionen, sein feines Haar lag wie Seide über der Stirn und fiel ihm beinahe in die Augen. Er war so unberührt und rein wie ein Engel, wie ein Hauch, wie Blütennektar. Wie viele Jahre vergingen darüber? Drei Jahre. So viele Nächte, in denen sie für ihn weinte, litt, betete, dichtete und sang! Dann war alles aus. Plötzlich war er verschwunden, weil er ein junges Mädchen geschwängert hatte. Es hieß, er sei in Paris gesehen worden. Das Mädchen floh auch, sie ging nach Beirut und wurde von der Revolution geschluckt, sie wurde eine Revolutionärin wie alle anderen. Und Violet? Nach dem Priester verliebte sie sich der Reihe nach in einen von der Amerikanischen Universität in Beirut, einen aus Ramallah, einen Richter aus Haifa, einen aus dem Viertel beim Jaffator, und schließlich in Masin. Wenn sie sich jetzt dieser Männer erinnerte, flüsterte sie: »Wirklich, ich muss vom Pech verfolgt oder blöd gewesen sein!«

Sie sah zu, wie die Sonne langsam hinter den Olivenbäumen auf dem Hügel versank. Sie roch den Duft des Jasminstrauchs, den Nahla einmal aus ihrem Garten mitgebracht und drüben am Eingang gepflanzt hatte. Jetzt war schon ein richtiger Baum daraus geworden. Wie viele Monate war das her mit Nahla? Wie viele Monate war Sena schon hier? Wann ist das mit Masin gewesen? Die Tage vergingen so schnell, dass sie einem unwirklich erschienen. Wie am Band glitten die Ereignisse vorüber. Vor zwei Monaten – zwei Monaten schon! – hatte sie noch unbeschwert für ihn gesungen. Wie damals für ihn, den Mönch, jenen Priester mit dem seidigen Haar und den Elfenbeinfingern auf den Tasten, damals, als sie noch ein

Mädchen in kurzem Rock war. Wie ein süßer Traum war die Welt, wie ein Film voller Ereignisse, Gefühle und Musik. Wie jener Film mit Julie Andrews vor zwei Jahren, der sich wie eine selbst gewonnene und durchlebte Erfahrung in sie eingegraben hatte. Der Vorhang öffnet sich, und Julie tritt aus dem Kloster, hinaus in die Welt. Alles wird sie erleben – Liebe, Musik, die Schönheit der Berge und der Natur. In weitem Rock, mit einer Gitarre in der Hülle, läuft sie über die Matten, hoch oben auf einem Berg in Österreich. Sie läuft, ja fliegt dahin, über die Gräser und Blüten des ländlichen Frühlings, der die Welt mit Regenbogenfarben erleuchtet. Wer ist die Frau auf der Leinwand? Sie selbst ist das! Sie ist in dem Film. Sie ist Julie Andrews in ihrer Kindheit, mit dieser Gitarre und der großen Liebe zu einem Baron, der Prinzipien hat und der deutschen Aggression Widerstand leistet. Aber warum waren andere Männer nicht wie der Baron? Ein paar Monate, und schon verwandelt sich so ein Baron in ein Tier. War er im Grunde ein Tier und nur im Film und durch Julie Andrews zu einem Baron geworden? Oder war er eigentlich ein Baron und durch sie, Violet, zum Tier herabgesunken? Das ging alles mit so unglaublicher Geschwindigkeit, als trüge sie ein Schild auf der Stirn, das jedem Mann kundtat: »Bitte sehr, bedien dich.« Als sagte ihnen schon ihr Name, ihre Kleidung oder ihr Make-up: »Ich bin ein leichtes Mädchen.« Wie oft schaute sie in den Spiegel, um zu ergründen, weshalb sie sich sofort, beim ersten Handschlag, an sie heranmachten. Ihre Kleidung war konservativ, keine Schlitze und Öffnungen, die ihre Achselhöhlen oder die Brustfurche sehen ließen – wie bei Fitna. Ihr kurzes Haar war weder toupiert noch hochfrisiert oder gestylt – wie das von Fitna. Sie sprach höflich, sie kicherte nicht über anzügliche Witze, Stichelei und Lästerei – wie Fitna. Wenn sie lachte, tat sie es mit Anstand, ohne laut herauszuprusten, in die Hände zu klatschen und herumzufuchteln – wie Fitna. Aber Fitna war ja tabu, schon durch ihren Namen, durch Jerusalem und die Familie Schajib. Verwahrten sie nicht den Schlüssel zum heiligen Bezirk? Vielleicht lag es daran, dass sie eine Friseuse und die Tochter einer Krankenschwester und eines Postangestellten war. Hätte sie wenigstens keinen so einladenden Namen! Hieße sie Fatima Muhammad, hätte dieser Hund sie dann auch belästigt? Übte sie einen geachteten Beruf aus, würde er sie derart unverschämt behandeln? Wäre ihre Mutter eine wie Sitt Amira mit ihrem Mundwerk, ihrer selbstsicheren Stimme und dem Ehrfurcht gebietenden Namen – hätte er sie dann auch mit seinem Ellbogen berührt? Mit seinem Ellbogen! Dieses Walross, dieses Schwein! Sie mit seinem Ellbogen zu betatschen!

Am liebsten würde sie stracks in die Cafeteria zurückkehren, ihm ins Gesicht spucken und ihm sagen, wie ekelhaft er sei mit seinen Falten, die wie die Fettschwänze bei den Schafen schlappten. Was bildete er sich ein, dieses Schwein! Nur weil er ein Schajib war? Sein Name interessierte sie einen Dreck. Konsul a. D.? Ein verstaubter Titel, der zu seinem Alter passte. Eine Villa hat er, einen Chauffeur? Er radebrecht Englisch und kleidet sich in Kaschmir? Welche Ehre! Ihr bedeutete das gar nichts. Auch Amira war ein Nichts. Fitna, die dumme Gans – ein Nichts. Die Familie Schajib? Ein aufgeblasener Ballon, bloß Luft war da drin. Und Fitnas Schwangerschaft war ein handfester Skandal, genauso abstoßend wie sein Äußeres, seine Schlabberfalten und morschen Zähne. Fitnas Zähne waren übrigens nicht besser. Und Amira besaß gar keinen Zahn mehr, die hatte ein künstliches Gebiss. Diese Scharteke mit ihren dünnen Knochen! Klapprig wie ein altes Haus, das einstürzen will und nicht kann! Nur der Ruf hält es aufrecht, beim kleinsten Skandal kracht es zusammen. Aber der Skandal begann bei denen ja nicht erst mit dieser Schwangerschaft. Der steckte tief drin, der hing ihnen an, das hatten sie nun von ihrer entzückenden Fitna. Ja, ihre Mutter war nur Krankenschwester, und sie bloß eine Friseuse. Trotzdem war sie ehrbarer als die alle zusammen. Sie verdiente sich ihr täglich Brot im Schweiße ihres Angesichts und hängte sich nicht an einen reichen Mann, der ihr Vater sein könnte. Ein Sohn der Schajibs? Ein Hundesohn!

Fitna schlenderte über die Terrasse. Als sie Violet sah, rief sie ihr mit rauer Stimme, die durch Übermüdung und Schnupfen noch heiserer klang, einen Gruß zu: »Violet! Was grübelst du?«

Sie blickte zur Seite, wandte sich dann nach Westen und schaute über die Berge und Täler. »Wozu, und für wen das alles?«, flüsterte sie verbittert. »Nur fort von hier, besser heute als morgen.«

58

Auch er hatte eine Geschichte und eine Vergangenheit. Er war der Nachfahre von lauter Glückspilzen, die ihr Leben in vollen Zügen genossen hatten. Einige besaßen Ländereien an der Küste, wo sie Partys, Empfänge und gesellige Nächte voller Lust und Liebe veranstalteten. Doch was die Generation seines Vaters und dessen Brüder unter Liebe verstand, hatte er sich nie gewünscht oder erträumt. Er schwärmte nicht von einer Bauchtänzerin. In all seinen Tagträumen verliebte er sich in ein junges Mädchen, das gern Bücher las, Französisch und Englisch sprach, schwingende Kleider mit einem breiten Gürtel um die schmale Taille trug und mit ihm ins Orient House tanzen ging. Damals waren die Mädchen wie Tauben und Dahlien. Ihr Köpfchen neigte sich auf dem zierlichen Hals wie bei einem Stieglitz, wenn er pickte. Ihre Augen waren groß und sprechend, wie die von Audrey Hepburn, und ihr fülliges, feines Haar war zu einem Pferdeschwanz gebunden oder nach der neuesten Mode als Bubikopf geschnitten. Heute bevorzugten alle Frauen kurzes Haar, aber früher fand man es nur in der Oberschicht. Ihre Kleider und Röcke waren weit wie ein Schirm und stufenartig in Falbeln gerafft. Wenn sich so ein Mädchen hinsetzte oder der Wind in seinen Rock fuhr, flatterten die vielen Lagen des weißen Petticoats wie durchsichtige Blütenblätter. Damals war ein Mädchen ein Traum, ein Lied, eine zarte, süße Melodie, ein schmachtender Gesang zur Gitarre oder zum Piano. Das Klavier kam in Mode. Seine Cousinen väter- und mütterlicherseits, überhaupt alle Töchter von Bekannten und Freunden, lernten bei den Nonnen Klavier spielen. Warum bescherte ihm das Schicksal heute erst dieses Mädchen von einst? All die Jahre hatte er von ihr geträumt, aber erst jetzt begegnete er ihr! Violet, von den Nonnen erzogen, talentiert und gefühlvoll, mit kurzem Haar, langem Hals und Wangenknochen wie Audrey Hepburn – sie war das Mädchen von einst und zugleich ein Mädchen von heute. Doch wie die Mädchen von früher, gehörte sie ihm nicht und wollte ihn nicht – wie früher. Jedes Mädchen, in das er sich damals verguckte, entwischte ihm. Tags darauf sah er es mit einem jungen Mann im Orient House oder in Ramallah. Schließlich fand er sich ab und verzichtete auf die Zartbesaiteten. Er begnügte sich mit einer Henne oder Ente und tröstete sich, dass ihm ein Stieglitz sowieso davonfliegen würde – über die Wolken, den Felsgipfel, die Glockentürme, auf und davon. Eine Henne würde brav unten bleiben und betulich, ohne Lärm und Eile auf der Erde herumwatscheln. So verbrachte er mit Sarah drei, mit Marie anderthalb Jahre, danach kamen Marika und Tamadur. Dann folgten viele andere, bis er sie schließlich gar nicht mehr zählte. Die Jahre vergingen. Ein oder zweimal wäre er beinahe hereingefallen und hätte sich tatsächlich an eine Henne gebunden. Aber Gott ist mächtig und gütig. Jetzt war er über sechzig und unverheiratet. Er hatte weder einen Sohn, der seinen Namen tragen und sein Geld erben würde, noch eine Frau, die ohne Heirat mit ihm leben wollte. War er ein Schlappschwanz? Von wegen! Früher wusste er nicht, wohin vor lauter Kraft, und hätte die Welt aus den Angeln heben können. In solchen Momenten kam er sich wie ein aufgepumpter Ballon vor, der Luft ablassen musste. Seltsam, manchmal war ihm zu Mute, als müsse er platzen, so voll fühlte er sich. Aber eines Tages, wie aus heiterem Himmel, war alles vorbei – die Luft war raus. Anfangs war er traurig, vielleicht auch nur überrascht. Wieso und warum war plötzlich die ganze Entschlossenheit, Tatkraft und Energie verpufft? Schließlich erlosch auch das Hochgefühl, Sehnsucht und Glut erstarben, und alles wurde langweilig. Er kehrte wieder zu den Büchern zurück, um in ihnen das Geheimnis des Universums und des Menschen, das Mysterium der Liebe und der Liebschaften, den Sinn des Lebens und der Einsamkeit zu ergründen. Die Jahre flossen dahin, und ihm schien, er selber sei Kafka, oder Kafka habe beim Schreiben an ihn gedacht. Dann wurde er nach Washington versetzt. Er fühlte sich von Hemingway fasziniert und ahmte ihn nach. Sogar einen Bart ließ er sich wachsen, begann zu fischen, trieb sich herum und hatte Affären. Aber die Frauen waren nur Ballons. Das heißt, sein Herz blieb teilnahmslos, wenn die Luft entwich.

Doch jetzt, nach all den Jahren, Erfahrungen und Lehren, kannte er sich selbst. Zumindest durchschaute er, wie er, und der Mensch überhaupt, beschaffen war. Der Mensch hatte keinen freien Willen. Das war eine Tatsache, und wer sie nicht einsah, war entweder dumm oder ignorant. Hatte er sich irgendwann ausgesucht, was geschah? Wie oft hatte er sich früher – ganz gleich, ob im Privat- oder Berufsleben – erträumt und gewünscht, dass etwas so und so käme? Immer wieder erwies sich diese Vorstellung als etwas Ungewisses oder Unwägbares. Er nahm sich vor, eine Sache zu erreichen, und wenn die Dinge in Fluss kamen, wusste er nicht, ob er sein Ziel erreicht oder verfehlt hatte. So wollte er zum Beispiel an die Juristische Fakultät gehen, landete jedoch durch irgendwelche Umstände an der Fakultät für Philosophie und Psychologie. Er wollte Botschafter in einer westlichen Metropole sein, aber er wurde Konsul in der Türkei. Er wollte die schönsten und klügsten Frauen gewinnen, aber aus irgendeinem Grund waren es nicht die schönsten und klügsten. Doch was auch immer geschah, er nahm es ohne Widerstand und Reue hin. Warum sollte er gegen etwas aufbegehren, was nun einmal passiert war? So war es, und damit basta! Welchen Sinn hatte es, gegen etwas anzurennen, wenn es vielleicht für etwas anderes gut war, was man nur noch nicht erkannte? Nichts steht still. Wie das Schicksal des Menschen, so wandeln sich auch Herz und Verstand. Man bleibt nie, wie man ist. Gerade das Herz. Wieso wettest du auf diese oder jene Liebe, wo du doch weißt, dass Gefühle wie ein Ballon sind – heute prall und morgen leer? Wieso nimmst du an, dass ein Gefühl, selbst das stürmischste, das wie eine Rakete abhebt, wirklich fliegen wird? Ereigne sich, was da wolle – mach einfach das Beste daraus!

Er stand wie alle anderen am Checkpoint Kirjat Rahel.

Plötzlich stutzte er und nahm den Hügel mit der Siedlung, den Bäumen und Ziegeldächern näher in Augenschein. Das war ja ein großes Wehrdorf mit Militärcamp, Stacheldraht und gesperrten Wegen! Davor errichteten sie jetzt einen neuen Checkpoint, der den Unterschied zwischen Vergangenheit und Gegenwart, zwischen einer Besetzung für Jahre und einer Okkupation für alle Zeiten sinnfällig machte. Wie sehr hatte er sich an diese Szenerie, diese Ohnmacht gewöhnt! Aber er sah das so: die Angelegenheit ist nun einmal größer als wir, größer als sie, größer als ein Staat und mehrere Staaten. So etwas ist Geschichte, es ist Schicksal.

Der Posten winkte die Autos vorbei – »Weiter!« – und er steuerte rasch wieder sein Ziel an, ohne länger nachzudenken. Denn seine Gedanken waren etwas durcheinander geraten, seit er die Soldaten und den Checkpoint gesehen hatte. Doch als er an den Olivenbäumen vorbeifuhr, den Duft des Sonnenuntergangs einatmete und Musik hörte, fand er allmählich zu seinen gewohnten Gefühlen, zu sich selbst und seinem heutigen Ziel zurück und wartete in aller Ruhe ab, was sich ereignen würde.

59

Er begann die Sache zu planen. Wollte er etwas ernten, musste er zunächst den Boden bereiten. Eine Kleinstadt wie Wadi al-Raihan kam nicht infrage. Auch die Übernachtung bei den Hamdans im Oberzimmer, wie schon ein- oder zweimal geschehen, wäre unangemessen. So würde er das Täubchen nicht ins Nest locken können. Lieber wollte er sich für ein paar Tage im Hotel in Nablus einquartieren. Er würde nicht hin- und herfahren müssen und darüber den Tag und – was wichtiger war – die Nacht verlieren. Die Idee schien ihm annehmbar, ja ausgesprochen vorteilhaft. Ein Aufenthalt von einigen Tagen unter diesen Leuten würde seine Position stärken, und er käme besser an die beiden Projekte heran – das rückläufige zur Umwelt und das prosperierende zur Kultur. So konnte er Verbindungen knüpfen und die weiteren Entwicklungen verfolgen.

Er fuhr also zu jenem Hotel und nahm ein bequemes Zimmer. Er ruhte ein wenig, duschte und rasierte sich. Dann sah er aus dem Fenster auf die stille Stadt hinunter und überdachte die Lage. Gewiss, auch dieser Ort war ungeeignet für den Abschluss seines Vorhabens, wenn nämlich der Fisch am Haken zappelte und ein sachlicher, korrekter Vertrag zu treffen wäre. Aber wenn es Ernst wurde, würde sie ihm schon nachfolgen – in den Diwan oder irgendein Hotel in Jerusalem, ganz gleich in welchem Teil der Stadt. Der Frieden war bereits Realität, und der Austausch von Touristen und Interessen würde auch bald Wirklichkeit werden. Das Wichtigste war jetzt, alles klug zu arrangieren und mit einer Politik der kleinen Schritte das Ziel anzupeilen.

Würde sie ihn akzeptieren? Oder würde sie seinen Antrag zurückweisen und sich sperren? Vielleicht unter dem Vorwand, dass sie mit den Reisevorbereitungen, dem Verkauf des Salons, der Wohnung und dergleichen beschäftigt sei? Sobald sie diesen Salon und die Wohnung verkauft hatte, wollte sie sofort wegziehen. Er würde sie nicht daran hindern! Es war nicht nötig, dass sie sich an ihn klammerte. Wenn sie es dennoch täte, wär es ihm auch recht! Was könnte er sich hier, wo reizvolle Frauen rar waren, Besseres und Angenehmeres wünschen? Zwar gab es Indizien, dass da mal etwas vorgefallen war. Dafür wäre sie aber umso leichter zu haben. Hatte er Masin falsch verstanden? Hatte der ihm gegenüber nicht angedeutet, das sei alles gar nicht so schwierig und ernst, und bei ihr gebe es weder ein Monopol noch ein Tabu?

Er war also zuversichtlich. Unterwegs zu seinem Ziel passierte er eine zweite Siedlung, eine lange Autoschlange und einen Stützpunkt der Armee und Polizei. All das konnte ihn weder aufhalten noch wehmütig stimmen, wie früher so oft. Das Radio meldete ja, der Friede sei nun wirklich und wahrhaftig im Kommen. Probleme und Unklarheiten, Checkpoints und Siedlungen seien nur vorübergehende Schritte und Etappen. Man konnte aufatmen, ein vernünftiges Leben führen und angenehme Hobbys betreiben. Man durfte wieder lesen, diskutieren und nachdenken, ohne dass einem ein Stock über dem Kopf schwebte. Man war wieder Mensch. Ein Leben ohne Unruhe, Sorgen oder Schmerzen! Zugegeben, noch nagen die Schmerzen an Jerusalems Herz und Knochen, aber es handelt sich ja nur um Etappen auf dem Weg zum Frieden. Manche nennen es einen Schandfrieden – aber was kann man schon ausrichten? Diese Dinge sind eine Nummer zu groß für sie und für uns. So etwas entscheidet der Sicherheitsrat, der Kongress, das Oberhaus, die UNO und dergleichen. Da geht es um komplexe Fragen, internationale Politik und eine neue Weltordnung.

Er kam rechtzeitig in Wadi al-Raihan an. Die Nacht war eben erst hereingebrochen. Die Straße war noch belebt, Autos fuhren hin und her, und die Leute sperrten ihre Augen auf. Selbstverständlich würde er weder sie noch sich in Verlegenheit bringen oder Argwohn erwecken. Ein Anliegen wie dieses war nicht für die Öffentlichkeit bestimmt. Was man in seinem Privatleben tat, ging nur einen selber etwas an, nicht die Leute. Auch wenn sie einen verstünden – was sie sowieso nicht tun würden –, machten sie aus einer Mücke gleich einen Elefanten.

Was wäre denn, wenn er ihr Guten Tag sagte? Wenn er wie irgendein anderer vertrauter Freund bei ihr vorbeischaute? Masin hatte sie nicht nur einmal, nein tausendmal besucht! Hatte Kamal sie nicht auch besucht? Und der Kerl mit dem weißen Haar und der Brille? War er nicht ihr ständiger Begleiter, wo immer sie ging und stand? War er nun eigentlich der Protégé der Tochter oder der Mutter? Doch das ging weder ihn noch sonst jemanden etwas an, das waren Privatangelegenheiten. Sie war frei, genauso wie er, und zwei freien Menschen machte ein anderes Techtelmechtel nichts aus. Der Zeitpunkt war allerdings unpassend. Er musste noch ein, zwei Stunden warten, bis das Markttreiben zur Ruhe kam und die Leute schlafen gingen oder vor ihrem Fernseher saßen. Danach würde er die Sache anpacken.

Er fuhr am Rande von Wadi al-Raihan umher und sah rechts das Grundstück der Hamdans liegen. Im Büro und im Haus des Wächters brannte Licht. Er fand, dies sei eine gute Gelegenheit, sich unter dem Vorwand, Abu Dschabir zu begrüßen, ein wenig die Zeit zu vertreiben. Aber dort parkte der Lieferwagen, den Masin immer benutzte. Er fuhr etwas langsamer, dann hielt er an. Vielleicht stand der Lieferwagen nur hier, um morgen früh das Gemüse zu transportieren? Er würde einfach hineingehen. Er schloss den Mercedes ab und machte sich gemächlich auf den Weg. Aus dem Büro hörte er Stimmen, darunter die von Kamal. Also war er mit dem Lieferwagen gekommen! Kamal war freundlich und anständig, er hätte einen ausgezeichneten Partner abgegeben, auf den man sich verlassen konnte – wären nur nicht die Ereignisse dazwischengekommen. Die Lage war ja trotz allem weder intakt noch stabil. Wer weiß! Diese Unruhe und Instabilität konnte die erstaunlichsten Wendungen mit sich bringen. Hatten ihm die

Zeitläufte und Menschen nicht schon die merkwürdigsten, ungeahntesten Dinge beschert? War nicht so vieles Wirklichkeit geworden, obwohl es zunächst ungewiss oder unwägbar, ja widernatürlich und unvernünftig erschienen war? Es geht nur darum, es zu erkennen und sich darein zu schicken. Auswählen kann sowieso niemand.

Er klopfte an die Tür. Drinnen war eine heftige Diskussion im Gange. Schreiende, erregte Stimmen unterbrachen sich gegenseitig und übertönten das leise, höfliche Klopfen des Beys. Als er gegen die Tür drückte, gab sie leicht nach. Plötzlich stand er vor den Männern. Es waren mehrere – Kamal, Masin, ihr Vater Abu Dschabir und ein schlanker, braun gebrannter Mann mit ausdrucksvollem Gesicht und großen honigfarbenen Augen. Abu Dschabir sprang auf, um ihn zu begrüßen. Die anderen verstummten für eine halbe Minute und tauschten kurze Begrüßungsworte, dann kehrten sie zu ihrer Diskussion zurück.

Abu Dschabir erklärte ihm stichpunktartig im Flüsterton: »Abu Salims Sohn ... Das Projekt ... Nahlas Aktien.«

Abdel Hadi Bey nickte und spitzte die Ohren, um alles mitzubekommen. Auch er war an dem Projekt stark interessiert, wollte sich daran beteiligen, und verband damit große Hoffnungen.

Plötzlich wandte sich Masin an ihn. »Hören Sie sich das an, Bey!«, sagte er gereizt. »Haben Sie jemals von einem vernünftigen Menschen solche Reden vernommen? Wir sagen ihm: Das ist ein Ochse. Darauf er: Melkt ihn! Aber mein Bester, es ist doch ein Ochse! Kann der Ochse Ingenieur werden? Was für ein Blödsinn!«

Höflich und ruhig erwiderte der Bey: »Nehmt es mir nicht übel, aber ich verstehe nicht.«

Der Fremde prüfte ihn mit fragenden, neugierigen Augen.

»Reden Sie schon«, sagte Masin rasch und ungeduldig. »Keine Sorge, er ist einer von uns.«

Der Bey lächelte verbindlich über die Schmeichelei, die den jungen Mann so weit beruhigte, dass er Zutrauen fasste und ihm die Sache erklärte: »Nach Kamals Rückzug aus dem Projekt ist alles Abfall.« Dabei grinste er, um anzudeuten, dass dies ein Witz sei, und kommentierte: »Ein Abfallprojekt, das Abfall ist!«

Der Bey nickte und bemerkte höflich, ohne zu lächeln: »Klar, alles klar.«

»Kurz gesagt: Das Projekt steht und fällt mit Kamal«, fuhr der andere fort. »Kamal hat es geplant, und wir haben es ihm übertragen. Es gibt tausend Probleme, vielleicht sogar Millionen! Aber Kamal verdrückt sich einfach und überlässt sie uns.«

»Wolltet ihrs nicht so haben?«, schrie Kamal. »Die Aktien gehörten euch überhaupt nicht. Euer Vater hatte sie Nahla überschrieben. Mit Gewalt habt ihr sie an euch gerissen.«

Der junge Mann starrte ihn an. »Sie schmeißen also ein Projekt hin, das Millionen einbringt, und schauen zu, wie wir zwischen der Dummheit Ihres Bruders und einem großen, vertrackten Projekt hin- und hergerissen sind und nicht mehr aus noch ein wissen? Und alles, alles bloß wegen Ihrer Frau Schwester?«

Kamal war wütend. Der junge Mann wusste doch genau, dass die Dinge viel komplizierter lagen. Aber er wollte ihn provozieren oder erpressen und im Namen des Vaterlands und des Patriotismus, im Namen der Effizienz und Modernisierung unter Druck setzen. Auf diese Diskussion würde er sich nicht einlassen. Sicher würden sich dann alle noch mehr aufregen, besonders sein Vater, der ihm schon von Anfang an ins Ohr geflüstert hatte: »Wieso überlässt du so ein großes Projekt den Händen ... den Händen von ... was weiß ich!« Doch Kamal wollte seinen Kopf durchsetzen. Denn der Grund war nicht Nahla. Es lag weder an der Beschränktheit von Abu Salims Söhnen noch an der Dummheit seines Bruders Said, weder an der Habgier und Unwissenheit der Leute noch an der Schwierigkeit, hier zu leben. Nichts von alledem war der Grund. Es war etwas Schlimmeres, etwas, was er nicht wegstecken, womit er nicht fertig werden konnte. Etwas, gegen das der ganze Abfall nur Kleinkram war: In einem Klima der Angst konnte er nicht arbeiten. Schluss und Punktum. Das war der Grund, der einzige Grund.

»Ihr Bruder, der Kraftprotz, hatte sich doch mächtig aufgeplustert«, sagte er scharf. »Bitte sehr, mag er die Sache leiten.«

»Unser Bruder Saado ist das Gegenstück zu Said. Deshalb bin ich ja gekommen, um an Sie alle zu appellieren, dass wir kooperieren und zusammenstehen und so das Kapital und das Projekt retten. Wie können Sie ruhig zusehen, wenn Millionen und monatelange Mühe verschwendet werden? Wie können Sie mit leeren Händen zurückkehren? Soll Ihr Verstand und Ihr Wissen nur dem Westen dienen und uns nicht? Und weshalb das alles? Wegen meines Bruders und Ihrer Schwester!«

Kamal schüttelte lächelnd den Kopf. Was bildete sich dieser Jüngling ein? Mit ein paar Floskeln wollte er alles ungeschehen machen – seine Niederlage, jene Nacht, die Gefangenschaft in der Seifensiederei, den Anblick seiner Schwester, die Drohungen, Nahlas Rechte und die Menschenrechte, die sie so schmählich verletzten? Er hatte doch alles selbst erlebt, hatte es mit eigenen Augen gesehen! Trotzdem wagte er, hier aufzukreuzen und von ihm Hilfe und Unterstützung zu verlangen?

Schweigen herrschte.

»Ich begreife das nicht!«, rief Masin. »Als du von Deutschland kamst, hast du uns stundenlang vom Fremdsein im Westen, vom Gefühl der Vereinsamung, von deinem Heimweh und deiner Liebe zu diesem Land erzählt. Wortwörtlich hast du uns erklärt, du kämst zurück, um wieder zu fühlen und zu träumen. Weißt du das nicht mehr?«

Kamal antwortete nicht, aber er spürte, wie es in seinem Hals würgte und sein Kopf schmerzte. Eine Fata Morgana war das gewesen. Ja, er hatte davon geträumt, zurückzukehren, gerade jetzt, in dieser Phase seines Landes, in diesem Abschnitt seines Lebens.

»Tu mir den Gefallen, mein Sohn, bedenk es noch einmal«, bat der Vater. »Ich konnte kaum glauben, dass du wirklich zurückkehren würdest, dass du neben mir sitzt und meinen sehnlichsten Wunschtraum erfüllst. Da ist Masin, auch er ist zurückgekommen. Die Menschen sind wieder da. Morgen geht es vielleicht aufwärts mit dem Land.«

»Unser Lebtag wird nichts aus uns«, murmelte Kamal traurig.

»Das wollen wir doch mal sehen!«, rief Masin und schlug sich mit der Faust auf den Schenkel. »Wir machen was draus. Niederlagen sind wir gewöhnt. Aber sich aufraffen nach dem Desaster – darauf kommts an. Bitte, wir rappeln uns hoch! Es geht ums Handeln, nicht bloß um Worte und leeres Gerede. Die Welt ist Arbeit. Die Welt ist Pflicht.«

Kamal sah ihn schief an. Welche Welt, welche Pflicht? Die Pflicht gegenüber Nahla? Oder Violet? Gegenüber dem Vater mit seinem Landgut und Ackerboden? Oder die Pflicht gegenüber seinem Traum, seiner großen Liebe, Salma, Gibran und allem, was er in Libanon zurückgelassen hatte? Die Welt ist

275

Pflicht. Die Welt ist Arbeit. Das hat uns die Revolution gebracht! Nichts als Parolen!

»Was siehst du mich so schief an? Das passt dir wohl
nicht?«

Traurig sagte er: »Ach, sei doch still.«

»Nein, ich bin nicht still. Wegen Nahla und Nahlas Interessen pfeifst du auf das Land und das Projekt? Zugegeben,
mein Lieber, sie haben sie gekidnappt. Zugegeben, sie sind un-
wissend und ungebildet. Aber wäre es nicht deine Aufgabe, sie
zu belehren und ihnen die Hände zu reichen? Um das Unternehmen geht es, nicht um Nahla. Abgesehen vom Eigentümer
bleibt das Projekt immer noch ein Unternehmen für das
Land.«

Kamal hob die Hand. »Schluss! Schweig doch!« Er
knöpfte sein Hemd auf, befühlte seinen Hals und stammelte:
»Macht das Fenster auf! Lasst frische Luft herein.«

Da niemand reagierte, erhob er sich und öffnete das Fenster. Die frische Luft trug den abendlichen Duft von Zitronenblüten und Pfefferminze herein. Eine neue Welle der Wehmut
und Trauer erfasste ihn, eine tiefe Melancholie wie nach der
Trennung von einer Geliebten, die ihn verließ, wie nach einer
großen Liebe, die in Streit, Tränen und Schmerz endete, wie
eine zarte Träumerei in der Pubertät, als wir noch Kinder mit
weichen Herzen waren … Wir wurden erwachsen, und das Gefühl kam uns abhanden. Sieh dir nur Masin an, vergleiche, was
er sagt und was er tut! Was schwafelt er da von Gemeinschaft?
Ein Lügner par excellence! Er ist selbst der größte Individua-
list.

»Warum schweigst du?«, fragte Masin. »Gefallen wir dir
nicht?« Er wandte sich an den Vater, um ihn zu provozieren:
»Was ist, Vater? Hast du nicht gehofft, dass wir zurückkehren

und dir die Arbeit abnehmen? Hast du nicht gewünscht, dass wir heranwachsen und Männer werden, die das Land wieder aufrichten? Hast du dir das nicht erträumt?«

Der Vater antwortete nicht. Seine Blicke schweiften durch das Fenster, hinaus zu den duftenden Zitronenblüten, in die abendliche Kühle. Die nächtlichen Bäume erschienen ihm wie schwarze, verschwommene Gebilde ohne Umrisse. Durch den Nebel sah er wieder seinen Traum auf sich zukommen. Doch die Angst vor dem Desaster, einem weiteren Rückschlag, einem neuerlichen Rückfall, brachte seinen Wunsch, noch einmal einen Traum zu wagen, zum Verstummen. Neuer Traum, neues Desaster. Weder dem einen noch dem anderen fühlte er sich gewachsen. Die Würde vertrug keine Niederlage mehr. Er wollte es lieber nicht versuchen. Aber was dann? Sollte er auf seine Rolle verzichten? Sollte er ihnen ein schlechtes Beispiel geben? Ein Beispiel des Zusammenbruchs?

»Mein Sohn«, sagte er nachsichtig. »Wir leiden, wenn wir träumen und den Traum verlieren. Aber größer ist unser Leid, wenn wir alt werden und verbittern. Hüte dich, bitter zu werden, hüte dich!«

Kamal würgte es in der Kehle. »Und du, Papa? Bist du verbittert, oder noch nicht?«

Er sagte nicht: »Ich bin es«, das hätte die Situation nicht erlaubt, ebenso wenig sagte er: »Noch nicht«, denn er war es, er war so weit. Eine widerspenstige Tochter, ein dummer Sohn, der andere besiegt, aber arrogant, obendrein der Umschwung in diesem Unglücksland, zwei Söhne waren noch draußen, ohne Hoffnung auf Rückkehr und Einreise, dazu ein Landgut, das vor seinen Augen verdorrte, und die Siedlung Kirjat Rahel, die das Wadi umzingelte und sich weiter ausbreitete. Sie sagten: Oslo, und wir sagten: Einverstanden. Aber weshalb waren sie dann immer noch dort oben auf dem Hügel, rings um die Ebene und sein Landgut und krochen weiter auf das Wadi und die Nachbardörfer zu? War das die Lösung? Waren das seine Kinder? Die guten Früchte fielen ab, das Fallobst blieb hängen. Ein Bruder verriet den anderen und heimste den Ertrag und das Projekt ein. War es das, was seine Generation erträumt und erstrebt hatte? Was Nasser in den Tagen der Ehre über den Sender *Stimme der Araber* verkündete? Das sollte es gewesen sein?

Masin beharrte mit hartnäckigem Enthusiasmus: »Hast du nicht davon geträumt, dass wir zurückkehren, das Land aufbauen und Projekte anpacken? Das war doch dein Traum!«

Der Vater murmelte undeutlich: »Natürlich, natürlich.«

»Hast du nicht geträumt, dass deine Kinder kommen und dich unterstützen?«

»Natürlich, natürlich.«

»Hast du nicht geträumt, dass es aus und vorbei ist mit dem Exil? Dass jeder heimkommt und alles, was er hat, mitbringt: Familie, Angehörige, Wissen, Erfahrung, Geld? Dass er in seinem Land bleibt, es fördert und zum schönsten Paradies für die Menschen macht?«

Tränen traten in die Augen des Vaters. Er stammelte mit gesenktem Kopf: »Natürlich, natürlich.«

Während sich Masin an den eigenen Worten berauschte, beobachtete Kamal den Vater. Er fühlte seine Trauer. Spontan sprang er zu ihm, kniete zu seinen Füßen nieder, schlang die Arme um seine Mitte und legte den Kopf auf seine Knie. »Ich fühle mit dir«, flüsterte er, »Gott weiß es.«

Beide brachen in Tränen aus. Masin stutzte und fragte verblüfft: »Worüber weint ihr denn? Weshalb heult ihr?« Er sah den Bey an, doch dieser hielt den Blick gesenkt, weil auch ihm die Tränen in den Augen standen. Er schaute zu dem jungen

Mann, Abu Salims Sohn, der selbstvergessen die Szene beobachtete. Das Schluchzen wurde lauter, es durchdrang die Nacht und ihre Mauern und kehrte zu ihm zurück. Plötzlich wurde ihm bewusst, wie sehr er sich verändert hatte. Seit er seinen Kampf wieder aufgenommen hatte, den Kampf um das Haus und die Kultur, gewann er auch seinen Lebensatem, die alte Streitbarkeit und Zuversicht zurück. Er hatte vergessen, wie ein Mann dachte, der nichts von der Revolution, von Theorien verstand. Was dachte eigentlich ein einfacher Mann wie sein Vater? Oder ein Wissenschaftler wie Kamal, ein präziser Kopf, der rechnen konnte? Ein Mann wie der Bey, der aus einer aristokratischen Familie stammte? Ein junger Mann wie dieser, der mit aufgeschlossenem Geist, offenem Herzen und einer großen Hoffnung auf Veränderung von Budapest heimgekehrt war, was dachte der? Im Getümmel der Bildungsschlacht hatte er die Wirklichkeit vergessen. Er vergaß, die Realität von der Warte seines Vaters und dessen Landgut aus zu betrachten. Er vergaß, die Dinge mit dem analytischen Geist eines Wissenschaftlers zu prüfen. Er hatte versäumt, mit den Augen eines Schajib und seines Clans, also vom Standpunkt der glanzvollen Vergangenheit um sich zu schauen. Wars möglich? Sogar der Schajib weinte wie sein Vater? Aber wieso musste er selbst nicht weinen? Besaß er kein Gefühl, keine Ehre? War er nicht Teil des gemeinsamen Ganzen?

Ratlos murmelte er, von einem zum anderen blickend: »Warum weinen sie? Worüber?«

Wieder sah er zum Bey, vielleicht würde er ihm beispringen und etwas sagen, was dem Vater Hoffnung gab und Kamal Trost verhieß, sodass er nicht abreiste. Aber der Bey weinte. Er spürte, dass die Geschichte an den Menschen vorbeischritt und sie mit leeren Händen zurückließ. Auch er stand da mit leeren

Händen. Der einzige Unterschied war, dass er weiterging, ohne
etwas zu hinterfragen, dass er umherkreuzte ohne Kurs, schlin-
gernd wie ein Schiff auf hoher See – ohne Steuer, ohne Segel,
ohne Hafen.

60

Wie grundverschieden doch zwei ähnliche Männer auf die gleiche Erfahrung, die gleiche Szene reagierten! Masin wurden
plötzlich seine Widersprüche, Versäumnisse und Ausflüchte
bewusst, während der Bey, erschüttert von der Szene, vor Er-
griffenheit weinte. Masin zog sich in sich selbst zurück, um das
Geheimnis der Schwäche in seinem Innern zu suchen. Der Bey
suchte Violet auf, um seine Betrübnisse und Ängste und die Erschütterung zu verdrängen. Bei ihr hoffte er die Fragen zu vergessen, die sein Herz aufwühlten. Sie auszuloten, fand er weder
die Kraft noch den Mut. Er war nicht mehr jung genug, sich
völlig umzukrempeln. Und die Situation war so vertrackt – das
Abfallprojekt gehörte dabei noch zum Einfachsten. Diese
Leute sollten jetzt die Dinge in die Hand nehmen. Aber wir
haben die Geschichte verloren, aus und vorbei. Selbst wenn sie
wieder erstünde, würde sie uns nicht mehr gehören und läge
nicht in unseren Händen.

Er klopfte an die Tür. Die Mutter öffnete und begrüßte ihn
höflich. Violet sei gerade mit einigen Leuten im Salon, sie wollten ihn besichtigen und vielleicht kaufen.

Ob er nicht einstweilen einen Teller Tabbule probieren
möchte? Eben frisch zubereitet. Eine Tabbule, wie er sie im
Leben nicht gekostet habe! Er lächelte liebenswürdig, sodass
sie annahm, er sei nicht abgeneigt, etwas Tabbule und ein

Gürkchen zu kosten. Als sie damit zurückkam, erkundigte sie sich gastfreundlich, was er von einem Gläschen Wein halte, sie habe gerade welchen von ihrem letzten Besuch im Kloster al-Latrun mitgebracht. Er lächelte wieder, und er fühlte, dass die Spannung nach seinem Erlebnis bei den Hamdans endlich von ihm wich.

Die Mutter begann zu schwatzen, grub Geschichten von früher und von heute aus, plauderte dann über Amerika und was sie dort wohl erwarten mochte. Allerdings liege die Abreise in weiter Ferne, der Salon sei noch nicht verkauft und die Wohnung auch nicht. Außerdem erfinde Violet jedes Mal neue Gründe, um hier zu bleiben, obwohl sie doch genau wissen musste, dass hier alles sinnlos war. Sie sah ihn an.

»Was ist Ihre Meinung?«, fragte sie naiv. »Wird es mit diesem Land aufwärts gehen?«

Er wandte das Gesicht ab, floh vor ihrer Frage. Was konnte man schon ausrichten? Sie umzingelten das Wadi, thronten auf den Bergen und verbarrikadierten sich auf den Höhen, wie sie es schon mit Jerusalem praktiziert hatten. Jerusalem hatten sie auch gepackt, abgewürgt und geschluckt. Die Berge im Westjordanland hatten sie verschlungen, ebenso die Ebenen von Gaza und Jericho. Allerorten waren sie präsent, verschanzten sich und machten sich überall breit. Wo ist sie denn, unsere Behörde? Irgendeine Behörde? Gibt es ohne Behörde ein Vaterland?

»Sagen Sie doch«, fragte sie wieder mit freundlichem Nachdruck, »wärs möglich, dass sich die Situation bessert?«

Er schüttelte den Kopf: »Was soll das Reden und Kopfzerbrechen, Umm Dschirjes? Halten wir uns lieber an Wein und Tabbule, an das schöne Amerika und Miami. Miami ist überwältigend, ein Paradies auf Erden! Ich selbst habe fünf Jahre in Washington gelebt.«

Er begann von Amerika zu schwärmen und schilderte, wie er das Leben in vollen Zügen genossen habe. In Amerika kenne er sich aus, vom äußersten Osten bis zum fernsten Westen und von Kanada bis Mexiko. Er kenne die Indianerreservate, die Chinatowns, die Schwarzen, Araber und Juden. Sie alle hätten unterschiedliche Bräuche und lebten doch nach ihrer eigenen Façon und Laune. Keiner mische sich beim anderen ein und keiner spioniere den anderen aus.

»Ach, es ist ein Jammer«, seufzte Umm Dschirjes. »Kaum lässt man hier ein Wörtchen fallen, schon kracht es wie eine Bombe.«

Er stutzte. Das war ein Hinweis, was sein Besuch bewirken und welches Gerede er hervorrufen könnte. Abermals beschloss er, diesen und alle künftigen Besuche im Schatten der Nacht zu verbergen. Außer Violet und ihrer Mutter durfte niemand auf der Welt davon erfahren. Was würde man sagen, wenn sich seine Affäre mit Violet herumspräche? Der Schajib mit seiner Friseuse, würde es heißen. Der Schajib, ein Spross aus ehrenvollem Hause und Erbe des Schlüssels der Aksa-Moschee? Der treibt es mit einer Christin! Jünger als eine Tochter! Klatschen und tratschen würden sie. Aber nein, gar nichts würde es zu reden geben, denn alles bliebe streng geheim.

Violet trat ein. Sofort verdüsterte sich ihre Miene. Nur aus Anstand begrüßte sie ihn. Dann sagte sie matt, mit abgewandtem Gesicht: »Wann ist das alles bloß vorbei?« Er schien diese Worte nicht zu hören. Natürlich waren sie nicht ernst gemeint. Im Überschwang des Gefühls hatte er das feine Gespür verloren! Animalischer Instinkt war es, der hervorbrach und seinen Verstand lähmte und ausschaltete. Er begann charmant zu plaudern, ja hemmungslos zu prahlen.

Die Mutter stand auf, um das Abendbrot zu bereiten. Ein Gast zu dieser Stunde, um diese Zeit, musste schließlich zu Abend essen. Sie war es gewohnt, Freunde, die zu Besuch kamen, freizügig zu bewirten, und fand am Besuch des Beys nichts Außergewöhnliches.

Sobald der Bey mit Violet allein war, ging er ohne Umschweife auf sein Ziel los. »Ich möchte nur, dass Sie meinen Besuch geheim halten«, eröffnete er das Gespräch. »Die Leute brauchen nichts davon zu wissen.«

Vor Abscheu wurde ihr übel. Es verschlug ihr die Sprache. Sie wandte sich rasch von ihm ab.

Als er ihre ernste Miene sah, versuchte er, sie abzulenken und ihr Zutrauen zu gewinnen, indem er sich nach ihrem Befinden, dem Reisetermin, dem Verkauf des Salons und der Wohnung erkundigte. Er bot sich sogar an, gute Käufer ausfindig zu machen, die einen ausgezeichneten Preis zahlen würden. Sie murmelte reserviert, der Markt stagniere nun mal, die Leute wollten nichts kaufen und anlegen, weil die Lage so unstabil und unübersichtlich sei und nichts Gutes verheiße. Er aber beteuerte, er werde schon jemanden auftreiben, der angemessen zahlte.

»Woher denn? Von hier etwa?«

Er überlegte. In Wadi al-Raihan kannte er nur die Sippe Hamdan. Aber wer von ihnen könnte einen Salon und eine Wohnung brauchen? Eine hübsche Wohnung, da gab es nichts einzuwenden, auch wenn sie etwas klein war. Vielleicht würde sich ein anspruchsloser Käufer unter denen finden, die im Schlepptau der Behörde zurückkehrten. Der Salon allerdings – wer sollte den kaufen? Trotzdem versicherte er ihr: »Keine Bange. Ich regele das schon.«

Sie sah ihn wieder an. Ihr Blick zeigte, dass sie ihn durchschaut hatte. »Woher denn?«, sagte sie spöttisch. »Wohl von hier?«

Da er nicht gewohnt war zu lügen, antwortete er sofort, ohne zu überlegen: »Nein, selbstverständlich nicht. Vielleicht von Jerusalem.«

Sie schielte aus den Augenwinkeln zu ihm hin. »Von Jerusalem?«, murmelte sie. »Wer in Jerusalem will einen Salon in Wadi al-Raihan kaufen? Ists möglich, dass jemand Jerusalem verlässt und hierher kommt? Der wäre ja blöd.«

Stürmisch und ein wenig verlegen beteuerte er: »Warum nicht, Violet, was spricht gegen Wadi al-Raihan? Es ist das reine Paradies, denn das Paradies wird erst schön durch seine Bewohner. Für mich ist Wadi al-Raihan die schönste Stadt, weil die schönsten Menschen darin wohnen.«

Sie senkte den Blick und wippte mit dem Fuß. Als sie es bemerkte, setzte sie sich aufrecht, wechselte die übereinander geschlagenen Beine, sodass nun das rechte oben lag und von ihm weg zeigte. Auch ihr Oberkörper neigte sich nach der anderen Seite, als ob sie sich von ihm abkehrte. Ihm aber fiel nichts auf als das schöne Profil, das kurze Haar, der schlanke Stieglitzhals und der betörende Körper. Wieder begann er zu fabulieren.

»Als ich in Washington war, lernte ich eine Frau kennen, die Ihnen fast aufs Haar glich, nur dass Sie eindeutig jünger und hübscher sind. Sie war Schriftstellerin und schrieb erfolgreiche Romane. Es war im Klub. Ich stand an der Bar und trank etwas. Da goss mir der Barkeeper ein neues Glas ein und sagte: ›Ist spendiert, von dort drüben!‹ Ich schaute mich um und bemerkte diese Dame, umringt von einem Schwarm Herren. Sie plauderte, trank und lachte, erhob dann ihr Glas und prostete mir zu: ›Cheers!‹ Ich winkte den Kellner heran, reichte ihm das

Glas und befahl: ›Bringen Sie es zu der Dame zurück. Bestellen Sie ihr, ich sei Araber, und ein Araber lasse sich von keiner Frau freihalten.‹ Einen Augenblick später wurde mir das Glas wieder gebracht. Diesmal nicht vom Kellner, sondern von einem jungen Mann, einem ihrer Begleiter. Er flüsterte mir ins Ohr: ›Die Dame bittet Sie zu sich.‹ Als ich hinüberging, stellten wir uns vor, und siehe da, sie war die bekannte englische Schriftstellerin Gloria Simmons. Haben Sie von ihr gehört?«

Müde schüttelte Violet den Kopf. »Nein«, sagte sie angewidert, »hab ich nicht.«

Er überhörte den Ärger in ihrer Stimme. So flirtete er weiter drauflos und warf sein Netz aus. Sie beobachtete ihn, wie er anzüglich lachte und wie eine verschnupfte Ziege meckerte, und hüllte sich in Schweigen.

»Gloria war wütend, weil ich ihr das Glas zurückgeschickt hatte, und weil ihre Pferde von unseren im Rennen besiegt worden waren. Sie erklärte, sie sei erst zufrieden gestellt und bereit zu verzeihen, wenn ich mich vor allen Leuten für mein Benehmen und das Pferderennen entschuldigte. Ich gab zurück, ich sei Araber und nicht gewillt, vor einer Frau zu katzbuckeln. Unsere Pferde seien übrigens genau wie ich, und wir würden sie bei jedem Wettrennen wieder besiegen.«

»Gott sei Dank, wir werden sie besiegen!«, warf sie ein.

Er stutzte, doch nur für einen Moment. Dann fand er wieder zu sich, seinen Erinnerungen und seiner Geschichte mit Gloria, die schließlich im Bett endete. Anscheinend wollten Frauen einen starken Mann. Er neigte sich zu ihr und flüsterte: »So sind die Frauen, so ist die Welt.« Als er gegen Morgen sein Hotelzimmer aufsuchte, erwarteten ihn zwei junge Männer aus ihrem Schwarm. Sie teilten ihm mit, Gloria habe geschworen, diese Nacht nicht eher schlafen zu gehen, bis man ihr diesen arroganten Araber gebracht und sie Rache genommen hätte. So ging er hin und rächte sich an ihr, und sie an ihm. Aber welch eine Rache – süß wie Zucker war sie!

Ein Schauder überlief sie. Etwas wie ein großer Stein drückte auf ihren Magen. Sie konnte kein einziges Wort hervorbringen. Er bemerkte ihre Reglosigkeit und glaubte, der Pfeil habe ins Schwarze getroffen. Das Fischlein war ins Netz gegangen und hatte den Köder geschluckt! Mit einer Leichtfertigkeit, die gar nicht zu seinem Äußeren und Alter, seiner Position und der Familienwürde passte, rief er aus: »So mag ich es! Ich liebe die freizügige Dame, die zu leben versteht. Unsere arabischen Frauen wissen ja nicht zu leben, und unsere Männer sind nicht besser. Sexualität ist ein Bedürfnis, und dieses Bedürfnis muss befriedigt werden, es darf sich nicht im Innern stauen. Ich halte alles für erlaubt, sogar die Homosexualität. Jeder mag tun, was ihm gefällt, und so lange, bis er satt ist, ohne Einschränkung. Warum verkomplizieren es die Leute nur immer?«

»Weil die Leute so kompliziert sind, dürfen sie wohl nichts von Ihrem Besuch erfahren?«

Er merkte den versteckten Spott in ihrer Bemerkung und wurde ärgerlich, doch nur ein bisschen. »Ihr Problem ist, dass Sie nicht zuhören«, sagte er gereizt.

Sie fuhr zu ihm herum und erwiderte mit kühler Ruhe: »Ich habe kein Problem!«

»Ich meine«, versuchte er sich zu korrigieren, »Sie richten sich nur nach Ihrem eigenen Kopf.«

Ihre Rücksicht auf sein Alter und seinen Status als Gast schwand dahin. Herausfordernd fragte sie: »Wonach sollte ich mich sonst richten?«

Er geriet allmählich aus dem Konzept. »Ich meine doch«,

versuchte er sie stotternd zu beschwichtigen, »also der Mensch sollte doch nach seinen Bedürfnissen leben, ohne Fesseln. Er muss sich auch einmal satt essen dürfen.«

Sie lächelte. Seine dumme, plumpe Methode, sich und seine Absicht anzupreisen, begann sie zu amüsieren. »Ohne Fesseln?«, fragte sie.

Er nickte. »Ohne Fesseln.«

»Ohne Normen?«

»Auch ohne Normen.«

»Und ohne Verpflichtung?«

Er bemerkte ihr Lächeln, fasste Mut und rief unbedacht: »Die Sache braucht nur etwas Schneid.«

Ihn direkt anblickend, konterte sie spitz: »Na, klar, es braucht Schneid. Deshalb darf ja niemand etwas davon wissen, alles muss klammheimlich zugehen.«

Er war in eine Falle getappt. Er wandte sich ab, um sein Gefühl, sich bloßgestellt zu haben, vor ihren scharfen Augen zu verbergen. Seine Selbstsicherheit war arg erschüttert.

»Der Wein tut anscheinend seine Wirkung«, sagte er. »Bevor Sie hereinkamen, hatte ich schon zwei Gläser getrunken.«

Sie erwiderte nichts, wippte nur gleichgültig mit dem Fuß. Sobald sie merkte, dass er zurückwich, gab auch sie nach. Sie reagierte äußerst feinfühlig auf die Gefühle anderer. Viele hielten sie wegen dieser Sensibilität für schwächer, als sie war. Dann waren die Leute überrascht, wenn sie sich plötzlich mit dem Trotz einer Mauleselin aufbäumte, ausschlug und den Reiter in Sekundenschnelle zu Boden warf. Zu seinem Glück hatte sich der Bey im letzten Augenblick zurückgezogen und verkrochen. So legte sich ihr Zorn, bevor er aufwallte und über ihm zusammenschlug.

Sie versuchte, ihn wie einen Menschen mit Herz und Gewissen anzusprechen, und sagte: »Ich weiß gar nicht, warum mich die Leute immer missverstehen!«

Als er ihren versonnenen, sanften Tonfall hörte, fühlte er sich wieder obenauf und lauschte – vorsichtig lauernd, um eine Bresche zu finden, durch die er angreifen konnte.

»Ich verstehe nicht, wieso alle denken, ich sei leicht herumzukriegen!«, sagte sie leise. »Was habe ich nur an mir, was deutet darauf hin, dass ich unsolide wäre?«

Nun fängt die Situation doch noch zu knistern an, dachte er, endlich wird sie weich. Leicht herumzukriegen! Mir kannst du nichts vormachen, kleine Dame.

»Was stimmt nicht an mir?«, fragte sie. »Meine Kleidung? Mein Haar? Oder mein Make-up? Fitna …«

Sie stockte, denn ihr fiel ein, dass Fitna Schajib seine Cousine beziehungsweise Großcousine war, jedenfalls eine Verwandte. Wie peinlich und geschmacklos, von ihr anzufangen! Sie wechselte das Thema und meinte: »Ob es deswegen ist, weil ich mich vor allen Leuten offen zu meiner Liebe zu Masin bekannt habe? Denken sie deshalb, ich sei leicht zu kriegen?«

Nachdenklich antwortete er: »Ich meine, Violet, Ihr größter Fehler war, dass Sie vor aller Augen geliebt haben und dass Sie eine dauerhafte Beziehung eingehen wollten.«

Sie zuckte zusammen. Ihr wurde wieder bewusst, dass sie vor einem Mann saß, der innerlich in jeder Hinsicht krank war. Auch ohne die Geschichte mit dem Ellbogen unter dem Tisch war er ein gemeiner Kerl, der im Grunde die Menschen verachtete.

»Ihr Fehler war, offen zu lieben«, wiederholte er, »und zu glauben, dass die Liebe etwas für die Ewigkeit sei. Liebe ist eine Verzauberung, ist etwas für den Augenblick. Sie wissen noch nicht, was ich weiß. Wie viele Frauen ich auch kannte, meine Seele blieb unausgefüllt, denn das Gefühl wird niemals satt. Nur das Verlangen bleibt, das Begehren, und weiter nichts.«

»Das heißt, es gibt gar keine Liebe?«, fragte sie kühl.

Er schloss die Augen und überlegte. Dann erwiderte er aufrichtig: »Nein, es gibt keine Liebe.«

»Auch keine Gefühle?«

Er wiegte den Kopf nach rechts und links. »Gefühle für eine gewisse Zeit, aber mehr nicht.«

»Und was übrig bleibt, ist das Verlangen, das Begehren, nichts weiter?«

»Das Begehren, nichts weiter«, bestätigte er überzeugt.

Wieder verwandelte sie sich in die Mauleselin, und sie begann auszuschlagen und zu treten. »Also wegen dieses Begehrens besuchen Sie uns.«

Er gab keine Antwort, denn es stimmte, was sie sagte. Wie sollte er es leugnen? Klare Worte sind selten schön, manchmal direkt geschmacklos.

»Aus Begehrlichkeit kommen Sie zu mir?«, beharrte sie.

Ihre Stimme ist wirklich lauter als nötig, vielleicht werden die Nachbarn aufmerksam, überlegte er besorgt.

»Das heißt, Sie wollen eine Prostituierte, eine saubere, nette Hure, und noch dazu umsonst.«

Seine Sorge wuchs. Wenn nun Umm Dschirjes hereinkäme? Wenn sie zu kreischen begann? Wenn man ihr Geschrei auf der Straße und in der Nachbarschaft hörte? Überhaupt, was hatte sie auf einmal? Eben noch war sie vernünftig und besonnen gewesen, hatte freundlich und höflich zugehört, möglicherweise auch schon etwas nachgegeben. Was war bei der Unterhaltung schief gelaufen, dass sie sich zu solchen Worten hinreißen ließ? Sie, und eine Prostituierte? Eine wohlerzogene

Frau aus guter Familie, die sich selber als Hure bezeichnete? Wie seltsam! Dass Violet so taktlos und unhöflich sein konnte! Besser, er zog sich zurück, bevor sie ihn kompromittierte, bevor es zum Skandal kam.

Wortlos erhob er sich, bedächtig und ohne viel Aufhebens. Er hoffte, sie würde noch etwas Nettes und Verbindliches sagen, vielleicht ihr Bedauern zum Ausdruck bringen.

Doch sie stand ebenfalls auf und sagte nur bitter: »Immer missverstehen einen die Leute.«

»Ich habe nichts missverstanden«, erwiderte er ehrlich. »Ich nicht!«

Sie nickte spöttisch, während sie ihn zur Tür begleitete. Als er hinaustrat und die Treppe hinunterging, erschien er ihr klein und unbedeutend, jedenfalls kleiner, als er war. Sie überragte ihn.

Ruhig schloss sie die Tür und rief ihm von innen nach: »Abdel Hadi Bey, nein, Sie haben nichts missverstanden! Gar nichts missverstanden!«

61

Abdel Hadi Bey ließ Wadi al-Raihan samt der Kultur hinter sich und floh nach Jerusalem. Frühmorgens trat er aus dem Hotel, stieg in seinen Mercedes und fuhr ab. Warum? Was war der Grund, was war geschehen? Hatte er nicht gestern noch mit den Leuten Kulturprogramme, eine Eröffnungsfeier, die Entdeckung von Talenten und die Wiedererweckung dieses zurückgebliebenen Volkes geplant? Hatte er nicht wortwörtlich behauptet, dieses Volk werde erst auferstehen, wenn es gegen sich selbst und seine falschen Werte aufbegehre und eine

kulturelle Renaissance erlebe, durch die es alles vergessen
werde – das Chaos, den Schmutz, die Abscheulichkeiten und
Verbrechen, die im Namen des Vaterlandes und des Patriotismus verübt wurden? Natürlich hatten wir alle genickt und
keinerlei Einwände erhoben, bis er eine Veranstaltung vor-
schlug, auf der er Gedichte rezitieren und Violet Gitarre
spielen und singen sollte. Da verstummten alle. Masin lächelte
peinlich berührt, als er sich den Bey zwischen den jungen
Leuten der Jeans-Generation auf der Bühne vorstellte. Wollte
er sich wirklich im Scheinwerferlicht präsentieren, dick und
feist wie er war, mit seinen Falten, in Tweed oder Kaschmir
gekleidet?

Mein Onkel fragte: »Weshalb ist der Bey eingeschnappt?«

Niemand antwortete. Schließlich meinte Fitna: »Kann sein,
weil er Gedichte aufsagen wollte und niemand damit einverstanden war.«

»Aber nein, mein Liebe«, sagte Masin, »das war sowieso
nicht ernst gemeint. Fragt Violet. Stimmts, Violet?«

Er wandte sich zu ihr um, doch sie blickte ihn nur kühl an.

»Du wirsts schon wissen«, erwiderte sie schnippisch.

Ihm fiel auf, dass sie diesen Satz schon ein paarmal gesagt
hatte. Er hätte sie gern versöhnt und alles wieder eingerenkt.
Er wollte ihr zeigen, dass er jetzt begonnen hatte, das Leben zu
akzeptieren, wie es war. Das Ausgefallene und Außergewöhn-
liche existierte ohnehin nur in seinem Kopf. Und worin bestand es, das Vernünftige und Gegebene? In dieser Lösung
bestand es, in dieser politischen Linie und der Behörde, in diesem Boden und diesen Menschen, in dieser Schwäche und
Niederlage. Wo sollte auch eine vollkommene Befreiung für
ein Volk herkommen, das Einheit und Heldenmut vermissen
ließ und von keiner Seite Unterstützung erhielt? Diese Befrei-

ung war diesem Volk angemessen. Wäre es stärker und gefestigter, hätte es auch eine bessere Freiheit erlangt. Passte eine komplette Befreiung zu einem Volk mit Defiziten? Zu einem besiegten Volk? Nein, das war genau die Bilanz, die dieses Volk verdiente, die Quittung für seinen Kleinmut und seine Fügsamkeit. Er war ja auch nicht besser.

»Ist er wirklich ohne Nachricht nach Jerusalem zurückgekehrt?«, fragte er irritiert.

Amira meinte mit deutlicher Sorge: »Er hatte sicher einen wichtigen Grund.«

Lächelnd ließ Violet ihre Blicke über die Terrasse schweifen. Voller Wut und Schadenfreude dachte sie an die gestrige Szene. Wut – weil er gewagt hatte, ihr nahe zu treten, und weil er sie, anfangs jedenfalls, wie ein kleines Kind behandelt hatte. Sie sollte sich in seinem Glanz sonnen und durch seine Bekanntschaft geehrt fühlen. Und kribbelnde Schadenfreude – weil er einsehen musste, dass sie klüger war als vermutet, ja sogar klüger als er selbst. Sie erinnerte sich, wie er die zwei Glas Wein vorgeschoben hatte, um seinen Reinfall zu bemänteln. Er war ja nicht richtig dumm, ganz gewiss nicht, aber dümmer, als er geglaubt hatte. Vielleicht wusste er es jetzt besser und war deshalb geflüchtet.

»Was gibts da zu grinsen?«, fragte Fitna. »Sag es schon, wir wollen mitlachen.«

Masin ergriff die Gelegenheit: »Violet hat sich und die anderen vergessen. Sie denkt nur noch an Amerika.«

Sie sah ihn zornig an. Was hatte er wieder vor? Seit Tagen versuchte er, ihre Aufmerksamkeit zu erregen, raspelte Süßholz. Jetzt interessierte es sie nicht mehr und würde sie nie mehr interessieren. Sie würde das Haus und den Salon verkaufen, nach Florida auswandern und dort wie eine Königin leben.

Herumreisen würde sie, schwimmen, tanzen und singen. Dann würde sie heiraten und zwei oder drei Kinder bekommen und ein hübsches Haus nebst Garten und Garage mit Fernbedienung besitzen, genau wie Dschirjes. Ein geruhsames Leben würde sie führen, ohne Probleme, ohne Konflikte, ohne Bitternis.

»Wäre Amerika wirklich so herrlich, würde man es niemals verlassen«, stichelte er. »Richtig, Sena?«

Er stand auf, wandte sich um und wies mit ausgestrecktem Arm auf den Hügel und den weiten Horizont bis hinüber nach Jaffa. »Kann denn Amerika schöner sein als das hier? Schöner als unsere Berge und unsere Erde?«

Ich schwieg. Was hätte ich darauf antworten sollen? Amerika ist ein Kontinent, Amerika bietet alle Farben. Im Frühling wird es zum Paradies. Die Apfelblüte in Washington, die Veilchen in Virginia und Carolina, dann die Osterglocken und Azaleen, die Magnolienbäume und Hartriegelsträucher. Im Herbst das rote, orange, gelbe Laub, federgleiches Blattwerk, über das wir wie über eine weiche Decke gehen, ohne uns an der Pracht satt sehen zu können. Im Winter blinkender Schnee, Flocken und donnernde Stürme, wärmestrahlende Häuser, Geborgenheit am Kamin und knisternde Scheite. Ach, ich bekomme direkt Sehnsucht!

»Sieh nur, wie alles grünt!«, beteuerte er. »Diese Schönheit, dieser Duft!«

Sie spottete: »Wie bitte? Bist du nicht in der Welt herumgekommen und hast gesehen, was richtiges Grün ist? Dieses fahle Gelb und Braun nennst du Grün?«

Herausfordernd richtete er sich vor ihr auf. »Was ist eigentlich los mit dir? Amerika ist das Größte, und wir sind der letzte Dreck? Wir werden ja sehen, was du in Amerika

erreichst. Wir haben erlebt, was aus anderen geworden ist.«
Er drehte sich um und zeigte auf mich. »Sieh dir Scna an.
Sie besaß alles. Aber ihr wurde bewusst, dass sie keinen Menschen hatte. Was wären wir ohne die Menschen? Wer sich über
die Menschen hinwegsetzt, gehört nicht zu ihnen«, sagte er
pathetisch.

Sie starrte ihn an. Wie hatte er früher nicht über Wadi
al-Raihan geschimpft! Wie fluchte er auf das Volk, wenn er
sich betrank! Für alles hatte er nur Verachtung übrig – seine
Familie, das Landgut, die Funktion. Er lebte auf Pump, saß in
Cafés herum und trank Unmengen Kaffee und Tee. Sie und
jede Frau, der er begegnete, ließ er einfach sitzen. Er könne
eben die Frau seiner Träume nicht finden, lautete seine Ent-
schuldigung. Wie hatte sie sich anfangs von dieser Logik
täuschen lassen. Sie war eben eine Friseuse und er ein Revolutionär. Sie schmückte die Frauen und Bräute, legte Kaltwellen,
färbte und schnitt Haare. Er dagegen formte Dichterverse. Sie
plauderte in einfachen Worten, er führte große Reden über die
Befreiung und das Palästinaproblem. Sie machte den Fernseher
an, um sich eine Show oder Quizsendung anzusehen. Er wechselte den Sender und suchte Nachrichten, erst die Meldungen
aus Jordanien, Israel und Syrien, dann die über Satellit. Umm
Dschirjes murrte: »Wenn ihm die Satellitenantenne so gefällt,
kann er sich ja selber eine kaufen!« Aber er kaufte keine, und
Umm Dschirjes beklagte sich weiter.

»Wisst ihr schon das Neueste?«, fragte Fitna. »Ich fürchte
mich direkt, es auszusprechen.«

Mein Onkel sah sie über den Brillenrand hinweg an. »Du
meinst wohl Abu Salims Rückkehr?«, fragte er mit hintergrün-
digem Spott.

»Woher weißt du das?«

Umm Dschirjes kreischte auf, ich machte große Augen. Masin hielt sich zurück, er sagte nichts. Nur Violet kommentierte kurz und angsterfüllt: »Jetzt passierts.«

Masin, der noch immer jede ihrer Regungen verfolgte, hakte sofort ein: »Was meinst du damit? Wem passiert was?«

»Ich hab nichts weiter gemeint«, sagte sie ausweichend. »Es ist mir nur so herausgerutscht.«

»Nein, du hast etwas gemeint«, rief er streitsüchtig. »Wir wollen es wissen!«

»Gar nichts. Vergiss es«, zischte sie.

»Du hast aber etwas gemeint«, provozierte er, »und wir möchten gern verstehen, was es ist.«

Sie fuhr hoch, das Maß war voll. »Na schön, dann hab ich eben was gemeint! Und wenn schon! Lass mich in Ruhe, du gehst mir auf die Nerven. Jedes Wort, das ich sage, wird lang und breit ausgewalzt! Lass mich in Ruhe!« Hasserfüllt starrte sie ihm ins Gesicht. Er ergötzte sich wohl an ihrer Wut. Bis gestern Abend hatte sie ein Restchen Zuneigung für ihn gefühlt. Aber nun war alles aus. Ein Nichts war er, nur noch ein Nichts.

»Wir wollen es wissen«, wiederholte er störrisch.

Sie sprang vom Stuhl auf, stieß dabei gegen den Tisch und stürzte hastig hinaus. Nur fort von ihm!

62

Er fand keinen Schlaf, saß herum und wartete auf Kamal. Violets feindselige Haltung machte ihm zu schaffen. Ihre Attacke vor allen anderen gab ihm das Gefühl, dass sie ihn wirklich und wahrhaftig nicht mehr mochte, ja sogar hasste. All die Tage hatte sie vermieden, ihm ins Gesicht zu blicken, sodass er sich schon fragte, ob ihre Beziehung total kaputt oder noch reparabel sei. Seit Wochen bereitete sie sich auf die Reise vor und veranstaltete Abschiedspartys.

Wir kämpfen um die Rückkehr, und sie wandern aus? Kamal würde wieder weggehen, Violet würde auswandern. Da sollte er einfach zusehen, ohne einzugreifen? Er beschloss, sich die beiden einmal vorzuknöpfen und eine entschiedenere Haltung zu bekunden. Er würde ihnen klipp und klar sagen: Aus einem geschwächten Vaterland auszureisen ist Pflichtvergessenheit und Identitätsverlust. Das hieße ja gleich, alle Hoffnungen zu begraben.

Doch Kamal kam erst abends zurück. Sie saßen in der Cafeteria und tranken Tee und Nescafé.

Violet sagte: »Danke, mir gehts gut, sehr gut.«

Sobald ihr Masin in die Augen sah, wandte sie den Blick ab. Ihn beschlich ein seltsames Gefühl. Zum ersten Mal fühlte er sich in der Liebe gedemütigt. Alle Frauen, Violet eingeschlossen, waren ihm hörig gewesen, nie hatte er eine Bedrohung gespürt. Nun aber, da sie ihn in eine Lage brachte, die ihm keine Revanche erlaubte, empfand er Schmach wie nach einer Niederlage. Wo war seine Jugend geblieben? Sein Zauber und die Macht seiner Augen? Früher sagte er den Frauen: »Tu dies! Tu das!«, und sie taten es. Auf einmal klappte das nicht mehr. Französisch und Englisch konnte er, auch ein bisschen Deutsch und Spanisch. Er spielte Klavier und sang. Ließ sich aus über Umwelt und Ökologie. Na und? Wen kümmerte es? Er hatte nichts zu bieten, alles war längst gesagt und hatte doch nichts gebracht. Seltsam, in den Sechzigern war Che Guevara die Verkörperung seiner Epoche gewesen, der Inbegriff von Fortschritt und Erneuerung, von Überwindung und Veränderung. Was war heute davon übrig? Alte Parolen, die nichts

mehr bewirkten! Ein Name, der mit der Morgenröte von gestern verblasst war. Guevara war tot, und Castro war alt. Moskau war von innen her zusammengebrochen, noch bevor es
von außen zerstört wurde. Und mit ihm verhielt es sich nicht
anders. Ihn hatte die Revolution von innen her ausgehöhlt,
bevor er von außen besiegt wurde. Jetzt war er ausrangiert wie
alter Trödel auf einem Markt mit lauter neuen Waren.

In diesem Augenblick wünschte er, Violet und Kamal würden so schnell wie möglich abreisen, ohne Wiederkehr, ohne
Bedauern.

Dritter Teil

Die Frucht der Hinterlassenschaft

Wochen waren vergangen. Der Gestank der Kläranlage verpestete die Luft und ätzte die Nasen. Die Leute stürmten ins Rathaus, zu den Honoratioren, zu den Gemeindevorstehern, zum Bürgermeister. Doch die Vorsteher winkten nur ab, und die Honoratioren und Würdenträger hoben die Hände und beteuerten: »Nichts zu machen!« Dann verdrückten sie sich und ließen sich nicht mehr im Rathaus und Wadi al-Raihan blicken. Die Fäkalien stanken nach Verwesung und lockten Ratten und Hornissen an. Auch Ungeziefer – Gott steh uns bei! Das schwebte am Himmel wie eine Sommerwolke, vermehrte und verbreitete sich und fiel über das Wadi und die Leute her. Im ganzen Tal gab es keinen Menschen, der nicht von Moskitos, Stechfliegen und Mücken gepiesackt worden wäre.

Mein Onkel rannte wie die anderen zum Makler, um sich über die Auswirkungen der Anlage zu beschweren – allerdings erst, nachdem Kamal ihm erklärt hatte, er habe mit dem Projekt nichts mehr zu tun und trage keine Verantwortung. An erster Stelle sei sein Bruder Said verantwortlich, dann kämen Abu Salim und seine Söhne.

Abu Salim war schon vor Wochen ins Wadi zurückgekehrt, ungeachtet der Bedrohung. Er war würdig zurückgekehrt. Kamal hatte das für ein gutes Zeichen gehalten und wieder die Leitung des Projekts übernommen. Doch er hatte sich getäuscht und wurde ausgebootet. Nachdem sich Abu Salim mit dem Druck seiner Söhne emporgearbeitet hatte, fiel das Projekt in seinen Urzustand zurück.

»Vater, Said ist billiger und besser«, sagten die Söhne. »Nur sein obergescheiter Bruder bildet sich wer weiß was ein und tut, als verstünde er alles am besten. Der ist verwestlicht, sein ganzes Leben war er draußen. Schmeiß ihn raus und erlöse uns von ihm.«

So scheiterte das Projekt. Der Gestank vergiftete wieder die Luft und beizte die Nasen von Besuchern und Einheimischen – im Ort, in den Nachbardörfern und auf den Weizenfeldern. Im ganzen Gebiet wimmelte es von Ratten, Kröten, Schmeißfliegen und Schlangen. Verdruss und Ekel griffen um sich. Die Menschen verstummten, nachdem sie die Nutzlosigkeit ihrer Beschwerden und Sitzstreiks im Rathaus, vor der Polizei und den Sicherheitstruppen eingesehen hatten. In der Tageszeitung *Das Volk* stand etwas von Cholerafällen, die aufgetreten seien. Sofort wurde der Journalist wegen Unruhestiftung, Landfriedensbruch und Volksverhetzung verhaftet. Erst daraufhin wurden die Leute auf den Journalisten aufmerksam und sagten: »Es stimmt wirklich, was da geschrieben steht. Soundso hats erwischt und Soundso auch, und den und den ebenfalls.« Wieder begannen sie zu tuscheln, dann beschwerten sie sich und suchten Fürsprache bei den Notabeln und deren Verwandten. Abu Dschabir war natürlich der Nächste. Schließlich war er der Vater, er war am besten eingeweiht und kannte das Projekt von Anfang an.

Ich stieg zu meinem Onkel in den Kombi. Wir fuhren in westliche Richtung, wo sich die Kläranlage befand. Es war das erste Mal, dass mein Onkel eine Anlage zur Abwasserentsorgung besuchte. Ich hatte so etwas schon in mehreren amerikanischen Bundesstaaten und in Europa gesehen. Da war es wirklich eine feine Sache gewesen! Öffentliche Parks, Düngemittelfabriken, Wasserfilter. Hier dagegen war alles nur … scheußlich! Ekel erregend! Was für ein Anblick, welch eine Katastrophe!

Ich blieb mit meinem Onkel auf dem Hügel stehen. Bedrückt sahen wir uns aus sicherer Entfernung um. Chinarindenbäume und blühender Oleander erweckten den Anschein von Kultiviertheit und ließen Kamals Geschmack und ordnende Hand erkennen. Der Ärmste hatte sich so angestrengt, das Gelände in einen Park zu verwandeln, wie in Frankfurt oder Berlin sollte es sein. Weißpappeln und Chinarindenbäume hatte er gepflanzt, Oleandersträucher, Malven und Petunien. Doch nun, nach seinem Rückzug, wucherte das Unkraut zwischen den Bäumen, und die vernachlässigten Malven siechten vor sich hin. Die meisten der zarten Petunien waren schon abgestorben, es gab nur noch lange, sperrige Triebe mit ein paar welken Blüten daran. Als Westwind aufkam, wehte ein feiner Dunst von Jauche und Mikroben zu uns herüber, den die gewaltigen, unheimlichen Ventilatoren über den schwammigen Lachen aufwirbelten. Was für ein Schlamm, Gott bewahre uns! Welch ein Unglück! Welch ein Verbrechen! Sirupartiges Wasser, ach was, von wegen Wasser! Eine zementartige Masse war das, ein schwarzer Morast. Ein Albtraum.

Mein Onkel ächzte, ein Asthmaanfall schnürte ihm die Lunge zu. Ich sprang ein paar Meter beiseite, weil eine riesige Ratte, so groß wie ein Karnickel, mich zwischen Unkraut und Petunien herausfordernd anstarrte. Eilig flüchteten wir in den Kombi, um uns vor den Moskitos und einer Staffel Hornissen in Sicherheit zu bringen.

»Entsetzlich!«, rief mein Onkel, nach Luft schnappend. »Das soll eine Kläranlage sein? Wäre es bloß nie so weit gekommen!«

64

Die Leute teilten sich in zwei Lager, eigentlich sogar drei. Das eine Lager meinte, das Projekt sei ein Fluch, eine Umweltkatastrophe, ein Unglück. Das zweite Lager hielt es für einen Segen, da es die Umwelt schütze und Wasser und Dünger liefere. Das dritte Lager, das zwischen den beiden anderen hin- und herschwankte, sah in dem Projekt eine große Errungenschaft, wenn man es nicht ausschließlich vom Standpunkt der reinen Wissenschaft aus betrachtete. Dieses Lager wurde von Masin Hamdan Guevara vertreten. Als einer, der den Finger am Puls des Volkes hatte, als einer, der in al-Fakihani, dann Tunis, Moskau und schließlich hier in Wadi al-Raihan gelebt hatte, wusste er, was möglich war und was nicht. Er war überzeugt, dass unter den gegebenen Umständen nichts Besseres möglich war. Dritte Welt – schwarze Welt. Billige Arbeitskraft. Zerrüttung der politischen, ökonomischen und sozialen Situation führt zu Zerrüttung der Behörden, Verantwortlichkeiten und Resultate. Die Ausgangslage ist durch und durch ungesund. Wie kann man von uns verlangen, ein zivilisatorisches Projekt zu realisieren, wenn jede Grundlage für Fortschritt und Entwicklung fehlt? Wir sind hier in Wadi al-Raihan, nicht in Frankfurt oder Berlin. Hier übernehmen wir von ihnen, wir kopieren sie. Das Problem beim Kopieren ist nur, dass der Kopist dem Erfinder nicht ebenbürtig ist und die Kopie nicht an das Original heranreicht.

»Ich verstehe das nicht!«, rief der Vater. »Vor einer Weile hast du andauernd gesagt, das Projekt würde sich ohne Kamal in nichts auflösen. Jetzt erklärst du auf einmal, dass es funktioniert und gar nicht mal schlecht? Der Geruch sei erträglich und störe nicht weiter? Das begreife ich nicht!«

Masin reagierte nicht. Kamal versuchte abzulenken: »Genug davon. Wir möchten einen Happen essen. Was ist, Nahla?«

»Brauchst es nur zu sagen«, erwiderte Nahla. Sie stand auf, um der Frau meines Onkels in der Küche zu helfen. Violet entschuldigte sich und zog sich zurück, ebenso Umm Dschirjes. Nur Fitna blieb.

»Bist du wirklich so weltfremd?«, fragte mein Onkel eindringlich. »Oder machst du dich über uns lustig?«

All die Diskussionen über die Organisation und ihre Struktur fielen Masin wieder ein. Gibt es denn eine Organisation ohne System? Und ein System ohne Verwaltung? Gibt es eine Verwaltung ohne Qualifikation und Eignung? Als die Revolution ausbrach, schlossen sich die Massen an. Intellektuelle und Tagediebe reihten sich ein, Erfolgreiche und Gescheiterte stießen dazu. Nun kamen die ersten Resultate. Doch die Revolution hat sie ausgesaugt. Sie gebar eine Generation, die sich weder qualifiziert noch arbeitet. Die bis mittags schläft und bis in den Morgen durchfeiert. Die debattiert und kommuniziert und auf einem Traum beharrt, der seinen Glanz verloren und seine Visionen eingebüßt hat. Die restauriert, wogegen sie einst aufbegehrte. Diese Generation hat zum Stamm, ja zum Stammesdenken zurückgefunden. Der Scheich ist wieder zur Autorität geworden. Als wir damals den Stamm analysierten, fanden wir dies heraus: Einer ist der Kopf, der Rest ist Herde. Allerdings eine Herde aus lauter Köpfen. Jeder denkt, er wäre der Kopf. Mit diesen Herdenköpfen sollten wir die Organisation aufbauen? Und heute willst du damit eine Firma gründen? Eine Fabrik errichten? Wer ist dann der Kopf? Kamal der Ingenieur oder Abu Salim der Financier? Oder Said der Unternehmer und hinter ihm ein ganzer Rattenschwanz von Erben?

»So ein Projekt braucht Geduld«, sagte Masin. »Lass ihm Zeit, dann wirds schon werden.«

Mein Onkel wandte sich an Kamal und fragte bedrückt: »Und du fährst wieder?«

Kamal kaute ruhig weiter. »Ich reise ab«, sagte er. »Violet ist die Nächste. Willst du nicht mitkommen?«

Mein Onkel schwieg. Er aß, ohne etwas zu schmecken. Traurig betrachtete er seine beiden Söhne. Was ist aus diesem Kämpfer, erprobt in Gefechten und Aktionen, geworden! Und dieser kluge Kopf, der so viele Ideen hat, geht uns auch verloren? Wem hinterlässt du dein Landgut, Abu Dschabir? Wer soll es einmal erben? Dein Herzblut und Nahlas Jugend hast du dafür geopfert. Das Haus, das Auto und Umm Dschabirs Goldschmuck hast du verpfändet, die Behandlung ihrer Krankheit bezahlt und trotzdem keinen Donum hergegeben. Aber sie? Jeder von ihnen sitzt in einem anderen Wadi, wie man sagt. Keiner, kein Einziger, will es haben. Keiner verschwendet auch nur einen Gedanken daran, ein Häuschen hinzubauen und seinen Sommerurlaub dort zu verbringen. Wem hinterlässt du es, Abu Dschabir? Für wen behütest du dein Landgut?

Über den Teller gebeugt, sagte mein Onkel: »Die Ernte fällt heuer sehr gut aus, der Boden trägt in Hülle und Fülle. Morgen fahren wir hin und pflücken Maulbeeren, bevor sie am Baum verfaulen.«

Als niemand reagierte, hob er die Stimme und erklärte entschlossen: »Am Freitag machen wir uns alle auf und essen Maulbeeren, frisch vom Baum.«

»Nein, Vater«, entschuldigte sich Kamal. »Am Freitag früh fahre ich.«

Meinem Onkel blieb der Bissen im Hals stecken, er riss die

Augen auf. »Am Freitag schon? Ich dachte, du bleibst noch zwei, drei Monate!«

Weiter essend, antwortete Kamal kurz und bündig: »Man hat mir eine sehr interessante Offerte gemacht.«

Masin schnaufte spöttisch. Jetzt lässt er die Katze aus dem Sack. Das ist es also, Herr Ingenieur. Eine Offerte! Wie sollte auch einer wie du, den der Westen abgerichtet, verschwägert und vereinnahmt hat, je zu uns zurückkehren?

Fitna fragte mit rauer Stimme: »Willst du wirklich vor der Feier und vor meiner Niederkunft weggehen?«

Er drehte sich zu ihr um und betrachtete lächelnd ihren Bauch, erwiderte aber nichts. Schon komisch, jede Frau hielt ihre Niederkunft für eine großartige Leistung, einen bedeutsamen Sieg für sich und für unsere Sache.

»Wann ist es denn so weit?«, fragte Nahla mit leiser Ironie.

Fitna strich über ihren Bauch. »Noch ein paar Tage, und ich bin im letzten Monat«, sagte sie stolz. Lächelnd schaute sie Nahla an. »Na, was ist, Nahla? Was wirst du dem Baby und mir schenken?«

Mit einem spöttischen Auflachen, als wolle sie Fitna an etwas erinnern, was sie zu verdrängen suchte, erwiderte sie: »Ich schenke dir von ganzem Herzen ein Gebet, dass du alles wohlbehalten überstehst.«

»Danke ergebenst, wie großzügig von dir!«

»Sitt Fitna«, wies Nahla sie scherzend zurecht, »in deinem Alter und in deiner Lage solltest du nicht an Geschenke denken. Die größte Gottesgabe ist, dass du es wohlbehalten überstehst und dein Sohn gesund und heil zur Welt kommt.«

Fitna grollte heimlich. Zum tausendundzehnten Male musste Nahla sie mahnen, dass sie eigentlich schon zu alt war, dass ihr Sohn vielleicht nicht gesund ankäme, dass ihr eine

schwere Geburt bevorstand. Aber der Arzt im Hadassah hatte
doch gesagt: »Alles ganz normal, machen Sie sich keine Sorgen.« Also machte sie sich auch keine. Sie kümmerte sich
weder um die Reserviertheit ihrer Mutter noch um Nahlas
Neid oder die Aufregung der Erben. Das Kind war ein Junge,
und der Junge erhielt das Erbe.

Masin wandte sich an Nahla: »Wie viele Eintrittskarten
möchtest du haben?«

Nahla kaute schweigend, als sei sie nicht gemeint.

»Ich brauche vier oder fünf Karten«, mischte sich Fitna
ein. »Für meine Mutter, meinen Bruder und den Bey natürlich.
Kann ich so viele bekommen?«

Ohne ihr zu antworten, schaute er Nahla an, die ruhig und
abwesend weiteraß. »Was ist, Nahla?«, fragte er wieder. »Werden Abu Salims Söhne kommen?«

»Woher soll ich das wissen?«, meinte sie mürrisch. »Frag
doch ihren Vater, was geht mich das an?«

»Wieso geht dich das nichts an?«, warf Abu Salim liebenswürdig ein. »Du bist ihre Sitt, die Krone auf ihrem Kopf!«

Sie verzog die Lippen zu einem Lächeln. Nur Kamal bemerkte es, und ihre Blicke trafen sich. Doch das Licht war zu
schwach. Er war nicht sicher, ob das Lächeln ihm gegolten hatte.

»Also, wie viele Karten nun?«, drängte Masin. »Zähl sie
mal durch, wie viele Plätze sind es?«

Kamal lächelte. So ist das nun. Zähl sie durch! Zähl sie,
nur uns rechne nicht dazu – mich in Frankfurt, Dschabir in
Dubai und Dschamal in Marokko. Abu Salims Söhne kannst
du zusammenzählen, aber Dschabir, Dschamal und mich lass
beiseite. Wir sind nichts als ein Foto auf dem Bord.

»Du willst wirklich einfach wegfahren, vor der Feier?«,
fragte der Vater. »Bleib noch solange, und reise danach.«

»Soll er zur Feier bleiben und die Offerte ausschlagen?«, kommentierte Masin ironisch. »Unmöglich! Die Offerte ist wichtiger.«

»Was hast du, Kamal?«, fragte mein Onkel. »Warum isst du gar nichts? Nahla, sieh nach deinem Bruder.«

Nahla betrachtete ihn im dämmrigen Lichtschein und bemerkte eine Träne. Im tiefsten Innern spürte sie einen Stich. Dieser anständige Kerl, wie viel hatte er ihr gegeben. Er gab, ohne zu messen oder zu knausern, er stand ihr bei in der Not. Doch sie rückte von ihm ab und verspottete noch seine Aufrichtigkeit. Seine Worte hatten sie verletzt, aber es waren doch nur Worte. Ach, Bruder, wen hat eine Frau denn außer ihrem Ehemann? Zugegeben, seine Söhne können mich fix und fertig machen. Aber er bleibt trotzdem mein Mann, und es sind eben seine Söhne. Die Söhne des Ehemannes sind immer etwas Bitteres. Eine Träne hast du im Auge? Um wen? Um mich oder Said oder das Projekt?

Masin wandte sich an Abu Salim: »Also, jetzt zähl mal zusammen. Wie viele Plätze braucht ihr?«

Abu Salim schielte aus den Augenwinkeln zu Nahla. »So viele sie will«, antwortete er ergeben. »Nahla soll es sagen.«

Mit vorgetäuschter Gleichgültigkeit erwiderte sie: »Deine Sache. Zwischen dir und ihnen mische ich mich nicht mehr ein. Das hab ich kapiert.«

Giftig lächelnd sah er sie an. Das schlaue Weibsstück hatte nichts vergessen. Eine Zunge, spitz wie eine Feile! Deine Söhne haben dies angestellt, Abu Salim, deine Söhne haben jenes angerichtet, Abu Salim. Deine Söhne haben mich eingesperrt, gepeinigt und attackiert: Her mit dem Boden von al-Machfija und Sabastija, von Suwata und Kalkilija! Du bist abgehauen, als es brenzlig wurde, und hast mich sitzen lassen. Flüchten wolltest du? Schön, dann flüchte – aber allein zu verduften, und mich hier zu lassen?

»Der Bürgermeister wird das Haus eröffnen«, sagte Masin. »Er bringt die Pfadfinder mit. Da wehen die Fahnen über den ganzen Himmel, und die Lieder werden bis nach Jerusalem zu hören sein.«

»Meine Mutter kommt auch zu den Feierlichkeiten und bleibt ein paar Tage«, warf Fitna ein. »Mutter wird begeistert sein, wenn sie erfährt, was alles passieren wird.«

Gelassen fragte mein Onkel: »Was wird denn um Himmels willen passieren?«

»Na, ich meine, der Bürgermeister, die Fahnen und die Pfadfinder«, antwortete sie mit kindlicher Begeisterung. »Meine Mutter schwärmt doch für Hymnen und patriotische Lieder und solche Sachen. Sie kann noch alle Lieder auswendig, die damals für Abdel Nasser gesungen wurden, eins war von Umm Kulthum, ich hab vergessen, wie es heißt, aber meine Mutter singt immer solche Lieder, die sind sehr schön.«

Mein Onkel sah sie groß an. »Deine Mutter singt?«, fragte er ironisch.

Er stellte sich die kleine, schmächtige Mutter mit ihren morschen Knochen und eingefallenen Wangen vor. Wie das wohl aussehen mochte, wenn sie sang? »Nein, so etwas!«, sagte er lächelnd.

»Was denn, glaubst dus nicht?«, rief Fitna in jugendlichem Überschwang. »Frag doch Violet und Umm Dschirjes. Meine Mutter war bei den Nonnen, sie spielt perfekt Piano!«

»Perfekt?«

»Jawohl, perfekt!«, bestätigte sie mit Nachdruck.

Er blies den Rauch aus. »Also, Masin, was ist los? Da gibt es einheimische Talente, und du setzt uns importierte Ware vor!«

Alle lachten. Fitna war eingeschnappt. Sie beteuerte, dass ihre Mutter eine Ausbildung bei den Nonnen absolviert habe. Und außerdem könne sie wunderbar stricken und häkeln, seit Monaten arbeite sie an der Ausstattung für das Baby, lauter Jäckchen, Höschen und Lätzchen. Und alles in Hellblau, denn das Baby werde ganz bestimmt ein Junge sein.

»Das ist doch nicht wichtig, Fitna, ob es ein Junge oder Mädchen wird«, belehrte Nahla sie mit unterdrücktem Hass. »Wichtig ist nur, dass du es wohlbehalten überstehst und dein Sohn gesund und heil geboren wird.«

»Wenn Mutter zur Feier kommt, wirst dus ja sehen: Die ganze Wolle, die sie verstrickt, ist hellblau«, sagte Fitna spitz. »Meine Mutter ist berühmt, gewiss kennt sie der Bürgermeister. Er wird sie erkennen und ihr in der ersten Reihe neben sich einen Platz anbieten.«

Masin und Kamal schmunzelten, Nahla lachte schallend. Aber mein Onkel fragte ernsthaft: »Wieso denn nicht? Warum soll sie nicht in der ersten Reihe sitzen?«

Masin lachte, und Kamal lächelte. Man einigte sich darauf, dass Sitt Amira in der ersten Reihe neben den Konsuln und Journalisten sitzen solle, um Small Talk in Englisch mit ihnen zu führen. Die Übrigen mussten in der zweiten Reihe platziert werden, damit die Ausländer nicht sagen konnten, wir hätten die vorderen Reihen für uns okkupiert und sie auf die letzten Ränge hinter den Pfadfindern verbannt.

Schon Tage vor dem Beginn der Festlichkeiten ging alles drunter und drüber. Die Einwohner von Wadi al-Raihan überschlugen sich vor Betriebsamkeit. Eine euphorische Stimmung griff um sich, Sorgen und Gestank waren vergessen. Die Straße war verstopft mit Reportern und Ausländern, Fernsehkameras und Mikrophonen. Die Händler und Verkäufer sprangen irritiert hinter ihren Ladentischen und Wasserpfeifen hoch und warfen neugierige Blicke auf die Schwärme der Journalisten und Journalistinnen, die in Shorts durch die Viertel streiften, um Gassenjungen mit Bildern der Zitadelle in Händen zu fotografieren. Wohin man sich wandte, gab es Tanz, Gesang und Werbung. All diese Reklamen und die vielen Ausländer vermittelten den Einwohnern von Wadi al-Raihan das Gefühl, dass es endlich aufwärts ging. Wie hatten sie jahrhundertelang vergessen können, dass sie eine großartige Zitadelle besaßen, sozusagen ein majestätisches Erbe? Dort oben auf dem Hügel, direkt vor der Nase von Wadi al-Raihan stand es, aber niemand hatte es bemerkt! Wie konnte es geschehen, dass dieses Schloss verödete und vergessen wurde, wo es doch ein Kleinod und eine Ruhmestat der Zivilisation und Geschichte darstellte? Hast du überhaupt eine Ahnung, was so ein Schloss bedeutet? Touristen bedeutet es, Hotels, Restaurants und Vergnügungsstätten, also klingende Münze! Weißt du, wie viele Touristen und Touristinnen nach Petra kommen? Wie viele Besucher zur Sphinx und zu den Pyramiden pilgern? Wie viele Reisende nach Granada, Karthago und Dscharasch aufbrechen? Wie konnte uns entgehen, dass wir quasi auf einer Ölquelle, einem Geldtresor, ja einem riesigen Konto sitzen? Die Zitadelle sei ein Symbol der Weltoffenheit! Denn durch sie hat sich die Welt für uns geöffnet, und die Welt entdeckte uns durch unser Erbe.

Aus Wadi al-Raihan wurde eine Oase der Normalisierung und Verbrüderung, zu der man von nah und fern herbeigeeilt kam. Wenn man durch die Straße spazierte, sah man Dischdaschas aus den Golfstaaten, Hüte aus Europa, Saris aus Pakistan, Strohkörbe und Papierlampen aus Vietnam. Wir verkauften Waren von überall her, bis unsere eigenen keinen Absatz mehr fanden und wir darauf sitzen blieben. Wir importierten alles, was gut lief. Als wir feststellen mussten, dass unsere Bonbons und der »Nordhonig« die reinsten Ladenhüter geworden waren, ärgerten wir uns und aßen sie selber. Aber der ranzige Beigeschmack wollte uns auch nicht mehr behagen.

»Also wie denn nun?«, fragte mein Onkel. »Sollen die Erdbeeren exportiert werden, oder essen wir sie selber?« Said entschied: »Ich verarbeite sie und bringe ein neues Bonbon anlässlich der Feier heraus.« So geschah es. Am Tag der Feier lutschten wir ein neues Bonbon in neuer Aufmachung mit dem Namen »Wadi al-Raihan« und dem Bild der vergessenen Zitadelle darauf.

66

Die Zitadelle füllte sich mit Fahnen, Lampen und Pfadfindern, bis sie strahlte wie eine aufgeputzte Braut in der Hochzeitsnacht. Besucher wiesen aus der Ferne mit den Fingern hinüber. Nur mein Onkel betete besorgt: »O Gott, beschütze uns und lasse alles gut gehen!« Masin setzte bedrückt hinzu: »Der Wetterbericht meldet Wind aus westlicher Richtung. Gott steh uns bei!« Doch Fitna und ihre Mutter, Nahla, Abu Salim und Umm

Dschirjes waren hellauf begeistert und überglücklich, dass Violet vor dem Bürgermeister, den Prominenten und Konsuln auftreten würde. Kamal hatte sich dem Druck der Familie und seiner eigenen Neugier endlich gefügt und seine Abreise nach Frankfurt verschoben. Einerseits war es ihm unmöglich, uns an einem so großen Tag einfach zu verlassen, und andererseits – auch er hatte den Wetterbericht gehört – war er beunruhigt und gespannt, was geschehen würde. Wenn nun wirklich Westwind aufkäme und den Gestank herüberwehte? Wenn die Moskitos und Mücken ausschwärmten? Was würde der Bürgermeister sagen? Was würden die Konsuln sagen? Was würde sein Bruder Masin tun, der für die Organisation, die Vorbereitung und den Erfolg der Feier verantwortlich war? Ein Erfolg der Feier würde dem Kulturprojekt in unserer Zitadelle eine Perspektive geben und kluge Köpfe ins Land ziehen. War auch dem Projekt der Müllabfuhr, Abwasserreinigung und Verbesserung der Umwelt und Luft kein Erfolg beschieden, so würde vielleicht Masins Aufklärungskampagne von der Zitadelle aus gelingen. Kultur ist keine Alternative zur Überzeugungsarbeit und zum Brot für die Kinder, aber sie ist Nahrung für die Seele. Kultur ist ein Recht für alle, und diese Feier gehört allen Menschen, so wie die Zitadelle Gemeineigentum und Allgemeingut ist!

Kurzum, Masin hatte hunderte Eintrittskarten, Prospekte und Programme verteilt. Es gab niemanden im Ort und in den nördlichen Dörfern, der sich nicht mit Kindern, Freunden und Verwandten für die Feier rüstete. Scharenweise trafen sie seit dem Morgen in Bussen, Lastwagen und Taxis ein, bis Wadi al-Raihan rappelvoll war. Zu Mittag kam mein Onkel schnaufend von der Sonnenglut, dem Tumult der Menschen und dem Gewühl in Straßen und Läden nach Hause. Keuchend sagte er zu seiner Frau: »Leute über Leute, ein einziges Gewimmel!«

Froh und glücklich erwiderte sie: »Da wird sich Masin aber freuen.«

Doch Masin war unruhig. Nie hätte er vermutet, dass eine so große Menschenmenge erscheinen würde. Eine solche Menge bedeutete Gedränge und Beklemmung, also Chaos. Alles hatte er geplant – die Programmfolge, die Tänzer und Tänzerinnen, die Mikrophone und Stromkabel, die Einladungen an die Konsulate, Journalisten, Gewerkschaften, Organisationen und Ausländer. Aber er hatte nicht bedacht, dass für diese Feier ein Großaufgebot der Polizei und Sicherheitskräfte erforderlich wäre. Wer würde den Eintritt ins Theater regeln? Wer würde die Sicherheit der offiziellen Vertreter und des Bürgermeisters garantieren? Wer sollte wo sitzen, die verteilten Karten waren nicht nummeriert. Würden all diese Menschen Platz finden? Es gab nur eine begrenzte Anzahl Sitzplätze, und so viele Stühle man auch zusätzlich aufstellen mochte – es war aussichtslos. Er überlegte, dass vielleicht die Pfadfinder, die den Bürgermeister begleiteten, einen Beitrag zu Ordnung und Sicherheit leisten könnten. Doch die Pfadfinder, die mit Trommeln, Trompeten und Schalmeien Einzug hielten, beharrten darauf, ihre Pflicht zu erfüllen und nur das zu tun, weswegen sie gekommen waren, nämlich an der Vorstellung mitzuwirken und aller Ohren mit Liedern von der Zitadelle, der ehrwürdigen, stolzen, geschichtsträchtigen, zu erfreuen. Seit dem Morgen marschierten sie in militärischer Formation durch unsere Stadt und spielten mitreißende Märsche. Die aufgescheuchten Gassenjungen rannten ihnen nach, jeder mit einer Trommel oder leeren Butterschmalzdose ausgerüstet, auf die er begeistert einschlug.

Obwohl wir über die festliche Stimmung und die Freude der Menschen am bunten Markttreiben mit Luftballons, Zuckerwatte und Eis froh waren, erfüllte uns das Gewühl in den Läden, auf den Plätzen und in den Straßen doch mit Sorge, denn wir befürchteten ein Chaos, wenn all diese Menschen zum Einlass drängten.

Genauso geschah es dann auch. Als es auf fünf Uhr nachmittags zuging, also Stunden vor Beginn der Feier, rückten die Geladenen in Kolonnen gegen die Höhen um Nablus vor. Sie überschwemmten die Kontrollpunkte aus beiden Richtungen kommend, von der Seite der Araber und der Seite der Israelis, das heißt von der Seite der Macht und der Übermacht. Die einen sagten »Schalom«, die anderen »Salam«. Dazwischen bat ein Lkw-Fahrer: »Lasst mich durch, lasst mich passieren!« Aber an ein Durchkommen war nicht zu denken. Zwischen dem hebräischen und dem arabischen Checkpoint war alles festgefahren. Der eine war an der Sicherheit interessiert, der andere an der Sicherung der Sicherheit. Das heißt, die Sicherheit oblag uns, galt aber nicht für uns. So stauten sich die Autos bis hinter Huwara, also weit nach Osten hin. Wie sehr wir auch zu vermitteln suchten, um die Abfertigung zu erleichtern, es gelang uns nicht. Der Bürgermeister sagte: »Mir sind die Hände gebunden.« Der Leiter der Stadtverwaltung erklärte: »Ich bin verantwortlich für die Kanalisation, nicht für den Straßenverkehr.« Die Gemeindevorsteher trudelten im Fahrwasser irgendwelcher »hoher Tiere« ein, schritten grüßend an allen vorbei und setzten sich in die vorderen Reihen, die für die Konsuln und Journalisten reserviert waren. Als wir mit ihnen verhandelten, mussten wir erst Bärte und Hände küssen, um wenigstens einige Plätze für die Vertreter der Sponsorstaaten und die Geistlichen zu räumen. Wo wir die Nonnen hinsetzen sollten, wussten wir nicht. Mein Onkel stand auf, schubste seine Frau, Nahla und Fitna beiseite und bat die Nonnen, Platz zu nehmen. Daraufhin setzte sich Fitna ganz vorn hin, indem sie vorgab, einen Platz für ihre Mutter Sitt Amira frei zu halten, die in Begleitung des französischen und des spanischen Konsuls aus Jerusalem eintreffen werde. Masin redete auf sie ein, den Platz aufzugeben. Sie fasste die Aufforderung als halbe Beleidigung auf und zog sich eingeschnappt mit Nahla und Umm Dschirjes hinter die Kulissen zurück. Dort setzten sie sich und beobachteten die Tänzerinnen und Musiker, den Elektriker und Tonmeister, die alles vorbereiteten und lautstark durch die Mikrophone brüllten: »Hallo, hallo!« Genau in diesem Moment spürte Fitna etwas Klebriges an sich herablaufen. Da sie dergleichen aber schon seit Tagen beobachtete und ihre Vorkehrungen getroffen hatte, um sichtbare Flecken zu vermeiden, vergaß sie die Sache und ließ sich von der geselligen, freudigen Stimmung treiben. Sie blieb bei Nahla und Umm Dschirjes zwischen den Kulissen neben dem Vorhang, um nichts von den Tänzen und Darbietungen auf der Bühne zu verpassen.

67

Die Konsuln, Journalisten und der Bürgermeister waren eingetroffen. Alles war bereit, doch die Feier begann noch nicht, weil plötzlich ein Tumult ausbrach. An den Türen ertönten Schreie, es kam zu Prügeleien. Jemand rief: »Gott ist groß!« Ein anderer schrie: »Pass doch auf, mach Platz!« Ein Dritter mahnte: »Schämt euch, Leute! Eine Schande, Leute, vor den Gästen und Ausländern.« Aber Saado, gefolgt von Said, stieß die Leute beiseite und brüllte aufgebracht: »Wer geht hier vor, die Ausländer oder wir?« Said antwortete, auch er kräftig rempelnd: »Na, wir doch!« Mit der Schulter bahnte er sich einen Weg durch die Menge und brachte die Menschenmauer zu beiden Seiten ins Wanken. Nicht wenige stürzten, Füße trampelten sie nieder. Einem Jungen floss Blut aus dem Auge. »Mein Auge, mein Auge!«, schrie er. Niemand hörte oder beachtete ihn. Die Bühnenarbeiter kamen zu Masin gerannt. »Chef, schnell!«, riefen sie. »Sieh dir das an, sein Auge läuft aus. Wir brauchen einen Rettungswagen.« Der Junge verlor das Bewusstsein, doch der Rettungswagen kam nicht. Am Checkpoint wusste keiner Bescheid, die arabische Seite war nicht informiert, nicht einmal die israelische. So durfte der Rettungswagen nicht ohne Kontrolle passieren. Der Junge musste ohne erste Hilfe am Boden liegen bleiben, bis die Sicherheitskräfte den Rettungswagen gefilzt und sich vergewissert hatten, dass nicht etwa zwischen Glukose und Ampullen ein paar Bomben und Maschinenpistolen eingeschmuggelt wurden.

Masin schaute von der Treppe aus dem Prügeln und Stoßen zu. Er erkannte den schubsenden, drängelnden Said und vor ihm Saado, der sich durch die Menge kämpfte. Welch ein Unglück! Er rief seinem Bruder zu: »He, Said, hör auf damit!« Doch Said schob Saado schweißüberströmt vor sich her. »Na los, gleich sind wir da. Hier gehts rein. Mach, na mach schon.« Sie gelangten zur Eingangstür ins Theater, fanden jedoch nicht genug Platz, um auch nur einen Fuß aufzusetzen. Da kletterten sie den Leuten auf die Schultern und kamen schließlich doch hinein. Als sie drin waren, beobachtete Kamal, wie sie sich zu den Konsuln und Journalisten schlichen. Masin folgte ihnen hinter den Kulissen und machte durch eine Öffnung des Vor-

hangs heimlich Zeichen, dass sie sich zurückziehen und weggehen sollten. Aber Said winkte nur ab und quetschte sich zwischen die Nonnen. Die zwinkerten aufgeregt und flüsterten:
»O Jungfrau, Jungfrau, rette uns.« Unterdessen drängelte sich
auch Saado durch die Reihen und ließ sich direkt hinter Sitt
Amira, neben Abdel Hadi Bey Schajib fallen. Dabei stieß er sie
unbeabsichtigt mit dem Ellbogen in den Rücken. Sie fuhr zu
ihm herum und schimpfte wütend: »Schämt euch, ihr junges
Volk! Respektiert die Leute!«

Masin lugte hinter dem Vorhang hervor. Von weitem sah
er Kamal, ihre Blicke begegneten sich. Kamal lächelte unwillkürlich, vielleicht aus Verlegenheit über die Situation oder um
Masin Mut zu machen. Doch Masin missverstand ihn und
fasste das Lächeln als etwas ganz anderes auf – als Schadenfreude. Er merkte, wie es in ihm kochte, als er Kamal dort am
Fenster stehen sah. Der beobachtete und beschaute die Leute,
als verfolge er ein Experiment in seinem Laboratorium! Wenn
er über Friedenstruppen und Streitkräfte verfügte, würde er die
Leute schon im Zaum halten! Hätte er bloß eine einzige Poli-
zeieinheit! Hätte er nur ... Aber er war vollkommen auf sich
gestellt. Wie sollte er so die Ordnung aufrechterhalten? Was
für ein Riesenfehler, was für ein böser Schnitzer! War er dafür
verantwortlich? Tausende von Eintrittskarten. Wer hatte sie
gedruckt? Woher kamen all diese Buden mit Eis und Zuckerwatte? Was brachte die Menschen von Wadi al-Raihan so
außer Rand und Band? Wer hatte vergessen, die Karten zu
nummerieren? Wie seltsam! Ein kleiner Fehler, ein einfaches
Versehen, und schon brach die Welt aus den Fugen! Wir mein-
ten, die Gefahr hinge mit der Wetterlage zusammen. Tausend
Bedenken hatten wir deswegen. Aber das hier – wer hätte so
etwas voraussehen können?

Er hörte die Trommeln der Pfadfinder schlagen und dröhnen. Und dann vibrierte das ganze Theater im Takt der Festivalhymne:

> »*Der Zitadelle entstamm ich, ihr Lieben*
> *folgt mir, von Freude getrieben*
> *Tauben flogen aus*
> *Tauben flogen ein*
> *Friede wird sein*
> *Wadi al-Raihans großer Tag ist heute*
> *Vergesst das Leid, ihr unterdrückten Leute*
> *Vorwärts, vorwärts, vorwärts*
> *Vergesst das Leid und freut euch, ihr Lieben!*«

Hingerissen fielen die Leute aus voller Kehle in die Melodie ein. Das Echo der Hymne drang bis hinunter zum Checkpoint. Über Funk wurde erhöhte Alarmbereitschaft durchgegeben, und beide Kontrollpunkte hielten sich zum Einsatz bereit. In ihrer Euphorie über die Feierlichkeiten merkten die Leute gar nicht, dass die Zitadelle durch Sicherheitstruppen und eine neue Abriegelung von der Welt und von Wadi al-Raihan abgeschnitten wurde.

68

Wie vom Wetterbericht angekündigt, drehte der Wind auf West und wehte den Gestank herüber. Doch das Chaos vor dem Theater und das Gewühl im Saal, die Freude des Publikums an den Pfadfindern, Märschen und stampfenden Dabkatänzern auf der Bühne ließen den Geruch weniger penetrant als erwartet erscheinen. Die meisten führten die Dünste auf die Menschenansammlung und das Schwitzen bei dieser Sommerhitze zurück. So ging alles weiter – die Vorstellung, die Darbietung der Tanzensembles, die Zurufe des Publikums und das Durcheinander. Niemand, ob drinnen oder draußen, bemerkte, dass die Abriegelung verdoppelt und die Sicherheitstruppen verstärkt worden waren. Und dass der Wind eine Invasion der Ratten einleitete.

Nun wäre es übertrieben und böswillig, wollten wir die Betriebsamkeit der Insekten und Nagetiere außerhalb und innerhalb der Zitadelle allein auf das Drehen des Windes und die Kläranlage zurückführen. Insekten und Nager gehören schließlich zur Umwelt. Im Umkreis der Müllkippen rings um die Dörfer, Steinbrüche und die Siedlung Kirjat Rahel wimmelte es nur so von Ratten. Aber die heranwehenden Gerüche scheuchten sie auf, und sie krochen aus ihren Verstecken, um nach Beute und Futter zu suchen. Als Violets Auftritt an die Reihe kam und sie singen sollte, schrie sie plötzlich auf. »Eine Maus! In der Gitarre ist eine Maus!« Die drei Frauen hinter den Kulissen wollten ihr zu Hilfe eilen. Dabei stolperte Fitna über die Kabel der Kamera und der Mikrophone und stürzte heftig zu Boden, sodass die Fruchtblase platzte und die Geburt eingeleitet wurde.

Masin erstarrte. War das ein Albtraum? Er hörte die Arbeiter rufen: »Holt den Rettungsdienst!« Aber keiner näherte sich der auf der Erde liegenden Frau, unter der sich eine kleine Lache gebildet hatte. Nur Nahla beugte sich schreiend über sie. Der Rettungswagen stand unterdessen noch immer an der Schranke, denn der Checkpoint hatte eine schärfere Durchsuchung und verstärkte Abriegelung angeordnet. Das Geschrei von der Zitadelle verhieß nichts Gutes. Die aufgepeitschte

Stimmung könnte zum lange erwarteten Zusammenstoß zwischen den Leuten und der Polizei führen, vielleicht auch mit den Sicherheitskräften oder gar den Siedlern von Tell al-Raihan.

Tell al-Raihan lag ja nicht weit entfernt. Ein paar Kilometer, schon war man dort. Früher, in den Tagen des Stolzes und der Freiheit, waren die Bewohner von Wadi al-Raihan zu jenem Hügel gepilgert, um Nairus, Gründonnerstag und das Fest des Propheten Moses zu feiern. Damals hielten sich die Menschen noch an die alten Traditionen und Bräuche von Festen und Feiertagen. Heute dagegen, nach dreißig Jahren Besetzung und Beschlagnahmung des Tell, nach Errichtung der Siedlung Kirjat Rahel auf dem Hügel und ihrer Sicherung durch dichten Stacheldraht, Kontrollpunkt und Wachtposten, hatten sich die Leute an den Checkpoint und die Durchsuchung gewöhnt und schauten nur noch von fern hinüber, um nicht ganz zu vergessen, dass da auf dem Hügel, auf diesem Tell, Fremde mit Schläfenlocken lebten, die Waffen trugen und schworen, Wadi und Tell al-Raihan hätten ursprünglich Wadi Rahel und Tel Salomo geheißen. Als sie in den Siebzigern Tell al-Raihan besetzten, geschah es in der Absicht, in den Achtzigern auch den Rest der Ebene und des Wadis zu erobern. Aber die Jahre verstrichen, ohne dass eine der beiden Seiten irgendeinen Durchbruch erzielen konnte. Weder gewannen die Einwohner von Wadi al-Raihan den Tell zurück, noch bemächtigten sich die Siedler von Kirjat Rahel des Wadis. Dennoch belauerte jede Partei unausgesetzt die andere, um einen Schlag zu vergelten oder einen Coup zu landen. So waren in jenen Jahren Gewalt, Mord und Raub auf beiden Seiten an der Tagesordnung. Den Einwohnern von Wadi al-Raihan gelangen auf Grund fehlender Bedingungen und Gelegenheiten lediglich ein paar Diebstähle: ein Wagen oder Auto, ein bisschen Zement, Schrott und

Eisen, ein Sack Mehl oder Viehfutter. Zur Vergeltung – Bedingungen und Gelegenheiten waren reichlich vorhanden – starteten die Siedler von Tell al-Raihan, sobald die Chancen gut standen, egal ob in tiefer Nacht oder am helllichten Tag, einen Angriff mit Maschinenpistolen und Bomben – alles unter den Augen der Sicherheitstruppen. Und an diesem Tag, dem Tag der Zitadelle, wurde wegen des Chaos, des Geschreis und der Begeisterung der Leute eben wieder einmal die Abriegelung verschärft ... zur Gewährleistung der Sicherheit.

69

Keiner wusste genau, warum die Feier platzte und die Leute ins Freie drängten, wo es zum brutalsten Zusammenstoß mit der Polizei und den Sicherheitstruppen kam, der sich hier jemals zwischen bewaffneten Kräften und Steinewerfern ereignet hatte. Erst später, als die Journalisten darüber schrieben, erfuhren wir mehrere Varianten des Hergangs. Eine lautete, der Fahrer und die Mannschaft des Rettungswagens, der Fitna ins Hadassah transportieren sollte, hätten einen heftigen Streit mit der Polizei angefangen, weil man sie am Checkpoint nicht passieren ließ. Der Disput habe in gegenseitigem Anbrüllen und Hilferufen geendet, daraufhin sei oben das Publikum hinausgerannt, und eine Prügelei sei ausgebrochen. Eine andere Version besagte, wild gewordene Mäuse seien zwischen den Füßen und Stuhlbeinen herumgehüpft, sodass die Leute das Weite suchten. Draußen hätten sie gesehen, was mit den Männern vom Rettungsdienst geschah. Sie seien ihnen zu Hilfe geeilt, und ein Handgemenge habe begonnen. Eine dritte Geschichte, die übrigens von der ägyptischen Zeitung *Achbar al-Jaum* übernommen wurde, berief sich auf einen Augenzeugenbericht aus dem Westjordanland und lautete folgendermaßen: Jemand habe Siedler mit Gewehren und anderen Waffen von Tell al-Raihan herüberkommen sehen und daraufhin ins Publikum gerufen: »Sie feuern! Es ist aus! Aus!« Manche bestritten diese Variante allerdings als eine übertriebene und aufgebauschte Darstellung der Ereignisse. In Wahrheit sei nur das Wort »Maus« gerufen worden. Als nämlich Violet kreischte: »In der Gitarre ist eine Maus!«, habe ein Arbeiter aus voller Kehle gebrüllt: »Eine Maus! Maus!« Doch was auch immer die Gründe und Auslöser gewesen sein mochten – die Feier von Wadi al-Raihan fand in einem spannungsgeladenen Umfeld statt, und jeder Anlass hätte die Situation zur Explosion bringen können. Nicht zu vergessen die überschäumende Begeisterung der Leute, die der Martyrien und traurigen Geschichten müde waren und endlich einmal unbeschwert froh sein wollten. Sobald sie das Dabka-Ensemble stampfen sahen und die Trommeln der Pfadfinder dröhnen hörten, erwachte die Sehnsucht in ihren Seelen, und sie sangen für das Vaterland. Alles zusammen führte schließlich zum Zusammenstoß. Als die Leute in den Hof rannten, sahen sie, was sich zwischen Rettungsdienst und Sicherheitstruppen abspielte. Und Sicherheitskräfte gab es mehr als genug – Polizisten, Wachleute und Siedler aus Tell al-Raihan. Das Publikum, überwiegend enthusiastische junge Männer, die schwere Jahre in Gefangenenlagern oder Steinbrüchen und unter schlimmster Verfolgung in Schluchten und Felsspalten verbracht hatten, waren im tiefsten Innern aufgewühlt und skandierten im Überschwang der Gefühle: »Rache! Raus mit ihnen, raus!« Doch was auch immer auf dieser Feier gerufen wurde – »Maus«, »Aus« oder »Raus« –, die Auswirkungen waren beträchtlich …

70

Nachdem das Fest geplatzt war, befand sich Masin in einer wenig beneidenswerten Lage. Nach dem verheerenden Scheitern seiner Bemühungen, das Steuer herumzureißen und die Feier in die rechte Bahn zu lenken, war er nun verantwortlich für eine große Schar Konsuln und Journalisten, und obendrein den Bürgermeister. Kein Sicherheitsapparat, keine Polizeitruppe oder Wachtmannschaft stand ihm zur Verfügung. Alles, was er hatte, waren ein Zug Pfadfinder, die Dabkatänzer und das Gesangsensemble. Wie würden diese mit Ordensbändern, roten Baskenmützen und goldgestickten Westen aufgeputzten Künstler sich verhalten, wenn sie hagelnden Steinen, Schüssen, Qualm und Bomben ausgesetzt wären?

Eine Granate explodierte. Sie schlug gegen das eiserne Gitter, prallte ab und verströmte direkt unter dem Fenster Tränengas. Masin schrie: »Schließt die Fenster! Schließt die Fenster!« Doch niemand rührte sich, sie waren zu schockiert. Einige beobachteten durch die Fenster, was auf der Straße unterhalb der Zitadelle zwischen der Menge und den Sicherheitskräften vor sich ging. Andere scharten sich um den Bürgermeister, der versuchte, telefonisch Hilfe herbeizurufen. Doch die Polizei und der Sicherheitsdienst hatten Wichtigeres zu tun. Ihre Angst, die wütende Menge könne die Siedler überfallen, die sich an der Absperrung und am Fuß des Tells verschanzt hatten, überwog alles andere.

Masins Blicke begegneten denen des ratlosen Bürgermeisters. Er war ein Mann in den Sechzigern, der seine Jugend in Lagern, im Exil und im Ausland verbracht hatte. Von früh an Berufsrevolutionär, hatte er eine Menge durchgemacht und sich hier schließlich zur Ruhe gesetzt. Aber plötzlich hieß es:

Nimm, da hast du ein Land, da hast du ein Volk, eine Lösung, einen Frieden und Konsuln! Er war ja kein Dummkopf, und er fühlte sich verantwortlich. Er stand auf, um sich mit Masin zu beraten, wie man aus dieser Zitadelle, dieser Falle, herauskommen könne. Er war neu in der Region, obwohl er aus der Gegend stammte. Nach der langen Zeit der Besetzung und des Exils und seiner jahrzehntelangen Abwesenheit kam er seinen Landsleuten, die in ununterbrochener Generationsfolge fest im Boden verwurzelt waren, wie ein Besucher vor. Du bist in deinem Land und doch nicht daheim. Dein Volk ist draußen, aber du sitzt in einer Zitadelle. Außen und innen. Polizei, Truppen, eine Behörde, eine Ordnung, eine Regierung. Und ein erschöpftes Volk. Das Fest war in eine Trauerfeier umgeschlagen, von einem Augenblick zum anderen. Was tun? Wie sollte er dieser Falle entrinnen?

Masin hatte gesagt, die normale Straße sei infolge der Sperren und der Zusammenstöße nicht passierbar. Doch der Umgehungsweg hinter der Zitadelle sei nicht empfehlenswert, auch nicht sicher, denn er führe an Kirjat Rahel vorbei, der Siedlung auf dem Tell al-Raihan. Ob der Genosse Bürgermeister vor den Augen der Wadi-Bewohner und Journalisten denn wirklich den Weg über Kirjat Rahel nehmen wolle?

Eine schwerwiegende, sozusagen verminte Frage von weit reichender Bedeutung. Eine Regierung, die keine war. Straßen, die der Behörde nicht unterstanden. Umgehungsstraßen, die jederzeit dicht gemacht werden konnten, sodass die Menschen von Einkommen und Unterhalt abgeschnitten waren. Land, das sie seit Moses und Muhammad urkundlich geerbt hatten ...

Eine Umgehungsstraße. Gibt es dagegen Bedenken?

Der Vater warf seinem Sohn einen ungläubigen Blick zu.

»Kirjat Rahel?«, fragte er überrascht. »Hast du Kirjat Rahel gesagt? Warten wir doch ab, bis die Luft rein ist, und nehmen die normale Straße wie alle Leute.«

Masin wies zur Bühne. »Was wird dann aus Fitna, Vater?«, fragte er eindringlich.

Der Vater wandte sich ab und brummte widerwillig: »Nimm Fitna und fahr. Ich rühre mich nicht von der Stelle.«

Ruhig ging er zum Fenster. »Kirjat Rahel!«, murmelte er. »Das ist wirklich stark, Kirjat Rahel, so weit kommts noch!«

Masin hielt Ausschau nach der Mutter, die mit ihrer Tochter und deren Sohn beschäftigt war. Amira saß auf dem Boden neben Fitna und wickelte das Kind in ein Stück Stoff. Die Pfadfinderjungen umringten sie. Einer fragte: »Tante, was brauchst du noch?« Ein Zweiter sagte: »Hier ist ein Kissen.« Und ein Dritter: »Ich habe euch Wasser geholt.« Sitt Amira bedankte sich sanft: »Gott möge es euch lohnen, ihr guten Männer, gebt es mir, gebt her.«

Er verspürte etwas wie ein schlechtes Gewissen und Unsicherheit. Diese Jugendlichen waren die ganze Zeit bei Fitna und ihrer Mutter geblieben, ohne sich um irgendjemanden zu kümmern, weder um die Konsuln und Journalisten noch um die Geistlichen und Nonnen. Alles, was sie interessierte, war jenes Kind. In diesem Alter ist die Geburt eines Kindes das Mysterium und Wunder des Lebens, alle anderen Erwägungen werden hinfällig. Ein kleines Kind ist wichtiger als alle Konsuln, Journalisten und Männer der Religion und Politik. In diesen Jahren … Ach, wie alt wir geworden sind, wie abgestumpft!

Dennoch, er war verantwortlich. Was würde diesem Volk geschehen, wenn einem von den Konsuln etwas geschähe? Oder gar einem Pfarrer oder Journalisten? Was würde man sagen? Das geht ja zu wie in Algerien!

Er hörte, dass der Bürgermeister »Kirjat Rahel« zu einem Konsul sagte und ein Journalist irritiert nachfragte: »Was, Kirjat Rahel?«

»Dann erklären Sie mir doch, was wir tun sollen!«, rief der Bürgermeister ungeduldig. »Jawohl, Kirjat Rahel! Was würden Sie denn machen, wenn Sie der Verantwortliche wären?«

Der Journalist starrte ihn durch die Brille an. »Durch Kirjat Rahel?«, wiederholte er.

»Jawohl, mein Herr, Kirjat Rahel«, bestätigte der Bürgermeister mit unterdrücktem Zorn, als wäre der Journalist schuld an der Lage und dieser Komplikation. Plötzlich brauste er auf und brüllte ihn an: »Schlagen Sie etwas vor! Haben Sie eine Alternative?«

Der Journalist drehte sich um. »Was gehts mich an«, murmelte er, »Sie sind der Verantwortliche.«

Fitna hauchte lächelnd: »Ich hatte schon Angst, dass es ein Mongoloid wird.«

»Dein Sohn ist ganz normal«, beruhigte sie die Mutter. »Nur mit dem Gewicht haperts. Wie mager er ist! Der Rettungsdienst muss her, unbedingt.« Sie schaute sich nach rechts und links um und entdeckte Masin. »Was ist, Masin?«, fragte sie bittend. »Gibt es keinen Rettungswagen?«

Er blickte sie und ihre Tochter an, dann das Kind. »Was soll ich sagen?«, meinte er unsicher. »Du weißt es doch selbst.«

Sie bemerkte seine Verwirrung und sein Zögern. Aufmunternd, wie es ihre Art war, tröstete sie ihn: »Nur Mut, es wird schon werden, da haben wir weit Schlimmeres überstanden.«

71

Sitt Amira weigerte sich, zu den Konsuln und Journalisten in den Bus zu steigen. Heftig und entschieden wies sie das Ansinnen zurück, an Kirjat Rahel vorbeizufahren, um auf diesem Wege zur Klinik in Nablus zu gelangen. Auch der Bürgermeister änderte im letzten Moment seine Meinung. Unter den gegebenen Umständen hielt er seine Anwesenheit unter den Menschen in der Zitadelle für seine Pflicht. Was würden sie reden? Er hat uns im Stich gelassen und ist den Konsuln und Geldsäcken nachgekrochen! Und erst die Journalisten, was würden die alles zusammenschreiben? Nein, er musste bleiben.

Doch Masin ließ nicht locker und bat ihn inständig, im Rettungswagen mitzufahren, um sie an den beiden Kontrollpunkten, dem arabischen und dem israelischen, vorbeizuschleusen. Die Frau verblute sonst, und das Kind sei so schwach und benötige schnelle Hilfe. So stieg er denn ein und nahm neben Masin auf dem Vordersitz Platz. Amira saß hinten bei ihrer Tochter und dem Enkel.

Sie passierten den arabischen Kontrollpunkt ohne Verzögerung und Komplikation. Das Unglück, ja die Katastrophe, begann mit dem obligatorischen Stau auf der Hauptstraße vor dem Checkpoint Kirjat Rahel. Irgendwann während des langen, zermürbenden Wartens bemerkte Masin plötzlich den Bey, der in seinem Mercedes mit der gelben Sondernummer und dem Jerusalemer Kennzeichen ohne Kontrolle durchfuhr. Wie der Blitz sauste er vorbei. Überrascht wollte sich Masin umdrehen, um sich zu vergewissern. Da er aber eingezwängt zwischen dem Bürgermeister und dem Fahrer saß, konnte er sich nicht bewegen. Der Bürgermeister fragte, was los sei.

Vollkommen verblüfft sagte Masin: »Das war doch Abdel Hadi Bey Schajib! Ist er denn bei der Feier gewesen?«

Gleichgültig antwortete der Bürgermeister: »Er saß hinter seiner Schwester, ich habe ihn begrüßt.«

»Hinter was für einer Schwester?«, stammelte Masin.

Der Bürgermeister beobachtete die Soldaten, die träge herumbummelten, während eine lange Autoschlange ungeduldig auf die Abfertigung wartete.

»Na, seine Schwester, die hinten sitzt«, sagte er abwesend.

»Meinen Sie Amira?«

Der Bürgermeister gab keine Antwort. Er ließ seine Blicke über die Soldaten und Autos schweifen. Da bemerkte er zwei junge Männer, die aus Schikane oder zur Festnahme, die Hände hinter dem Kopf verschränkt, die Gesichter abgekehrt, an die Wand gestellt worden waren.

»Herr im Himmel!«, murmelte der Bürgermeister.

Masin war diesen Anblick gewöhnt. So etwas konnte ihn längst nicht mehr beeindrucken. Er erwiderte nichts. Er dachte darüber nach, wieso der Bey, nur auf Grund seines Autos und des Jerusalemer Kennzeichens, die Schranke passieren konnte. Wie war er überhaupt bis zur Schranke gelangt? War er wirklich zur Feier gekommen? Wieso hatte er ihn nicht gesehen? Weil er mit den Konsuln gekommen und wieder gegangen war? Er wandte sich um und blickte durch das kleine Fenster. Amira hielt das Kind, Fitna lag ausgestreckt auf der Trage, sie hing am Tropf.

»Eben ist der Bey an uns vorbeigefahren«, rief er kurz nach hinten. »Er ist schon durch die Schranke.«

Amira riss die Augen auf, sagte jedoch nichts.

»Mit seiner Jerusalemer Nummer ist er durchgekommen«, setzte er hinzu.

Sie starrte ihn ohne Kommentar an. Nur Fitna flüsterte schwach: »Er ist vorbei und hat uns stehen lassen? Nein, nicht möglich, du irrst dich. Das ist er nicht gewesen.«

Die Mutter sah ihn an und sagte kein Wort.

Der Bürgermeister war ausgestiegen und versuchte, sich einem der Soldaten zu nähern. Doch der schrie ihn mit Donnerstimme an: »Stopp! Stopp!« Der Bürgermeister streckte die Hand aus, um anzudeuten, dass er in guter Absicht komme und nur etwas sagen wolle. Aber der Soldat schrie wieder: »Stopp! Stopp!«

Der Bürgermeister blieb stehen und rief ihm zu: »Auf ein Wort, nur ein Wort!«

Der Soldat brüllte: »Zurück, los!« Als er sah, dass der andere zögerte und nicht sofort gehorchte, hob er seine Waffe und zielte auf ihn. »Los!«, befahl er scharf. »Zurück ins Auto!« Der Bürgermeister kehrte zum Rettungswagen um und setzte sich auf seinen Platz.

»Wenn ihr sagt, ins Hadassah, lassen sie uns vielleicht durch«, meinte Fitna mit matter Stimme.

Die Mutter reagierte nicht. Sie blickte weiter durch das kleine Fenster. Ihre fühllosen Hände umklammerten das Kind. Hadassah, Hadassah, der Sohn von Hadassah als Passierschein an der Schranke! Du lieber Gott!

Der Bürgermeister ließ seine Blicke zum Tell hinüberschweifen, über die Siedlung, die Ziegeldächer und den Stacheldrahtzaun. Er sah Wohnhäuser, Sportplätze, seltsame Treppen und mächtige Wasserleitungen, die den Tell durchbohrten und sich durch Staub und Felsen fraßen. Die Erde erschien ihm fremd. Der Heimatboden war zur Fremde geworden, der erträumte Boden bar aller Träume. Eine Straße mit Schranken. Vor ihm türmte sich der Stacheldraht.

»Das Festival ist gescheitert«, sagte Masin traurig und beschämt. »Schlimm ist das, schlimm.«

Der Bürgermeister nickte wortlos. All die Jahre und Märtyrer, all die Opfer und Aufopferungen. Dann kam Madrid, dann Oslo, dann das hier, Tell al-Raihan, dessen offizieller Name auf dem Schild stand: Kirjat Rahel.

Für Masin war es die gewohnte Szenerie: eine Schranke, Soldaten, junge Männer mit erhobenen Händen, eine lange Autoschlange, Schüsse, die von fern herüberschallten, Rauch von Bomben und Gase, die der Wind heranwehte.

»Manchmal erscheint mir mein Kopf wie ein Tank voll Schießpulver«, sagte er. »Was soll das alles? Was haben wir getan? Woher kommt ein solches Unglück über uns? Unsere Menschen sind der Herausforderung nicht gewachsen, und wir nicht diesem Plan. Was haben wir nur verbrochen?«

Er erinnerte sich an Kamal und schrak zusammen. »Kamal fährt ja heute Nacht«, flüsterte er. »Wie soll er zum Flughafen kommen?«

Der Bürgermeister war wie gebannt vom Geschehen ringsum, von den immer zahlreicher werdenden jungen Männern an der Wand und dem Autostau auf der Straße. »Von wem reden Sie?«, fragte er gleichgültig.

»Von meinem großen Bruder«, antwortete Masin niedergeschlagen. »Er ist Wissenschaftler und arbeitet bei den Deutschen.«

»Bei den Deutschen?«, fragte der Bürgermeister desinteressiert. »Wieso bei den Deutschen? Er muss heimkehren und mit uns arbeiten. Das Land braucht kluge Köpfe. Er muss zurückkommen.«

Als Masin die nichts sagenden, routinierten Sätze hörte, wurde er noch niedergeschlagener. »Er kann nicht so einfach zurück«, murmelte er.

»Er muss aber«, beharrte der Bürgermeister, ohne nachzudenken.

Masin wiederholte wütend: »Es geht nicht so einfach.«

»Geben Sie mir seine Papiere«, sagte der Bürgermeister
obenhin. »Ich bringe ihn schon herein.«

Masin erwiderte nichts. Da wandte sich der Bürgermeister zu ihm und beteuerte aufrichtig: »Ich hole ihn zurück.
Er bekommt einen Ausweis und eine nationale Registriernummer.«

Masin hätte sich ohrfeigen, ihn anfahren mögen: Eine
Registriernummer? Darin besteht das Problem? Kapiert dieser
Mann denn nicht, dass es nicht an der einen Nummer liegt,
sondern an den vielen Nummern? An uns liegt es, wir sind die
Nummern. All diese Diskussionen – über Kamals Experiment,
Nahlas Entführung in die Altstadt von Nablus und das Gericht
des Schwarzen Tigers! Zwar nur eine nationale Gefangenschaft, aber das sei viel schlimmer gewesen. Wäre er von den
Juden inhaftiert worden, hätte er nicht solche Angst ausgestanden. So redete Kamal, während er aß, redete, während er
lachte, redete, während er weinte. Und was hatte Masin darauf
erwidert? »Bruder«, sagte er eindringlich, »hab Geduld, Bruder, versteh doch, Bruder, bring ein Opfer.« Da hatte Kamal die
Nerven verloren und geschrien: »Gib mir Arbeit!« Aber die
Arbeit war futsch, Said hatte sie weggeschnappt.

Fitna sagte mit schwacher Stimme: »Mama, immer bist du
so. Was ist dabei, wenn wir sagen, wir wollen ins Hadassah?
Vielleicht lassen sie uns durch.«

Die Mutter antwortete nicht, starrte nur weiter durch das
Fensterchen hinter Masins Kopf. Es war klein und zeigte nicht
die ganze Szene, doch sie wusste sowieso, was da draußen vor
sich ging. Sie hatte es gelernt, kannte es inzwischen wie jeden

Winkel, jede Ecke, jeden Weg in Jerusalem, wie die Viertel beim Jaffator, beim Damaskustor. Auswendig kannte sie die Szenerie. Als sie mit ihren Maschinengewehren eindrangen, war sie eine junge Frau in den Dreißigern, jetzt ist sie über sechzig. Damals Mutter, nun Großmutter. Einstmals die Mutter Abdel Nassers, jetzt die Großmutter von dem da!

Traurig sah sie ihre Tochter an, als sie an ihren Sohn Abdel Nasser dachte. Wie seltsam! Schajib-Söhne, aber ohne Esprit, ohne Enthusiasmus, ohne Ambition oder Ausstrahlung. Früher sind die Söhne der Schajjabs wahre Leuchten gewesen! Wie der Felsendom und die Kuppel waren sie, mit ihrem Glanz erhellten sie Jerusalem. Man erkannte sie unter den Menschen, sie fielen auf in der Menge. Von ihnen stammte dieser Führer und Scheich, jener Historiker und Denker. Jerusalem war die Mutter der Welt, und die Schajjabs waren ihr Stolz. In Jerusalem gab es Fakultäten und Schulen, die Koryphäen hervorbrachten – Anwälte, Erzieher, Männer der Wissenschaft und Religion. Zu jener Zeit war die Religion etwas Überwältigendes und Erhebendes, man spürte förmlich das Licht des Himmels über den Plätzen, in den Hallen und Häusern des Wissens. Jetzt dagegen! Was sie jeden Freitag, ja fünfmal am Tag, durch die Lautsprecher der Minarette von kratzigen, rauen Stimmen ohne Liebe herunterschreien hörte, das hämmerte wie Trommelschläge auf sie ein, dass ihr angst und bange wurde. Damals war das vollkommen anders. Der morgendliche Gebetsruf war ein Labsal wie ein Becher Milch mit Blütennektar. Sie nahm ihn mit dem taufrischen Morgen in sich auf und fühlte Ruhe, Stille und Wärme im Herzen und im ganzen Leib. Ihr Vater, Gott erbarme sich seiner, pflegte in seiner Unterhaltung mit Richtern und Schriftstellern zu sagen: »Der Gebetsruf sei zart wie ein Lüftchen, wie ein Hauch Basilienduft, denn er ist der Windhauch des Paradieses, der Duft des ewigen Gartens und Gottes Flüstern, damit wir demütig werden.« Aber jetzt konnte sie gar nicht demütig werden. Wie ein Kanonenschuss weckte sie der Gebetsruf und gemahnte sie gleich wieder an diese Realität, die Realität der Geschütze, Maschinenpistolen und Panzerwagen. An Panzer? Das war Gottes Stimme? Oder war es das Rattern der Kettenfahrzeuge, die das Wadi durchquerten und den Tell hinauf zur Zitadelle fuhren? Wenn Fitna diesen Unterschied doch begreifen würde! Hätte sie das früher verstanden, wäre sie heute verständiger. Aber Fitna hörte ja keinen Gebetsruf, weder morgens noch mittags noch nachmittags. Fitna hörte nur Kassetten, sie liebte den Tanz. Fitna tanzte, Fitna zog sich an, Fitna schminkte und putzte sich, sie trug kurze Röcke, ließ sich drüben schwängern und gebar den da. Das war nun die heutige Generation, das war die Nachkommenschaft der Schajjabs!

»Mama«, sagte Fitna, »ich blute stark. Wann sind wir da?«

Amira schrak zusammen und schaute ihre Tochter an. Blass und hinfällig sah sie aus, ihre Lippen waren weiß wie Baumwolle. Sie legte das Kind beiseite und klopfte mit dem Finger ans Fenster. Masin drehte sich um.

»Redet mit ihnen«, bat sie, »sagt, dass wir eine Wöchnerin dabei haben und dass sie verblutet. Wann sollen wir jemals ankommen, wenn das so weitergeht? Nie kommen wir an.«

Der Bürgermeister wandte sich um. »Wir sind bald dran«, beruhigte er sie, freundlich lächelnd. »Aber Sie sehen ja selbst, die Schlange ist lang. Wir müssen uns gedulden.«

Masin rutschte unruhig auf seinem Platz zwischen dem Bürgermeister und dem Fahrer hin und her. Schon wollte er ihn bitten, ihn vorbeizulassen. Er würde aussteigen und denen sagen, dass sie eine Wöchnerin hätten, die viel Blut verliere, und ein Kleines, das umgehend Hilfe brauche. Doch er genierte sich, denn er erinnerte sich an die Demütigung des Bürgermeisters, als dieser den Posten um »ein Wort« gebeten hatte und er die Waffe hob und ihn auf seinen Platz verwies, kein Wort …

»Manchmal ist mir zum Ersticken zu Mute«, sagte Masin. »Dann möchte ich aus der Haut fahren und einfach nach Frankfurt oder Berlin abhauen. Ich schäme mich für mich selbst.«

»Vergessen Sies«, sagte der Bürgermeister nachdrücklich. »Man muss eben Geduld haben und weit vorausschauen. Hätten wir auf jedes Wort geachtet, wo wären wir da gelandet?«

Masin fuhr zu ihm herum und rief zornig: »Wo sind wir denn gelandet?«

Der Bürgermeister lächelte wie jemand, der es besser weiß. Es war das Lächeln eines reifen Mannes, eines gebeutelten Mannes, dem die Zeit übel mitgespielt hatte.

»Wir müssen uns gedulden und weit vorausschauen«, wiederholte er bedächtig. Vor wenigen Jahren, zwei oder drei mochten es gewesen sein, war er noch am Meer, in diesem Palast in Tunesien. Gäste kamen, Journalisten, ein arabischer Minister, einer von der Europäischen Gemeinschaft, und alle versprachen: »Es wird eine Lösung geben.« Er hatte es nicht geglaubt. Viel zu oft war schon von einer Lösung die Rede gewesen – in Tunis, Beirut, Amman, Bagdad und Moskau, doch nie war es dazu gekommen. Schließlich gewöhnte er sich an dieses Leben ohne Lösungen.

»Mama, ich blute stark«, sagte Fitna mit schwacher Stimme.

Amira pochte an die Scheibe. Masin sah den Bürgermeister, dann sie an, sagte jedoch nichts. Nur der Bürgermeister brummelte langsam: »Was sollen wir tun? Die Schlange ist eben lang.«

72

Drei Personen, gefangen in dieser langen Schlange, die sich von der Zitadelle bis zur Schranke hinzog: Sitt Amira, also Fitnas Mutter und Großmutter des Kleinen, Masin Hamdan Guevara, eingezwängt zwischen dem Bürgermeister und dem Fahrer, und der Bürgermeister mit seinen Versprechungen, dass die Krise gelöst, die Schranke sich öffnen und die Strecke bald frei sein werde. Zwischen den dreien und dem Fahrer lagen eine Frau, die verblutete, und ein Kind, das starb.

Masin war nervös. Hastig und krampfartig zuckte er mit den Beinen und wurde davon noch unruhiger. Der Bürgermeister war auch nach anderthalb Stunden Schlangestehen genauso gleichmütig wie zuvor. Sitt Amira hatte ihre Zuflucht zum Glauben genommen und suchte in ihm Hilfe und Rettung. Sie rezitierte mehrere Koransuren: dreimal die »Morgendämmerung«, den »Thron« und zuletzt »Ja Sin«, aber keine vermochte ihnen freie Bahn zu schaffen. Das Seltsamste bei alledem war, dass ihre Tochter, sei es aus Unwissenheit, Beschränktheit oder vielleicht infolge des Blutverlustes und Dämmerzustandes, überhaupt keine Bedrohung spürte. Sie war ruhiger, gefasster und gleichgültiger als die anderen. Im Gegensatz zu ihnen war sie überzeugt, dass der Verkehr bald rollen würde. Das Warten kam ihr gar nicht lang oder gefährlich vor. Das bisschen Bluten würde ihr schon nicht gleich den

Garaus machen. Aber sie war besorgt, dass ihre Kleidung besudelt werden könnte, wenn das Blut durch die Watte und Binden sickerte. Sie wandte sich an ihre betende Mutter: »Mama, meine Liebe, sei doch so nett und schau nach, ob ich mich mit Blut beschmiert habe.« Die Mutter starrte sie an und hob die Stimme beim Aufsagen der Verse, um jedes Wort deutlich zu betonen: »Sprich: Ich nehme meine Zuflucht zum Herrn der Morgendämmerung, vor dem Übel dessen, was Er erschaffen, und vor dem Übel der Nacht, wenn sie sich ausbreitet, und vor dem Übel derer, welche auf den Zauberknoten blasen, und vor dem Übel des Neiders, wenn er neidet.«

Das Wort »neidet« fesselte Fitnas Aufmerksamkeit, und sie fragte ihre Mutter: »Mama, Liebe, was meinst du, ob es uns durch Nahlas bösen Blick so schlecht ergeht?«

Die Mutter antwortete nicht, rezitierte nur immer weiter in der dunklen, schweigenden Nacht. Es ging bereits auf zehn Uhr abends zu. Die Strecke war unverändert. Scheinwerfer blendeten die Augen. Träge lungerten Soldaten an der Schranke herum. In wachsender Zahl lehnten junge Männer atemlos an der Wand. Masin hörte geduldig und höflich dem Bürgermeister zu. Dem wurde inzwischen das Warten doch etwas zu lang. Er versuchte, sich zu zerstreuen, indem er Geschichten und Erinnerungen auskramte und ausführlich erzählte, was er alles in Tunis, Beirut und Dahran erlebt hatte, bis er schließlich tief in die Vergangenheit tauchte und bei seinen Erinnerungen an das Dorf landete. In jener Zeit habe er noch im Lichtschein der Straßenlaterne studiert. Bis zum Morgen habe er gelernt oder gelesen – Elia Abu Madi, Maxim Gorki und Hasanain Haikal. An Haikal sei er selbstverständlich nur durch geschmuggelte Bücher herangekommen, ebenso an Gorki und ähnliche Schriftsteller.

Lächelnd ließ er sich im Hochgefühl einer siegreichen Vergangenheit von seiner Erinnerung treiben. »So ein Buch rissen wir uns gegenseitig aus den Händen«, sagte er zu Masin. »Wir lasen es wieder und wieder, bis wir es aufsagen konnten. Wie oft mussten wir lachen, wenn sie ein Exemplar konfiszierten, denn wir wussten den Inhalt auswendig. Das Buch wollt ihr? Nehmt es nur. Die Worte sind in unseren Köpfen gespeichert, die könnt ihr nicht beschlagnahmen.«

Masin wurde allmählich ärgerlich und fragte mit heimlichem Spott: »Sind die Worte immer noch gespeichert?«

Ohne ihn anzusehen, sprach er ruhig, mit monotoner, fast flüsternder Stimme weiter: »Natürlich, bis wir einmal sterben. Denken Sie, Worte seien besiegbar? Die Regierenden können Bücher beschlagnahmen, Worte aber nicht. Worte sind die Körper der Gedanken, das heißt ihre Form, ihre sinnlich wahrnehmbare Gestalt. Verstehen Sie, was ich meine?«

»Ja, ich verstehe«, antwortete Masin, nervös rauchend. »Lassen Sie mich vorbei«, bat er, »ich bin ganz steif, ich muss mal aussteigen.«

Er ging hinaus in die Dunkelheit, um sich die Beine zu vertreten.

Fitna sagte: »Nahla wollte nicht glauben, dass das Baby ein Junge wird. Zwanzigmal sag ich ihr: ein Junge. Der Doktor vom Hadassah hats mir versichert. Er hat ihn auf dem Bildschirm gesehen und gesagt, es ist ein Junge. Aber Nahla wollte es nicht glauben oder nicht wahrhaben. Ihr wäre es lieber gewesen, wenn es ein Mädchen oder ein Mongoloid wäre. Als sie sah, dass ich einen Jungen geboren hatte, rastete sie aus. Sie hat ihn mit dem bösen Blick getroffen, und mich dazu.«

Ihre Mutter hob die Stimme beim Rezitieren des Korans,

um sie zum Schweigen zu bringen. Doch Fitna schwieg nicht, sie plapperte weiter, wie immer ohne Pause: »Wer weiß, vielleicht ist auch Abu Salims Tochter dran schuld.«

Ihre Mutter stockte für einige Augenblicke, um zu verstehen, was ihre Tochter daherschwatzte. Unterdessen fuhr Fitna fort und erklärte: »Na, ich meine den Besuch bei Abu Salims Tochter, damals, als wir zu ihnen nach Hause gingen. Erinnerst du dich, wie ausfällig sie wurde? Weißt du noch, was sie gesagt und getan hat? Wie sie ihren Bauch herausreckte und gemeine, primitive Reden führte, die nur eine Schlampe draufhat? Vielleicht hielt sie mich für glücklich und zufrieden, weil der Junge in meinem Bauch ganz allein, ohne Teilhaber, erben würde. Mein Sohn ist ja Gott sei Dank der einzige männliche Nachkomme, er hat nur noch eine Schwester, und die ist nicht mal besonders auf das Erbe erpicht. Also wird er alles, alles erben. Nein, so etwas! Bei ihr sähe das mit den vielen Geschwistern ganz anders aus. Sie hat ja zehn Brüder, abgesehen von den beiden unverheirateten Schwestern. Außerdem fällt noch Sitt Nahlas Anteil weg. Bestimmt ist ihr das alles durch den Sinn gegangen, als sie die Hand auf ihren Bauch legte und meinen Leib anstarrte. Stimmts, Mama?«

Die Mutter antwortete nicht. Sie hatte aufgehört zu rezitieren. Lähmendes Schweigen hüllte ihren Verstand wie mit einem endlosen weißen Nebel ein. Welchen Zweck hatte das Koranlesen in dieser Umgebung? Welchen Sinn hatte es, für jemanden zu rezitieren, der auf diese Weise dachte? Trotzdem, Fitna war ihre Tochter. Was sie auch sagte, was immer sie tat, sie würde stets ihre Tochter bleiben. Sie konnte so freundlich, so charmant sein und tröstete sie über vieles hinweg. Natürlich ging sie ihr manchmal auf die Nerven, aber sie machte ihr trotzdem unendliche Freude. Zudem war sie sehr fürsorglich. Sie liebte ihre Mutter aufrichtig und innig, fragte immer nach ihrem Befinden, wenn sie krank war, und beschenkte sie reichlich, ob sie es gewünscht hatte oder nicht. Sie gab auch ihrem Vater und ihrem Bruder und überhäufte sie mit allem, was sie besaß. Wenn dem Mädchen etwas Schlimmes zustieße, würde sie ihren Stolz und ihre Stütze auf dieser Welt verlieren. Fitna blieb ihre Tochter, die schönste, beste, teuerste Tochter, und der Kleine hier war trotz seiner Mängel Fitnas Sohn.

Der Bürgermeister sagte eintönig: »Ich glaubte, mit Beirut wären die Sorgen ausgestanden. Aber die Sorgen folgten uns weiter auf Schritt und Tritt. Wie ist es möglich, dass die reichste Revolution zur Bettlerin wird? Wie kann es sein, dass die Erdölstaaten verschulden? Und da meinen Sie, Amerika ändere sich nicht? Es muss sich ändern, ob es will oder nicht. Amerika ist die Ursache unseres Unglücks. Erst wenn Amerika ein Land wie alle anderen ist, können Sie sagen, wir habens geschafft, wir sind frei.«

Er sah zu Masin hinaus und fragte schnell: »Möchten Sie einsteigen?«

Masin duckte sich ins Dunkel direkt neben der Tür. Er schüttelte den Kopf und erwiderte kurz angebunden: »Ich bleibe hier.« An den Türrahmen gelehnt, wartete er draußen.

Der Bürgermeister redete weiter: »Das Problem mit unserem Volk ist, dass es zu ungeduldig ist. Die Lösung soll mit der Rakete kommen. Sie wollen die Lösung umsonst. Gibt es denn etwas umsonst? Schauen Sie sich mal die Japaner an, betrachten Sie die Deutschen oder, ganz einfach, mein Lieber, nehmen Sie die Chinesen.«

»Nehmen Sie lieber Mandela«, murmelte Masin.

Der Bürgermeister hörte es nicht. Vielleicht hatte er es auch gehört, ging aber nicht darauf ein, um seinen Faden nicht zu verlieren.

»Also die Chinesen. Das Opium zerbrach ihre Kraft, der Hunger zerfraß ihre Leiber. Und jetzt? Was waren sie, und was ist aus ihnen geworden! Emsig wie die Ameisen flitzen sie auf ihren Fahrrädern umher, Mutter, Vater, Sohn und Tochter, alle miteinander auf Rädern. Das ganze Land, der ganze Staat, sogar die Minister – auf Fahrrädern! Alle arbeiten wie mit einer Hand. Ein geduldiges Volk, das weit vorausschaut. Würden wir doch auch lernen, vorauszuschauen! Würden wir lernen, wie sie zu arbeiten, dann könnten wir werden wie sie, sogar noch besser. Hab ich Recht oder nicht?«

Masin antwortete nicht. Er sann über Kamals Projekt nach, das sich in ein Unglück verwandelt hatte. Die Klär- und Reinigungsanlage war ein Unheil, das Festival ein Skandal gewesen. Nun noch dieser Mann, den er als Beistand mitgenommen hatte, damit er sie durch die Schranke schleuste! Der konnte ja nichts weiter als schwatzen und andere als Vorbilder hinstellen: Sehen Sie die Japaner, sehen Sie die Deutschen, sehen Sie diese und jene Völker. Was waren die Chinesen, und was ist aus ihnen geworden. Ein Volk, das rennt, ein Volk, das zu Fuß geht, ein Volk, das Fahrrad fährt – nicht wie die Araber, die auf Eseln reiten und Mercedes fahren. Zwischen Esel und Mercedes rumpelt die Kutsche des Vaterlands, eine wackelige, kaputte Kutsche, und eine elende Totenbahre schwankt auf der Schulter der Welt am Rande des Grabs. Er wandte das Gesicht vom Rettungswagen ab und schaute hinüber zu den jungen Männern, die noch immer mit erhobenen Händen an der Wand standen. Dann drehte er sich um und sah die lange Autoschlange im Licht der Scheinwerfer glänzen. Er dachte an

Kamal und den Vater, an das Gedränge, Saado und Said, an Abdel Hadi Schajib, die Konsuln und Journalisten. Die Konsuln fuhren im Bus, während sie hinter der Schranke festsaßen.

Über der weiten Entfernung, der langen Schlange, der Bestrafung der jungen Männer an der Wand und den Leuten in der Zitadelle vergaß er Fitna und vergaß die Gründe, warum sie an der Schranke standen. Sollte er den Bürgermeister oder sich selbst tadeln? Er tadelte weder ihn noch sich. Dieser Bürgermeister besaß nichts als angelernte Worte aus Büchern, die er irgendwann in der grauen Vorzeit der Zwanzigerjahre in einem fernen, vergessenen Dorf unter der Laterne gelesen hatte. Die Chinesen fahren Rad. Und wir? Wie kommen wir voran? Auf einer verdammten Totenbahre.

Fitna sagte mit kaum hörbarer Stimme: »Mama, ich bin ganz schläfrig. Mein Kopf dreht sich, ich bin so müde. Ich kann die Augen gar nicht mehr offen halten. Darf ich schlafen?«

Die Mutter wandte sich ihrer Tochter zu. »Nein«, flüsterte sie entsetzt. »Schlaf bloß nicht ein, sonst wirst du ohnmächtig.«

Sie erinnerte sich, wie sie ihr immer eingebläut hatte: »Sei hart, sei stark, bleib stolz und standhaft!« So befahl sie auch jetzt in entschiedenem Ton: »Ich sags dir: Sei stark! Dass du nicht einschläfst! Halt die Augen offen! Verstehst du, was ich sage?«

»Ja, Mama«, erwiderte Fitna schwach. Dann schlief sie ein.

Die Mutter klopfte mit dem Finger an die Scheibe und fragte barsch und resolut: »Ihr da vorn, was tut sich bei euch?«

Der Bürgermeister drehte sich um und sagte ruhig: »Sitt

343

Amira, die Schlange ist lang. Sollen wir über die Leute weg-
fliegen? Wir müssen uns gedulden und abwarten, bis es weitergeht.«

»Eure Exzellenz, Herr Bürgermeister«, sagte sie wütend,
»wir können uns nicht länger gedulden. Meine Tochter verblutet! Sie ist dem Tode nahe, und ich sitze daneben und sehe zu!
Wo gibt es denn so etwas? Wo ist Masin? Wohin ist er gegangen?«

Der Bürgermeister rief ihn flüsternd: »He, Masin! Antworten Sie ihr!«

Masin trat näher an das kleine Fenster. »Ja, Tante, was
möchtest du?«, fragte er niedergeschlagen.

»Ich verstehe das nicht!«, rief sie aufgebracht. »Jeder von
euch beiden stellt etwas dar, aber ihr könnt nicht mal mit
denen reden? Sprecht doch Englisch mit ihnen!«

»Ich hab es weiß Gott versucht«, verteidigte sich der Bürgermeister. »Haben Sie es nicht gesehen?«

Zornig fuhr sie ihn an: »Ergebnisse will ich sehen, nicht
bloß Versuche. Dann probieren Sie es halt noch mal. Meine
Tochter ist Wöchnerin, sie blutet und könnte sterben. Aber ihr
sitzt herum, erzählt Geschichten und redet dummes Zeug.
Können Sie kein Englisch?«

Der Bürgermeister lächelte. »Nein, kann ich nicht«, antwortete er höflich.

»Wie wollen Sie sich dann mit denen verständigen?«, rief
sie grob. »Sie haben es versucht? Wie denn? In welcher Sprache? Und du, Masin?«

»Ja, Tante?«

»Kannst du mit ihnen reden?«

»Natürlich kann ich das«, erwiderte er beschämt.

»In welcher Sprache?«

»Ich kann ein bisschen Englisch und Russisch. Aber sie verstehen auch Arabisch. Das Problem ist nicht Arabisch oder Englisch. Das Problem ist, dass sie so gereizt sind.«

»Da hört sich doch alles auf!«, schrie sie erbost. »Wir sind wohl nicht gereizt? Meine Tochter wird sterben, da soll ich nicht gereizt sein?«

Sie beugte sich über ihre Tochter und klopfte ihr auf die Schulter. »Fitna, Fitna, wach auf, Töchterchen. Ich denke, wir sollten aussteigen und mit ihnen reden. Öffne mir die Tür.«

Masin zögerte und senkte die Stimme. »Aber nein, Tante. Was willst du denn sagen?«

»Ich sage, öffne die Tür«, erwiderte sie entschlossen. »Hast du etwa Angst, ich wüsste nicht, wie ich mit denen reden soll? Ich beherrsche Französisch und Englisch, auch ein wenig Deutsch. Ich kann mich ordentlich und gewählt ausdrücken. Ich weiß schon, was ich tun muss, damit sie mich anhören und anständig mit mir umgehen. Los jetzt, öffne!«

Er senkte die Stimme noch mehr. »Sitt Amira! Das sind Juden, die hören auf niemanden und gehen mit niemandem anständig um. Hast du das vergessen?«

»Nein, ich habs nicht vergessen«, sagte sie hartnäckig. »Aber genauso wenig habe ich vergessen, dass ich Amira und eine Schajib bin, deren Vater am Aufstand gegen die Engländer teilgenommen hat und deren Großvater Wächter der Aksa-Moschee war. Da willst du mich mit ein paar Soldaten einschüchtern, die irgendwo auf den Straßen im Ausland zusammengekratzt wurden? Ich kann doch nicht ruhig sitzen bleiben, wenn mir die Tochter vor den Augen wegstirbt. Los, mach auf! Ich sag dir, öffne die Tür!«

Sie wandte sich zu ihrer Tochter und stieß sie an. »Mach schon, Fitna, wach auf, Töchterchen. Wach auf, jetzt sollen sie uns mal erleben! Einer kann kein Englisch, der andere fürchtet sich vor den Soldaten. Wach auf, Töchterchen, wach doch auf, mein Liebling.«

Aber Fitna rührte sich nicht. Die Mutter geriet in Panik und schrie außer sich: »Fitna, wach auf! Fitna, Fitna!«

Masin rannte nach hinten und riss die Tür auf. Doch Fitna war während der Diskussion für immer eingeschlafen.

Zwei Soldaten kamen, die Schusswaffen im Anschlag, schreiend auf Masin und den Rettungswagen zugestürzt. »Stopp! Stopp!« Einer schlug ihm den Gewehrkolben auf den Kopf, dass er zu Boden sank, der andere stürmte weiter. Zu zweit brüllten sie wie von Sinnen: »Stopp, Stopp!« Das Kind erwachte und begann zu schreien. Die Großmutter schaute die Soldaten, dann ihre Tochter an. Scheinwerferlicht fiel herein. Ihre Augen glänzten wie Spiegelglas, ohne Tränen. Wieder brüllten die beiden, und das Kind schrie. Einer zielte mit der Maschinenpistole auf sie und rief: »Stopp, sage ich!«

»Schon gut«, erwiderte sie ruhig. »Schon gut.«

Sie hielt ihnen das schreiende Kind entgegen und sagte gelassen, mit erhobenem Haupt auf Englisch: »Thank you very much, this is your share.«

73

Mein Onkel begleitete mich zum Flughafen. »Willst du wirklich wegfahren und uns verlassen?«, fragte er vorwurfsvoll.

Ich wischte meine Tränen ab, zum ersten Mal seit Jahren; ich hatte mein Gefühl wieder gefunden. »Ich komme zurück«, versprach ich liebevoll, »ich komme wieder, wirklich.«

»Und dein kleiner Bruder?«, erinnerte er mich. »Wem willst du ihn anvertrauen?«

»Du bist doch da, und Amira«, sagte ich unsicher.

Er munterte mich auf: »Es stimmt, der Junge bekommt doppelt so viel wie das Mädchen. Aber auch dir ist ein Anteil sicher.«

Ich nickte wortlos und ging zum Flugzeug.

Worterklärungen

Bamia – »Okra«; ein Gemüse, das mit Fleisch und Tomaten zu Reis gegessen wird

Chalid Muhammad Chalid – geboren 1920; ägyptischer Schriftsteller und Kulturpolitiker, kritisierte starre religiöse und kulturelle Ansichten und forderte eine soziale Demokratie

Chan al-Chalili – Viertel in der Altstadt von Kairo

Dabka – Volkstanz; charakteristisch sind gemeinsames Aufstampfen und Springen, wobei die Tänzer sich an den Händen fassen

Dischdascha – knöchellanger, meist weißer Hemdkittel, insbesondere auf der Arabischen Halbinsel

Diwan – separater Teil des Hauses zum Empfang der Gäste

Donum – Flächenmaß; entspricht in Palästina etwa 900 m²

Dschilbab – langes, weites Obergewand

Dschurdschina Risk – ehemalige libanesische Schönheitskönigin

Elia Abu Madi – 1889–1957; libanesischer Dichter und Publizist, Vertreter der arabischen Migrantenliteratur in den USA

Fairus – geboren 1934; berühmte libanesische Sängerin, Interpretin moderner, durch europäische Elemente bereicherter Lieder

Falafel – fritierte Bällchen aus Kichererbsen, Zwiebeln, Knoblauch und Petersilie

Fatiha – die »Eröffnende«, erste Sure des Korans; wird bei vielen Gelegenheiten, freudigen und traurigen Anlässen, als Gebet gesprochen

Ful – volkstümliches Gericht aus gekochten Ackerbohnen mit Zwiebeln, Öl und Gewürzen

Goldman, Emma – 1869–1940; genannt »rote Emma« oder »anarchistische Königin«, jüdische Emigrantin aus dem zaristischen Russland, agierte als feministische Revolutionärin in New York, dann Russland und Europa

Hadsch Amin al-Husaini – 1895–1974; palästinensischer Religionsgelehrter und politischer Führer des konservativen Flügels der nationalen Bewegung, 1926–1937 Großmufti von Jerusalem, ebenfalls 1926–1937 Vorsitzender des Hohen Islamischen Rates

Haikal, Muhammad Hasanain – geboren 1923; einflussreicher ägyptischer Publizist, Mitarbeiter und Freund von Präsident Nasser

Kirat – Flächenmaß; entspricht etwa 175 m²

Knafe – Gebäck aus Käse, Weizen, Schmelzbutter, Zucker und Honig

Kufija – großes, quadratisches Kopftuch der Männer

Kuhl – aus Antimon gewonnene schwarze Augenschminke

Mansaf – auf einem großen Tablett serviertes Festmahl aus Reis mit Lammfleisch, Nüssen und Jogurtsauce

Mawwal – volkstümliche Liedform mit Refrain, meist im Metrum Basit

Muluchija – Melochie, eine Jutepflanze; wird mit Hühner- oder Hammelfleisch zu Reis gegessen

Musachan – gegrilltes Geflügelfleisch mit Olivenöl, Pinienkernen und Sumach auf Fladenbrot

Nadschat – aus Syrien stammende, in Ägypten lebende Sängerin

Rose al-Jusuf – gestorben 1957; ägyptische Schauspielerin und Journalistin; gründete 1925 in Kairo die politisch-literarische Zeitschrift »Rose al-Jusuf«

Saatar – gemahlener Thymian mit Sesamkernen und Gewürzmischungen; wird zu Fladenbrot gegessen, das zuvor in Olivenöl getaucht wurde

Samaritaner – Mischvolk aus Israeliten und Assyrern in der Provinz Samaria; bildeten im 5. Jahrhundert v. Chr. eine eigene Gemeinde, Reste leben bei Nablus

Scheich – Bezeichnung und Anrede für einen älteren, angesehenen Mann; auch Titel für einen geistlichen Würdenträger

Sitt – »Dame«, »Frau«; ehrenvolle, höfliche Anrede

Sunna – neben dem Koran die zweite Rechtsquelle des Islam; Überlieferung der Aussagen und Handlungen des Propheten Muhammad, die gesetzlich bindende Präzedenzfälle darstellen

Tabbule – Salat aus Weizenschrot, Petersilie, Pfefferminze, Tomate, Olivenöl und Zitrone

Tatli – palästinensische Bezeichnung für Marmelade und Konfitüre

Tereschkowa, Walentina – geboren 1937; russische Kosmonautin, umkreiste 1963 als erste Frau in einem Raumschiff die Erde

Umm Kulthum – 1904(?)–1975; berühmteste ägyptische Sängerin des 20. Jahrhunderts, »Stern des Orients« genannt, bereicherte das moderne Lied durch ihre virtuose Wiederbelebung klassischer Formen

Warda – in der arabischen Welt bekannte Sängerin algerischer Herkunft

Die Übersetzerin

Regina Karachouli, 1941 in Zwickau geboren, studierte Arabistik und Kulturwissenschaften in Leipzig und promovierte über Dramatik und Theater in Syrien. Sie ist wissenschaftliche Mitarbeiterin am Orientalischen Institut der Universität Leipzig.

Sahar Khalifa im Unionsverlag

Der Feigenkaktus
Dieser Roman spielt in allen Sphären, die das Leben der Palästinenser prägen, im besetzten Westjordanland und im hoch industrialisierten Israel. Die traditionelle Familie von Usama, dem jungen Palästinenser, zerfällt, und in den Gefängnissen wächst eine neue Generation des Widerstands heran.

Die Sonnenblume
Jerusalem: Melodien mischen sich, Sprachen mischen sich, die ganze Stadt ist ein Gemisch. Und doch herrscht die Konfrontation. Die palästinensischen Frauen leiden doppelt unter dem Druck. Die Näherin Sadija, die Intellektuelle Rafif, Chadra, die Prostituierte – sie alle müssen sich durchsetzen gegen die traditionellen Wertvorstellungen. Sie stehen allein, weil auch die Revolutionäre die Zukunft besingen und der Moral der Vergangenheit nachhängen.
»Eine eindrucksvolle Synthese der Zustände im Westjordanland und gleichzeitig Ausdruck einer deutlichen Zukunftsvision der Autorin.« *Basler Zeitung*

Das Tor
Was hat der palästinensische Aufstand den Frauen gebracht? Welche Rolle sollen sie in Zukunft spielen? Sahar Khalifa entwirft ein differenziertes Bild der palästinensischen Gesellschaft in den Zeiten der Ohnmacht auf dem Weg zur Selbstfindung. »Was ist unsere Heimat anderes als du und ich, als wir, die Menschen?«
»Bissige Ironie und kritischer Realismus ergänzen sich mit lyrischen Stilelementen und lassen das ganze Dilemma zwischen Anpassungszwang und Unabhängigkeitsstreben lebendig werden. Der weibliche Blick fördert zu Tage, was Schriftsteller aus dem Nahen Osten uns bisher vorenthalten haben. *Der Tagesspiegel, Berlin*

Bestellen Sie unseren kostenlosen Verlagsprospekt:
Unionsverlag, CH-8027 Zürich, mail@unionsverlag.ch